ullstein

PETRA AICHER

FRÄULEIN ANNA, GERICHTSMEDIZIN

Die Prinzregentenmorde

Ullstein

Besuchen Sie uns im Internet:
www.ullstein.de

Wir verpflichten uns zu Nachhaltigkeit

- Klimaneutrales Produkt
- Papiere aus nachhaltiger Waldwirtschaft und anderen kontrollierten Quellen
- ullstein.de/nachhaltigkeit

MIX
Papier
FSC FSC® C083411

Originalausgabe im Ullstein Taschenbuch
1. Auflage Januar 2023

Umschlaggestaltung: bürosüd GmbH, München
Titelabbildung: © Lauren Rautenbach / Arcangel;
© Look and Learn / Bridgeman Images
Satz: Dörlemann Satz, Lemförde
Gesetzt aus der Albertina
Druck und Bindearbeiten: CPI books GmbH, Leck
ISBN 978-3-548-06400-0

1.

Rund um Anna eilten Leute durcheinander. Schwatzende Studenten trabten die Treppe hinauf in den ersten Stock, Polizisten marschierten über das blank polierte Parkett durch die Halle und verschwanden hinter einer Tür, Herren mit Aktenmappen unter dem Arm warfen im Gehen einen Blick auf ihre Taschenuhren und beschleunigten den Schritt.

Nur um Anna, die auf ihrer Bank neben dem Eingang saß, kümmerte sich niemand. Lediglich die steinerne Sphinx, die den Treppenaufgang bewachte, musterte Anna misstrauisch mit ihren Marmoraugen, als wundere sie sich, was dieses Geschöpf hier wolle. Als Anna die Dame am Empfang zum zweiten Mal nach dem Gerichtsarzt fragte, wirkte die Frau bereits verärgert.

»Ich habe Ihnen doch gesagt, dass Doktor Schmidt noch nicht hier ist. Eventuell kann Doktor Gernhuber sich Ihrer annehmen, aber der ist noch beschäftigt. Bitte setzen Sie sich, und warten Sie, bis jemand Sie holt.«

Also ließ Anna sich wieder auf ihrer Bank nieder und wartete weiter. Ihren ersten Arbeitstag bei der Gerichtsmedizin hatte sie sich wirklich anders vorgestellt.

Alle hatten ihr in den letzten Tagen eingeschärft, sie solle nur ja pünktlich um sieben Uhr erscheinen, die Sekretärin, die ihr die Papiere aushändigte, der Beamte, der sie abstempelte, sogar ihre alte Oberschwester im Klinikum, und natürlich allen voran Onkel Ludwig. Wie hatte er Anna gestern Nachmittag, als sie gemeinsam mit der ganzen Familie in der Stube saßen, noch ins Gewissen geredet! »Dass du mir ja pünktlich bist, Mädel, das ist das Wichtigste, wenn man beim Gericht arbeitet. Sauberkeit, Pünktlichkeit und Fleiß, darauf kommt es an«, erklärte er mit der bedächtigen Würde eines altgedienten Gendarms. »Im Staatsdienst muss eine Ordnung herrschen. Gell, das sagst du auch, Ferdl?«

Annas Vater bestätigte es. Immerhin war Ferdinand Zech selbst Gerichtsdiener beim Amtsgericht in Aschheim und kannte sich aus. Allerdings fügte er sofort hinzu, man müsse seine älteste Tochter in diesem Punkt nicht ermahnen. »Die Anna weiß schon, was sich gehört.«

»Freilich weiß sie das. Sonst hätt ich sie ja nie für die Stelle vorgeschlagen.« Onkel Ludwig schmauchte vergnügt seine Pfeife. »Da können wir recht stolz sein, dass die dich vom Fleck weg genommen haben. Wird dein Schaden nicht sein, Anna, das wirst du schon sehen.«

Ganz überzeugt davon war Anna noch immer nicht. Aber ihre Tage als Krankenschwester am Rotkreuzkrankenhaus in Neuhausen waren gezählt. Sie hatte die Ausbildung dort unter den Jahrgangsbesten abgeschlossen. Jetzt stand sie vor der Frage, ob sie als Krankenschwester weiterarbeiten oder sogar in den Orden eintreten sollte. Tante Martha, die Schwester von Annas verstorbener Mutter und selbst eine ehemalige

Krankenpflegerin, hätte das gern gesehen. Der Herr Pfarrer wohl auch. Doch dann kam Onkel Ludwig mit der offenen Stelle als Hilfskraft bei der Gerichtsmedizin daher.

Obduktionsassistentin. Das klang zumindest ungeheuer wichtig. Tante Martha schrie trotzdem Zeter und Mordio, sobald sie verstanden hatte, was der Begriff bedeutete.

»Dass du dich nicht schämst, Wiggerl, dem Mädel so etwas anzutun! Willst du wirklich, dass sie für den Rest ihres Lebens die Toten aufschneidet und sich an ihnen versündigt?« Ihre Stimme klang schrill in der engen, dunklen Stube von Annas Elternhaus. Denn natürlich wurde über die Frage, inwieweit Anna für diese Stelle geeignet war, daheim in Aschheim entschieden, zwischen den vier grauen Wänden der Stube, unter dem Herrgottswinkel und in Anwesenheit sämtlicher Mitglieder der Familie Zech. Anna saß neben ihrer Schwester Babette, die mit ihren fünfzehn Jahren die Herrin im Haus war, seitdem Anna in München im Schwesternheim wohnte. Sie hielt den Kleinsten, den fünfjährigen Wasti, auf dem Schoß, die übrigen acht Geschwister reihten sich auf der Eckbank.

Sie wartete geduldig, bis alle gesagt hatten, was sie zu sagen hatten. Am Ende, das wusste Anna, würde ihr Vater die Entscheidung ohnehin ihr überlassen. Aber zuvor musste man den anderen das Wort geben, sonst wären sie daran erstickt. Besonders Tante Martha.

»Geh, Martha, das ist doch heutzutage ganz normal«, sagte Annas Vater. »Nach einem Mord muss man den Toten doch untersuchen. Auch inwendig, wenn's sein muss.« Tante Martha ließ sich nicht beirren.

»Eine Sünde ist's wider die Religion, das sag dir ich. Die Toten soll man ruhen lassen, nicht ihnen die Bäuche öffnen und nachschauen, was sie gefrühstückt haben. Mit unversehrtem Leib soll die Seele auferstehen am Jüngsten Tag, so hat's der Pfarrer gesagt. Unversehrt, verstehst du?«

»Die nähen doch alles wieder zu«, sagte Ferdinand Zech. Für ihn war die Angelegenheit damit erledigt. Als Onkel Ludwig sich einmischte, wandte er sich eher an Anna als an Martha.

»Eine Untersuchung muss sein«, beharrte er. »Die Toten haben schließlich auch Rechte. Das sind immer noch Menschen. Die sind ja kaum von dieser Welt gegangen. Sie würden wissen wollen, sie würden den Hinterbliebenen sagen wollen, wie es zugegangen ist. Wie sie gestorben sind.« Er hob die Schultern und zog an seiner Pfeife. Sein stoppeliges Kinn zuckte. »Wenn ich es wäre, würde ich's wissen wollen. Und die Angehörigen sowieso.«

»In jedem Fall ist es keine angemessene Lebensaufgabe«, erklärte Tante Martha stur. »Als Krankenschwester, und als eine Ordensschwester noch viel mehr, würde die Anna dagegen etwas für die Lebenden und für ihr und unser aller Seelenheil tun.«

»Und sich aufarbeiten und halb verhungern dabei«, sagte Annas Vater. »Wie oft hast du selber geklagt über die Arbeit im Krankenhaus, hast du das vergessen? Dass man anscheinend erwartet, dass Krankenschwestern allein aus Nächstenliebe arbeiten und ihr frommes Werk tun, und dass man dabei vergisst, sie zu bezahlen, hast du das nicht gesagt?«

Mürrisch musste Martha es zugeben, so schwer es ihr fiel. Geschlagen mit ihren eigenen Worten, überließ sie Onkel

Ludwig das Feld und die Stube. Der paffte noch ein paar Rauchkringel, ehe er sich wieder äußerte. »Mach dir keine Gedanken wegen dem Geschwätz von Tante Martha. Die ist strenger als der Papst. Die hört nicht mal auf den Pfarrer, das ist nämlich ein vernünftiger Mann, sondern auf Betbrüder und Scharlatane, von denen die Tante Res ihr die Bücherl mitbringt.«

Das mochte ja sein. Aber ganz ohne Widerhall blieben die Worte der Tante doch nicht in Anna. Hatte Martha nicht recht? Anna war erst vierzehn gewesen, als ihre Mutter starb, kurz nach Wastis Geburt. Sie sah sie noch vor sich, weiß und unnahbar im offenen Sarg, im flackernden Licht der Kerzen, die an den vier Ecken brannten, umgeben von schwarz gekleideten Menschen und dem endlosen Murmeln lateinischer Gebete. Sie hörte immer noch das Klappern der Perlen an den Rosenkränzen, wenn sie durch die Finger der Betenden glitten, und roch noch immer den Duft des schmelzenden Wachses und des Weihrauchs, der den Geruch von Tod und Einbalsamierung übertünchen sollte. Bei der Vorstellung, man hätte ihre Mutter, diese müde liebevolle Frau, die ein Kind nach dem anderen zur Welt gebracht und sich für ihre Familie aufgearbeitet hatte, auf einen Seziertisch gelegt und wie ein geschlachtetes Tier aufgeschnitten, rebellierte etwas in Anna. Nahm man damit einem Menschen nicht den letzten Rest Würde, die Totenruhe? Sie hatte sich im Rotkreuzklinikum oft um die Leichen der Verstorbenen gekümmert. Einmal war sie auch bei einer Autopsie dabei gewesen. Keine schöne Erfahrung.

Freilich gaben bei den Zechs andere Dinge den Ausschlag. In einem Haus mit acht Kindern war das Geld stets knapp.

Seit Anna in München im Rotkreuzklinikum arbeitete, führte Babette zu Hause in Aschheim den Haushalt. Der Jüngste, Wasti, war gerade eingeschult worden. Anna kannte die tausend Sorgen und Verpflichtungen, die Babette nun neben den Schularbeiten zu erledigen hatte. Es waren die ihren gewesen seit ihrem vierzehnten Lebensjahr.

Dass sie überhaupt in München eine Lehre machen durfte, rechnete sie ihrem Vater und der ganzen Familie hoch an. Sie war es ihnen schuldig, aus dieser Möglichkeit das Beste zu machen. Vielleicht könnte sie von ihrem höheren Gehalt in Zukunft sogar ein wenig für ihre Geschwister zur Seite legen.

Vor allem aber vertraute sie Onkel Ludwig. Tante Leni und er hatten selbst keine Kinder und Anna immer schon ein wenig wie eine Tochter behandelt. Onkel Ludwig mit seiner bedächtigen Art, seinem buschigen, schon leicht grau gesprenkelten Schnauzbart und der zerfurchten Stirn unter dem Gendarmenhelm konnte sich sonst endlos erregen über die Verderbtheit und Gefährlichkeit der Großstadt. Wenn Onkel Ludwig diese Stelle bei Gericht als wichtig und sinnvoll und als gute Position für Anna ansah, wog das viel bei seiner Nichte.

Deshalb saß sie heute hier auf der Bank in der Eingangshalle der Königlichen Anatomie und wartete darauf, dass jemand sie zu ihrem neuen Arbeitsplatz führte. Um sieben Uhr, hatte man ihr gesagt, solle sie sich beim Arzt melden, der heute in der Gerichtsmedizin Dienst tat. Aufgeregt, wie sie war, stand sie sogar eine halbe Stunde zu früh vor dem Tor. Es war noch verschlossen. Das Gebäude selbst wirkte riesig, mit einem Seitenflügel an der Schillerstraße und einem zweiten im Anschluss an das Tor, vor dem Anna wartete. Dazwischen erhob sich, auf einem Unterbau aus fünf halbrunden Erkern, eine gewaltige Kuppel mit hohen Fenstern. Es sah fast aus wie eine Domkirche, dachte Anna, nur viel neuer und moderner. Um das gesamte Gelände lief eine Mauer, und alle Fenster waren noch dunkel. Nervös wanderte Anna die Pettenkoferstraße auf und ab, bis der Hausmeister zehn Minuten nach ihr eintraf und sie einließ. Nur gut, dass es zu regnen aufgehört hatte.

Inzwischen, nachdem sie so lange gewartet hatte, hatte das Gebäude sich längst belebt. Das Foyer hallte wider von Stimmen und hastigen Schritten. Einmal war Anna schon aufgestanden, weil sie dachte, ein Herr komme auf sie zu, um sie abzuholen, er meinte jedoch jemanden in ihrer Nähe. Und am Empfang sagte man ihr nur, sie solle sich bitte noch gedulden.

Wie lange denn noch?

Anna besaß keine Uhr, war aber ziemlich sicher, dass sie inzwischen schon eine Stunde über die vereinbarte Zeit hinaus gewartet hatte.

Wenn es so viel zu tun gab, wäre es dann nicht sinnvoll, sie als zukünftige Assistentin dazuzuholen, statt sie im Foyer sitzen zu lassen? Sie ließ sich wieder auf der Bank nieder, aber als der nächste Mensch an ihr vorüber Richtung Rezeption eilte, sprang sie auf und redete ihn an.

»Entschuldigen Sie bitte? Können Sie mir vielleicht sagen, wo ich Doktor Gernhuber finde?«

Schmale Augen unter buschigen grauen Brauen musterten sie skeptisch. Der ältere Herr war nur kurz stehen geblieben, dann setzte er sich, während er antwortete, sofort wieder in Bewegung, sodass Anna neben ihm herlaufen musste.

»Doktor Gernhuber bin ich. Und ich bin ziemlich in Eile, Fräulein. Was wünschen Sie?«

»Ich soll mich heute bei Ihnen vorstellen, Herr Doktor.«

»Bei mir?«

»Ja. Ich habe heute meinen ersten Arbeitstag.«

Doktor Gernhuber hatte inzwischen den Empfangsschalter erreicht, drehte sich jedoch verblüfft nach Anna um. »Moment. Zech? Anna Zech?«

»Ja, Herr Doktor.«

»Das ist doch wohl nicht Ihr Ernst.« Der Gerichtsarzt fuhr zu der Dame am Empfang herum. »Ich hatte eine Obduktionsassistentin beantragt. Was schicken die mir denn für Kinder?« Er schaute wieder Anna an, und diese schob trotzig das Kinn vor.

Dass sie erst neunzehn war, hatte deutlich in ihren Bewerbungspapieren gestanden! War der Herr Doktor sich etwa zu fein gewesen, diese Papiere zu lesen, wenn er Anna nun ihr Alter vorhielt?

Der Arzt musterte Anna vom Kopftuch, das sie wegen des Regens aufgesetzt hatte, bis hinunter zu den Schuhspitzen. Anna konnte sich vorstellen, was er sah: ein schmales Persönchen, etwas mausgrau vielleicht, in einem abgetragenen Wollmantel, der zu groß für sie schien. »Wirklich ein Kind«, stellte er fest. »Was muss man sich in diesem Haus eigentlich noch bieten lassen? Wäre ich Depp nur nach Frankfurt gegangen! Um sechs Uhr morgens«, beschwerte er sich, gleichzeitig an Anna und die Rezeptionistin gewandt, »um sechs

Uhr morgens haben sie mich heute aus dem Bett geklopft. An meinem freien Tag! Weil Herr Professor Richter noch auf Besuch in Wien ist.«

»Es ist wirklich eine Schande, Herr Doktor«, sagte die Frau am Schalter und machte nebenher Eintragungen in ihrem Kalender. Sie sah nicht aus, als hätte sie auch nur zugehört. Wahrscheinlich hörte sie solche Klagen nicht zum ersten Mal. Anna begann zu ahnen, dass der Ärger des Arztes wenig mit ihr zu tun hatte.

»Dabei hätte eigentlich Doktor Schmidt Bereitschaft! Warum ist er nicht hier, warum hat man ihn nicht gerufen?«

»Das hat man ja, Herr Doktor Gernhuber. Aber da er bisher nicht eingetroffen ist ...«

»Muss der alte Gernhuber wieder dran glauben. Ich verstehe. Der Chef urlaubt, der Kollege faulenzt. Und jetzt das!« Er sah wieder zu Anna und schüttelte entrüstet den Kopf. »Ich wollte jemanden, der mir meine Leichen und den Lobinger rangieren kann. Vor allem den Lobinger! Und was bekomme ich? Eine Lernschwester.«

»Mit Verlaub, Herr Doktor«, sagte Anna fest. »Ich habe ausgelernt. Und ich habe beste Beurteilungen. Das können Sie nachlesen. Ich habe sämtliche Zeugnisse mit meiner Bewerbung zusammen eingereicht.«

»So. Und Sie glauben, nur weil Sie bei den Rotkreuzschwestern schon mal eine Leiche für die Beerdigung gewaschen haben, können Sie bei einer Autopsie assistieren?« Hoppla. Anscheinend hatte er Annas Bewerbung doch gelesen. Er machte eine wegwerfende Handbewegung. »Schön, schön, Fräulein Zech. Das werden wir ja gleich herausfinden, ob Sie sich da nicht vielleicht ein wenig zu viel zugemutet haben. Machen wir die Probe aufs Exempel. Kommen Sie nur gleich mit, dann wissen wir, was Sie können. Was wir auf dem Tisch haben, ist eine Wasserleiche.« Er fuhr wieder herum zur Empfangsdame. »Ist der Lobinger da?«

Die Frau bestätigte es.

»Nüchtern?«

Die Antwort fiel diesmal stumm aus, die Frau hob eine Hand und drehte sie bedächtig hin und her. Doktor Gernhuber schnaubte.

»Kaum überraschend. Na los, Fräulein, sehen wir einmal, wie Sie mit einer Wasserleiche zurechtkommen. Wie ich vermute, werden wir *Ihren* Mageninhalt schneller zu Gesicht bekommen als den unserer Toten.«

2.

»Du möchtest unsere Beziehung also beenden?«, erkundigte Carlotta sich bereits, während Friedrich von Weynand sich noch damit abmühte, seine Manschettenknöpfe zu schließen. Als er sich umdrehte, sah er Carlotta voll angekleidet hinter dem Wandschirm hervortreten. Sie hatte den Morgenrock, den sie sonst zu dieser Stunde trug, mit einem eng taillierten Kostüm vertauscht, lange Handschuhe übergestreift und sich sogar das Haar halbwegs geordnet. Ein Hauch von Parfüm schwebte in der Luft. Alles, was sie noch benötigte, waren Hut und Schirm, und Carlotta Picardo wäre ausgehfertig gewesen. An solchen Dingen merkte man, dass Carlotta von der Bühne kam und wie viel Erfahrung sie damit hatte, sich rasch aus- und anzuziehen.

»Davon hatte ich noch gar nichts gesagt«, antwortete er, ehrlich überrascht. Gerade hatte er noch überlegt, wie er die Angelegenheit am taktvollsten zur Sprache bringen sollte.

Sie ließ ein spitzes, spöttisches Lachen hören. »Mein lieber Fritz, ich bin nicht erst seit gestern in diesem Metier. Du weichst mir aus, gestern warst du sehr gegen deine Gewohnheit auffallend unaufmerksam, und heute trödelst du herum und wirkst verlegen. Also sag doch bitte einfach, was du mir zu sagen hast, damit wir in Ruhe frühstücken können.«

Weynand verkniff sich eine schnelle Antwort. Es gab viele Dinge an Carlotta, die er schätzte, abgesehen von den offensichtlichen. Ihre praktische Art gehörte dazu. Im Nachhinein gratulierte er sich selbst. Er pflegte seine Geliebten gut auszusuchen, auch dieses Mal wieder. Carlotta würde sicher hart verhandeln, aber sie war eine nette Person und würde ihm nichts nachtragen.

Er mochte sie, stellte er fest. Es wäre schön gewesen, jemanden wie sie auf Dauer in seinem Leben zu haben. Zu schade, dass das für ihn nicht möglich war.

»Eine Trennung jetzt scheint mir das Beste zu sein«, nickte er. »Wenn sich erst einmal Gewöhnung einstellt, wird auch das aufregendste Verhältnis schal. Wir sind bereits zu lange zusammen, ich möchte nicht warten, bis aus Gewohnheit Überdruss wird. Trennen wir uns, solange wir beide noch wissen, was uns aneinander gereizt hat.«

»Oh, ich denke, ich weiß noch sehr genau, was das war«, spöttelte sie. Sie lupfte die Brauen.

»Meine Brieftasche?«

»Und deine herrlich nüchterne Art, die Dinge zu betrachten. So, wie du das jetzt tust.« Sie trat ans Fenster und öffnete es, während er sich aufs Bett setzte, um sich die Schuhe anzuziehen. Draußen dämmerte es erst, nur einige Fenster in Küchen und Wirtschaftsräumen waren schon hell. Unten in der Landwehrstraße kreuzten die ersten Leute auf dem Weg zur Arbeit sich mit den letzten Heimkehrern aus den Varietés. Ein Automobil hupte.

»Was ist, falls ich noch keine Lust habe, dich aufzugeben?«, fragte Carlotta. Friedrich begriff natürlich, was sie tat. Sie versuchte, den Preis hochzutreiben.

»Also wirklich, Lottchen, ich bitte dich«, sagte Weynand, um sie zu ärgern. Carlotta Picardo, Sängerin an der Münchner Hofoper, hasste es, daran erinnert zu werden, dass ihr wirklicher Name Charlotte Bicker lautete und sie, statt in der Nähe der berühmten Mailänder Scala, in Düsseldorf als uneheliche Tochter einer Haushälterin zur Welt gekommen war. Ein bisschen war Weynand sogar stolz darauf, das herausgefunden zu haben. Womöglich wäre er, unter anderen Umständen, tatsächlich ein guter Journalist geworden? Ein Faible für interessante Geschichten hatte er schon immer gehabt.

»Mein Gehalt ist nicht so üppig, dass ich auf einen spendierfreudigen Liebhaber so einfach verzichten könnte«, sagte Carlotta.

Er lachte leise. »Du bist vielleicht nur die zweite Besetzung an der Oper, Carlotta, aber du nagst nicht am Hungertuch. Und erzähl mir nicht, ich sei dein einziger Verehrer. Ich bin nicht von gestern.«

»Und wenn schon.« Sie drehte sich zu ihm um und musterte ihn wie einen zu tranchierenden Braten. »Man hat Ausgaben. Man hat Gewohnheiten. Von den emotionalen Beschwerden, die eine Trennung mit sich bringt, gar nicht zu reden.«

»Emotionale Beschwerden?« Er legte die Hand aufs Herz und tat gerührt. »Du wirst mich also vermissen?«

»Vielleicht ein wenig«, lächelte sie. »In erster Linie werde ich die großzügigen Diners im Separee, den Kaviar und den

Champagner vermissen. In welcher Form gedenkst du mich dafür zu entschädigen?«

»Wollen wir uns jetzt zum Schluss noch über Geld streiten?«

»Wollen wir lieber darüber streiten, was passiert, wenn ich mich deiner erlauchten Familie als deine Geliebte präsentiere?«

Unwillkürlich ließ Friedrich kurz den Kopf hängen. Auch diese Drohung gehörte wohl zum Spiel. Selbst wenn Carlotta anzumerken war, wie ungern sie sie machte. Sie wusste oder ahnte zu gut, wie schwer es Weynand fiel, über seine familiären Verhältnisse zu sprechen.

»Was denkst du denn, das passieren würde?«

Sie zuckte ein wenig hilflos die Achseln. »Ich weigere mich zu glauben, dass es tatsächlich so unmöglich sein soll, dich zu erpressen, wie du behauptest. Es wäre entschieden nicht fair mir gegenüber. Eine Frau muss schließlich sehen, wo sie bleibt.«

Das brachte ihn zumindest zum Lachen, auch wenn es ein bitteres Lachen war. »Ich fürchte, ich muss dich enttäuschen, Lotte. Du kannst gern versuchen, ob du im Hause Senftl-von Weynand jemanden findest, der an deinen Erpressungsversuchen Interesse hat. Mein Schwiegervater sicher nicht; der wäre allenfalls enttäuscht zu hören, dass ich mich mit nur einer einzigen Geliebten zufriedengebe. Meine Schwiegermutter muss da mit ganz anderen Dimensionen leben. Und meine Gemahlin wird dir zwar ausgesprochen dankbar sein, weil du ihr die unangenehmen körperlichen Pflichten des Ehelebens so liebenswürdig abgenommen hast. Aber bezahlen wird sie dich trotzdem nicht dafür.«

Carlotta schüttelte missbilligend den Kopf. »Du bist ein Zyniker, Fritz.«

»Ein Realist.«

»Und wenn ich ihr noch mehr erzähle?«, fragte sie, halb spöttisch, halb im Ernst. Sie deutete mit der Hand auf die Wände. »Von dieser Wohnung? Von dem Arrangement, das du mit deinem Freund Arnsberg deswegen hast? Von deiner kleinen … Nebentätigkeit?«

Diesmal war sein Lachen breiter, und er brauchte die Heiterkeit nicht zu spielen. »Denkst du wirklich, meine Familie wüsste nichts von der Wohnung? Oder von der Zeitung? Es ist immerhin Senftl-Geld, mit dem ich diese Wohnung gemietet habe und die Druckerei für den *Münchner Generalanzeiger* bezahle.«

»Du willst doch nicht sagen, dein Schwiegervater ist an deiner Zeitung beteiligt?« Carlotta stand der Mund offen.

»Um Himmels willen! Mein erzkonservativer Chef und Familienvorstand würde sich doch nie in solche Niederungen begeben. Aber zum Dank dafür, dass ich seiner Tochter und seiner Firma meinen Namen samt adligem ›von‹, verliehen und Ersterer zwei Kinder geschenkt habe, hat er mir einen hübschen Titel, ein hübsches Büro und ein ganz besonders hübsches Gehalt zugeteilt.« Er zuckte die Achseln. »Wofür ich dieses Gehalt ausgebe, will er nicht wissen. Nicht einmal, wenn man es ihm unter die Nase reibt.«

Carlotta musterte ihn zweifelnd, und er schüttelte den Kopf. »Wenn du mir nicht glaubst, versuch's. Ich werde keinen Finger rühren und dir keinen Pfennig bezahlen, um zu verhindern, dass du meine Familie aufsuchst.«

»Mit dir hat man es wirklich nicht leicht, Friedrich von Weynand.« Sie seufzte. »Schön, schön. Ich habe verstanden. Dich zieht es zu neuen Ufern. Kenne ich sie?«

»Möglicherweise. Leider kenne *ich* sie noch nicht.«

»Was? Du hast noch keinen Ersatz für mich?«

»Niemand weit und breit«, sagte er aufrichtig. »Du hast also keinen Grund, einem armen Chormädchen die Augen auszukratzen. Ich werde erst einmal vollkommen zölibatär leben wie ein mittelalterlicher Klausner.«

»Ich glaub's dir aufs Wort. Als ob du fähig wärst, länger als …«

Sie brach ab. Es läutete an der Tür. Hastig zog Weynand sich den Rock über, während Carlotta, die offiziell hier wohnte, die Tür öffnete. Sie kam mit einem Umschlag zurück, an dem sie spöttisch schnupperte.

»Für dich. Mmh. Lavendel. Wie war das noch einmal mit deiner zölibatären Lebensweise, Fritz?« Sie hielt ihm den Brief hin. Er war adressiert an die Redaktion des *Münchner Generalanzeigers.*

Die Handschrift, eindeutig weiblich, kam ihm vage bekannt vor, aber er erinnerte sich erst, als er das kurze Schreiben entfaltet und überflogen hatte.

Mein lieber Herr Nachtwey,

wie geht es Ihnen? Sie haben sich lange Zeit nicht mehr bei uns blicken lassen. Ich muss gestehen, ich bin in Sorge um Sie. Falls Sie ungern ins Präsidium kommen oder falls man Ihnen Schwierigkeiten macht, hineinzugelangen, könnten wir uns gern einmal privat treffen, um zu plaudern.

Ich hätte da eine Neuigkeit für Sie, die sich heute Nacht ereignet hat und eventuell für Sie und Ihr Blatt interessant sein könnte: Wie ich im Rahmen meiner Tätigkeit erfahren habe, hat man die Leiche der Adele Röckl aus der Isar gefischt. Eine Schauspielerin wohl, ich weiß nicht, ob Ihnen der Name etwas sagt. Sie war einmal recht verrufen. Jetzt dürfte sie gerade in der Gerichtsmedizin auf dem Obduktionstisch liegen. Wenn Sie möchten, können wir uns gern darüber unterhalten (soweit es mir in meiner Vertrauensstellung gestattet ist, Informationen weiterzugeben). Ich würde mich glücklich schätzen, Ihnen behilflich sein zu können.

Ihre ergebene
Apollonia Hofer

Die Sekretärin des Polizeipräsidenten. Weynand erinnerte sich an das ältliche Fräulein, das mehr mitbekam als so mancher Kriminaler. Er hatte sich schon vor Jahren mit Bedacht gut mit ihr gestellt und wurde seitdem von ihr immer wieder mit Neuigkeiten und Tratsch aus dem Präsidium versorgt, wahrscheinlich immer dann, wenn sie sich wieder einmal über ihren Chef geärgert hatte.

Dieser Brief fesselte Weynands Aufmerksamkeit sofort. Leichenfunde an der Isar, von Verunglückten oder Selbstmördern, waren so selten nicht. Aber der Name weckte in Friedrich tausend Erinnerungen.

Adele Röckl. *Die* Adele Röckl. Die vor zwei Jahrzehnten in Oscar Wildes Theaterstück die Salome in einer Art gespielt hatte, die sämtliche Sittlichkeitsvereine und katholischen Zeitungsredaktionen vor Empörung hatte aufschreien lassen!

Die auf der Bühne ein so freizügiges Kostüm getragen und einen so aufreizenden Schleiertanz aufgeführt hatte, dass im Publikum manche Leute aufgestanden waren und den Saal verlassen hatten!

In deren Vorstellung sich ein gewisser Fritz von Weynand, gerade zwölf Jahre alt, heimlich geschlichen hatte, nur um dieses verruchte Wesen betrachten zu dürfen. Man hatte ihn noch vor dem ersten Auftritt der Hauptdarstellerin entdeckt und hinausgeworfen, aber die Plakate und Fotografien, die Weynand zuvor im Theaterfoyer gesehen hatte, waren einprägsam genug gewesen, um die Fantasie und die nächtlichen Träume eines Heranwachsenden auf Jahre hinaus zu prägen.

»Liebe Carlotta«, sagte er, »ich fürchte, ich kann doch nicht zum Frühstück bleiben. Darf ich dir Arnsberg vorbeischicken, damit er sich um deinen Auszug kümmert?« Erst, als er Carlottas Miene sah, wurde ihm bewusst, wie grob er sich gerade benahm. »Entschuldige. Du *hast* doch eine Möglichkeit, rasch irgendwo unterzukommen?«

»Ich gehe einstweilen in ein Hotel, du Rüpel.« Carlotta musterte ihn spöttisch, ohne wirklich beleidigt zu sein. »Interessante Neuigkeiten, nehme ich an?«

»Und ob.« Weynand steckte den Brief ein. »Ich ahne einen neuen Artikel für den *Generalanzeiger*.«

3.

Carlotta überließ Weynand kopfschüttelnd seiner Lektüre. Aus Erfahrung wusste sie, dass er ohnehin nicht ansprechbar war, wenn er eine neue Geschichte für sein aufrührerisches Zeitungsblatt witterte. Sie klingelte nach dem Hausdiener und wies ihn an, ein Frühstück aus dem nahe gelegenen Café zu holen, in dem sie sich üblicherweise verpflegte. Während sie darauf wartete, zog Weynand sich im Schlafzimmer hastig wieder um. Als er ins Wohnzimmer zurückkehrte, hatte er seine Nachtwey-Verkleidung angelegt: braune Hosen, die an den Säumen etwas verschlissen waren, eine Anzugjacke von ähnlichem, aber unpassendem Braun, eine zu auffällige Weste, ein farbenfrohes Halstuch und eine Arbeitermütze. So machte er an den Wochenenden gern die Theater, die Varietés und die Gaststätten Schwabings unsicher, immer auf der Suche nach Geschichten und Figuren des Münchner Stadtlebens, deren nächtliche Ausschweifungen er dann im *Generalanzeiger* ausführlich schilderte.

Als Fritz Nachtwey hatte Carlotta Friedrich von Weynand damals kennengelernt. Sie war aus allen Wolken gefallen, als dieser Klatschreporter, der in Schwabing einen Ruf wie Donnerhall hatte, sich als Mitglied einer zwar verarmten, aber höchst vornehmen Adelssippe entpuppte, der in eine der neureichen Unternehmerfamilien Münchens eingeheiratet hatte. Und er arbeitete nicht einfach für den *Generalanzeiger* – das windige Blatt gehörte ihm.

Carlotta war schon beinahe drei Monate seine Geliebte, bevor Weynand ihr seine wahre Identität enthüllt hatte, und sie nahm an, dass er die meisten ihrer zahlreichen Vorgängerinnen darüber völlig im Ungewissen gelassen hatte. Es war ein echter Vertrauensbeweis, auf den sie stolz war, und vielleicht auch ein Beweis dafür, dass Weynand in seinem sonstigen Leben wenig Leute hatte, denen gegenüber er aufrichtig sein konnte.

Von seinem eigentlichen Leben erfuhr sie dennoch wenig, und sie fragte nicht. Lediglich über seine Zeitung, mit deren Skandalgeschichten er wohl am liebsten der berüchtigten Berliner *B.Z. am Mittag* Konkurrenz gemacht hätte, ließ Weynand sich gerne aus. Er schien es geradezu zu genießen, seine eigenen Standesgenossen vorzuführen und lächerlich zu machen.

Weshalb er das tat, sagte er freilich nicht, und darüber wollte Carlotta auch gar nicht nachdenken. Hinter Friedrich von Weynands Stirn drehten sich entweder ein paar Zahnrädchen zu wenig, dachte sie spöttisch, oder ein paar zu viel.

»Du willst wirklich nicht auf das Frühstück warten?«, erkundigte sie sich jetzt.

Sie hätte sich die Frage sparen können, er war schon auf dem Weg zur Tür. »Danke fürs Angebot, Carlotta. Ein andermal gern. Jetzt habe ich keine Zeit zu verlieren. Autopsie in der Gerichtsmedizin.« Er warf einen prüfenden Blick in den Spiegel und rückte seine Schirmmütze schräg in die Stirn. Dann tippte er sich kurz und grüßend dagegen und stürmte nach draußen.

Männer, dachte Carlotta. Und Weynand war mit Sicherheit eines der seltsamsten Exemplare. Wenn auch eines der interessantesten, wie sie sich eingestand. Und eines der großzügigsten.

Schade, eigentlich. Aber wer beim Theater war, wusste, worauf man sich einließ, wenn man ein Verhältnis mit einem dieser reichen Herrschaften einging.

Carlotta genoss noch in Ruhe das Frühstück, das der Hausdiener ihr brachte, ehe sie sich auf den Weg zum Gärtnerplatz-Theater machte, wo sie gerade ein kleineres Engagement hatte. Sie nahm einen Teil ihrer Sachen bereits mit. Jetzt, da die Affäre mit Weynand beendet war, wollte sie nicht länger als notwendig in seiner Wohnung bleiben, das gehörte sich nicht. Es tat ihr ehrlich leid; in dieser luxuriös ausgestatteten Umgebung zu wohnen hatte ihr wirklich behagt. Aber vorbei war vorbei. Auch eine Mätresse vom Theater hatte ihren Stolz.

Vom Gärtnerplatz aus schickte sie jemanden los, ein passendes Hotelzimmer zu organisieren. Der Laufbursche war noch kaum gegangen, als es an der Tür klopfte. Herein trat ein Mann Mitte vierzig, groß, untersetzt und ein wenig zu auffällig angezogen.

»Victor«, grüßte ihn Carlotta. »Du hast Glück, mich zu dieser Uhrzeit hier zu treffen.«

»Ich dachte, ich versuch's einfach mal.« Er schob die Hände in die Hosentaschen. Ein nicht ganz geglückter Versuch, lässig auszusehen. Carlotta kannte diesen Mann noch nicht lange, doch sie fand, er sehe eher nervös aus. Unter seinem rechten Auge zuckte ein Muskel. »Haste dir meinen Vorschlag überlegt?« Er grinste anzüglich und warf sich in die Brust. »Meine Argumente habe ich dir ja wohl deutlich genug geschildert.«

Was wohl eine Anspielung auf das kurze und eher rüde Schäferstündchen in Victors Hotelzimmer sein sollte.

Das war eben der Unterschied, dachte Carlotta, zwischen Männern wie Weynand und solchen wie dem Exemplar, das gerade in ihrer Garderobe stand. Eine adlige Erziehung ließ sich nicht verleugnen.

»Das hast du in der Tat«, sagte Carlotta höflich. »Aber ich hatte dir bereits erklärt, dass ich eine solche Entscheidung nicht überstürzt treffen möchte. Und ich habe einen Kontrakt an der Oper. Den werde ich erfüllen.«

Er zischte spöttisch. »Aber wozu das denn, Kleines? Weil du *vielleicht* eine der beiden Zigeunerinnen in *Carmen* singen darfst, wenn Caruso diesen Monat sein Gastspiel gibt? Ich sag's dir, jemand mit deinen Qualitäten hat Besseres verdient, als hier in München als Zweitbesetzung zu versauern. Vergiss diese Banausen, vergiss den ganzen Krempel hier, und komm mit mir nach Frankfurt. Ich hab ein neues Stück, das wie geschaffen ist für dich. Ich bringe dich ganz groß raus.«

Es war nicht, als ob solche Reden Carlotta nicht in Versuchung geführt hätten. Sie hasste es, an der Hofoper immer und immer wieder zurückstehen zu müssen hinter größeren Namen und für kurze Gastspiele engagierten Sängern aus dem Ausland. Sie hätte alles gegeben, um wenigstens einmal eine Chance zu bekommen.

Aber etwas an Victor missfiel ihr. Sie hätte nicht einmal genau sagen können, was es war. Oberflächlich betrachtet sah er mit seiner hellen Weste unter einem Cutaway, der schon bessere Tage erlebt hatte, und dem leuchtend blauen Tuch um den Hals Weynand in dessen Nachtwey-Verkleidung beinahe ähnlich, wenn man berücksichtigte, dass Weynand erst Mitte dreißig und damit sicher zehn Jahre jünger war.

Mit den Jahren im Geschäft entwickelte man wohl gewisse Instinkte, dachte Carlotta. Und diese Instinkte warnten sie nun dringend davor, sich diesem Mann anzuvertrauen. Nicht nur, dass sie kaum etwas über ihn wusste, außer dass er offenbar Theaterintendant in Frankfurt war und sich auf seine Qualitäten als Liebhaber entschieden mehr einbildete, als diese wert waren. Da war auch etwas seltsam Verschlagenes, beinahe Rohes an ihm, das sie unwillkürlich abstieß.

»Es tut mir leid, Victor, aber es ist eine Frage des Prinzips. Ich habe eine gute Reputation als jemand, auf den man sich verlassen kann. Die möchte ich nicht aufs Spiel setzen. Mein hiesiges Engagement am Gärtnerplatz muss ich ohnehin noch erfüllen. Wenn du danach noch eine Rolle für mich hast, können wir gern darüber sprechen.«

»Also ewig warten kann ich nicht auf dich«, schnaubte er. »Ich muss zurück nach Frankfurt.«

»Schon? Ich dachte, du wolltest noch ein paar Wochen bleiben? Hattest du nicht gesagt, du hättest noch private Dinge in München zu erledigen?«

»Hat sich geändert«, sagte er knapp. Wieder hatte Carlotta den Eindruck, er werde nervös. »Also, was ist nun? Wenn du die Rolle willst, musst du dich jetzt entscheiden.«

Unter Druck setzen lassen wollte Carlotta sich schon gar nicht. Andererseits war es auch nicht ratsam, jemanden zu verärgern, der Rollen zu vergeben hatte.

»Wenn es tatsächlich jetzt gleich sein muss, Victor, bin ich zu meinem Bedauern gezwungen, dir abzusagen.« Sie senkte traurig die Lider. »Ich bin sicher, du verstehst das. Du würdest doch auch nicht wollen, dass deine Sänger dir mitten in einem Engagement davonlaufen.«

Wie erwartet, gab Victor sich daraufhin versöhnlich. »Ist mir schon passiert und war nicht angenehm. Bist ein gutes Kind, Carlotta, ein braves Mädchen. Aber die braven Mädchen sind nun einmal oft die, die man übersieht, nicht wahr?«

»Wenn du etwas für mich hast, sobald ich frei bin, melde dich bitte gern bei mir.«

»Werd ich machen.« Er grinste erneut. »Eigentlich hätte ich unsere Bekanntschaft von gestern auch gern noch ein bisschen aufgefrischt, damit du mich nicht vergisst. Aber ich bin schon auf dem Weg zum Zug. Na, und hier ist's wohl kaum sehr romantisch.«

»Kaum«, bestätigte Carlotta hastig und wünschte ihm eine gute Reise.

Er war noch keine zehn Minuten fort, als der Bursche, den Carlotta losgeschickt hatte, mit den Schlüsseln für ein Hotelzimmer zurückkehrte. Sie schickte ihn gleich weiter, um in ihrer bisherigen Wohnung in der Landwehrstraße den Hausdiener zu beauftragen, Koffer und Kisten für ihren Auszug bereitzustellen. Sie selbst beschloss, erst einmal in Ruhe ins Hotel zu fahren, ehe sie am Nachmittag ihre Habseligkeiten aus der Wohnung holte.

Auf dem schmalen Flur vor den Garderoben stand ein kleines Grüppchen beisammen, einige Bühnenarbeiter und zwei Mädchen vom Chor. Um diese Uhrzeit so viele Leute in den Garderoben anzutreffen war ungewöhnlich. Neugierig gesellte Carlotta sich dazu.

»Ist etwas passiert?«

»Das wissen wir noch nicht sicher, Signora«, meinte einer der Arbeiter. »Es geht das Gerücht um, dass sie jemand gefunden haben. Tot. Die Röckl, sagen sie.«

»Adele Röckl? Um Himmels willen. War die nicht gestern noch hier? Ich meine, ich habe sie in ihrer Garderobe gesehen. Ein Unfall?«

»Angeblich haben sie sie aus der Isar gezogen«, sagte eines der Mädchen. Das andere schnaubte höhnisch und schaute Carlotta an.

»Hätte seine Vorteile, wenn's wahr wäre. Eine weniger, die sich um einen Platz auf der Bühne mit uns streitet. Zumindest muss sich dann von euch Primadonnen niemand mehr Sorgen machen, dass euch die alte Röckl noch den Rang abläuft, gell?«

Auf so etwas auch nur zu antworten wäre unter Carlottas Würde gewesen. Mit dem Getratsch der Chormädchen gab sie sich nie ab, außerdem empfand sie es als gefühllos, so über den Tod einer Kollegin zu reden. Carlotta mochte Adele Röckl kaum gekannt haben, aber ihre Garderoben lagen nur ein paar Türen auseinander, sie hatten einander hin und wieder auf dem Flur gegrüßt und ein paar Floskeln gewechselt. Sich vorzustellen, dass diese Frau in der vergangenen Nacht gestorben war, während Carlotta sich in Victors Hotelzimmer hatte einladen lassen, erschütterte sie doch. So nahe lagen Leben und Tod beieinander.

Vermutlich würde jetzt bald die Polizei auftauchen und Fragen stellen. Solche Schnüffelei war am Theater noch unbeliebter als anderswo. Carlotta überlegte sich daher besser rechtzeitig, was sie sagen sollte. Am besten so wenig wie möglich, dachte sie. Diskretion zahlte sich auf lange Sicht stets aus.

Sie drehte sich um und schritt weiter den Flur entlang, um dem Sekretär des Intendanten auszurichten, dass ihre Adresse sich geändert hatte und wo sie in Zukunft zu erreichen war.

4.

»Sind Sie wirklich sicher, dass Sie sich das zutrauen?«, erkundigte sich Doktor Gernhuber. Seit er und Anna sich die weißen Kittel angezogen und sich in den Autopsiesaal begeben hatten, hatte sein Tonfall sich merklich verändert, von ärgerlich zu besorgt. Seine Blicke glitten zwischen Anna und dem marmornen Tisch, auf dem die Leiche unter ihrem weißen Tuch lag, hin und her. »Wenn Sie mir jetzt umkippen, muss ich womöglich erst Sie verarzten, bevor ich die arme Adele Röckl aufschneiden kann.«

Womit er vermutlich die Leiche unter dem Tuch meinte.

Anna blickte sich in dem Raum um. Was für ein Unterschied zu dem engen, dunklen Kämmerchen, in dem die Schwestern im Rotkreuzklinikum den Verstorbenen den letzten Dienst erwiesen, sie gewaschen und für die Aufbahrung hergerichtet hatten. Hier flutete das Licht ungehindert durch die fast wandhohen Bogenfenster, die medizinischen Instrumente glänzten sauber, an den Wänden standen die Behälter für die inneren Organe, und lange Reihen von Aktenmappen dokumentierten die Arbeit früherer Untersuchungen. Boden und Wände waren weiß gefliest, alles wirkte neu und ordentlich.

Der Gedanke, einen Menschen aufzuschneiden, erschien ihr in diesem Raum weniger beängstigend. Er wirkte wie ein Operationssaal, nicht wie ein Ort für Leichen. So, als würde man die Menschen hier behandeln, nicht auseinandernehmen. So, als wären sie noch am Leben und als wollte man sie, indem man ihnen Wunden zufügte, von einem größeren Leiden heilen.

»Selbstverständlich möchte ich meine Arbeit bei Ihnen beginnen«, sagte Anna. Etwas fester und entschlossener, als sie sich fühlte, aber aufrichtig. Die Skepsis des Arztes machte sie eher trotzig, statt sie zu verunsichern. Er hatte ihre Fähigkeiten in Zweifel gezogen, er würde sich noch wundern!

»Na schön.« Doktor Gernhuber deutete auf den Autopsietisch. »Versuchen wir es. Ohne Ihre Assistenz wüsste ich nicht, wie ich die Obduktion überhaupt durchführen sollte. Und ich werde Sie nicht schonen. Also los, enthüllen Sie unsere heutige Arbeit.«

Anna trat an den Tisch und schlug das Leichentuch zurück.

Der Anblick war weniger erschreckend, als sie befürchtet hatte. Vielleicht hatte die Haut eine etwas andere Färbung als bei den Leichen, die sie im Krankenhaus gesehen hatte, vielleicht war das Gesicht der Toten ein wenig aufgedunsen. Alles in allem sah diese Wasserleiche aber gar nicht so schlimm aus. Keine Entstellungen, keine Zerstörung durch Tiere, keine Algen in den Haaren oder Ähnliches, womit Anna heimlich gerechnet hatte.

Einfach eine tote Frau. Vielleicht vierzig Jahre alt, schlank, mit schweren Brüsten und vollen Schenkeln, aber sehr schmalen Fesseln und zierlichen Händen und Füßen. Leichenflecken waren auf der Oberseite keine zu sehen. Der Geruch überraschte sie als Krankenschwester nicht.

»Wir haben Glück«, sagte Doktor Gernhuber prompt. »Die Leiche war nicht lange im Wasser.« Er schaute auf Anna. »Ihnen geht es gut?«

»Ja, Herr Doktor. Es ist ja nicht das erste Mal, dass ich eine Tote sehe. Nur die erste Wasserleiche. Ich hatte es mir viel schlimmer vorgestellt.« Anna musterte das Gesicht der Frau. Im Tod erschlafften die Muskeln, hatte man ihr in der Lehrzeit beigebracht, darum war kein Gesicht fähig, den Ausdruck beizubehalten, den es in seinen letzten Minuten gezeigt hatte. Alle Gefühle, Leid, Hass, Angst, Verzweiflung, endeten mit dem Tod. Alle Toten sahen friedlich aus.

Sogar Selbstmörder. Anna dachte an Tante Sophie.

»Glauben Sie, dass sie sich ertränkt hat, Herr Doktor?«, erkundigte sie sich unwillkürlich. Gernhuber lächelte unmerklich, bevor er mit der Zunge schnalzte.

»Wir sind nicht zum Glauben hier, Fräulein Zech.«

»Selbstverständlich nicht.« Anna wurde ein wenig rot.

»Wir hier wollen herausfinden, woran sie gestorben ist. Das ist unsere Aufgabe. Denken Sie immer daran, dass wir bei null beginnen müssen. Nur weil die Tote aus dem Wasser gezogen worden ist, muss sie nicht dort gestorben sein. Jemand könnte sie erstochen und danach ins Wasser geworfen haben. Sie hatte vielleicht einen Herzinfarkt und ist ohnmächtig in die Isar gefallen. Das Wichtigste bei unserer Arbeit ist, unvoreingenommen an die Dinge heranzugehen, selbst wenn ein Fall uns klar erscheint.«

»Natürlich, Herr Doktor.«

Hinter Gernhuber schepperte etwas. Ärgerlich fuhr der Arzt herum. »Lobinger, sind Sie das?«

Ein Mann tauchte in der Tür zum Nebenzimmer auf. Er war fast schäbig gekleidet und mochte nur wenig jünger sein als Doktor Gernhuber. Als er zögernd näher trat, brachte er eine Wolke aus Alkoholgeruch mit sich.

»Zu Diensten, Herr Doktor.« Er lallte leicht.

Doktor Gernhuber verdrehte die Augen zur Saaldecke. »Das möchte ich sehen, dass Sie einmal wirklich dienstbereit sind. Sie riechen wie eine Schnapsfabrik. Fräulein Zech, das ist Josef Lobinger. Unser hiesiges Faktotum. In Wirklichkeit freilich eher ein Facnullum. Wo sind Sie gewesen, Lobinger? Warum haben Sie mich nicht früher verständigt? Wo steckt Dr. Schmidt?«

»Wenn ich's nur wüsst, Herr Doktor.« Lobinger fuhr sich über den Mund, er schabte dabei hörbar über die Bartstoppeln auf den unrasierten Wangen. »Müssen S' schon entschuldigen, Sie waren ned da, und der Schmidt is' ned da, und überhaupt keiner war da, und allein mit der Leich' wollt ich halt auch ned bleiben. Also bin ich zum Frühstücken hinüber ins Café. Gell?«

»Hoffnungslos ist es mit Ihnen.« Gernhuber winkte ab. »Ihr Frühstück würde ich Ihnen ja vergönnen, wenn es aus etwas anderem als Obstbrand bestehen würde.«

»Is' halt das Einzige, was drinbleibt, Herr Doktor, wenn ich Ihnen assistieren soll.«

»Hoffentlich erweisen Sie sich für mich als eine größere Hilfe als dieser Kerl, Fräulein Zech.« Doktor Gernhuber holte von einem der Wandregale Block und Bleistift. »Hören Sie, denken Sie, Sie können nebenher auch ein wenig Protokoll führen? Normalerweise würde das der zweite Obduzent machen, aber Herr Doktor Schmidt … Irgendwie werden wir es schon hinbekommen. Länger warten können wir nicht mehr. Wir werden hin und wieder unterbrechen, damit ich Ihnen diktieren kann. Schreiben Sie einfach mit, was ich sage, und beobachten Sie, was ich mache. Zwischendurch werden Sie mir assistieren müssen, denn mit dem da«, er warf einen bitterbösen Blick auf Lobinger, »ist nicht zu rechnen. Der macht sich in die Hosen, sobald er in der Nähe einer Leiche ist.«

»Ich werde tun, was ich kann, Herr Doktor«, sagte Anna.

»Schön, schön.« Gernhubers Benehmen hatte sich völlig gewandelt. Als ob er im Autopsiesaal ein anderer Mensch war. »Sie sind ein mutiges Mädchen, das sehe ich schon.« So arrogant und ärgerlich er sich in der Eingangshalle benommen hatte, so bedächtig und umgänglich schien er jetzt. »Wie ich sehe, haben Sie sich wenigstens aufraffen können, die Leiche zu entkleiden, Lobinger. Brav, brav.«

»Will ich meinen, Herr Doktor.« Lobinger hatte offenbar beschlossen, die Ironie im Tonfall des Arztes völlig zu überhören. »Mein Frühstück hab ich mir damit sauer genug verdient.«

Doktor Gernhuber setzte seine Brille auf und trat neben den Obduktionstisch. »Ihr Mittagessen werden Sie sich später damit verdienen, mir dabei zu helfen, die Leiche umzudrehen«, ergänzte er trocken. »Dafür hat unser Fräulein Zech noch nicht genug Erfahrung. Aber vorher halten wir den ersten Eindruck fest.« Er schaute Anna an. »Normalerweise müsste man uns sofort hinzuziehen, sobald die Leiche aufgefunden wird, denn auch die Fundumstände können viel verraten. Natürlich passiert das so gut wie nie, weil jeder sofort die Nerven verliert und nur daran denkt, den Toten von seinem Grundstück zu bekommen. Wir sehen also viel zu häufig die Toten erst, nachdem wichtige Indizien bereits zerstört wurden. Aber das können wir nicht mehr ändern. Nehmen Sie jetzt den Block, Fräulein Zech. Beginnen wir mit einer Bestandsaufnahme der äußerlichen Verletzungen. – Lobinger, wagen Sie es nicht, den Raum zu verlassen! – Ich sehe Abschürfungen an den Unterarmen und Händen. Dem Anschein nach postmortal, vielleicht schleifte der Körper über den Grund. Keinerlei Hypostasen. Können Sie sich denken, was uns das sagt, Fräulein Zech?«

Diese Frage war einfach. »Leichenflecken entstehen, wenn das Blut noch flüssig ist und sich allmählich an der Unterseite des Körpers sammelt. Unsere Tote liegt auf dem Rücken, also sammelt das Blut sich im Moment dort.«

»Richtig. Das Blut gerinnt nach und nach im Verlauf von vierundzwanzig bis dreißig Stunden. Im Moment scheint es noch sehr flüssig zu sein. Die obere Partie der Leiche ist beinahe blutleer. Wir können also daraus schließen, dass unsere arme Frau Röckl noch nicht allzu lange tot ist.« Er beugte sich über den Seziertisch und rückte seine Brille zurecht. »Diese Verletzungen werden wir uns noch genauer ansehen. Die meisten sind vermutlich entstanden, als die Leiche in der Isar trieb. Darunter scheinen mir allerdings ältere, bereits vernarbte Kratzer zu sein, Druckstellen und Hämatome, das könnten Abwehrverletzungen sein.«

Anna schrieb und achtete gleichzeitig darauf, wovon der

Arzt sprach. Doktor Gernhuber schien nach einem bestimmten Schema vorzugehen; er hob den Arm der Leiche und probierte, inwieweit die Glieder sich noch bewegen ließen. »Rigor mortis noch im Anfangsstadium. Deckt sich mit dem Blutgerinnungszustand. Man sieht übrigens noch Spuren von Wimperntusche und Rouge auf den Wangen.« Er machte einen Schritt zurück und musterte das Gesicht der Toten beinahe zärtlich. »Arme Adele. Wo bist du gewesen, hm? Warst du heute Nacht womöglich noch tanzen?«

»Wer ist die Frau denn, Herr Doktor?«, fragte Anna und verbesserte sich: »Ich meine, wer war sie?«

»Benutzen Sie ruhig das Präsens«, sagte Gernhuber. »Ich finde es passend. Für uns, die wir ihre letzten Stunden rekonstruieren wollen, sind die Toten noch nicht Vergangenheit. Der Name unserer Patientin wird Ihnen nichts sagen, Fräulein Zech, Sie sind dafür viel zu jung. Aber die meisten Männer in meinem Alter werden sie kennen. Das ist Adele Röckl, sie war einmal eine große Diva auf Münchens Theaterbühnen. Ich habe sie als Salome gesehen; sie war hinreißend. Waren Sie mal im Theater, Lobinger?«

»Mein Lebtag lang nicht, Herr Doktor. Aber eine Postkarte von der Röckl hatte ich über meinem Bett hängen. Auf dem Bild hatte sie auch nicht viel mehr an als jetzt.«

»Lobinger!« Doktor Gernhuber machte eine entschuldigende Geste in Annas Richtung, dann eine zweite, ganz ähnliche in Richtung der Toten, ehe er die Untersuchung wieder aufnahm. »Hm. Das ist … hässlich.« Er warf einen unruhigen Blick auf Anna. »Multiple Hämatome an den Oberschenkeln. Fräulein Zech …«

Anna konnte nicht verhindern, dass sie ein wenig rot wurde. »Ist schon gut, Herr Doktor. Im Krankenhaus sieht man manchmal auch sehr hässliche Dinge. Ist sie … hat man sie …«

»Wir werden den Vaginalbereich später genau untersuchen. Aber es sieht zumindest nach äußerst heftigem Geschlechtsverkehr aus. Möglicherweise erzwungenem. Bestimmt nichts, womit ich Sie gleich an Ihrem ersten Arbeitstag konfrontieren wollte. Eigentlich hätte ich Sie noch nicht einmal mit einer Obduktion konfrontieren wollen. Oh. Das ist ja wirklich interessant. Kommen Sie her, Fräulein Zech. Sehen Sie die Narbe hier, oberhalb des Schambereichs? Wissen Sie, was das ist?«

»Eine Kaiserschnittnarbe, nicht wahr?«

»In der Tat. Lobinger, haben Sie gewusst, dass die Röckl ein Kind hatte?«

»Da hat nie einer was g'sagt davon.«

»Mir ist es auch neu. Aber freilich, bei ihrem Gewerbe wundert es einen nicht. Machen Sie eine Notiz, Fräulein Anna. Das könnte die Kollegen von der Polizei interessieren, wenn es darum geht, die Familie der Frau zu ermitteln. Und dann lassen Sie mal sehen, was Sie notiert haben, bevor wir weitermachen … Gut, gut, das wird's tun für unsere Zwecke. Schöne Schrift haben Sie. Lobinger, kommen Sie her, helfen Sie mir, die Leiche umzudrehen, damit wir nach Verletzungen am Rücken schauen können. Und dann wird es ernst für Sie, Fräulein Anna, dann müssen wir richtig anfangen. Legen Sie schon einmal die Skalpelle bereit, sind Sie so gut? Und sagen Sie um Gottes willen, wenn es Ihnen zu viel wird. Mir sind schon Studenten weggekippt, als sie zum ersten Mal einen T-Schnitt gesehen haben.«

Das zumindest, da war Anna sicher, würde ihr nicht passieren. Wenn sie bedachte, mit welchem Widerwillen sie heute hierhergekommen war, wunderte sie sich fast über sich selbst. Die Arbeit schien ihr nicht nur interessant, sie schien ihr wichtig. Und richtig.

5.

Weynand erwischte seinen Freund gerade noch, bevor dieser in seinen Wagen steigen konnte. Der Kühlstein parkte am Straßenrand, wie meist. »Heinrich, einen Moment!«

Verwundert drehte Arnsberg sich um, er blinzelte kurzsichtig. Seinen alten Schulkameraden Friedrich von Weynand erkannte er erst auf den zweiten Blick, wie üblich trug er seine Brille nicht. Dafür war Heinrich von Arnsberg schon in der Schule zu eitel gewesen. Und erst recht seit der ersten Tanzstunde, als er entdeckte, welche Wirkung sein ein wenig richtungsloser Blick, im Verbund mit romantischen Locken und einer athletischen Figur, auf das andere Geschlecht hatte. Niemals hätte er diesen Eindruck durch ein hässliches Drahtgestell auf der Nase beeinträchtigen wollen.

»Himmel, Fritz«, beschwerte Arnsberg sich, nachdem er sich vergewissert hatte, mit wem er sprach. »Läufst du heute schon wieder in dieser Verkleidung herum?«

»Für den Herrn Nachtwey ist das keine Verkleidung«, grinste Friedrich. Dass seine Rolle als Klatschreporter ihm erlaubte, legere Kleidung zu tragen, gehörte zu den vielen kleinen Freuden seines Doppellebens.

Arnsberg verdrehte ungeduldig die Augen. »Ich bitte um Verzeihung, ich konnte ja nicht ahnen, dass ich es wieder mit Herrn Nachtwey zu tun habe. Was hast du denn so früh schon vor? Vernünftige Leute schlafen doch noch.« Es war kurz nach acht.

»Du bist ja auch schon unterwegs.« Was für Heinrich von Arnsberg tatsächlich ungewöhnlich war. Auch wenn der Grund sich leicht erraten ließ.

»Christiane«, bestätigte Arnsberg. Er sah müde aus, dachte Weynand. Unter den Augen hingen tiefe Schatten, die Rasur war anscheinend ausgefallen, und das Haar trug sein Freund deutlich länger, als es sich eigentlich für einen anständigen Menschen gehörte. Alles in allem wirkte Arnsberg erschöpft. Wie einer, der bereit war, alles hinzuwerfen. Aber diesen Eindruck machte Weynands alter Schulfreund schon lange. Dummerweise ließ seine Ehefrau ihn nicht.

»Du hast keine Ahnung, wie viel Glück du mit deiner Frau hast, Fritz«, sagte Arnsberg prompt. »Zumindest verfolgt dich die deine nicht mit ihrer permanenten Eifersucht.«

»Nein«, gab Friedrich zu. Dafür kümmerte sie sich keinen Deut um das, was er tat, dachte oder empfand. War das wirklich besser? Weynand wünschte, er hätte es Arnsberg erklären können, um wie viel mehr es schmerzte, derart überflüssig und unbeachtet zu sein. »Ich habe nie begriffen, weshalb ihr beide, du und Christiane, nicht besser miteinander auskommt«, sagte er stattdessen. »Ihr liegt doch offensichtlich viel an dir.«

Weynand und Arnsberg stammten beide aus Familien alten bayerischen Landadels, waren alte Schulfreunde, und selbst ihre Ehen waren unter ähnlichen Umständen zustande gekommen: Beide hatten Töchter reicher Unternehmer geheiratet. Ihre Frauen hätten allerdings nicht unterschiedlicher sein können: Weynands Frau Sibylle interessierte sich für nichts als ihren Rang in der guten Gesellschaft Münchens. Christiane von Arnsberg verkehrte in Künstlerkreisen, kannte Maler und Theatermenschen, unterhielt Freundschaften zu einigen ziemlich schrägen Persönlichkeiten der Schwabinger Cliquen, hatte stets den neuesten Roman gelesen und lud den Autor, wenn irgend möglich, anschließend zu sich zum Abendessen ein. An solchen Abenden suchte Arnsberg, dessen Interessen sich in Jagd, Pferdewetten und Chormädchen erschöpften, regelmäßig das Weite.

Eigentlich war es ungerecht. Was Weynands Frau an Geist zu wenig hatte, hatte Christiane im Überfluss. Und Weynand brachte es nicht einmal über sich, die Schuld auf Arnsbergs Frau zu schieben und seinen Freund zu verteidigen. Im Gegenteil, er mochte Christiane. Sie war aufmüpfig, vielleicht zu herrisch in ihrem Auftreten und zu wenig anschmiegsam. Aber sie war vor allem klug, gebildet, energisch und vielseitig interessiert. Wäre sie nicht so streng gewesen, hätte Weynand sich durchaus vorstellen können, sich in sie zu verlieben.

»Ihr liegt daran, mich unter Kontrolle zu haben«, korrigierte Arnsberg mürrisch. »Und wehe, sie erwischt mich auf Abwegen!«

Heinrich von Arnsberg war vom ersten Tag seiner Verlobung an todunglücklich gewesen. Dass er in seiner Ehe nicht nur der schwächere Part sein, sondern auch unter dauernder

Kontrolle stehen würde, trieb ihn zur Verzweiflung. Arnsberg hatte sich nie um Regeln geschert, noch weniger als Friedrich. Charmant, wie er war, hatte man ihm die meisten Verfehlungen durchgehen lassen. Nur vor dem unbarmherzigen Auge Christianes konnte er nicht bestehen. Es irritierte und verunsicherte ihn maßlos.

Aus diesem Grund teilte Weynand mit ihm auch die Wohnung in der Landwehrstraße, in der gerade Carlotta ihre Sachen packte. Weynand hatte diese Wohnung einst, in besseren Jahren, von seiner Mutter geerbt und sich stur geweigert, sie je zu verkaufen. Als Heinrich von Arnsberg heiratete, hatte Weynand ihm die Wohnung gegen eine symbolische Summe von ein paar Mark überlassen. Er selbst würde sie nicht mehr brauchen, nahm er an, er hoffte damals auf eine glückliche Zukunft mit Sibylle. Es war Weynands Hochzeitsgeschenk an seinen alten Freund gewesen, gedacht als Rückzugsort und, ja, vielleicht auch als Platz, an dem Heinrich ein Mädchen unterbringen konnte, bei dem er mehr Trost und Verständnis zu finden hoffte als bei seiner Christiane.

Diese begriff rasch, woran sie mit Arnsberg war. Seitdem schien Christiane ihren Ehemann auf Schritt und Tritt zu überwachen. Arnsberg stahl sich hin und wieder davon in das Separee eines Theaters oder ins Schlafzimmer einer Sängerin, flirtete mit jeder Verkäuferin und jedem Chormädchen. Ein Pantoffelheld wollte er nicht sein, aber sich eine klassische Geliebte zu leisten wagte er auch nicht.

Und so nutzte Weynand, dessen Träume vom glücklichen Familienleben die ersten Jahre nicht überstanden hatten, die Wohnung in der Landwehrstraße wieder selbst. Für Carlotta oder wie auch immer die Dame gerade hieß, bei der er sich eine Weile aufwärmte von jener Eiswüste, zu der sein Leben gefroren schien.

»Weißt du«, sagte Arnsberg inzwischen fassungslos, »ich glaube, Christiane würde es wirklich auf einen Skandal ankommen lassen. Sogar auf eine Scheidung! Ihre freigeistigen Künstlerfreunde raten ihr dazu. Die lassen sich doch alle naselang scheiden. Mein Gott, das muss man sich einmal vorstellen! So weit ist es in der Welt gekommen.«

Christiane hätte zweifellos genug Mut gehabt, gab Weynand zu, und sie hätte Arnsberg, der finanziell völlig von ihr und ihrem Vater abhing, mit einer Scheidung ruiniert. Doch nur ein so ängstlicher Charakter wie Arnsberg fürchtete sich wirklich davor.

»Du weißt genau, dass sie das nie tun würde. Sie liebt dich, sonst wäre sie doch nicht eifersüchtig.«

»Sie hat Angst, dass ich unseren guten Namen ruiniere«, verbesserte Arnsberg ihn. Weynand musste zugeben, dass er damit wohl recht hatte. Aber auch, dass Christianes Angst begründet war. Heinrich schlug zu oft und zu sehr über die Stränge. Doch um das anzusprechen, fehlte ihm jetzt die Zeit.

»Hör mal, Heinrich, eigentlich wollte ich dich nur um einen Gefallen bitten. Mit Carlotta ist es aus, und offiziell bist du ja ihr Vermieter. Könntest du dafür sorgen, dass ihr jemand beim Auszug hilft?«

»Das auch noch! Wenn Christiane das mitbekommt …«

»Dann sagst du ihr einfach die Wahrheit, und ich lege vor Christiane eine Zeugenaussage ab und bekenne mich als alleinigen Schuldigen und reuelosen Sünder. Versprochen. Schau, ich würde mich ja selbst darum kümmern, aber ich bin gerade ziemlich in Eile, ich laufe direkt weiter zur Anatomie. Man hat heute Nacht eine ziemlich prominente Dame aus dem Wasser gefischt.«

»Etwa die Röckl?« Arnsberg öffnete die Wagentür, bevor Weynand seine Überraschung äußern konnte. »Davon habe ich gerade in der Morgenzeitung gelesen. So prominent war die aber nicht mehr, die hatte ihre beste Zeit längst hinter sich.«

»Ihre beste Zeit hatte sie um die Jahrhundertwende. Da war sie die große Bühnenattraktion in München, alle Welt hat sich um sie gerissen. Wer weiß, welcher Herr der guten Gesellschaft ihr damals nahegekommen ist. Und wie peinlich es ihm jetzt sein wird, wenn das in der Zeitung steht!«

»Du und deine schmutzige Fantasie«, lachte Arnsberg.

»He, Adele Röckl war Schauspielerin. Und kam sie nicht ursprünglich vom Varieté? Von da kommst du nicht nach oben ohne die Protektion einflussreicher Herren. Diese dunklen Geheimnisse wird der findige Herr Nachtwey gnadenlos aufspüren.«

»Und wenn er nichts aufspürt, wird er trotzdem etwas schreiben und eine Menge Andeutungen machen«, seufzte Arnsberg. »Du hast keinerlei Moral, Fritz.«

»Ich? Nicht eher die betreffenden Herren und Damen? Bisher haben Nachtweys Artikel keinen Falschen getroffen.«

»Denkst du nicht, dass du um diese alte Schauspielerin ein bisschen viel Wind machst?«

»Ganz sicher nicht. Die Röckl war eine echte Diva, über die gab es so viele Gerüchte … Hatte sie nicht sogar mal eine Privataudienz beim Prinzregenten?«

»Fritz! Mach dich nicht lächerlich! Prinzregent Luitpold ist einundneunzig. Sogar als die Röckl damals ihre große Zeit hatte, muss er demnach schon achtzig gewesen sein. Wenn du ihm eine Affäre unterstellst, nimmt er das wahrscheinlich eher als Kompliment, statt beleidigt zu sein.«

»Dann war es eben beim Sohn, bei Prinz Ludwig. Ich bin sicher, damals wurde über eine Affäre in der Residenz gemunkelt.«

Arnsberg lachte heiser. »Unser braver erzkatholischer Vorzeigefamilienvater und Möchtegernmonarch würde doch nie eine andere Frau anschauen als seine eigene.«

»Sagt er jedenfalls. Das sind doch die Schlimmsten!«

Weynand dachte dabei an seinen Schwiegervater, der seine streng katholischen Ansichten offenbar problemlos mit regelmäßigen Bordellbesuchen und der einen oder anderen langjährigen Geliebten in Einklang brachte. Frau Senftl, so grau und geduckt wie ihr Gemahl aufbrausend und großspurig, schien sich damit abgefunden zu haben.

Offenbar stand Weynand mit seiner Sehnsucht nach familiärer Idylle vollkommen allein da.

»Ich finde wirklich, du solltest das auf sich beruhen lassen, Fritz«, sagte Heinrich in Weynands Gedanken hinein. »Im besten Fall ist der Artikel eine Totgeburt, im schlimmsten handelst du dir Ärger ein.«

»Seit wann bist du so spießig?« Weynand zog die Uhr aus der Tasche. »Diskutieren wir das ein andermal. Ich muss mich wirklich sputen jetzt, länger als eine gute Stunde wird die Obduktion kaum dauern. Also, kümmerst du dich?«

»Na gut. Aber du erklärst es Christiane!«

»Danke! Hast was gut bei mir!« Weynand winkte über die Schulter zurück, während er Richtung Trambahn rannte.

6.

Annas erster Arbeitstag begann nicht nur sehr viel chaotischer, er endete auch deutlich früher, als sie erwartet hatte. Es war erst halb elf, als sie bereits wieder neben Doktor Gernhuber auf dem Hof vor dem Eingangsportal stand. Der Arzt hatte ihr selbst in den Mantel geholfen. Inzwischen wirkte er endgültig nur noch wie ein fürsorglicher Onkel, nicht wie ein Vorgesetzter.

»So, Fräulein Anna«, fragte er dabei, »jetzt sagen Sie es mir einmal offen: War sie arg schlimm, diese erste Obduktion?«

»Ein bisschen viel auf einmal«, gab Anna zu. Jetzt, da die Bilder der Autopsie sich in ihrem Kopf langsam aneinanderreihten, wurde ihr erst klar, *was* sie alles in dieser guten Stunde gesehen und getan hatte. Und doch. »Aber schlimm war es eigentlich nicht. Und Sie müssen zugeben, dass ich *nicht* umgekippt bin.« Nicht einmal, als sie den Brustkorb öffneten und Doktor Gernhuber mit beiden Armen in die Öffnung fuhr, um die Organe herauszuholen.

»Das sind Sie nicht, ganz im Gegenteil.« Doktor Gernhubers Schnurrbart zuckte, als er zu schmunzeln begann. »Mein

Gott, so ein junges Ding wie Sie und muss gleich mit mir eine Wasserleiche aufschneiden am ersten Tag! Für heute ist das wirklich genug. Morgen um halb acht treffen wir uns wieder oben in der Anatomie, da fangen wir dann richtig an. Sie werden sehen, zu diesem Beruf gehört viel mehr, als Leichen aufzuschneiden.«

Das glaubte Anna ihm aufs Wort. Der Arzt hatte sie überhaupt sehr beeindruckt. Doktor Gernhuber hatte die »Operation«, wie er es nannte, mit ebensolcher Präzision und Vorsicht durchgeführt, als sei seine Patientin noch am Leben. Anna hatte ihm dabei assistiert, die inneren Organe zu entfernen und für die spätere Untersuchung in spezielle Behälter zu betten.

»Stellen Sie das bitte dort hinüber. Wir werden gleich Proben entnehmen, für die chemische Analyse, mit der wir Medikamente, Giftstoffe und Ähnliches nachweisen können. Sobald wir die Proben entnommen haben, legen wir die Organe für die Bestattung in den Körper zurück.«

Ungefähr zu diesem Zeitpunkt war die Tür aufgegangen. Ein noch recht junger blonder Herr, der unter seinem Arztkittel einen Abendanzug trug, spazierte herein, fröhlich und offenbar ohne jedes schlechte Gewissen, weil er zu spät kam.

»Schmidt!«, zischte Gernhuber. »Sie sind der unzuverlässigste Kollege, den ich meiner Lebtag hatte.«

»Ganz bestimmt bin ich das.« Der fremde Arzt wusch sich die Hände. »Umso wichtiger für mich und für das Institut, dass wir so einen verlässlichen Mann wie Sie haben. Ich wusste gleich, dass ich mir keine Sorgen machen musste, weil Sie bestimmt zu Hause wären und für mich einspringen würden.«

»Nur dass nicht ich Bereitschaft hatte, sondern Sie.«

»Eine Familienfeier, lieber Kollege. Die sich unerwartet lange hinzog.« Doktor Schmidt trat an den Tisch. Er brachte eine Wolke aus Veilchengeruch mit. »Na, Sie sind ja schon recht weit. Soll ich Ihnen assistieren?«

»Nein, Sie Unglücksvogel. Aber Sie können statt Fräulein Zech Protokoll führen, damit die mir hier weiter zur Hand gehen kann.« Ein aufmunternder Blick flog von Gernhuber zu Anna. »Fräulein Zech macht das nämlich ganz großartig und wird mir eine größere Hilfe sein als ein verkaterter Jungmediziner. Also seien Sie so gut, und entfernen Sie sich und den Parfümgestank aus unserer Nähe. Wie oft habe ich Ihnen gesagt, dass man beim Obduzieren seine Nase benötigt? Wenn Sie jetzt noch versuchen könnten, ebenso deutlich zu schreiben wie Fräulein Anna, wäre ich Ihnen verbunden.«

»Fräulein Anna, soso.« Ein halb abschätziger, halb interessierter Blick taxierte Anna. »Und wer ist Fräulein Anna, wenn ich fragen darf?«

»Meine neue Assistentin.« Es kam Anna so vor, als betone Gernhuber das Wort *meine* mit besonderem Nachdruck.

»Ach ja, richtig. Heute sollte ja unsere neue Helferin anfangen.«

»Und wenn man mich nicht außer der Reihe einberufen hätte, säße sie wahrscheinlich jetzt noch unten in der Eingangshalle. – Fräulein Zech, das ist mein Kollege Doktor Schmidt. Sie werden voraussichtlich nicht viel mit ihm zu tun haben, da er seine Anwesenheit in unseren Räumlichkeiten auf ein Minimum zu reduzieren pflegt.«

»Sie haben ja heute früh schon eine Laune.« Doktor Schmidt wollte sich die seine offenbar nicht verderben lassen. Mit einem kleinen Augenzwinkern nahm er Anna Papier und Stift aus der Hand. »Freut mich, Sie bei uns zu haben, Fräulein Zech. Schießen Sie los, Herr Kollege.«

Doktor Gernhuber führte die Obduktion so weit durch, bis es ans Vernähen der Schnitte und die Vorbereitung der Leiche fürs Begräbnis ging. Es war eine überraschend saubere und präzise Arbeit; Anna empfand zunehmend Freude an ihrer Aufgabe. Auch das Waschen, Einbalsamieren und Ankleiden der Toten hätte eigentlich dazugehört. Doch an dieser Stelle beschloss Gernhuber, die Obduktion an seinen Kollegen abzugeben.

»So, Adele«, sagte er zu der Toten. »Ab hier überlassen wir dich Doktor Schmidt und Lobinger. Fräulein Zech und ich haben schon weit mehr getan, als wir heute hätten tun müssen. Und mach dir keine Sorgen; Schmidt ist zwar ein Luftikus, aber zu dir würde er nie respektlos sein.« Vielleicht war es Gernhubers Art, nach den vorherigen harschen Worten seinen Frieden mit dem anderen Arzt zu machen. Doktor Schmidt grinste jedenfalls unmerklich in sich hinein, während er die letzten Sätze schrieb, und Gernhuber machte Anstalten, seinen Kittel auszuziehen. »Kommen Sie, Herr Kollege, übernehmen Sie. Doch, doch, Lobinger, Sie brauchen gar nicht zu protestieren, Sie kümmern sich heute noch einmal um den Leichnam. Fräulein Zech macht das ab morgen, wenn wir sie ordentlich eingewiesen und ihr alles gezeigt haben. Ich nehme mir jetzt zumindest den Rest des Tags frei, wie mir das eigentlich zugestanden hätte. Und Sie tun das ebenfalls, Fräulein Anna. Für Ihren ersten Tag war es wirklich genug, was Sie geleistet haben.«

Doktor Schmidt erhob dagegen keinerlei Einspruch, und so fand Anna sich schon am frühen Vormittag wieder vor dem Gebäude der Königlichen Anatomie wieder.

»Sie haben Ihre Feuerprobe mit Bravour bestanden«, lobte Doktor Gernhuber sie noch einmal. »Aber für heute reicht es. Gehen Sie nach Hause, erholen Sie sich ein bisschen. Trinken Sie eine Tasse Kaffee, tun Sie sich etwas Gutes, damit Sie wieder Farbe ins Gesicht bekommen. Wir sehen uns morgen.« Er winkte sich auf der belebten Pettenkoferstraße eine leere Droschke heran, und Anna machte sich auf den Weg zur Straßenbahnhaltestelle.

Mit jedem Schritt bemerkte sie, wie viel Kraft diese Stunde sie tatsächlich gekostet hatte. Es war ihr nicht aufgefallen, solange sie an dem edlen marmornen Obduktionstisch stand, im hellen Licht und der nüchternen Atmosphäre des Autopsiesaals. Aber jetzt, auf dem Trottoir vor der Königlichen Anatomie, im Trubel der Pettenkoferstraße, tröpfelten ihr plötzlich bittere Gedanken in die Seele, obwohl sie während der Obduktion weder Furcht noch Abscheu empfunden hatte. Ohne Vorwarnung drängten sich die schlaffen Züge der toten Frau wieder in ihre Gedanken. Anders, als man üblicherweise annahm, hatten nicht alle Ertrunkenen besonders viel Wasser in der Lunge, zumindest hatte Doktor Gernhuber das behauptet. Adele Röckl zum Beispiel hatte es nicht, doch ertrunken war sie.

»Denken Sie, es war Selbstmord?«, hatte Anna unwillkürlich gefragt. Der Arzt hatte sie angesehen. Ernst, aber auch ein wenig mitfühlend, als ahne er, dass es für Annas Frage einen persönlichen Grund gab, und hatte sie ermahnt, dass es nicht die Aufgabe der Gerichtsmedizin sei, darüber zu spekulieren. Doktor Gernhuber kam noch einmal darauf zurück, als er Anna hinaus vors Institut begleitete. Vielleicht ging ihm das Schicksal dieser toten Frau selbst nahe, und vielleicht hätte er selbst gern mehr Aufschluss über ihr Ende gehabt.

»Unsere Toten verraten uns leider nun einmal nicht mehr als das, was sie uns zu sagen haben. Wir notieren es nur; Schlüsse zieht daraus die Polizei. Es kommt oft vor, dass sich am Ende nicht eindeutig belegen lässt, ob es ein Unfall war, ein Mord oder, wie hier, vielleicht ein Selbstmord.« Er seufzte. »Freilich ist Selbstmord immer die erste Befürchtung, wenn man jemanden aus dem Wasser zieht.«

So, wie man einst jene Tante Sophie aus dem Wasser gezogen hatte, an deren Grab in Aschheim Annas Familie sich manchmal versammelte. Das Grab hatte keinen Stein, und sie besuchten es rasch und verstohlen, als begingen sie damit ein Sakrileg. Über das Schicksal dieser Tante, die schon tot war, als Anna zur Welt kam, gingen im Ort viele halblaute Geschichten um. Es gab sogar ein Foto von ihr; Annas Vater hatte oft wehmütig angemerkt, Anna sehe seiner Schwester recht ähnlich.

War diese arme Adele Röckl ebenso verzweifelt gewesen wie Annas unbekannte Tante? Würde auch sie jetzt ein Grab außerhalb der geweihten Erde des Friedhofs erhalten und verscharrt werden ohne Sakramente, ohne Gottesdienst?

Unwillkürlich ging Anna langsamer und blieb kurz stehen, als sich urplötzlich ein Arm um ihre Schulter legte.

»Stanzi! Dass ich dich hier treffe!« Erschrocken zuckte Anna zusammen. Der fremde Herr, der ihr anscheinend nachgelaufen war – hatte Anna ihn nicht vorhin am Ausgang der Anatomie bemerkt? –, wirkte noch erschrockener als sie. »Oh, verzeihen Sie! Sie sind ja gar nicht … Mein Gott, ist mir das jetzt peinlich! Aber ich versichere Ihnen, Sie haben von hinten ganz genau wie meine Cousine Konstanze ausgeschaut!«

Anna schaute an sich herunter. Taschendiebe wandten solche Tricks an, das wusste sie von Onkel Ludwig. Aber der Herr sah gar nicht nach einem Taschendieb aus, auch wenn er nicht sehr vornehm, sondern wie ein Arbeiter gekleidet war, und er machte auch keine Anstalten, zu flüchten. Im Gegenteil, er blieb stehen und musterte Anna besorgt.

»Bitte, keine Ursache«, sagte sie daher rasch. »Es ist ja nichts passiert.«

»Ich meine doch«, gab er zurück. »So blass, wie Sie aussehen. Habe ich Sie so erschreckt? Ich kann Ihnen gar nicht sagen, wie unangenehm mir das ist.«

»Oh, das hat nichts zu bedeuten. Wirklich, daran haben Sie keine Schuld.« Anna dachte, dass sie wirklich sehr mitgenommen aussehen musste, wenn es schon fremden Leuten auf der Straße auffiel. Wie peinlich.

»Sind Sie sicher?« Der fremde Herr zögerte. »Ich möchte mich Ihnen ja nicht aufdrängen, aber Sie zittern. Soll ich einen Arzt rufen? Oder einen Fiaker, der Sie nach Hause bringt?«

»Um Himmels willen, nein. Das kann ich mir nicht leisten. Ich warte auf die Tram.«

»Und wenn Sie in der Bahn ohnmächtig werden? Hören Sie, darf ich Sie wenigstens auf eine Tasse Kaffee einladen? Bitte! Nur, um sicherzugehen, dass es Ihnen gut geht. Ich möchte Ihretwegen kein schlechtes Gewissen haben.«

Anna zögerte. Schließlich hatte auch Gernhuber ihr vorhin eine Tasse Kaffee empfohlen. Und vermutlich hatte er damit echten Kaffee gemeint, nicht das Zichoriengetränk, das Anna sich leistete.

»Übrigens sollte ich mich wenigstens vorstellen, wenn ich Sie schon über den Haufen renne«, sagte der freundliche Herr inzwischen. »Fritz Nachtwey, offenbar der ungeschickteste Mensch aller Zeiten. Und mit wem habe ich die Ehre?«

»Anna Zech.«

»Sehr angenehm. Also, mir wahrscheinlich mehr als Ihnen. Wollen wir?« Er bot ihr galant den Arm. Die ungewohnte Geste überrumpelte Anna so, dass sie sich tatsächlich bei ihm einhängte. Freundlich plaudernd, führte er sie davon. »Ich kenne ein günstiges Café gleich vorne in der Schillerstraße, da bekommen wir mit Sicherheit etwas Heißes für Sie.«

Onkel Ludwig wäre jetzt zweifellos sehr böse auf mich, dachte Anna. Dass man sich in München nicht von einem wildfremden Mann einladen lassen durfte, predigte er ihr schließlich zu allen Gelegenheiten. Aber das hier war doch wirklich eine Ausnahme. Sie gingen schließlich in ein öffentliches Lokal. Außerdem schien der Herr dort bekannt zu sein, denn die Wirtin rief ihm, als er Anna hereinführte, ein fröhliches »Guten Morgen, Herr Nachtwey« entgegen.

Wenig später saß Anna Herrn Nachtwey gegenüber und ließ sich von Wirtin Emmi eine dampfende Tasse Kaffee servieren. Mit Milch und Zucker.

7.

Weynand konnte sein Glück kaum fassen. Er hatte sich an der Rezeption der Königlichen Anatomie nach den Gerichtsärzten erkundigt, die heute Dienst hatten, und zu seinem Leidwesen gehört, Professor Richter sei – wieder einmal – in Wien, und Doktor Gernhuber habe für Doktor Schmidt einspringen müssen. Weynand kannte die Namen sämtlicher akkreditierten Gerichtsärzte. Doktor Moritz Schmidt war der jüngste unter ihnen, ledig und aus wohlhabendem Elternhaus, und stand im Ruf, gern einmal in Schwabing die Nächte durchzufeiern. Da hätten ein paar Biere und Schnäpse wohl schon genügt, um an genug Informationen zu kommen, aus denen sich ein Artikel im *Generalanzeiger* fabrizieren ließ. Bei Gernhuber, einem gediegenen Herrn alter Schule, würde das weit schwieriger werden.

Aber dann kam alles ganz anders. Während er noch unschlüssig und mit knurrendem Magen – warum hatte er eigentlich Carlottas Einladung zum Frühstück ausgeschlagen? – vor dem Eingang der Königlichen Anatomie herumlungerte, trat Doktor Gernhuber heraus. In seiner Begleitung ein junges Mädchen, vielleicht achtzehn oder neunzehn, so schmal und blass, dass der erste Windhauch sie über den Haufen pusten musste. Alles an ihr, von ihrer Kleidung bis zu dem brav gebundenen Kopftuch, schrie: Krankenschwester. Gernhuber half dem Mädchen höchstpersönlich in den Mantel, und Weynand gelang es, einen Teil des Gesprächs zu belauschen. Offenbar war die Kleine eine neue Assistentin. Zu gefallen schien sie dem alten Herrn außerdem, so väterlich, wie er sich um sie sorgte. Sie war in der Tat ganz hübsch, wenn auch ein bisschen brav. Große Augen, Kirschmündchen. Aber vor allem hatte sie gerade an der Autopsie teilgenommen, die Weynand so brennend interessierte!

Der Rest war ein Kinderspiel. Der alte Trick mit einer kleinen Verwechslung und anschließender Einladung in ein Café funktionierte großartig bei diesem unbedarften Ding. Jetzt musste er sie nur noch aushorchen.

»Sie dürfen aber nicht für mich bezahlen«, stellte sie sofort fest, als sie in Emmis Café ihr Kopftuch abnahm. »Es ist wirklich nicht Ihre Schuld, dass ich gerade ein bisschen durcheinander bin.«

»Das findet sich dann schon.« Weynand winkte ab. »Möchten Sie vielleicht auch etwas essen, um zu Kräften zu kommen?«

»Um Himmels willen, nein!« Das klang merklich entschiedener, sie rang sich ein schiefes Lächeln ab. »Essen könnte ich jetzt nicht. Eine Tasse Kaffee wird mir guttun. Es ist seltsam, ich habe mich vorhin gar nicht so sehr aufgeregt. Erst jetzt.«

»Sie meinen, als ich Sie angerempelt habe?«

»Was? Ach nein.« Sie sah richtig niedlich aus, wenn sie etwas freundlicher dreinschaute als bisher. »Eine Verwechslung, das kann ja passieren. Ich sage Ihnen doch, es hat gar nichts mit Ihnen zu tun. Schauen Sie, ich hatte heute meinen ersten Arbeitstag. Als Assistentin in der Gerichtsmedizin. Ich komme gerade von meiner ersten Obduktion.« Anna sagte es verlegen, aber doch ein bisschen stolz.

»Unter diesen Umständen bin ich doppelt froh über meinen Irrtum«, gab Weynand zurück. »Nach so einem Erlebnis sollte ein junges Fräulein wie Sie nicht alleine sein. Eine Obduktion! Das muss ja schrecklich sein; ich mag mir das gar nicht vorstellen.« Das war nicht einmal gelogen. Weynand fand die Vorstellung einer aufgeschnittenen Leiche nicht angenehm.

»So schrecklich war es gar nicht«, sagte sie nachdenklich. »Wissen Sie, es ist Arbeit. Man muss sich konzentrieren. Nicht anders als bei einer Operation. Man hat keine Zeit, zu erschrecken oder sich zu ekeln.«

»Ich stelle mir das schlimm vor«, sagte Weynand. Bisher hatte sein Plan gut geklappt, jetzt musste er nur noch auf Adele Röckl zu sprechen kommen. »Sie haben doch sicher ganz schrecklich zugerichtete Tote auf dem Tisch. Ich meine, in der Gerichtsmedizin. Dahin kommen doch die Ermordeten! Leute mit eingeschlagenen Schädeln und durchschnittenen Hälsen. Finden Sie das nicht schrecklich?«

»Ich weiß nicht.« Sie rührte in ihrer Tasse. »Es ist mein erster Tag. In der Gerichtsmedizin untersucht man nur, was geschehen ist und ob es ein Verbrechen gegeben hat. Es muss nicht immer ein Mord sein. Bei der Frau heute zum Beispiel glaube ich es gar nicht.«

»Nicht?« Weynand war enttäuscht, hütete sich aber, es zu zeigen. »Das ist ja immerhin ein wenig erfreulich. War es demnach ein Unfall?«

»Oder auch ein Selbstmord.«

Ein Selbstmord wäre für die Zeitung zwar weniger sensationell als ein Mord, sagte sich Friedrich, aber immer noch besser als ein schnöder Unfall. Zumindest ließe sich dazu auch eine Geschichte konstruieren. Ihm fiel aber auch auf, wie nachdenklich das Mädchen ihm gegenüber plötzlich geworden war; der Gedanke an eine Selbstmörderin schien Anna nahezugehen. Sie trug ein Kettchen mit kleinem Kruzifix um den Hals; vermutlich hatte sie religiöse Vorbehalte.

»Eine schlimme Entscheidung, sein Leben so zu beenden«, bemerkte er obenhin.

Sie nickte, dabei biss sie sich unmerklich kurz auf die Lippen. »Wissen Sie, ich hatte eine Tante, die … also, die man eines Tages gefunden hat.«

»Sie meinen, im Wasser?«

»Ich kann mich nicht mehr wirklich erinnern, ich war noch ganz klein. Tante Sophie war nicht viel älter als ich heute. Sie ist …« Es fiel ihr trotz allem schwer, das Thema anzusprechen. »Es gab einen Mann, der ihr nachgestiegen ist. Mein Vater hat erzählt, die Tante sei eines Nachmittags nach Hause gekommen, verstört und verweint, mit einer zerrissenen Bluse. Sie hat nichts sagen wollen. Erst später, als … nachdem sie sie gefunden haben, haben sie sich zusammengereimt, was passiert war.«

»Das ist ja furchtbar. Und die Tote heute hat Sie an diese Geschichte erinnert? War der Toten Gewalt angetan worden?

Schwanger wird sie nicht gewesen sein, wenn Sie schon älter war.« Weynand wusste, dass er sich auf dünnem Eis bewegte, aber sein Reporterherz schlug schneller.

»Nein, das nicht. Obwohl sie so alt nun auch wieder nicht war. Fünfundvierzig, glaube ich, stand in den Papieren. Eine Schauspielerin. Und jemand hatte sie wohl tatsächlich …« Sie wurde ein wenig rot. »Also, ich meine, da waren Anzeichen dafür, dass jemand ihr kürzlich Gewalt angetan haben könnte. Sie lag da auf dem Tisch, ganz ruhig und friedlich, und hatte doch vielleicht gestern oder vorgestern noch etwas so Entsetzliches durchmachen müssen.« Unwillkürlich bekreuzigte sie sich. »Heilige Mutter Maria, bitte für sie. Ich glaube, ich werde eine Kerze stiften für die arme Frau.«

Herr Nachtwey sah sie nachdenklich an. »Sie war Schauspielerin? Da gehen doch die Männer wahrscheinlich ein und aus.«

»Das hat Doktor Gernhuber auch gesagt. Die Frau muss einmal sehr schön gewesen sein, und sie hatte wohl viele Männerbekanntschaften.«

»Das ist wohl nicht selten bei Berühmtheiten von der Bühne«, sagte Weynand vorsichtig. In diesem Punkt kannte er sich aus, er musste nur an Carlotta und ihre Vorgängerinnen denken. »Wenn sie älter werden, können sie sich ihre Liebhaber nicht mehr unbedingt aussuchen; sie brauchen das Geld. Da mag wohl auch einmal ein brutaler Kerl darunter sein.«

»Wie entsetzlich. Aber Sie könnten durchaus recht haben. Ich fürchte, diese Frau hat in ihrem Leben viele böse Erfahrungen machen müssen. Aber sie hat auch einmal ein Kind bekommen. Niemand hat davon gewusst, sagte Doktor Gernhuber. Hoffentlich war wenigstens das ein schöner Moment in ihrem Leben.«

Ein Kind! Weynand war wie elektrisiert. »Was Sie nicht sagen! Wie spannend! Sie können mit so einer Autopsie ja das ganze Leben eines Menschen nacherzählen!«

»Nicht wirklich«, sagte sie. Ihr Lächeln saß wacklig auf den Lippen. »Es ist spannend, ja, aber es fühlt sich auch ein bisschen falsch an. Die tote Schauspielerin hatte vielleicht Gründe, warum sie ihr Kind vor aller Welt verschwieg. Und wir entreißen ihr jetzt, da sie sich nicht mehr wehren kann, ein so intimes Geheimnis.«

»Aber das ist doch notwendig.« Wenn Anna jetzt nur nicht Skrupel bekam und zu reden aufhörte! »Jetzt kann die Polizei dieses Kind ausfindig machen. Und wenn es nun doch kein Unfall oder Selbstmord war, sondern etwas Schlimmeres, müssen Sie das doch auch feststellen können.«

»Soweit man das kann. Doktor Schmidt wird jetzt wohl gerade die Gewebeproben untersuchen und den Mageninhalt. Vielleicht war die Frau betrunken oder hatte Medikamente eingenommen, als sie ins Wasser gestürzt ist. Aber ich glaube es nicht«, fügte sie sofort hinzu. »Also, dass es ein Unfall war. Ich denke, sie war verzweifelt über das, was die Menschen ihr antaten.«

»So wie Ihre Tante?«

»Ja.«

Das Wort kam eigenartig knapp und brüchig über Annas Lippen. Gedankenverloren drehte sie das kleine Kruzifix an ihrer Halskette zwischen den Fingern hin und her.

»Umso wichtiger, dass man diesen Dingen nachspürt«, sagte Friedrich. »Wer weiß, wie viele Tote zu Unrecht mit dem Makel eines Selbstmords behaftet sind? Wie viele Verbrechen unentdeckt geblieben sind, nur weil niemand die Toten genau untersucht hat? Darüber habe ich noch nie nachgedacht. Sie haben eine sehr wichtige Aufgabe, Fräulein Zech. In diesem Fall scheint es ja Gott sei Dank nicht so, als sei etwas Ungesetzliches vorgegangen.«

»Oh, das habe ich nicht gesagt«, widersprach Anna rasch. »Da sind die blauen Flecke an den Oberschenkeln und Doktor Gernhubers Verdacht, dass die Frau vielleicht betäubt worden sein könnte. Es ist nur so ein Gefühl, das ich habe. Ich mag nicht glauben, dass jemand diese Dame ermordet hat. Sie sah so … würdig aus.« Sie leerte den letzten Rest aus ihrer Tasse und kramte erneut nach ihrer Börse. »Jetzt habe ich Sie aber wirklich lang genug aufgehalten mit meinem Geschwätz.«

»Wenn Sie mir nicht wenigstens erlauben, die dumme Tasse Kaffee zu bezahlen, werde ich Ihnen böse sein.« Herr Nachtwey winkte seinerseits in Richtung der Bedienung. »Sind Sie sicher, dass Sie allein zurechtkommen? Das Schicksal dieser Frau hat Sie ziemlich getroffen, habe ich den Eindruck.«

»Das stimmt.« Anna seufzte. »Vielleicht gehe ich noch etwas spazieren. Im Schwesternheim ist immer so viel Trubel, das kann ich jetzt nicht brauchen.«

»Sie wohnen im Schwesternheim?«

»Noch, ja. Hoffentlich setzt man mich dort nicht zu schnell vor die Tür. Es ist gar nicht so leicht, in München eine Wohnung zu finden. Ich habe mich beim Wohnungsamt schon vor zwei Monaten auf die Liste setzen lassen und noch immer nichts gehört.«

Friedrich hatte einen Geistesblitz. Hoffentlich war Carlotta auch diesmal so unkompliziert und zuverlässig wie sonst. »Also, da kann ich Ihnen vielleicht behilflich sein! Ein Freund von mir hat eine Wohnung zu vermieten. Darf ich mich bei ihm erkundigen? Das wäre mir eine echte Freude!«

Sie stutzte, aber nur kurz. Anscheinend sah er vertrauenswürdig genug aus. »Das wäre sehr nett, aber ich kann mir nicht allzu viel leisten.«

»Anschauen kostet nichts. Ohne persönliche Beziehungen kommt man in München heutzutage zu nichts, glauben Sie mir.« Das stimmte in jedem Fall, war allerdings nicht der Grund für Friedrichs Hilfsbereitschaft. Wenn Weynand dieses kleine Fräulein von der Gerichtsmedizin in Arnsbergs Wohnung unterbrachte, konnte er jederzeit mit ihr in Kontakt bleiben. Womöglich hatte sie noch mehr solch interessante Geheimnisse auszuplaudern.

Abgesehen davon war sie wirklich niedlich. In einem anständigen Kleid würde sie reizend aussehen. Warum sollte Friedrich dieser kleinen Anna Zech nicht etwas Gutes tun?

8.

Zu ihrer Familie nach Aschheim zu fahren lohnte sich unter der Woche zeitlich nicht. Anna wusste jedoch genau, wohin sie in München gehen konnte, wenn sie jemanden zum Zuhören brauchte. Onkel Ludwig hatte um diese Zeit wahrscheinlich Dienst, aber Tante Leni würde Zeit und ein offenes Ohr für ihre Nichte haben.

Von Emmis Café bis in die Gollierstraße benötigte Anna eine halbe Stunde, genau die richtige Distanz für einen Spaziergang, um sich die ständig kreisenden Gedanken aus dem Kopf zu laufen.

Der Trubel auf der Straße, die Arbeiterkinder, die in den Gassen und Hinterhöfen zwischen den tristen Wohnblöcken spielten, heiterten Anna tatsächlich auf. Die Sonne schien, selbst der Gestank, der von den Metzeler Gummiwerken herüberwehte, war heute nicht so schlimm, wie Anna ihn schon erlebt hatte. Und nicht zuletzt – sie hatte vielleicht ihre erste eigene Wohnung in Aussicht!

So konnte Anna, als Tante Leni fragte, wie der Nichte denn nun die neue Arbeit gefalle, spontan und ehrlich antworten: »Gut! Sehr gut sogar, das hätte ich selbst nicht gedacht!

Und dabei haben wir tatsächlich eine richtige Autopsie gemacht.«

»Du hast wirklich einen Toten aufschneiden müssen? Erzähl mir so schreckliche Sachen nicht«, sagte Tante Leni, um sofort lachend hinzuzufügen: »Und jetzt im Ernst, natürlich erzählst du es mir. Ich würde ja sterben vor Neugierde, wenn du es nicht tust. Lass mich nur schnell einen Tee aufgießen. Deinen ersten Arbeitstag müssen wir doch feiern.«

Die Teetassen waren längst geleert, und Tante Leni hatte bereits damit begonnen, das Abendessen vorzubereiten, da erzählte Anna immer noch. Ihr Eifer dabei überraschte sie selbst. Ganz ohne ihr Zutun hatte die Arbeit sie in ihren Bann gezogen.

»Mir scheint, da hat jemand wirklich sein Metier entdeckt«, kommentierte Tante Leni prompt, als Onkel Ludwig zur Tür hereinpolterte. »Setzt euch an den Tisch, ihr zwei, das Essen ist gleich fertig. Inzwischen kannst du deinem Onkel alles noch einmal erzählen, Anna.«

Vielleicht hatte es etwas mit der unerwartet fürsorglichen Art von Doktor Gernhuber zu tun, dass Anna sich letztlich trotz des chaotischen Beginns in der Gerichtsmedizin so wohlgefühlt hatte. Doch vor allem lag es an der Genauigkeit und Sorgfalt, mit der im anatomischen Institut gearbeitet wurde. Jeder Schritt wurde protokolliert, jede Kleinigkeit beachtet und untersucht. Es war so völlig anders als in der Krankenpflege, die sich gerade bei den armen Patienten oft darin erschöpfte, ihr Fieber zu senken und ihre sonstigen Symptome zu behandeln, ohne lange nachzuforschen, woher diese kamen.

Den Toten in der Gerichtsmedizin schien man mehr Aufmerksamkeit zu schenken als zuvor den Lebenden.

»Wäre fast zum Lachen, wenn's nicht so traurig wäre, ja«, brummte Onkel Ludwig. »Manchmal denk ich mir das auch bei unseren Strizzis und sonstigen Ganoven. Wie viele von denen wären vielleicht nie mit dem Gesetz in Konflikt gekommen, wenn sich beizeiten einmal jemand um sie gekümmert hätte, nicht erst, wenn's zu spät ist. Wahrscheinlich ist für manche von den Leuten, die wir zur Autopsie bringen, der Gerichtsarzt der erste Doktor, der sich mit ihnen abgibt.«

»Jetzt passt einmal auf mit eurem Gespräch, damit uns nicht der Appetit vergeht.« Tante Leni füllte Schupfnudeln auf die Teller. Dass Anna zum Essen blieb, hatte sie stillschweigend vorausgesetzt. »Mich freut's jedenfalls, dass du bei der Anatomie eine gute Stelle hast, Kind. Für mich wäre das ja nichts, aber wenn's dir zusagt?«

»Schlaf erst einmal eine Nacht drüber«, sagte Onkel Ludwig. »Manchmal kommen die Eindrücke und Albträume erst mit der Zeit.« Er aß schweigend einige Bissen. »Bei mir war's so, bei meinem ersten Toten.«

»Ich habe immer an die Tante Sophie denken müssen«, gestand Anna leise. »Weil die doch auch ins Wasser gegangen ist.«

»Die Tante Sophie? Die hast du doch gar nicht mehr gekannt?«

»Der Vater hat oft erzählt von ihr.«

»Ja, das muss damals eine große Sache gewesen sein im Ort. Viel weiß ich nicht drüber. Die Verwandtschaft war auf der Seite von deinem Vater, und natürlich ist darüber nie viel geredet worden. Bloß getratscht.« Onkel Ludwig musterte Anna. »So eine wie die Schauspielerinnen war deine Tante Sophie bestimmt nicht. Das war ein anständiges Mädchen. Anders als die Röckl.«

»Also, Ludwig!« Tante Leni runzelte die Stirn. »Auch wenn die Röckl früher vielleicht ein Flitscherl war, deswegen verdient sie trotzdem nicht so ein trauriges Ende.«

»Müde hat sie ausgeschaut«, sagte Anna. »Als ob sie froh wäre, dass es vorbei ist.«

»Aha«, machte Onkel Ludwig. »Schlägt's dir also doch ein bisserl aufs Gemüt? Hätte mich auch gewundert. Wenn man mit den Toten zu tun hat, das geht nicht spurlos vorbei.« Er wandte sich seiner Frau zu. »Erinnerst du dich noch an den Stöttner Martin, den jungen Kollegen, der mich kürzlich abgeholt hat? Der hat letzte Woche seinen ersten Einsatz mit einem Toten gehabt. Und der ist da auch noch lang nicht drüber weg.«

»Die jungen Leut' tun immer so, als ob ihnen nichts etwas anhaben kann«, sagte die Tante. Ein besorgter Blick glitt zu Anna. »Pass auf, dass du dir nicht zu viel zumutest.«

»G'wöhnen kann der Mensch sich an alles«, brummte der Onkel. »Aber deine Tante hat schon recht, Anna. Wär ja schlimm, wenn man jetzt schon vor dem Sterben keinen Respekt mehr haben dürfte.«

»Jetzt musst du deinem Onkel aber auch die guten Sachen erzählen, Anna«, sagte Tante Leni und tat es gleich selbst. »Denk dir, die Anna bekommt vielleicht bald eine eigene Wohnung!«

»Was? Wo du dir schon die ganze Zeit überlegt hast, wer

von uns zwei bald auf der Küchenbank schlafen muss, damit die Anna ein Bett bekommt?« Onkel Ludwig grinste. »Sag nicht, beim Wohnungsamt haben sie endlich ein Einsehen?«

»Das nicht.« Anna war es gar nicht recht, dass ihre Tante mit dieser Neuigkeit herausgeplatzt war. Sie ahnte, wie der Onkel darauf reagieren würde. »Aber ich habe heute einen Herrn kennengelernt. Er sagt, er könne mir vielleicht eine Wohnung vermitteln.«

»Ein Herr?« Ganz, wie Anna befürchtet hatte: Onkel Ludwigs Kopf hob sich ruckartig, und seine Brauen schoben sich misstrauisch zusammen. »Was für ein Herr? Wo hast du ihn kennengelernt? Hast du ihm etwas über dich erzählt, hat er wissen wollen, wo du wohnst?«

Anna seufzte innerlich. Onkel Ludwig merkte man den Polizisten manchmal gar zu deutlich an, er sah und hörte von der Stadt so oft die hässlichen Dinge: Verbrechen, Diebstähle, Erpressungen, Schlägereien und leichte Mädchen, die sich an den Straßenecken verkauften für ein paar Kreuzer, die ihnen danach ihr Strizzi sofort abnahm. Anna verstand seine Fürsorglichkeit. Er und Tante Leni hatten ihr einziges Kind, einen Bub, vor zehn Jahren zu Grabe getragen und seitdem viel von ihrer Liebe auf Anna übertragen. Aber nun war Anna immerhin neunzehn. Sie war doch kein Kind mehr.

»Geh, Onkel. Der Herr hat sich in einem Café mit mir unterhalten. Das hab ich nach meiner ersten Obduktion auch brauchen können, ganz durcheinander war ich. Dabei hat er erwähnt, dass er jemanden kennt, der eine Wohnung zu vermieten hat.«

»Eine ganze Wohnung gleich?« Onkel Ludwig schürzte die Lippen. »Nobel. Und warum meldet er das nicht ans Wohnungsamt, so wie er es müsste? Das gefällt mir gar nicht. Mir wäre es lieber, du lässt dir vom Amt ein Zimmer vermitteln, Anna.«

»Bei den Wartelisten vom Amt würde die Anna in drei Jahren immer noch im Schwesternheim leben. Aber da muss sie raus.« Zum Glück sprang Tante Leni ihr bei. »Anschauen solltest du dir die Wohnung auf jeden Fall, Anna. Auch wenn eine ganze Wohnung bestimmt zu teuer sein wird für dich allein. Wenn du willst, kommen der Onkel oder ich mit.«

»Wahrscheinlich hat der Herr auch ein Zimmer gemeint«, verbesserte Anna sich. »Ich habe ihm erzählt, dass ich bloß Assistentin bin und bei einem Gerichtsarzt arbeite. Da kann er sich wahrscheinlich denken, dass man keine Reichtümer verdient.«

»Und was arbeitet er selber?«, fragte Onkel Ludwig, noch immer skeptisch.

»Er hat gesagt, er ist im Druckereigewerbe.«

»Drucker? Gut, in einer Stadt wie München mag er da schon ein Auskommen haben.«

Tante Leni lächelte. »Wie hat er ausgeschaut?«

»Also, Tante!« Anna musste lachen. »Der Herr war bestimmt schon Mitte dreißig.«

»Hatte er einen Ring am Finger?«

»Ich habe nicht geschaut.« Anna schüttelte amüsiert den Kopf. »Was ihr wieder denkt. Beim nächsten Mal schaue ich ihm auf die Hände. Er hat gesagt, er fragt seinen Freund wegen der Wohnung und sagt mir morgen Bescheid. Wir treffen uns mittags in dem Café.« Sie drehte sich zu ihrem Onkel um. »Und da sind ganz viele andere Gäste, da kann mir gar nichts passieren.«

»Pass trotzdem auf. Die Strizzis machen gern einen auf vornehm und geldig. Und schau zu, dass du das Zimmer möbliert nehmen kannst, wenn's geht. Da sparst du dir einen Haufen Ausgaben.«

9.

Sobald Anna Zech gegangen war, orderte Weynand erst einmal ein Frühstück. Da das Mädchen nichts hatte essen wollen, hatte er trotz seines knurrenden Magens zuvor ebenfalls nichts bestellt. Was im Nachhinein vielleicht auch besser war. Die Vorstellung, wie dieses kleine Fräulein während der Autopsie einer toten Frau in den Eingeweiden herumgewühlt hatte, förderte Friedrichs Appetit nicht unbedingt. Aber inzwischen peinigte ihn der Hunger mehr als der Ekel.

In Gedanken arbeitete Weynand bereits an dem Artikel, den er zum Ableben von Adele Röckl verfassen würde. Während Emmi ihn mit frischem Kaffee, Butterhörnchen und Marmelade versorgte, grübelte er bereits, wie die Sache sich am besten aufziehen ließe. Gab es tatsächlich ein Kind? War die Schwangerschaft damals der Grund gewesen für das Ende von Adele Röckls Bühnenkarriere?

Er biss herzhaft in sein Hörnchen. Er konnte sich nicht erinnern, jemals von einem Kind gehört zu haben. Aber er war damals auch noch sehr jung gewesen. Es kann nicht oder nicht nur das Alter gewesen sein, überlegte er, Adele Röckl war eine höchst attraktive Frau gewesen. Vielleicht brachte eine der großen Tageszeitungen einen Nachruf und sagte mehr dazu.

Und wer mochte der Vater sein? Adeles große Zeit lag anderthalb Jahrzehnte zurück. Auf wen auch immer Weynand in seinem Artikel anspielte (mehr als Andeutungen würde er sich ohnehin nicht erlauben; man musste ja keinen Verleumdungsprozess herausfordern), es musste jemand sein, der prominent genug war, damit die Leute jeden noch so versteckten Hinweis sofort begriffen.

Jemand aus dem Königshaus? Warum eigentlich nicht?

Hätte man Weynand gefragt, hätte er nicht gewusst, ob er Anhänger oder Gegner der Monarchie war. Er stammte aus einem Adelsgeschlecht, das schon in den Unterlagen der Grafen von Bogen erwähnt wurde. Er war mit der Idee eines althergebrachten Königtums aufgewachsen, hatte seinen Vater, seit er zurückdenken konnte, zu Empfängen in Nymphenburg und in der Residenz begleitet, sein jüngerer Bruder war einige Jahre an der Königlichen Pagerie gewesen. Und doch sah Friedrich jeden Tag, wie sehr diese Institution sich überlebt hatte, wie wenig sie mit der Wirklichkeit noch zu tun hatte.

Wenn er eines hasste, dann Verlogenheit.

Der einundneunzigjährige Prinzregent Luitpold war eine lieb gewonnene Erinnerung an frühere Zeiten, wie ein altes Ölgemälde, dessen Farben rissig geworden waren und zusehends verblassten. Wofür er stand, Brauchtum, Kirche, Moral, Familie, hatte mit dem Leben nichts mehr zu tun. Während die jungen Leute von den Dörfern in die Fabriken strömten, in den Städten die Wohnungen fehlten, auf den Straßen täglich mehr Bettler, Prostituierte und Landstreicher anzutreffen waren und die Arbeiter, rote Fahnen schwenkend, auf öffentlichen Plätzen für mehr Lohn und eine Arbeitslosenversicherung demonstrierten, ging Luitpold zur Jagd. Der nominelle König Otto saß seit seinem Amtsantritt in Schloss Fürstenried, geisteskrank, unter strenger Aufsicht seiner Ärzte. Abgesetzt worden war Otto nicht. Wozu auch? Hauptsache, die Dinge blieben, wie sie waren, die Glocken läuteten am Sonntag, die Schützen und Trachtenvereine marschierten in Lederhosen und mit Gamsbart am Hut zum Klang alter Militärmärsche und verbreiteten weiß-blaue Seligkeit, und die Regierung konnte ihre Beschlüsse »im Namen des Königs« bekannt geben.

Das Königreich Bayern existierte seit Jahrzehnten in einem Provisorium. Alle Regelungen wurden vorläufig getroffen, alle großen Entscheidungen vertagt. Die Welt da draußen hatte das Tempo verdreifacht, das Deutsche Reich rüstete sein Militär auf, und Kaiser Wilhelm rasselte hörbar mit dem Säbel. Als ob Fotografien des Prinzregenten bei der Gamsjagd darüber hinwegtäuschen konnten, dass die Wittelsbacher, Weynands Meinung nach, seit Jahren vergessen hatten, ihr Land zu modernisieren.

Dass Luitpold aber auch so zäh war und sich zu sterben weigerte! Selbst sein Sohn und Nachfolger Ludwig musste inzwischen auf die siebzig zugehen. Vor Jahren hätte Weynand diesen Wechsel begrüßt, inzwischen schien es ihm belanglos. Ob Luitpold oder Ludwig, beide waren alte Männer, die in ihrer eigenen Welt lebten, weit weg von der ihrer Untertanen. Ludwig gab sich volkstümlich, hatte ein Bauerngut und ließ sich gern den »Millibauern« nennen. Selbstverständlich konnte man als Wittelsbacher und angehender Monarch leicht den Landmann spielen, dachte Weynand spöttisch. Mit den wirklichen Problemen der Bauern hatte dieses Leben so viel zu tun wie die Kunststückchen eines dressierten Zirkuspudels mit dem Tagesablauf eines Hofhunds.

Außerdem spielte Ludwig den Vorzeigevater. Dreizehn Kinder hatte Prinzessin Marie Therese ihm geboren. Eine Bilderbuchfamilie ohne jeden Skandal. Oder? Weynand sah in seiner eigenen Familie, was sich oft hinter solch schönem Schein verbarg. Und Gerüchte über Ausflüge Adele Röckls in die Residenz hatte es damals gegeben, daran erinnerte Friedrich sich noch gut. Zu Adeles Glanzzeit musste Ludwig um die sechzig Jahre alt gewesen sein, rechnete er. Jung genug, um noch ein Kind zu zeugen. In Weynands Kopf spann sich der Faden. Angenommen, die Röckl hatte tatsächlich ein Kind von Ludwig. Einen Sohn vermutlich, ein Mädchen wäre weniger wichtig genommen worden. Ein heimlicher, unglücklicher Prinz machte sich außerdem immer gut, vielleicht ließ sich eine Kaspar-Hauser-Geschichte daraus basteln? Womöglich besaß Adele kompromittierende Briefe, die die Vaterschaft Ludwigs bewiesen? Hatte sie ihn damit erpresst? Oh, der Skandal! Was würde der Hof nicht alles tun, damit ein solcher Fehltritt unbemerkt bliebe! Hatte man hier womöglich eine lästige Zeugin beseitigt?

Natürlich würde Weynand sich hüten, etwas davon tatsächlich zu behaupten. Beweise erbringen musste er gar nicht. Anrüchige Fragen zu stellen genügte, damit die Geschichte sich in den Köpfen der Leute von selbst weiterspann. Fritz

Nachtwey war für Artikel dieser Art berüchtigt. Die bessere Gesellschaft von München fürchtete und verachtete ihn, aber seine Geschichten lasen sie alle.

Weynand bezahlte Emmi das Frühstück und gab wie stets ein großzügiges Trinkgeld – nur über wohlgesinnte Leute kam man an Informationen. Vom Café hastete er nach Giesing, unterwegs musste er wieder an Anna Zech denken. Er durfte nicht vergessen, mit Arnsberg über diese neue Mieterin zu sprechen. Hoffentlich lohnte es sich, dem Mädchen diese Wohnung zuzuschanzen. Sie könnte ihn mit interessanten Informationen aus der Gerichtsmedizin versorgen, aber sie hatte Friedrich auch, auf ihre Art, durchaus imponiert. Kaum zu glauben, was in diesem grauen Mäuschen steckte! Bei genauerem Hinsehen war sie außerdem wirklich sehr hübsch …

Wahrscheinlich hatte Carlotta recht. Friedrich von Weynand konnte nicht zu lange ohne Geliebte sein. Irgendjemanden brauchte er, um die große Leere zu füllen, die sein Familienleben war.

Die Redaktionsräume – wenn man diesen wohlklingenden Ausdruck denn gebrauchen wollte – des *Münchner Generalanzeigers* befanden sich in einer alten Kellerwohnung in der Nähe des Fasangartens und waren identisch mit der Druckerei. Es gab nur zwei Räume, beide fast zur Gänze ausgefüllt durch die Maschinen. In einem stand die Linotype-Setzmaschine, im anderen wurde gedruckt. Irgendwo dazwischen hatten Meindl und Hintze ihre Schreibtische geschoben, die beiden anderen Reporter, von denen Meindl sich zusätzlich als Fotograf betätigte und Hintze in preußischer Selbstherrlichkeit den Chefredakteur gab. Dazu gesellten sich noch der Drucker

Höhenberger und der Setzer Wirsch, die auch die Anfertigung der Druckplatten gemeinsam erledigten. Beide waren gebürtige Giesinger und überzeugte Sozialisten.

Letzteres bereitete Weynand manchmal ästhetische ebenso wie juristische Schmerzen. Auch heute fiel ihm gleich, nachdem er aus der Straßenbahn gestiegen war, an einer Hauswand ein in markigen Worten gehaltener Gewerkschaftsaufruf ins Auge, samt fahnenschwingendem Arbeiter, die Flagge in Dunkelrot. Er seufzte, massierte die Nasenwurzel zwischen Daumen und Zeigefinger und stapfte hinunter in sein Redaktionskellerloch.

»Höhenberger!«, rief er, noch bevor er ganz über die Schwelle war. »Das Plakat mit dem Streikaufruf, waren Sie das?«

»Mahlzeit, Chef.« Höhenberger deutete mit dem Daumen über die Schulter auf den Tisch in der anderen Ecke. »Naa. Diesmal war's der Wirsch.« Höhenberger biss in sein Brot. Weynand konnte das deftige Griebenschmalz von der Tür aus riechen.

»Karl.« Weynand drehte sich zu Wirsch um, der zur Leidensmiene seines Arbeitgebers aber nur die Schultern hob. »Wie oft habe ich dir gesagt, du sollst für deine sozialistischen Plakate nicht die gleichen Schrifttypen verwenden wie für die Zeitung?«

Wirsch zuckte die Achseln. »Ich hab sonst nix gehabt in der richtigen Größ'. Das spannt schon keiner.«

»Genau *das* spannen s' bei der Polizei, wenn uns jemand an den Karren fahren will. Ich will den *Anzeiger* aus allem Politischen heraushalten. Und das bestimmt nicht meinetwegen.

Mir passiert nichts, wenn hier die Polizei auftaucht. *Du* bist derjenige, der schon mal wegen Aufruhrs verhaftet worden ist.« Es hatte Weynand damals etlichen Aufwand gekostet, Karl Wirsch aus der Bredouille zu ziehen.

»Wissen wir, Chef«, warf Höhenberger ein. Mit vollem Mund und daher ein wenig undeutlich. »Aber die Plakate bringen Geld, und Geld stinkt ned. Der *Anzeiger* erscheint halt bloß einmal in der Woch'.«

»Wenn überhaupt«, sagte Karl.

»Darum müsst ihr euch keine Sorgen machen. Habt ihr euer Geld bisher vielleicht nicht immer pünktlich bekommen? Wer hat den Auftrag eigentlich genehmigt?«

Diesmal wies Höhenbergers Daumen auf die andere Tür. »Der Preiß halt. G'flucht hat er zwar auf uns sozialistische Anarchisten, aber das Geld wollt' er schon mitnehmen.«

Weynand hatte sich längst damit abgefunden, dass seine Mitarbeiter sich vor allem durch Widerspruchsgeist und Eigenwilligkeit auszeichneten. Im Grunde liebte er die Ansammlung seltsamer Gestalten, aus denen die Belegschaft seiner Zeitung sich zusammensetzte, und hätte es gar nicht anders haben wollen.

»Hintze«, sagte er deshalb nur, als er den hinteren Raum betrat. »Was haben wir als Aufmacher für die nächste Ausgabe?«

»Bin noch am Schwanken, Chef.« Hintze rückte die Nickelbrille auf seiner Nase zurecht und blätterte in dem Papierstapel. »Der Herr Generaldirektor im Separee, ein Kuckuckskind im Hause Arco oder Schmuddeleien beim jüngsten Schönheitswettbewerb.«

»Legen Sie alles wieder zur Seite, oder schieben Sie's in den Innenteil«, sagte Weynand und drehte sich zu Meindl um. »Können Sie uns Fotos von Adele Röckl besorgen?«

»Von der alten Schauspielerin, die vor einer Weile wieder am Gärtnerplatz angefangen hat?« Meindl runzelte die Stirn. »Sicher. Warum?«

»Weil sie tot ist. Man hat sie heute Nacht aus der Isar gezogen. Und ich habe aus sicherer Quelle, dass sie ein Kind hatte, von dem niemand etwas wusste.«

»Meinen Sie, das interessiert noch jemanden?«, fragte Hintze. »Die Zeit von der Röckl ist doch schon zehn Jahre vorbei. Ob da ein uneheliches Kind viel Aufmerksamkeit erregt?«

»Das käme ja nun auf den Vater an«, lächelte Weynand.

Hintze lupfte die Brauen. »Verstehe. Wie hoch wollen wir hinaus?«

»Ganz nach oben.« Weynand winkte in Richtung Meindls. »Ich will die alten Bühnenfotos von damals. So spärlich bekleidet und schlüpfrig wie möglich. Denken Sie, Sie kriegen das hin?«

»Sollte zu machen sein.« Wie Meindl es machte, war Weynand manchmal selbst ein Rätsel, aber sein Bildmaterial war immer erstklassig.

»Wunderbar. Ich bekomme hoffentlich morgen Abend weitere Informationen, habe eine neue Quelle aufgetan. Mittwoch früh haben Sie meinen Artikel auf dem Schreibtisch, Hintze, dann hat Wirsch noch genug Zeit, ihn zu setzen. Gibt es hier sonst etwas, das ich wissen sollte?«

»Wir kommen zurecht, Herr Nachtwey«, sagte Hintze

würdevoll. Weynand dachte an das Plakat und seufzte innerlich.

»Ich weiß, Hintze.« Er zog seine Uhr aus der Tasche und stutzte. Schon wieder nach eins. Er musste sich sputen. Zwischen zwei und drei Uhr pflegte er eine Stunde Familienzeit mit Ehefrau und Kindern einzulegen. Und obwohl er wusste, dass er sich danach unweigerlich deprimiert und melancholisch fühlen würde, bemühte er sich, diese Stunde nie zu versäumen.

10.

Annas zweiter Arbeitstag gestaltete sich sehr viel ruhiger und ordentlicher als der erste. Doktor Schmidt begegnete ihr schon vor dem Tor und führte Anna selbst hinauf in die Räume der Gerichtsmedizin im ersten Stock. Als Doktor Gernhuber etwas später eintraf, war sein Kollege schon dabei, Anna herumzuführen.

»Ich muss doch den ersten Eindruck von gestern wiedergutmachen«, bemerkte er augenzwinkernd. »Und ich muss verhindern, dass Doktor Gernhuber Sie ganz allein mit Beschlag belegt. Denken Sie, ich bin scharf darauf, nur mit dem armen Lobinger zu arbeiten? Wir kämpfen seit Jahren um eine weitere Hilfskraft für die Gerichtsmedizin. Wir dachten dabei zwar an einen zweiten Mann, der uns die Leichen auf die Tische hievt und sonstige körperliche Arbeiten abnimmt. Möglichst, ohne sich vorher Mut antrinken zu müssen. Mit einer Frau hatten wir nicht gerechnet. Aber so, wie Sie meinen Kollegen gestern schon mit Ihrer Kaltblütigkeit beeindruckt haben, fahren wir mit Ihnen wohl sogar besser.«

Doktor Gernhuber wies Anna im Lauf des Vormittags in ihre restlichen Tätigkeiten ein. Manches davon, das Waschen und Herrichten der Leichen, kannte Anna bereits aus dem Krankenhaus. Anderes klang neu und spannend. Die Ärzte untersuchten Gewebeproben, so wie die, die sie gestern den Organen Adele Röckls entnommen hatten, unter dem Mikroskop, dabei würde Anna ihnen zur Hand gehen. Es gab neben Gernhubers Büro ein eigenes kleines Labor dafür. Der große Autopsiesaal stand für die Gerichtsmedizin nur zur Verfügung, wenn nicht gerade eine Vorlesung stattfand, dann mussten sie in einen kleineren, aber ebenso modern ausgestatteten Nebenraum ausweichen. Zu Lehrzwecken, auch für die Universität, fertigten die Ärzte von interessanten Befunden Präparate an, Anna würde die Handgriffe lernen müssen. Eines war allein den Ärzten vorbehalten, nur sie durften als Sachverständige vor Gericht als Gutachter auftreten. Annas Tätigkeit würde sich auf die dazu notwendige viele Schreib- und Verwaltungsarbeit beschränken. Davor, dass das in der Gerichtsmedizin auf sie zukommen würde, hatte Onkel Ludwig sie schon gewarnt.

»Wir sind jetzt schon dankbar für Ihre schöne Handschrift«, sagte Doktor Gernhuber, dann deutete er mit dem Kinn in Richtung eines abgedeckten Gegenstands auf einem Schreibtisch in der Ecke seines Büros. »Mit solch einer ratternden, klimpernden modernen Höllenmaschine haben Sie wohl nicht zufällig auch umgehen gelernt?«

»Eine Schreibmaschine? Leider nein.«

»Schade. Manche Richter bestehen inzwischen auf getippten Gutachten. Wir leihen uns manchmal jemanden aus dem Sekretariat der Universität dafür aus, aber die Damen sind von der Mehrarbeit nicht begeistert.«

»Ich würde es gern lernen.«

»Wir können versuchen, bei Professor Richter einen Kurs in Maschineschreiben herauszuschinden«, schlug Doktor Schmidt vor.

Doktor Gernhuber nickte. »Apropos. Herrn Professor Richter müsste ich Sie jetzt eigentlich als Nächstes vorstellen. Aber unser Leiter der Gerichtsmedizin ist, wie so oft, gar nicht in München.« Er hob etwas hilflos die Hände. »Wahrscheinlich werden Sie die meiste Zeit ohnehin nur mit uns beiden, also Doktor Schmidt und mir, zu tun haben, und uns bei unserer täglichen Arbeit zur Hand gehen. Vor allem werden Sie uns helfen, Ordnung zu halten«, fügte er hinzu. »Es ist leider so, dass Doktor Schmidt immer jemanden braucht, der hinter ihm herräumt. Diese jungen Ärzte heutzutage sind die Unzuverlässigkeit in Person.«

»Darf ich Sie darauf hinweisen, Herr Kollege, dass heute *Sie* zu spät zur Arbeit erschienen sind?«

»Wenn diese verflixte Straßenbahn …«

»Geben Sie es zu, Herr Kollege, Sie wollten mir mein Zuspätkommen von gestern lediglich heimzahlen.«

Doktor Gernhuber seufzte nur. »Kommen Sie, Fräulein Anna. Jetzt, da Sie alles gesehen haben, können wir mit der Arbeit beginnen. Was halten Sie davon, diese Notizen Doktor Schmidts in eine lesbare Form zu bringen? Es sind die Ergebnisse der Gewebeanalysen von der gestrigen Autopsie. Sie erinnern sich an die Proben, die wir gestern entnommen haben? Es wird Sie doch sicher interessieren, wie es mit unserer armen Adele weitergeht. Und wie ich Doktor Schmidt kenne, hat er zu ihrem Ableben sicher schon eine genaue Theorie entwickelt.«

Das hatte Doktor Schmidt zwar nicht, aber er präsentierte Anna zumindest mehrere Details, die sich nur bedingt mit einem Unfall oder Selbstmord vertrugen.

»Barbiturate im Blut, sogar in relativ hoher Konzentration. Das spricht für eine Einnahme kurz vor ihrem Tod, vermutlich in flüssiger Form. Sie kann sich kaum auf den Beinen gehalten haben.«

»Das ist ja seltsam«, entfuhr es Anna. »Wie ist sie dann bis zur Isar gekommen?« Sie erinnerte sich noch gut an das Bündel Kleider, das Lobinger vor der gestrigen Autopsie auf einem Stuhl am Kopfende der Leiche platziert hatte, und an die engen Schnürstiefeletten mit den hohen Absätzen. Auf solchen Absätzen konnte man sich die Beine schon brechen, wenn man nicht halb betäubt von Schlafmitteln war.

»Zum Auer Mühlbach«, verbesserte Doktor Schmidt. »Da hat man sie gefunden. Vielleicht hat sie die Tropfen erst eingenommen, als sie schon am Ufer war. Um es sich leichter zu machen.«

»Ich verstehe.« Anna ließ den Kopf hängen. »Die arme Frau. Also denken Sie auch, dass es Selbstmord war?«

»Vorschnelle Schlüsse müssen wir möglichst vermeiden. Anders als die Polizei kennen wir meist nicht alle Einzelheiten eines Falls. Wir sehen nur die medizinische Seite, und was wir finden, ist selten eindeutig. Nehmen wir nur die Schlafmittel, die die arme Adele genommen hat. Sie könnten ein Hinweis auf einen Selbstmord sein – falls sie sie freiwillig genommen hat. Falls nicht … Aber genauso gut könnte es ein Unfall gewesen sein, falls sie nach der Einnahme noch spazieren ging und unglücklich stürzte. Worüber wir mehr sagen können, sind die Anzeichen, dass Adele misshandelt wurde …«

»Die blauen Flecken an den Oberschenkeln?«

»Sowie die Blutergüsse und Abwehrverletzungen an den Oberarmen. Diese sind fast voll ausgeprägt und liegen zeitlich deutlich früher, mindestens einen Tag. Ganz sicher kann man sich freilich bei diesen Zeitangaben nie sein.«

Ein hässliches Bild, das sich für Anna da ergab. Eine alternde, unglückliche Schauspielerin, der man Schreckliches angetan hatte und die daraufhin so verstört war, dass sie sich ertränkte. Kein Wunder, wenn Doktor Gernhuber immer von der »armen Adele« redete.

Entsprechend betrübt war Anna, als sie sich in der Mittagspause zu Emmis Café aufmachte. Herr Nachtwey, der dort schon auf sie wartete, bemerkte es sofort.

»Ist etwas geschehen, Fräulein Anna? Sagen Sie nicht, Sie mussten heute schon wieder einen so traurigen Fall untersuchen?«

»Nein, mich bedrückt immer noch der erste«, gab Anna zu.

Herr Nachtwey musterte sie mitfühlend. »Haben Sie schon wieder neue schlimme Dinge über diese tote Schauspielerin erfahren?«

»Das nicht. Aber die Anzeichen verdichten sich. Sie hatte Schlafmittel genommen, wissen Sie? Doktor Schmidt konnte sie im Blut nachweisen. Und das mit der Vergewaltigung, das könnte auch stimmen.« Sie seufzte. »Es macht mich einfach alles traurig.«

»Das verstehe ich. Ich frage mich sowieso, wie ein so zartes Persönchen wie Sie das alles übersteht. Werden Sie noch lange mit diesem Fall zu tun haben?«

»Nein, die Berichte sind beinahe abgeschlossen. Ob es ein Unfall oder Selbstmord war, wird sich wahrscheinlich in der Gerichtsmedizin gar nicht nachweisen lassen.«

»Erstaunlich, wie ruhig Sie über solche Dinge reden. Aber vielleicht habe ich ja etwas, um Sie aufzuheitern. Ich habe nämlich mit meinem Freund gesprochen. Er sagt, die vorherige Mieterin sei gerade ausgezogen, Sie könnten die Wohnung ab sofort beziehen. Sie ist vollständig möbliert.«

Richtig, die Wohnung. Deswegen war sie heute hier. Über Adele Röckls Schicksal hatten sie es fast vergessen. »Wo liegt diese Wohnung denn eigentlich?«

»Ganz in der Nähe. Landwehrstraße.«

»In der Landwehrstraße? Das wäre wirklich nahe am Institut!« Anna zögerte. »Die Preise in der Innenstadt kann ich mir aber nicht leisten.«

Herr Nachtwey lachte leise. »Hier gibt's doch sicher auch Hinterhäuser mit Wohnungen für unsereins, Fräulein Zech. Denken Sie nicht?«

»Vielleicht. Eigentlich hatte ich mir nur ein Zimmer nehmen wollen. Wie groß ist die Wohnung denn? Und wie teuer?«

»Das kann ich Ihnen nicht sagen, da müssten Sie mit meinem Freund Arnsberg reden, der wäre Ihr Vermieter. Ich sehe ihn heute noch, soll ich ihm sagen, dass Sie nach der Arbeit vorbeischauen? Wann haben Sie Zeit? Er möchte möglichst rasch vermieten, und Sie wissen selbst, wie in München der Andrang ist.«

Anschauen kostete schließlich nichts, sagte sich Anna, und zumindest wusste sie dann, woran sie war.

»Ich würde mir die Wohnung gerne ansehen, von mir aus gleich heute Abend, wenn Sie das arrangieren könnten.«

»Ganz bestimmt. Warten Sie, ich schreibe Ihnen die Adresse auf.« Er zog ein Notizbuch aus der Tasche, riss ein Blatt daraus ab und kritzelte Straße und Hausnummer darauf. »Wenn Sie einfach kurz vor dem Haus auf der Straße warten würden? Mein Freund ist normalerweise sehr pünktlich.«

Anna steckte den Zettel ein und hatte kaum Zeit, sich zu bedanken, bevor Herr Nachtwey einen Blick auf seine Taschenuhr warf und erschrocken rief: »Ach du lieber Himmel! Ich werde mich verspäten, meine Mittagspause ist schon fast vorbei! Emmi, zahlen! – Fräulein Zech, ich wünsche mir, dass Ihnen die Wohnung gefällt. Keine Bange wegen meines Freundes, das ist ein ganz netter Kerl.«

11.

Weynand musste sich sputen. Auch wenn er Anna gegenüber das Gegenteil behauptet hatte, hatte er mit Arnsberg noch gar nicht über sie und die Wohnung gesprochen. Er hatte ihn gestern nicht angetroffen, aber heute würde er laut Christiane zu Hause sein.

Zum Glück wohnten die Arnsbergs nicht weit entfernt, Christiane hatte eine Etage in einem kürzlich renovierten Haus in der Goethestraße angemietet. Schon als das Mädchen ihm die Tür öffnete, spürte Friedrich die angespannte Stimmung. Anscheinend hing der Haussegen wieder einmal schief. Christiane empfing ihn im Salon. Sie rauchte eine Zigarette am offenen Fenster, ihre schmale Gestalt war ein dunkler Schatten vor dem Licht des Nachmittags.

»Fritz. Aus deiner Aufmachung schließe ich, dass du heute wieder den Klatschreporter mimst.« Sie musterte ihn aus großen dunklen Augen. Christiane von Arnsberg war keine klassische Schönheit, doch die Augen bildeten eine Ausnahme. Groß und fast schwarz, mit langen gebogenen Wimpern, glänzten sie aus einem Gesicht, das für diese dunklen Lichter zu blass und hager wirkte.

Weynand schaute an sich herunter. »In der Tat. Bitte entschuldige, dass ich es wage, so in deinem Wohnzimmer zu erscheinen. Ein Reporter ist stets im Dienst, ganz wie ein Gendarm.«

Christiane drückte ihre Zigarette in einem Porzellanaschenbecher aus. »Du und diese seltsame Zeitung. Ich habe nie verstanden, warum du dich mit dieser Scharade abgibst. Mach es richtig oder lass es, das ist meine Meinung.«

»Und wie sollte ich es deiner Meinung nach anstellen, um es ›richtig‹ zu machen?«

»Investiere ein wenig Kapital und gründe eine ordentliche Zeitung. Gott weiß, wie nötig diese Stadt ein Blatt mit Niveau hätte. Ob Wochen- oder Tageszeitung, lass sie regelmäßig und pünktlich erscheinen, nicht immer nur dann, wenn du dich gerade über etwas geärgert hast oder dir ein Geistesblitz gekommen ist. Stell eine ordentliche Belegschaft ein und eine richtige Redaktion statt ein paar ausrangierte Maschinen und ein Sammelsurium kurioser Gestalten in einem alten Keller.«

Manchmal konnte Weynand verstehen, wenn Arnsberg vor seiner Frau am liebsten Reißaus nahm. Christianes unverblümte Art konnte einschüchternd wirken. Zum Glück ließ Friedrich sich nicht leicht ins Bockshorn jagen. Im Gegenteil, er mochte Christiane. Wenigstens hatte sie Verstand, auch wenn sie Weynand viel zu oft durchschaute.

»Die Sache ist ein Zeitvertreib für mich. Ein Spaß.«

»Schöner Spaß. Du hast nur Angst, dich offen dazu zu bekennen. Ich kann's verstehen. Unter einer Zeitung mit dem schönen Titel *Münchner Generalanzeiger – Ihr städtischer Bote für*

Gesellschaft und Sitte würde ich meinen Namen auch nicht lesen wollen.«

»Ich möchte meinen Namen eigentlich gar nirgendwo mehr ins Spiel bringen.« Weynand konnte nicht verhindern, dass Bitterkeit sich in seinen Tonfall schlich. »Immerhin gehört er anteilig jetzt der Familie Senftl.«

»Ein Sklave ist nur der, der sich dazu machen lässt.« Es klang wie das Zitat eines jener Literaten, die bei Christiane von Arnsberg ein und aus gingen. »Aber wie du meinst. Ich finde es schade, dass du deine Zeit und dein Engagement so vergeudest. Du willst zu Heinrich? Er ist in seinem Arbeitszimmer.«

Weynand war schon auf dem Weg zur Tür, drehte sich aber noch einmal um. »Du bist sehr streng mit uns, weißt du das?«

»Nicht strenger, als ihr zwei es verdient.« Sie milderte den Satz durch ein halbes Lächeln, das einen Moment ihre schmalen Lippen umspielte. Ein seltenes Ereignis. »Ihr seid zwei verzogene hübsche Burschen, die denken, sie hätten ihre Lebenspflicht erfüllt, indem sie sich heiraten ließen, und die den Rest ihrer Zeit nun mit Dummheiten füllen. Bei dir sind es wenigstens intelligente Dummheiten. Bei ihm … Nun ja. Die üblichen platten Amüsements eines untreuen Ehemanns. Du hast deiner Frau wenigstens zu einigen Kindern verholfen.«

Weynand wollte nicht darauf eingehen. Er wusste, dies war ein wunder Punkt in der Ehe seines Freundes. »Wir werden bestimmt noch irgendwann erwachsen werden, Heinrich und ich«, scherzte er unsicher. Christiane musterte ihn.

»Dir habe ich nichts zu sagen, Fritz. Dir kann ich nur raten. Aber Heinrichs Benehmen geht mich an. Er sollte sich besser vorsehen. Zur blind ergebenen Ehefrau, die die Augen schließt, nur um ihre Familie zusammenzuhalten, tauge ich nicht. Zumal ich ja, bei genauer Betrachtung, nicht einmal eine Familie habe.«

Weynand machte, dass er hinauskam.

In dem mit Bücherschränken vollgestellten Arbeitszimmer saß Arnsberg in einem Ledersessel und rauchte seinerseits, allerdings eine Zigarre. Vor ihm auf dem Schreibtisch standen ein Glas und eine halb gefüllte Flasche Cognac. Die Luft war erfüllt von Qualm. Arnsbergs Miene erinnerte Weynand verdächtig an die eines Schülers, der vom Lehrer zum Nachsitzen verdonnert worden ist.

»Fritz! Leistest du mir Gesellschaft in meiner Einsiedelei?«

»Du hattest mal wieder Streit mit Christiane?«

»Sie streitet nicht mit mir, Fritz. Sie urteilt mich lediglich ab. Was kann ich für dich tun?«

»Deine neue Mieterin in Empfang nehmen«, spöttelte Weynand und warf einen Blick auf die Standuhr. »In ungefähr vier Stunden in der Landwehrstraße. Ich habe ihr gesagt, sie soll dort vor dem Haus warten. Du wirst sie gleich erkennen. Neunzehn Jahre, grauer Mantel, schüchtern, ein ganz verhuschtes kleines Mäuschen namens Anna Zech.«

»Das du vermutlich zu einer feurigen Tanzratte heranfüttern möchtest, ja?« Arnsberg schüttelte den Kopf, während er die Zigarre zur Seite legte. »Deine Allüren werden auch immer seltsamer. Hast du dir wenigstens diesen dummen Artikel über die Röckl aus dem Kopf geschlagen?«

»Im Gegenteil. Das Mäuschen arbeitet bei der Gerichtsmedizin und hatte die Leiche unterm Messer. Sie wird mich mit Informationen versorgen.«

»Du wirst sehen, das gibt Ärger, Fritz.«

»Ich bin Kummer gewöhnt. Also, sorgst du dafür, dass die Kleine möglichst rasch einziehen kann?«

»Tut mir leid. Dieses Mal musst du dich selbst darum kümmern. Ich werde heute nicht ausgehen.«

»Was? Hast du Hausarrest? Bring mich nicht zum Lachen, Heinrich!«

»Mir ist nicht nach Lachen zumute, Fritz.« Arnsberg goss sich das nächste Glas ein. »Christiane hat mir heute offen mit Scheidung gedroht. Angesichts des Ehevertrags, den ihr Vater mir seinerzeit abgerungen hat, wäre das mein Ruin.«

»Das sagt sie doch nur«, beruhigte Weynand. »Sie würde es nie tun. Der Skandal …«

»… wäre ihr vollkommen gleichgültig. Du kennst sie. Bei ihren Schriftsteller- und sonstigen Boheme-Freunden ist eine Scheidung eher eine Auszeichnung als ein Skandal. Nein, tut mir leid. Ich werde bestimmt nicht deinetwegen meinen Kopf riskieren. Wenn sie herausfindet, dass ich mich mit einem neunzehnjährigen Mädchen treffe, um ihr eine Wohnung zu vermieten, bin ich geliefert.«

Weynand machte noch einen halbherzigen Versuch, Arnsberg umzustimmen, sah aber bald ein, dass es sinnlos war.

Nun gut. Er würde sich eben selbst darum kümmern.

Ein wenig aufgeregt war Anna nun doch, als sie vor dem Haus wartete. Ihre erste eigene Wohnung! Die Fassade sah vornehm genug aus. Was nicht viel besagen musste, soweit es die Hinterhäuser anging. Anna hätte gern Onkel Ludwig zur Besichtigung mitgenommen, aber er war unvermutet auf die Wache gerufen worden. Anna hatte Tante Leni die Adresse mitgeteilt; vielleicht konnte der Onkel ja später nachkommen. Immerhin kannte sie diesen Herrn Arnsberg gar nicht, der ihr die Wohnung vermieten sollte.

Doch zu ihrer Überraschung erschien nicht er, sondern Herr Nachtwey. Er hob entschuldigend die Hände.

»Mein Freund konnte sich nun doch nicht freimachen. Eine Familienangelegenheit. Er hat mir den Schlüssel gegeben und mich gebeten, Sie an seiner Stelle herumzuführen. Falls Ihnen das recht ist?«

Am liebsten hätte Anna auf Onkel Ludwig gewartet. Sie wagte nur nicht, darum zu bitten. Wäre ein solches Misstrauen nicht sehr unhöflich gegenüber Herrn Nachtwey gewesen?

»Eigentlich wollte ich auf meinen Onkel warten«, sagte sie dennoch. Nur für den Fall. »Er wollte mitkommen, musste aber zum Dienst. Er ist bei der Gendarmerie, wissen Sie? Er wird sich uns später anschließen, aber wir können ja solange schon einmal hinaufgehen.«

Die Wohnung lag im zweiten Stock – und zwar im Vorderhaus. Einen Moment lang glaubte Anna, sie betrete eine Parfümerie, so dick war die Welle von Veilchenduft, die ihr entgegenschwappte, kaum hatte Herr Nachtwey die Tür geöffnet. Die Gasbeleuchtung, hell und anheimelnd, holte eine kleine Diele aus dem Dunkel, von der drei Türen abgingen. Oberhalb der Türrahmen verliefen Zierleisten, und der Flur hatte keine muffigen Holzdielen, sondern ein glänzendes Parkett.

Von wegen billige Hinterhauswohnung!

»Küche«, sagte Herr Nachtwey, indem er eine der Türen aufstieß. »Bisher kaum benutzt, sagt mein Freund. Ihre Vormieterin aß meist auswärts. Gegenüber das Bad. Und hier sind die beiden Zimmer, ein Wohn- und ein Schlafraum, beides voll möbliert. Der Blick geht leider auf den Hinterhof hinaus, aber das muss kein Nachteil sein. Von der Straße her kommt manchmal doch ziemlich viel Lärm.«

Hier hatte eine einzelne Dame ganz allein gelebt? Was für eine Verschwendung! Die halbe Stadt München schien auf Wohnungssuche zu sein. In manchen Mietwohnungen drängten sich die Familien dicht zusammen und waren dabei so sehr in Geldnot, dass sie noch stundenweise Schlafgänger aufnahmen.

Allein schon, dass es ein eigenes Bad gab statt eines für die komplette Etage am Ende des Flurs, so wie bei Onkel Ludwig! Ein Badezimmer, nur für Anna, und was für eines! Darin stand eine Porzellanwanne mit vergoldeten Füßen, die Löwentatzen nachgebildet waren; der Boden war gefliest. Anna dachte an den hölzernen Trog, in dem zu Hause die Kinder gebadet wurden – eines nach dem anderen, bis das Wasser so schwarz war, dass beim besten Willen nichts mehr zu machen war und man es wechseln musste.

Im Wohnraum setzte ihr Erstaunen sich fort. Das Zimmer war klein, aber darin lag ein weinroter Teppich, der neu und teuer wirkte und in den Annas Sohlen einsanken wie in Watte. Die Möbel wirkten schwer und massiv und hatten seltsam geschwungene Formen. Es sah sehr modern aus. An der Wand hing ein Gemälde mit Seerosen in einem Teich, auf einem Beistelltischchen leuchtete ein Strauß Rosen aus einer Porzellanvase. Um ihre Verlegenheit zu überspielen, ging Anna hin und tat, als rieche sie daran. In Wirklichkeit war ihre Nase so übersättigt von all den Wohlgerüchen in diesem Zimmer, dass sie am liebsten das Fenster geöffnet hätte.

Und sie war sich längst sicher, dass sie die Miete niemals aufbringen könnte.

Sie betraten das Schlafzimmer, und Anna begriff.

Ein Bett von doppelter Breite an der rückwärtigen Wand füllte den größten Teil des Zimmers aus. An der Wand gegenüber standen, links und rechts von der Tür, ein gewaltiger Kleiderschrank, eine Spiegelkommode und nicht weniger als zwei mannshohe Spiegel mit vergoldeten Rahmen. Vor dem Fenster hingen samtene Vorhänge in tiefem Purpur, gerafft durch gleichfarbige Kordeln mit langen Tasseln, über dem Bett lag eine Tagesdecke mit Rosenmotiven, über der sich Unmengen von Kissen in Plüsch und Spitze stapelten. Auch die Läufer vor dem Bett zeigten diese Farbe, und auf dem Gemälde oberhalb des Kopfendes rekelte sich eine Dame in äußerst nachlässiger Bekleidung auf einer Chaiselongue.

Das war kein Schlafzimmer, das war keine Wohnung – das war ein Liebesnest!

Manchmal sollte man wohl doch etwas geben auf Onkel Ludwigs Instinkte.

Herr Nachtwey mochte Annas unwillkürlichen Schrecken bemerkt haben, denn er sagte hastig: »Das Bild können Sie natürlich abnehmen und durch ein anderes ersetzen. Mein

Freund hatte nur noch nicht die Gelegenheit, es selbst zu tun, weil Ihre Vormieterin erst kürzlich ausgezogen ist.«

»Bitte verzeihen Sie mir die Frage, aber wer war die Dame denn, die vor mir hier gewohnt hat?«

Nun schien die Reihe an Herrn Nachtwey, verlegen zu werden. »Das kann ich Ihnen gar nicht genau sagen. Mein Freund hat mir wenig dazu erzählt. Aber ich bin sicher, wenn Sie sich neu einrichten möchten, ließe sich darüber reden. Mein Freund lebt in sehr unabhängigen Verhältnissen, und solange die Wohnungsmiete halbwegs pünktlich bezahlt wird, interessiert er sich nicht für das, was in den Räumlichkeiten vorgeht. Wahrscheinlich werden Sie ihn nur sehr selten zu Gesicht bekommen.«

»Wie teuer wäre die Wohnung?«

Herr Nachtwey zögerte merklich, ehe er die Summe nannte. »Drei Mark die Woche.«

»Drei Mark!«, entfuhr es Anna.

»Wenn es zu viel ist …«

»Zu viel?« Anna starrte ihn entgeistert an. »Herr Nachtwey, ich bin vielleicht zum ersten Mal auf Wohnungssuche, aber ich bin nicht völlig weltfremd. Drei Mark pro Woche zahlen vielleicht die Arbeiter für ihre Elendswohnungen in Haidhausen! Dass eine Wohnung wie diese viel, viel teurer sein muss, das kann sogar ich einschätzen. Also kann ich nur annehmen, dass mit diesem Angebot etwas nicht stimmt. Etwas ziemlich Großes.«

Sie konnte sehen, wie Herr Nachtwey erschrak. »O mein Gott, jetzt begreife ich erst, was Sie meinen. Nein, nein! Ich versichere Ihnen, die Dame, die hier vor Ihnen lebte, war mit

Herrn von Arnsberg, Ihrem Vermieter, nicht näher bekannt, als die guten Sitten es gestatten. Und er würde auch gewiss nie versuchen, sich Ihnen irgendwie unsittlich zu nähern. Das schwöre ich Ihnen.«

Wenn er seine Überraschung spielte, spielte er gut, dachte Anna. Herr Nachtwey sah vollkommen ehrlich aus. Aber eine Wohnung wie diese, für solch einen Preis ...

»Und warum ist diese Wohnung dann so billig zu haben?«

»Nun, wie gesagt, mein Bekannter lebt in gesicherten finanziellen Verhältnissen und ist nicht auf diese Mieteinnahmen angewiesen. Es kann auch gut sein, dass er aufgrund irgendwelcher alten Verträge verpflichtet ist, so zu handeln.« Er zuckte ein wenig hilflos die Achseln. »Mehr kann ich dazu nicht sagen, ich bin nur ein armer Drucker. Wobei mir einfällt, eine Besonderheit, die mit der Wohnung verbunden ist, gibt es tatsächlich. Sie müssten gelegentlich vielleicht Briefe entgegennehmen für eine Zeitungsredaktion, zu der mein Freund eine Verbindung hat, die er aber nicht bekannt werden lassen möchte. Soweit ich weiß, ist er eine Art Mäzen für das Blatt, aber inkognito im Hintergrund.« Er deutete auf sich selbst.

»Daher kenne ich ihn übrigens auch.«

Briefe an eine Zeitung, das klang nun wirklich harmlos genug. Anna zögerte trotzdem.

»Ich versichere Ihnen, damit ist gar kein großer Aufwand verbunden. Sie müssten die Briefe nur sammeln und Herrn Arnsberg in die Hand drücken, wenn er einmal vorbeikommt. Solche Zuschriften, Leserbriefe oder Ähnliches, sind nicht eilig.«

Warum eigentlich nicht? So schnell würde Anna solch eine

Chance nicht noch einmal bekommen. Eine Wohnung wie diese abzulehnen wäre wirklich die reine Dummheit gewesen.

»Ich werde es mir überlegen, Herr Nachtwey«, sagte sie. »Schön ist die Wohnung zweifellos und viel größer, als ich mir erträumt hätte. Ich werde mich mit meinem Onkel besprechen. Und Sie sagen, ich könnte sofort einziehen?«

»Wann immer Sie wollen. Warten Sie nur nicht zu lange mit der Entscheidung, sonst findet mein Freund womöglich einen anderen Mieter.«

»Dann machen wir es so.« Anna wollte Herrn Nachtwey zur Bekräftigung die Hand drücken. Stattdessen beugte er sich elegant darüber wie zu einem Handkuss, und Anna merkte, dass sie rot wurde.

Sie standen schon wieder unten vor dem Haus, als Onkel Ludwig über das Trottoir heranhastete.

»Anna! Ich habe nicht viel Zeit, auf der Wache geht's drunter und drüber.« Er fixierte misstrauisch Herrn Nachtwey. »Ist das dein Vermieter?«

»Nein, das ist Herr …«

»Sie sind Annas Onkel?«, rief Herr Nachtwey gleichzeitig. »Angenehm, angenehm! Nein, um Himmels willen, der Vermieter der Wohnung bin ich nicht, das ist der Freiherr Heinrich von Arnsberg. Der Sohn des verstorbenen Oberstleutnants gleichen Namens.«

Anna konnte sehen, wie Onkel Ludwig sich bei Nennung des Adelstitels sofort aufrichtete. Es sah fast aus, als stehe er stramm. Ob Herr Nachtwey das nun wusste oder nicht, Annas Onkel hielt sehr viel auf die alten Aristokratenfamilien.

»Ein Herr Baron würde eine Wohnung an meine Nichte vermieten?« Er schaute auf Anna. »Warum hast du mir das nicht gleich gesagt?«

Anna war selbst überrascht; bisher hatte Herr Nachtwey mit keinem Wort erwähnt, dass sein Freund ein Adliger war.

Herr Nachtwey nickte gravitätisch. »Sie als Staatsdiener wissen doch sicher am besten, wie groß die Wohnungsnot in München ist. Herr von Arnsberg findet, dass gerade der königliche Hof und die alten Familien des Landes die moralische Verpflichtung haben, nach besten Kräften für das Volk zu sorgen.«

»Ein nobler Zug!« Onkel Ludwig strahlte. »Mein Gott, Mädel, was für ein Glück du hast! Hast du dir die Wohnung schon angeschaut? Soll ich rasch mit nach oben gehen?« Bei dieser Frage schielte er freilich verstohlen zum Kirchturm von Sankt Paul, der am Ende der Landwehrstraße aufragte.

Es war Anna nur recht. Eine innere Stimme sagte ihr, Onkel Ludwig würde nie seine Zustimmung geben, wenn er erst das unanständige Bild im Schlafzimmer gesehen hatte, alter Adel hin oder her. Aber sie wollte nicht auf diese Gelegenheit verzichten.

»Die Wohnung ist sehr schön«, versicherte sie daher. »Leisten kann ich sie mir auch. Also, wenn du denkst, dass Herr von Arnsberg vertrauenswürdig ist …«

»Unter anderen Umständen würde ich ja für ihn bürgen.« Herr Nachtwey sah zu Boden. »Aber das wäre in meiner Position wohl ein wenig dreist. Für Herrn von Arnsberg bürgt allein schon sein Name.«

»Ich würde mich nie unterstehen, an einem solch vornehmen Herrn zu zweifeln«, bestätigte Onkel Ludwig, drückte Herrn Nachtwey die Hand und nickte Anna kurz zu. »Herzlichen Glückwunsch, Anna!«

Und damit war die Sache abgemacht. Anna konnte ihr Glück kaum fassen. Ihre erste eigene Wohnung!

12.

Weynand atmete auf, als Anna und ihr Onkel sich von ihm verabschiedet hatten. Dieser Gendarm hätte leicht alles verderben können. Offenbar hatte Anna ihrem Onkel den Namen Nachtwey vor dieser Begegnung nicht genannt, sonst wäre sie wahrscheinlich gar nicht erschienen. Unwahrscheinlich, dass jemand bei der Polizei den Namen des berüchtigten Schwabinger Klatschjournalisten nicht kannte.

Zum Glück ähnelten die meisten dieser uniformierten Herren einander in ihren Glaubenssätzen ziemlich. Mit Titel, Tradition, Hierarchie und einem dezenten Verweis aufs Königshaus erreichte man bei ihnen alles.

Bevor Friedrich sich mit Anna traf, hatte er noch rasch seine eigenen Sachen aus der Wohnung entfernt und dem Hausdiener mit der Mahnung, weder einen Weynand noch einen Nachtwey zu kennen, ein Trinkgeld zugesteckt. Der Rest war ein Kinderspiel. Stillvergnügt hatte Friedrich beobachtet, wie Anna Zech mit großen Kulleraugen von einem Raum zum nächsten ging. Sie hatte merklich noch nie eine solche Wohnung von innen gesehen.

Abgesehen davon, dass er sich hier gerade eine niedliche

neue Bekanntschaft und hoffentlich eine ergiebige Informationsquelle sicherte, machte ihm dieser Ausflug in die Philanthropie an sich schon Spaß.

Sein Arbeitspensum für diesen Tag war damit aber noch nicht erledigt. Auf ihn wartete eine lange Nacht in Gesellschaft einer ganz anderen Dame.

Friedrich wusste, was sich gehörte. Er erschien pünktlich am vereinbarten Treffpunkt, mit einer Rose in der Hand und einem Fiaker, der hinter ihm am Straßenrand wartete. Eine Dame führte man schließlich nicht mit der Trambahn aus.

»Mein Gott, Herr Nachtwey!«, rief Fräulein Apollonia Hofer, die Sekretärin des Polizeipräsidenten, als er ihr die Rose überreichte, bevor er ihr galant in die Kutsche half. »Das wäre doch nicht notwendig gewesen!«

Sie wiederholte den Satz, als sie ihm gegenüber an einem kleinen Tisch in einem schummrigen Lokal in Schwabing saß und der Kellner zwei Sektgläser vor ihnen abstellte. Nachtwey stieß mit ihr an.

»Und ob es das ist, liebes Fräulein Hofer! Ihr Hinweis auf das unglückliche Ableben der Adele Röckl war für mich Gold wert. Mein Chef war höchst zufrieden mit mir. Ich bin Ihnen allerhöchste Dankbarkeit schuldig.«

»Ach, ich bitte Sie.« Fräulein Hofers auffallend langes, dünnes Gesicht mit der markanten Nase lag verborgen unter viel Schminke, vielleicht wollte sie nicht zu viel von ihrem Mienenspiel preisgeben. »Sie wissen, wie gern ich Ihnen bei Ihren Artikeln behilflich bin.«

Das wusste Friedrich tatsächlich, auch wenn er den Grund dafür noch nicht vollkommen begriffen hatte. Er hatte die

Sekretärin des Polizeipräsidenten auf ganz ähnliche Weise kennengelernt wie jetzt Anna Zech, nur dass er in ihrem Fall vorgegeben hatte, sie mit einer Tante zu verwechseln. Allerdings hatte Apollonia, älter und deutlich weniger naiv, sofort bemerkt, dass sie nur ausgehorcht werden sollte, und es ihm ins Gesicht gesagt. Doch zu Friedrichs Verblüffung spielte sie danach das Spiel mit. Sie hatte ihm freiwillig einige brisante Details verraten, nichts Dramatisches, aber doch Pannen in der täglichen Polizeiarbeit, deren Bekanntwerden für ihren Chef unangenehm sein musste.

Sie nach ihren Gründen zu fragen hätte Weynand als ungehörig empfunden, Apollonia hätte ihm auch kaum geantwortet. Aus den wenigen Andeutungen, die sie ab und zu fallen ließ, reimte er sich zusammen, sie müsse von ihrem Polizeipräsidenten oder jemandem in seiner Umgebung einmal eine ziemliche persönliche Enttäuschung erfahren haben, bei der der Herr sich wenig ritterlich benahm.

Bei seinen Untergebenen galt Polizeipräsident von der Heydte als »harter Hund«, während er gegenüber der Öffentlichkeit eigene Misserfolge gern vertuschte. Vermutlich sah und erlebte Fräulein Apollonia Hofer in seinem Büro jeden Tag ein paar Ungerechtigkeiten, für die sie sich mit ein paar gezielten Indiskretionen gegenüber Herrn Nachtwey rächte.

»Wann wird Ihr Artikel denn erscheinen?«, erkundigte sie sich.

»In den nächsten Tagen. Wobei wir noch einige Details zu dem Fall recherchieren.«

»Ja?« Sie lächelte. Natürlich erkannte sie ihr Stichwort. »Was möchten Sie denn wissen?«

»Meine Liebe, allmählich habe ich wirklich das Gefühl, Ihre Freundschaft auszunutzen.« Friedrich hob sein Glas in ihre Richtung. Sie stieß mit ihm an.

»Keine Sorge. Ich erzähle Ihnen keine Silbe mehr, als ich erzählen will.«

»Was hat unsere Polizei denn über das unglückliche Opfer herausgefunden?«

»Unglücklich? Nun ja.« Apollonia Hofer spitzte den Mund. »Wie man sich bettet, so liegt man. Sie wissen ja sicher schon, welche Lebensart die Dame gepflegt hat. In ihrer Jugend soll sie halb nackt auf der Bühne gestanden haben, in einem dieser entsetzlichen modernen Stücke.«

»Salome«, sagte Weynand. »Von Oscar Wilde.«

»Korrekt. Welches Publikum davon angezogen wurde, muss ich Ihnen nicht sagen.« Sie beugte sich nach vorn. »Vor einigen Monaten kam sie nach München zurück, nach über zehn Jahren, und suchte ein Engagement. Die meisten Intendanten winkten ab. Am Gärtnerplatz hat man ihr gnadenhalber eine ihren Jahren angemessene Frauenrolle gegeben. Sie war außer sich deswegen. War ihr wohl nicht gut genug.«

Das war interessant, aber nichts Neues. Konnte sogar für Anna Zechs Selbstmordtheorie sprechen, passte Weynand freilich gar nicht ins Konzept. Er brauchte schmutzige Details. Aber Apollonia war auch noch nicht fertig.

»Die Röckl hat an ihrem Todestag nicht gespielt, war aber in ihrer Garderobe. Die Polizei hat dort eine leere Champagnerflasche gefunden. Und benutzte Gläser. Zwei Stück.« Beim Nachsatz hob sie bedeutungsvoll eine sorgfältig gezupfte und nachgezogene Augenbraue.

Na also, dachte Friedrich. Schon besser.

»Weiß man, wer der abendliche Besucher der Dame war?«

»Nein, niemand scheint ihn gesehen zu haben. Oder will ihn gesehen haben. Sie wissen, wie ungern die Theaterleute die Polizei ins Haus lassen. Was man weiß: Gegen zehn Uhr hat die Dame sich den Champagner bringen lassen. Der Hausknecht sagt, er habe nur sie in der Garderobe gesehen. Er reichte ihr das Tablett allerdings nur über die Schwelle. Der Herr, für den das zweite Glas war, könnte hinter der Tür gestanden haben.«

Oder er kam später ungesehen durch einen Seiteneingang. Wenn die abendliche Vorführung auf der Bühne endete, begann hinter den Kulissen ein eifriges Kommen und Gehen, wurden Blumensträuße abgegeben, Tändeleien mit Liebhabern eingefädelt und versuchten Verehrer zu den Schauspielern vorzudringen. Friedrich war oft genug Teil dieses Treibens gewesen, um zu wissen, wie leicht das war.

»Wenn Adele Röckl so spät noch im Theater Gäste hatte, wann und wo ist sie denn dann gestorben?«

»Ich habe den Obduktionsbericht noch nicht gelesen, aber ich bezweifle, dass er sehr aussagekräftig sein wird. Gefunden hat man sie, aber das wissen Sie ja sicher längst, ein ganzes Stück vom Theater entfernt, an der Bäcker-Kunstmühle am Auer Mühlbach. Der Herr Polizeipräsident ist sehr verstimmt, weil die Gendarmerie die genaueren Todesumstände nicht ausfindig machen konnte.« Sie verzog ein wenig den Mund. Vermutlich hatte sie die schlechte Laune ihres Chefs selbst zu spüren bekommen. »Rund um die Kunstmühle wohnen nicht viele Leute, aber doch genug, damit es am Ufer von Spuren wimmelt. Fußspuren, sogar Reifenspuren gab es, die zeitlich passen könnten. Der nächtliche Regen hatte nur leider alles verwaschen, und kein Anwohner scheint einen Wagen bemerkt zu haben, obwohl der Lärm eines Fiakers oder gar eines Automobils in dieser Gegend spätnachts sicher auffallen würden. Kurz und gut, weder lässt sich sagen, wann und wie die Frau vom Theater an den Mühlbach gelangt ist, noch wo genau sie ins Wasser ging. Aber da man die Röckl nach zehn Uhr noch am Gärtnerplatztheater gesehen hat und sie dort offenbar Besuch empfing, dürfte es mindestens Mitternacht gewesen sein. Die Polizei hat keinen Hinweis, was aus dem nächtlichen Besucher wurde. Wahrscheinlich ging er ebenso ungesehen, wie er kam.«

»Das heißt, man geht von einem Selbstmord aus?«

»Oder von einem Unfall. Die Kleidung der Frau war intakt, es gab keine äußerlichen Verletzungen oder sonstige Hinweise auf die Anwesenheit einer weiteren Person zum Zeitpunkt ihres Todes. Die Untersuchungen sind reine Routine.« Sie musterte ihn, wieder hob sie spöttisch eine Braue. »Das kommt Ihnen wohl ungelegen für Ihren Zeitungsartikel?«

Weynand lächelte. »Es ist immer die Aufgabe eines Journalisten, die spannende Seite in einer scheinbar langweiligen Geschichte zu entdecken.«

Apollonias Lachen war heiser und ein wenig grimmig. »Ich werde gar nicht darüber nachdenken, was das heißt. Oder vielmehr, ich kann es mir denken. Nun, die schöne Adele wird Ihnen gewiss einigen Stoff geben. Wenn ich darüber nachdenke, was seinerzeit alles über sie getratscht wurde! *Salome* war allen ein Dorn im Auge. Einmal ging sogar das

Gerücht, das Stück würde kassiert und die Röckl aus der Stadt geworfen.«

»Das passierte aber nicht?«

»Nein.« Das Kerzenlicht machte Apollonias Augen glitzern. Amüsiert und ein wenig boshaft. »Angeblich hatte jemand an allerhöchster Stelle etwas dagegen. Jemand aus der Residenz.« Sie nippte an ihrem Glas. »Natürlich war das damals nur ein Gerücht. Und ich könnte es nicht bestätigen, weil ich damals noch gar nicht an meiner jetzigen Stelle gearbeitet habe.«

Also doch! Weynands Erinnerung hatte ihn nicht getrogen, es hatte damals Gerüchte gegeben!

»Und diese Informationen darf ich wirklich verwenden? Ich möchte Sie ungern in Schwierigkeiten bringen, Fräulein Hofer.«

»Das lassen Sie nur meine Sorge sein, Herr Nachtwey. Ich freue mich jetzt schon auf Ihren Artikel – und die Gesichter, die einige Herren nach der Lektüre ziehen werden.«

Friedrich grinste wie ein Schuljunge. »Ich werde alle Register ziehen, meine Liebe, verlassen Sie sich darauf.« Das konnte er jetzt tatsächlich. Zusammen mit den Dingen, die Anna Zech von der Obduktion berichtet hatte, hatte Weynand nun genau die Details, aus denen er sich seine Geschichte zusammenspinnen konnte. Er war den beiden Damen, die ihm diese Informationen verschafft hatten, ehrlich dankbar, und fest entschlossen, Apollonia Hofer als Gegenleistung auf einen Abendausflug mitzunehmen, der es in sich hatte.

Von dem kleinen Restaurant, in das Friedrich die Polizeisekretärin eingeladen hatte, ging es weiter ins Panoptikum, wo heute im großen Saal ein Musiktheater stattfand, dann weiter ins Varieté zu Bowle, Sekt und Liedern und Einaktern freizügigen Inhalts, die Apollonia in nüchternem Zustand sicher nicht beklatscht hätte. Gegen drei Uhr morgens setzte Weynand sie wieder vor ihrer Wohnung ab, nachdem beide noch im Fiaker aus vollem Hals die Refrains der Varieté-Lieder geschmettert hatten.

Als Friedrich anschließend in einem anderen Wagen nach Hause in die Villa Senftl fuhr, grübelte er unwillkürlich nach über die verschiedenen Welten, die in dieser Stadt nebeneinander existierten, scheinbar, ohne sich zu berühren: die alte Welt des Adels mit ihrer Etikette, ihren Hofämtern und den Lakaien in Seidenstrümpfen und Schnallenschuhen. Und die Welt, die sich in Schwabing ein Stelldichein gab, mit ihren regellosen Festen, den Homosexuellen, die ihre Neigung kaum verbargen, den Anhängern von Freikörperkultur und fleischloser Ernährung, ihren Romantikern, Sozialisten und Anarchisten … Wie konnten diese widersprüchlichen Lebensweisen alle unter den Dächern derselben Stadt Platz finden, und wie lange würde es gut gehen?

Der Wagen hielt vor dem Portal der Villa, Friedrich stieg aus. Sein Zuhause, wenn er es so nennen wollte, gehörte eindeutig in die andere, die gehobene Welt. Die unechte und unwirkliche, fügte er in Gedanken hinzu. Nachgemachte ionische Säulen am Eingang, überteuerte Kopien berühmter Gemälde im Salon, das alte Wappen der Weynands auf mit neuem Geld bezahlten Wandfriesen. Alles hier war falsch und bloße Äußerlichkeit, alles imitierte den Glanz einer Vergangenheit, an der man keinen Anteil hatte.

Aber Friedrichs Zeitung, die genau diese Welt mit ihrem schönen Schein aufs Korn nahm, die war echt, sagte er sich. Und deshalb würde er, bevor er sich aufs Ohr legte, heute noch den Artikel über Adele Röckl schreiben, verrufene Grande Dame des Theaters, ehemalige Geliebte einflussreicher Männer und nun womöglich Opfer schrecklicher Machenschaften.

13.

Annas neue Stelle, die ihr im Vorhinein solches Unbehagen bereitet hatte, erwies sich als wirklicher Glücksgriff, das wurde ihr schon im Lauf der ersten Woche klar. Beide Gerichtsärzte zeigten sich von Anfang an höchst zufrieden mit ihrer Arbeit. Die Tätigkeiten, die mit ihrer Stelle verbunden waren, waren offenbar nur ungenau definiert, und Doktor Gernhuber sagte, es werde sehr von Anna abhängen, was genau sie in Zukunft tun würde.

»Wenn ich daran denke, dass wir eigentlich nur jemanden wollten, der uns mit den Leichen und dem Lobinger hilft … Stattdessen haben wir jemanden bekommen, der etwas im Kopf hat und anstellig ist. Mit so etwas rechnet man hier ja gar nicht.« Er nickte ihr aufmunternd zu. »Wenn Sie sich erst einmal in die grundlegenden Dinge eingearbeitet haben, schauen wir, wo Sie Doktor Schmidt und mich noch entlasten können. Sie werden sehen, wir tun hier noch viel mehr, als nur Mordopfer untersuchen.«

In der Tat gab es für Anna zunächst viel Büroarbeit, in einem Ausmaß, mit dem sie nicht gerechnet hatte. Zum Glück war sie schon immer gut organisiert gewesen. Das hatte sie spätestens gelernt, als sie für ihre jüngeren Geschwister die Mutter hatte ersetzen und den Haushalt führen müssen. Jetzt übertrug sie es auf die Dokumente und Berichte, die am Ende jeder Untersuchung zurückblieben und die Tendenz zeigten, sich auf den Schreibtischen beider Gerichtsärzte zu Bergen zu stapeln, wenn Anna sich ihrer nicht erbarmte und dafür sorgte, dass sie ordentlich zusammengestellt und abgelegt oder an die zuständigen Stellen weitergeleitet wurden, die teilweise schon händeringend darauf warteten. Fräulein Reiser, die Dame am Empfang, die Anna an ihrem ersten Tag so schnippisch behandelt hatte, grüßte bald schon von Weitem, so oft hatte sie Anna den Weg zu einem Büro erklären müssen, in dem diese einen Stapel Papiere abzuliefern hatte.

Gegen Ende der Woche kehrte der Leiter des gerichtsmedizinischen Instituts, Professor Richter, von seinem Besuch aus Wien zurück, ein schlanker, dunkelhaariger Herr Mitte vierzig mit dicken Brillengläsern. Anna wurde kurz zu ihm ins Büro gerufen, musste eine knappe Befragung nach Name, Alter und ersten Eindrücken über sich ergehen lassen, und sah sich sofort wieder an ihre Arbeit geschickt. Der viel beschäftigte Professor schien diese neue Hilfskraft kaum wahrgenommen zu haben.

»Professor Richter hat mit der praktischen Arbeit hier wenig zu tun«, verriet ihr Doktor Gernhuber, als Anna zu den beiden Ärzten ins Labor zurückkehrte. »Er geht völlig in den universitären Angelegenheiten auf, darüber hinaus hält sein Interesse sich in Grenzen.«

»Zumal er sehr enttäuscht ist von seinen beruflichen Zukunftsaussichten hier in München«, fügte Doktor Schmidt spöttisch hinzu, »und sein Arbeitselan darunter schwer gelitten hat.«

Gernhuber runzelte missbilligend die Stirn. »Herr Kollege, können Sie sich vor Fräulein Anna nicht ein bisschen zurückhalten? Schließlich fängt sie gerade erst an.«

»Soll sie nur gleich alle Eigentümlichkeiten kennenlernen, mit denen sie hier zu rechnen hat. Besser jetzt als hinterher.«

Gernhuber schüttelte den Kopf, trat an sein Mikroskop und winkte Anna, ihm ein zwischen kleinen Glasplatten vorbereitetes Präparat zu reichen. »Seien Sie bloß auf der Hut vor Doktor Schmidt und seiner spitzen Zunge, Fräulein Zech. Er ist der Letzte, der über anderer Leute Arbeitseinsatz spotten sollte. Wie er uns täglich beweist, ist er ein gewaltiger Hallodri.« Er starrte konzentriert in sein Mikroskop, während er das sagte, und drehte dabei am Regler für die Fokussierung. Doktor Schmidt blickte bei seiner Antwort ebenso wenig von seiner Arbeit auf.

»Beachten Sie den ehrwürdigen Kollegen Gernhuber am besten gar nicht, Fräulein Anna. Wüsste ich nicht, dass solch niedere Motive seiner edlen Seele völlig fremd sind, müsste ich ihm Neid unterstellen.«

»Neid!« Jetzt hob Doktor Gernhuber tatsächlich den Kopf. »Dass ich nicht lache. Neid auf ihr Lotterleben! Bis Mittag im Bett, abends ins Varieté und am Wochenende auf den Tennisplatz. Und zwischendurch schnell ein paar Untersuchungen in der Anatomie, wenn es sich gerade einrichten lässt.«

»Nicht alle Leute beschränken ihre Interessen auf das Wachstum von Fliegenlarven im menschlichen Gewebe, werter Kollege. Apropos, dazu habe ich hier gerade einiges gefunden, das Sie interessieren könnte. Vielleicht möchten Sie sich das für Ihre Forschungen einmal ansehen. – Ja, danke, Fräulein Anna, mit diesem Präparat bin ich fertig.«

Lobinger, der sich, solange kein Leichnam im Raum war, durchaus nützlich zu machen verstand und unter anderem die elektrischen Geräte und Leitungen zu warten hatte, schaute Anna an, grinste verschämt und verdrehte die Augen zur Zimmerdecke. War Anna zu Beginn noch erschrocken über den Umgangston zwischen den beiden Ärzten, begriff sie schnell, dass es Gernhuber und Schmidt mit ihrer Zankerei nie sonderlich ernst war. Anna hörte mehrmals, wie beide Ärzte die Meinung des jeweils anderen einholten oder den Kollegen explizit baten, sich etwas, über das man selbst sich nicht ganz klar sei, genauer anzusehen.

Selbst der trinkfreudige Lobinger erwies sich als erträglicher, als Anna zunächst befürchtet hatte. Man musste ihn stets zweimal auffordern, ehe er bereit war, einen Toten oder auch nur eines der Präparate anzufassen, aber Anna gewann rasch den Eindruck, dahinter stecke nur zur Hälfte Angst und zur Hälfte Faulheit oder Bockigkeit. Im Grunde machte er seine Arbeit gut, half Anna bei den körperlich anstrengenderen Tätigkeiten, wie dem Aufbrechen der Leichenstarre, wenn der Leichnam für die Aufbahrung fertig gemacht werden musste, und war rührend dankbar, wenn Anna ihm jeden intimeren Kontakt wie Waschen und Frisieren abnahm.

Es dauerte eine Weile, bis Anna sich auch ohne die Hilfe von Fräulein Reiser in dem großen Gebäude der Königlichen Anatomie zurechtfand. Die Räume der Gerichtsmedizin lagen an einem langen Flur im ersten Stock, hinter dem Autopsiesaal unter seiner beeindruckenden Kuppel, und nur wenige Personen hatten hier uneingeschränkt Zutritt. Anna gehörte dazu. Über eine Treppe und einen Lastenaufzug, beides am Ende des Gangs, gelangte man ins untere Stockwerk zu den Kühlräumen und einem Aufbahrraum, in dem die Angehörigen nach dem Ende der Obduktion die Leichen der Verstorbenen abholen konnten.

Es war Lobingers Aufgabe, die Toten aus dem ersten Stock nach unten zu schaffen, auch die, an denen die Studenten im Anatomiesaal während der Vorlesungen geübt hatten. Als Anna zum ersten Mal dabei war, drückte er sich in der Aufzugskabine mit kalkweißem Gesicht in die hinterste Ecke, als erwarte er, die Gestalt unter dem Leichentuch werde sich bewegen, sobald die Kabinentür sich schloss. Anna hatte Mitleid und bot an, den Transport im Aufzug zu übernehmen. Sofort hastete Lobinger die Treppe hinunter, um die Leiche unten wieder auszuladen. Allein für dieses Entgegenkommen hatte sie bei ihm schon einen dicken Stein im Brett.

Hin und wieder durfte Anna bei einem der Ärzte durch das Mikroskop schauen. Viel sah sie dabei noch nicht, aber vor allem Doktor Gernhuber erklärte geduldig und mit Hingabe, als er merkte, dass Anna sich dafür interessierte. Auch die Befunde von der Leiche Adele Röckls besprach er mit ihr.

»Ihre erste Obduktion. Ich denke mir, das wird Sie sicher noch beschäftigen, nicht wahr? Gerade weil wir ein paar so unschöne Dinge gefunden haben.« Er seufzte. »Wir müssen wohl leider wirklich von einer Vergewaltigung ausgehen. Allerdings können wir auch sagen, dass sie nicht in unmittelbarem zeitlichem Zusammenhang mit Adele Röckls Tod geschah, sondern mindestens einen Tag vorher. Sie erinnern sich an die Hämatome auf den Oberschenkeln? Sie waren voll ausgeprägt und deutlich sichtbar. Wäre die arme Adele kurz vor ihrem Tod vergewaltigt worden, hätten sie gar nicht mehr entstehen können. Dasselbe gilt für die Abwehrverletzungen an den Unterarmen. Wer auch immer der Mistkerl war, er hat sie nicht an ihrem Todestag aufgesucht.«

Es mochte wirklich wie bei der armen Tante Sophie gewesen sein, dachte Anna traurig. Eine verzweifelte Frau, die Schreckliches erlebt hatte und sich daraufhin das Leben nahm. Adele Röckls Schicksal bewegte Anna.

In Annas eigenem Leben dagegen hatte sich, dank dem netten Herrn Nachtwey, tatsächlich ein kleines Wunder ereignet. Schon zum Wochenende konnte Anna in ihre Wohnung einziehen.

Bei der Schlüsselübergabe lernte sie endlich auch ihren Vermieter, den Baron von Arnsberg, kennen, einen großen kurzsichtigen, blondlockigen Herrn, der etwas zerstreut wirkte und freundlich, aber merklich in Eile war. Onkel Ludwig begleitete Anna auch diesmal, wahrscheinlich nur, um dem adligen Herrn vorgestellt zu werden.

Als er im Anschluss die Wohnung besichtigte, blieb ihm der Mund offen stehen. »Mädel, du weißt ja gar nicht, was du für ein Glück hast! Dass du mir feil ordentlich bist hier drin und uns beim Herrn Baron keine Schande machst! Red mit deiner Tante, wie man die Fliesen und den Fußboden am besten putzt, nicht dass da hinterher Kratzer drin sind.«

Das unanständige Bild war glücklicherweise aus dem Schlafzimmer verschwunden, und so trübte rein gar nichts Annas wundervolles erstes Wochenende in ihren eigenen vier Wänden. Beim ersten Aufwachen rekelte sie sich genüsslich unter den feinen Laken, und als sie sich angezogen hatte, drehte sie sich vergnügt zwischen den diversen Spiegeln hin und her und betrachtete sich von allen Seiten.

Wenn man sich vorstellte, dass manche Leute es gar nicht anders kannten. Was musste das für ein Leben sein!

14.

Das Leben in der Villa Senftl-Weynand hatte viele Facetten, die Friedrich verabscheute. Die großen Gesellschaften, die sein Schwiegervater gab, bildeten dabei einen traurigen Höhepunkt. Weynand hatte den Sinn solcher Veranstaltungen schon als Kind nie begriffen. Nur Sibylle freute sich darauf, wie auf jede Gelegenheit, in einem neuen Kleid am Eingang zu stehen, die Gäste zu begrüßen und sich Komplimente machen zu lassen.

Bevor Weynands Schwiegervater das Haus und den zugehörigen Park kaufte, hatte es einem Komponisten gehört, dessen Erben binnen kürzester Zeit das gesamte Vermögen durchbrachten. Auf den Rasenflächen vor dem Haus sandten im Sommer Springbrunnen ihre Fontänen in die Höhe, Rosensträucher blühten am Rand der Einfahrt. Korinthische Säulen am Portal trugen einen geschwungenen Vorbau, den Friedrich insgeheim viel zu protzig fand. Die in stummem Entsetzen erstarrten Marmorfiguren, die sich oberhalb des Eingangs mit geöffneten Mündern nach links und rechts schwangen, schienen der gleichen Ansicht zu sein. Die Villa besaß alles, was man mit wenig Geschmack, aber viel Geld beschaffen konnte, von der breiten Freitreppe bis zum von elektrischen Kristalllüstern erleuchteten Festsaal.

An Sonnabenden wie heute glich das Haus einem Bienenstock. Weynands Schwiegervater lud ohne Unterschied ein, was Rang, Namen und vor allem Geld hatte. Hin und wieder befanden sich darunter Herren, um die andere Gäste lieber einen großen Bogen gemacht hätten, statt sich mit ihnen die Petits Fours zu teilen. Die Leute traten einander in den Salons fast auf die Füße, einige flüchteten trotz des schlechten Wetters auf die Terrasse. Auf der Galerie des Saals, der auf den Wintergarten hinausging, spielte ein Streichquartett. Geziertes Lachen und Gläserklirren mengten sich unter Schubert-Melodien.

Weynands Aufgabe bei diesen Ereignissen bestand darin, präsent zu sein und sich von Johann Senftl als »mein Schwiegersohn, Freiherr Friedrich von Weynand« vorstellen zu lassen. Wenn das erledigt war, stromerte er ziellos herum und begnügte sich damit, die Versammlung hämisch zu betrachten. Mit welcher Rücksichtnahme Hofrat Gräfl doch seiner schwangeren Gemahlin den Stuhl parat stellte und sie drängte, sich zu schonen! Beinahe mit der gleichen Zärtlichkeit, mit der er kürzlich dem kichernden blonden Chormädchen die bereits halb entblößten Schultern gestreichelt und geküsst hatte, als er sie ins Separee des Panoptikums begleitete. Weynand ärgerte sich, dass er wegen der Röckl-Geschichte nicht dazu gekommen war, den entsprechenden Artikel für den *Generalanzeiger* zu verfassen. Aber aufgeschoben war ja nicht aufgehoben.

Weynands Schwiegervater dagegen hielt nicht viel von unnützer Romantik. Er behandelte seine außerehelichen Damenbekanntschaften wie Pferde, schlug ihnen auf Hintern und Flanken und berichtete, sobald die Herren bei Zigarre und Branntwein unter sich waren, gern detailliert von körperlichen Vorzügen und Mängeln der Damen sowie ihren Vorlieben. Man hätte es nicht vermutet, wenn man ihn dabei beobachtete, wie er sich auf der Terrasse ehrerbietig vor den Damen zum Handkuss verbeugte. Als er seinen Schwiegersohn bemerkte, beorderte er ihn mit strengem Wink an seine Seite.

»Wo bist du den ganzen Tag über gewesen?« Senftl lächelte über Weynands Schulter hinweg flüchtig einem Gast zu, ehe er seinen Schwiegersohn wieder scharf ins Auge fasste. »Ich hätte dich für die Vorbereitungen brauchen können. Du weißt, wie hoffnungslos Frauen damit überfordert sind. Mach dich wenigstens jetzt nützlich. Dein Vater und Bruder sind hier, kümmere dich um sie!«

Das auch noch. »Natürlich, Papa. Gern. Ist Sibylle irgendwo?«

»Wo wird sie sein?« Er deutete vage in den Saal hinein. »Such die Gruppe, in der die dümmsten Hühner am lautesten lachen, und du findest deine Frau.«

Er ließ Weynand stehen, um sich dem nächsten Gast zuzuwenden. Das Streichquartett machte eine Pause, ein Pianist übernahm und variierte Melodien aus verschiedenen Wagneropern. Friedrich machte sich daran, seinen Vater zu suchen, den er wie erwartet am Rand des Getümmels fand, grau, steif und reserviert wie stets. Weynands Bruder Otto tat das, was man von einem Kavalleriehauptmann wohl erwarten durfte, stand kerzengerade und strich sich den Backenbart.

»Fritz.« Das Willkommen war kühl und ungnädig. Feindselige Blicke trafen ihn.

»Was habe ich ausgefressen?«, erkundigte Weynand sich, obwohl er es sich denken konnte: Die letzte Ausgabe des *Generalanzeigers* war gestern erschienen. Mit dem Artikel zu Adele Röckl.

Statt einer Antwort wandte sein Vater sich ab. Es war Otto, der die Ansprache übernehmen musste. Halblaut, fast zischend. Das Thema war zu peinlich.

»Was hast du dir bloß gedacht, Fritz? Wir haben die Zeitung gesehen. Einer der Stallburschen hatte die Unverschämtheit, sie ins Haus zu bringen. Diesmal bist du einen gewaltigen Schritt zu weit gegangen.«

»Freut mich zu hören. Hoffentlich findet die Ausgabe noch viele weitere Leser.«

»Du musst endgültig verrückt geworden sein.« Ottos Kiefer mahlten. »Du unterstellst unserem künftigen König eine Affäre, ein uneheliches Kind und unter der Hand noch einen Mord! Unser Vater will nichts mehr mit dir zu tun haben, bevor du diese grässliche Anschuldigung wieder zurücknimmst.«

»Selbst wenn ich das täte, kleiner Bruder: Ein Gerücht, das einmal in der Welt ist, lässt sich nicht mehr einfangen.« Weynand sagte es mit grimmiger Zufriedenheit. »Unserer verlogenen Hofgesellschaft gönne ich es, wenn den Leuten die Augen aufgehen. Die heile Welt im Hause Wittelsbach, dass ich nicht lache!«

Otto schüttelte den Kopf, Bart und Brauen sträubten sich. »Das hätte ich nie von dir gedacht, Fritz. Du bist ein Anarchist, ein skrupelloser Verleumder.«

»Ich zeige eine höhere Wahrheit, Otto, und das gefällt euch nicht. Nicht wahr? Mach mir nicht weis, es gäbe im Leben unserer hehren Monarchen keine Adele Röckls. Ich erinnere mich gut, wie darüber getuschelt wurde.«

»Selbst wenn! Darüber spricht man nicht, und es gibt dir noch lange nicht das Recht, solche Lügen zu verbreiten.«

»Es sind keine Lügen! Manchmal schreibe ich, um der Wahrheit auf die Sprünge zu helfen, vielleicht etwas sehr bunte Geschichten, aber sie enthalten immer einen Kern der Wahrheit. Das Volk wird doch täglich für dumm verkauft. Man stellt es zufrieden mit hübschen Bildern und anheimelnden Geschichten. Was hat es davon? Was interessieren einen Landarbeiter, den sein Bauer wie einen Sklaven hält, die prämierten Zuchtbullen Prinz Ludwigs in Leutstetten? Was einen Fabrikarbeiter, wie viele Gämsen er in Tirol geschossen hat? Die Leute wollen lesen, was die Gerüchte befeuert hat, denn die Gerüchte kennen sie.«

»Du hast Freude daran, Chaos zu verbreiten und an jeder Ordnung zu rütteln, da hast du deine *Wahrheit*. Zum Glück ist dieses Schmierblatt so schlecht, dass man es kaum beachten wird. Aber die Blamage, Fritz! Viel zu viele Leute wissen, dass du deine Finger im Spiel hast. Ich habe heute Abend schon diverse Leute von dem Artikel reden hören. Vater schämt sich deinetwegen.«

»Soll er, ich kann es nicht ändern.«

Wütend drehte Weynand sich um und marschierte davon.

Im Vorbeigehen griff er nach einem Sektglas und leerte es in einem Zug.

Immerhin, die Leute redeten über den Artikel. Er musste grinsen. Niemand in diesen Kreisen würde zugeben, ein – wie Otto sich ausgedrückt hatte – *Schmierblatt* wie den *Generalanzeiger* zu lesen. Aber irgendwie wussten sie doch alle davon und erstickten fast an ihrem uneingestandenen Ärger. War das nicht genau, was Friedrich gewollt hatte?

Er schlenderte durch die Reihen der Gäste und spitzte die Ohren, um vielleicht selbst etwas aufzuschnappen, doch man verstummte auffallend, sobald er sich näherte. Endlich entdeckte er zwei bekannte Gesichter und steuerte sie an.

»Christiane, Heinrich.« Christiane von Arnsberg trug eines der engen, nur wadenlangen Kleider, wie sie seit Kurzem in Paris Mode waren. Arnsberg hatte wieder einmal seine Brille nicht aufgesetzt und kniff die Augen zusammen.

»Ah, der Verfemte«, spöttelte Christiane halblaut, als Friedrich ihr die Hand küsste. »Wir haben schon gehört, was du ausgefressen hast.«

»Dass du immer übers Ziel hinausschießen musst, Fritz«, klagte Heinrich. »Dieser reißerische Artikel war völlig überflüssig.«

»Das ist meine Natur. Außerdem ist meine Schreiberei in den Augen der Damen hier vermutlich nicht halb so anstößig wie das Kleid deiner Frau. Ich warte immer noch darauf, dass du einmal in Hosen erscheinst, Christiane.«

»Zum Radfahren habe ich längst welche«, sagte Christiane achselzuckend. »Als ob das noch eine Sensation wäre heutzutage. Du willst nur von deiner Schandtat ablenken.«

»Darf ich dir deinen Gemahl dennoch für eine Minute entführen, bevor ihr mir die Leviten lest? Heinrich, ich muss dich etwas Wichtiges fragen.«

»Ich sehe schon, die Herren haben Geheimnisse«, kommentierte Christiane gelangweilt. »Besprecht euch nur, während ich mich um das kümmere, was uns Damen angemessen ist: Hutmode und Verlöbnisse bei Hof.« Sie trippelte davon. Das enge Kleid ließ sie kaum vernünftige Schritte machen.

»Wie ging es dir mit der Kleinen aus der Gerichtsmedizin?«, fragte Friedrich, als Christiane außer Hörweite war. Es hatte ihn viel Mühe und Überredung gekostet, Arnsberg dazu zu bringen, wenigstens den Mietvertrag persönlich mit Anna Zech abzumachen. »Alles gut gelaufen?«

»Ja, ja, sie nimmt die Wohnung«, brummte Arnsberg. »Wahrscheinlich ist sie schon eingezogen. Du kannst nächste Woche in meinem Namen die Miete kassieren, wenn dein Herz so daran hängt. Eine seltsame Grille deinerseits, übrigens. Ein langweiligeres Mäuschen als diese Kleine hast du wohl nicht finden können?«

»Ich finde sie niedlich«, verteidigte sich Weynand. Ganz wusste er selbst nicht, weshalb Anna Zech ihm gefiel. »Die Kleine schneidet immerhin in der Gerichtsmedizin Leichen auf. Da muss schon was in ihr stecken.«

»Das beeindruckt dich?« Arnsberg verzog den Mund. »Du wirst immer seltsamer, Fritz. Von liberal über anarchistisch zu morbid.«

»Und du?«, spöttelte Weynand. »Bist du seit Neuestem braver Ehemann? Hast du eine aktuelle Flamme?«

»Niemand«, sagte Arnsberg hastig, »und spiel um Gottes

willen nicht in Christianes Gegenwart darauf an! Nicht einmal im Scherz! Seit unserem letzten Streit … Wenn ihr Vater mir den Geldhahn zudreht, bin ich geliefert.«

»Hat sie Beweise?«, fragte Weynand, die Stimme gesenkt zu einem Raunen.

»Ich weiß es nicht, Fritz. Möglich wäre es.«

»Sicher, du Schwerenöter.« Er zögerte. »Schon mal darüber nachgedacht, dich mit ihr auszusprechen?«

Arnsberg lachte hart. »Und mich Christiane ans Messer zu liefern?« Er schüttelte den Kopf. »Du weißt, wie ich zu ihr stehe. Sie ist ein Drachen, und als Frau reizt sie mich nicht im Mindesten. Ich mag meine Damen groß und üppig und blond, vielen Dank auch. Du bist mir außerdem der Richtige, mich zur ehelichen Treue zu ermahnen. Warum hast du das nie versucht, hm?«

Das habe ich doch, dachte Weynand. Jahrelang.

Nur dass Sibylle an ihm ebenso wenig interessiert war wie Arnsberg an seiner Christiane.

»Dein Artikel«, sagte Arnsberg plötzlich, »der hätte wirklich nicht sein müssen.«

»Wie kommst du jetzt darauf?« Friedrich musterte seinen Freund erstaunt. »Wirst du uns jetzt zum Verteidiger der Wittelsbacher Dynastie? Allmählich mache ich mir Sorgen um dich.«

»Unsinn. Aber ganz so weit hättest du doch nicht gehen müssen. Das wirbelt doch nur eine Menge Staub auf, bei einem simplen Fall von Selbstmord.«

»Nicht Staub«, korrigierte Weynand. »Dreck. Und von dem hat unser Königshaus genug am Stecken, da bin ich sicher.

Oder denkst du, ich habe mit meiner Geschichte einen Falschen getroffen?«

»Das vielleicht nicht. Aber trotzdem.« Heinrich von Arnsberg schüttelte langsam den Kopf. »Ich finde es nicht gut.«

Sie sprachen nicht weiter darüber, weil Christiane zu ihnen zurückkehrte, die Weynands Artikel zwar ebenfalls kritisierte, aber aufgrund seiner fachlichen Mängel, und die Fritz wieder einmal ermahnte, den Boulevardjournalismus bleiben zu lassen und es einmal mit ernsthafter Recherche zu versuchen.

Dennoch wunderte Weynand sich über seinen Freund. Heinrich hatte nie zuvor zum Königshaus gehalten.

15.

Anna freute sich, als sie am Montag zur Arbeit in der Königlichen Anatomie erschien. Der Weg hinauf in die Gerichtsmedizin war schon beinahe Routine und weckte in ihr das Gefühl, tatsächlich ihren Platz gefunden zu haben. Hier konnte sie sich nützlich machen, hier konnte sie vor allem etwas Neues sehen und lernen. Doktor Gernhuber hatte angekündigt, sie die korrekten Nähte zu lehren, mit denen die Körper nach der Obduktion wieder geschlossen wurden. »Brauchen werden Sie das vermutlich nie, Fräulein Anna, weil ich das noch immer selbst erledige. Aber ich habe es gern, wenn meine Leute ein bisschen mehr können, als sie müssen. Und ich werde ja irgendwann einmal in Pension gehen. Wer weiß, was nach mir kommt?«

Anna betrat Doktor Gernhuber Büro, warf einen Blick in den Kalender und suchte die Akten heraus, die der Doktor heute brauchen würde. Am Vormittag musste er für ein anstehendes Gerichtsverfahren ein schriftliches Gutachten abfassen, Anna legte ihm die Notizen so parat, dass Doktor Gernhuber sie nur noch zusammenfassen musste. Je eher er damit fertig war, desto früher würde er Anna Neues beibringen können. Sie war längst mit ihrer Vorbereitung fertig, doch Doktor Gernhuber kam noch immer nicht ins Büro.

Mit einem raschen Blick stellte Anna fest, dass Doktor Schmidts Büro auf der anderen Flurseite ebenfalls leer war. Dabei hätte Doktor Schmidt heute laut Anwesenheitsplan ebenfalls hier sein sollen. Ratlos warf Anna einen Blick in den großen Autopsiesaal. Dort fand heute keine Vorlesung statt, nur Lobinger saß auf einem der marmornen Obduktionstische. In seiner Hand eine Bierflasche.

»Gehen S', Herr Lobinger«, mahnte sie unwillkürlich. »Wenn das der Doktor sieht, dann hat er Sie wieder am Wickel.«

»Bis der kommt, hab ich das dreimal leer.« Lobinger hielt die Flasche gegen das Licht und schwenkte sie vergnügt hin und her.

»Wo steckt denn der Doktor?«

Lobinger grinste. »Haben Sie's ned g'hört? Der Professor plärrt ja laut genug.« Er rutschte von seinem Sitz und winkte Anna zu sich an die jenseitige Tür. Auf dieser Seite lagen die Räumlichkeiten von Professor Richter, des Institutsleiters, wusste Anna. Die lautstarke Schimpfkanonade, von der man Bruchstücke hörte, musste von ihm kommen.

»Der Schmidt ist auch drin.« Lobinger nahm einen weiteren Zug und musterte die leere Flasche. »Ich glaub, ich hol mir noch eine. Das geht bestimmt noch eine Zeit lang da drin. Und wenn die Doktores recht kleinlaut herauskommen vom Professor, dann sagen s' vielleicht eh nix.«

Anna konnte weitere Wortfetzen hören. Die Heftigkeit

der Ansprache war unverkennbar, nur verstehen konnte sie nichts.

»Wissen Sie, worum es geht?«

»Wissen tu ich gar nix«, feixte Lobinger. »Aber denken kann ich mir's. Ich hab ein Hirn, ich les Zeitung, wissen S', Fräu'n Anna. I hol mir derweil mei' Bier.«

Damit konnte Anna nun gar nichts anfangen. Lobinger stapfte davon und verließ den Saal. Anna blieb nichts übrig, als zu warten, bis Professor Richter seine Ansprache beendet hatte und die beiden Gerichtsärzte wieder zu ihrer Arbeit entließ.

Als es so weit war, ging es schon auf neun Uhr. Doktor Gernhuber stapfte herein und hielt die Tür für seinen Kollegen auf. Doktor Schmidt war blass, Gernhuber zornrot, aber er hatte sich noch ausreichend im Griff, um sich als Erstes bei Anna zu entschuldigen.

»Tut mir leid, Fräulein Zech. Eine wichtige Besprechung beim Professor. Und eine ziemlich unangenehme, wenn ich das sagen darf.« Er schaute Schmidt an, der sich nachdenklich gegen die geschlossene Tür gelehnt hatte. »Seien Sie ehrlich, Herr Kollege. Mit wem haben Sie gesprochen?«

»Mir ist klar, Herr Doktor Gernhuber«, gab Schmidt pikiert zurück, »dass jeder Verdacht erst einmal auf mich liederliches Subjekt fallen wird, gegenüber Ihrer untadeligen Reputation. Doch diesmal lehne ich jede Verantwortung ab. Mein Gewissen ist rein.«

»Was Sie nicht sagen. Hat es Sie etwa die gesamte letzte Woche nie nach Schwabing verschlagen? Oder haben Sie Ihren Saufkumpanen dort diesmal Abstinenz vorgelebt?«

»Herr Kollege.« Doktor Schmidt richtete sich auf. »Ich verbitte mir das. Ja, ich begebe mich mit einer gewissen Regelmäßigkeit in manche Lokalitäten. Und weiß dabei immer, wie viel ich vertrage und was ich sage.«

»Letzte Woche auch?«

»Auch letzte Woche«, beteuerte Schmidt. »Mein lieber Gernhuber, würde ich wirklich regelmäßig so viel trinken und plaudern, wie Sie mir oft im Spaß unterstellen, so hätte ich meine Zulassung als Gerichtsarzt längst verloren. Das wissen Sie gut. Diese unangenehme Geschichte muss aus anderer Quelle stammen.«

Aufstöhnend ließ Gernhuber sich auf seinen Stuhl fallen. »Was für ein Schlamassel! So hatten wir uns den Wochenbeginn nicht vorgestellt, nicht wahr, Fräulein Anna?«

»Verzeihung«, wagte Anna zu fragen, »was ist denn eigentlich geschehen, Herr Doktor?«

Gernhuber sah sie an, dann begann er zu lächeln. »Freilich, ein Mädchen wie Sie liest solche Schundblätter natürlich nicht. Herr Kollege, Ihnen hat Professor Richter die Zeitungsseite doch zugesteckt. Bitte geben Sie sie Fräulein Anna.«

Doktor Schmidt holte ein Blatt Papier aus seiner Tasche. Anna entfaltete es und las.

Mysteriöses Ende einer skandalumwitterten Diva

Diese Woche, in der Nacht vom Sonntag auf den Montag, machten Arbeiter der Bäcker-Kunstmühle in den frühen Morgenstunden eine schreckliche Entdeckung: In den Wassern des Auer Mühlbachs trieb der Leichnam einer blonden Frau. Sie kamen ihrer traurigen Pflicht nach, die unglückliche Tote zu bergen, ohne zu ahnen, um wen es sich dabei handelte, obwohl die Art der Bekleidung, insbesondere die teure Unterwäsche aus Pariser Spitze, ihnen verriet, dass sie es nicht mit einem unschuldigen Landmädchen zu tun hatten.

Wie groß war ihre Überraschung, als die herbeigerufene Polizei die Tote als Adele Röckl identifizierte, jene gefeierte und verwegene Schauspielerin, die manch einer von ihnen noch als skandalös unverhüllte Salome auf der Bühne des Prinzregententheaters erlebt haben mochte! Zu ihren besten Zeiten hatte Adele Röckl Münchens Bühnen im Sturm erobert – und auch so manches Männerherz. Mehr als eine hochherrschaftliche Gattin mag in jenen Tagen Grund gehabt haben, dieser Dame zu grollen, deren »Tanz der sieben Schleier« der Bewunderung ihrer Anbeter kaum etwas verhüllte.

In dieser Art ging es weiter. Der Verfasser des Artikels schien erstaunlich viel zu wissen, er kannte den Fundort der Leiche, spielte auf geheimnisvolle nächtliche Besucher an, auf Champagner und mögliche Liebhaber – und auf ein Kind, das Adele Röckl einmal geboren haben müsse, sowie auf eine mögliche Vergewaltigung.

Anna stand starr. Das waren Dinge, die nur aus der Autopsie bekannt waren. Woher konnte ein Journalist das wissen? Aber damit ließ der Autor es nicht bewenden:

Weshalb hört man von diesem eigenartigen Fall so wenig, warum scheint die Polizei so gewillt, ihn ohne Untersuchung als Selbstmord zu behandeln? Hat sie einen Wink erhalten? Besteht etwa von gewisser Seite ein Interesse, jedes Aufsehen möglichst zu vermeiden?

Der Verdacht wäre einleuchtend. Zu ihren Glanzzeiten befanden sich unter den Verehrern der Adele Röckl Herren aus höchsten Kreisen. Gerüchten zufolge soll die Röckl sogar zu Privatvorstellungen in die Residenz gerufen worden sein, zu einer Zeit, als Prinzessin Marie Therese sich mit den Kindern auf Gut Leutstetten aufhielt. Wie man sich seinerzeit bei Hof hinter vorgehaltener Hand erzählte, habe das zu einer ernsten familiären Verstimmung geführt, die selbst das Eingreifen unseres verehrten Prinzregenten notwendig machte.

Kaum schien der Familienfrieden bei Hof wiederhergestellt, als Adele Röckl sich auf dem Höhepunkt ihrer Karriere abrupt von der Münchner Bühne verabschiedete. Mancher mag eine Ahnung haben, welches Ereignis, das in diesem Fall wohl kaum ein glückliches zu nennen ist, eine derart plötzliche Unterbrechung notwendig machte.

Wieso aber kehrte Adele Röckl kürzlich nach München zurück? Was suchte sie hier? Und wie hängen all diese Dinge mit ihrem Tod zusammen, so fragen sich gesetzestreue Bürger. Wurde hier etwa eine Zeugin vergangener Schandtaten erst durch Drogen betäubt, von ihren Mördern geschändet und anschließend in die Isar gestoßen?

Wir sehen hier die Politik ebenso wie die städtische Presse in der Pflicht. Jeglicher Verdacht, der in diesem Zusammenhang ein scheeles Licht auf die Familie unseres verehrten Prinzregenten, auf den Hof und womöglich auf die Person des voraussichtlichen Thronfolgers werfen könnte, muss unverzüglich ausgeräumt werden.

Unterzeichnet war der Artikel nur mit einem Kürzel. FN.

»Das ist ja entsetzlich!«, entfuhr es Anna. Sie war so erschüttert, dass sie sich, ohne auf die Erlaubnis der Ärzte zu warten, auf ihren Stuhl sinken ließ. Mitfühlend nahm Doktor Gernhuber ihr das Zeitungsblatt wieder ab.

»Da weiß man nicht mehr, was man sagen soll, nicht wahr? Verstehen Sie, weswegen Professor Richter sich über die Sache so erregt hat? Der Polizeipräsident hat ihn übers Wochenende mit Beschwerden förmlich terrorisiert, weil dieser FN, der den Artikel verfasst hat, sich offenbar Zugang zu den Ergebnissen der Autopsie verschaffen konnte. Wer auch immer der Kerl ist, er weiß wirklich eine Menge über den Zustand unserer armen Adele Röckl. Und er hat keine Skrupel, das Königshaus in Verruf zu bringen.«

»Davon lebt diese Art Zeitungen doch.« Doktor Schmidt winkte geringschätzig ab. »Was sie nicht in Erfahrung bringen, das reimen sie sich eben zusammen. Sensationsjournalismus reinsten Wassers.«

»Aber die Schlafmittel! Das Kind! Wenn Sie sich bei Ihren

Ausflügen nach Schwabing nichts haben entlocken lassen, dann muss dieser Zeitungsschmierfink tatsächlich die Obduktionsakten eingesehen haben.«

Doktor Schmidt schüttelte den Kopf.

»Er kann bei einigen Punkten auch nur geraten und zufällig das Richtige getroffen haben. Oder er hat jemanden bei der Kriminalpolizei bestochen … Manche Dinge kann man einfach nicht verhindern. Jetzt werden wir also wieder einmal eine Untersuchung im Haus haben.«

»Eine Untersuchung?«, wiederholte Anna tonlos.

»Keine Bange, Fräulein Anna«, beruhigte Doktor Gernhuber. »Für Sie wird es sicher nur auf ein paar allgemeine Fragen hinauslaufen. Wobei mir einfällt – haben wir Sie eigentlich bei der Einstellung eine Verschwiegenheitserklärung unterzeichnen lassen? Das sollten wir vielleicht noch nachholen, damit alles seine Richtigkeit hat.«

»Die Sache wird wie üblich ergebnislos im Sand verlaufen. Zeitungsschreiber wie dieser FN werden uns immer einen Schritt voraus sein. Wir hätten gar nicht die schmutzige Fantasie, uns solch eine Geschichte auszudenken. Ich kenne ein paar Herren, die ebenfalls schon bitter unter ihm und seinem *Generalanzeiger* zu leiden hatten.« Doktor Schmidt ließ sich nicht aus der Ruhe bringen.

»Sieh an. Einige Ihrer Schwabinger Bekanntschaften wohl?«

»Natürlich. Auch unter denen haben die meisten eine Familie und einen Ruf zu wahren. Niemand von ihnen möchte, dass in die Welt hinausposaunt wird, wenn ein Herr Hofrat oder ein Herr von und zu in fröhlicher Gesellschaft im Varieté gesehen wurde. Sehen Sie mich nicht so entrüstet an, Herr

Kollege, Ehemänner in Hinterzimmern wird es immer geben. Reporter wie dieser FN leben davon. In Schwabing taucht er unter verschiedensten Namen auf: Franz Nesselwang, Fred Norwig, Fritz Nachtwey …«

Anna war froh, dass sie schon saß. Vor Schreck schlug sie kurz die Hand vor den Mund. Glücklicherweise waren beide Ärzte zu abgelenkt, um darauf zu achten.

»Dabei heißt es unter der Hand, dahinter stecke ein ganz vornehmer Herr«, fuhr Doktor Schmidt fort. »Was auch der einzige Grund ist, weshalb man ihn gewähren lässt.«

»Eine Schande ist das!«

»So etwas lässt sich nicht vermeiden, Herr Kollege.«

Fritz Nachtwey! Annas Gedanken rasten. Konnte es sein, dass der freundliche Herr Nachtwey, der sich ihrer so mitfühlend angenommen und ihr so sehr geholfen hatte, ihre Arglosigkeit derart ausgenutzt haben sollte? Dass er sie rundum belogen hatte? Nein, nicht rundum. Die Wohnung und den Herrn Arnsberg gab es schließlich wirklich.

Den Herrn *von* Arnsberg. Natürlich. Wenn Herr Nachtwey in Wahrheit selbst ein vornehmer Herr war und nicht ein einfacher Arbeiter, wie er vorgegeben hatte, so wäre eine solche Bekanntschaft weit weniger erstaunlich.

Die beiden Ärzte diskutierten weiter hin und her, während Anna überlegte, was sie tun sollte. Wäre sie mit Doktor Gernhuber allein gewesen, wäre sie jetzt sofort damit herausgeplatzt, dass sie mit einem Herrn Nachtwey gesprochen hatte, so sehr plagte sie das schlechte Gewissen. Eine Untersuchung im Haus, das hörte sich sehr ernst an. Sollte herauskommen, dass Anna sich von einem Journalisten hatte aushorchen lassen, stünde sie schneller wieder auf der Straße, als sie »Obduktionsassistentin« sagen konnte. Was dann? Wer würde eine Person, die sich eine solche Verfehlung hatte zuschulden kommen lassen, dann noch einstellen? Was würden ihr Vater und Onkel Ludwig sagen, wenn Anna ihre Stelle auf so törichte Art verschleuderte?

Sie schluckte ihr schlechtes Gewissen mühsam hinunter. Dafür war jetzt keine Zeit. Jetzt musste sie erst einmal zusehen, dass sie ihre Stelle behielt. Von diesem Herrn Nachtwey würde sie sich in Zukunft fernhalten. Am besten fing sie noch heute an, nach einer anderen Wohnung zu suchen.

Und sollte Herr Nachtwey ihr doch noch einmal unter die Augen kommen, dann würde der Mann sein blaues Wunder erleben!

16.

Weynand läutete gegen halb acht, in der Hoffnung, seine kleine Obduktionsassistentin dann in jedem Fall zu Hause vorzufinden. Er hatte seine Nachtwey-Verkleidung angelegt und einen Blumenstrauß besorgt. Keine Rosen, das wäre für einen Angestellten in einer Druckerei sicher zu teuer, hatte er sich überlegt. Aber ein kleines Bouquet Dahlien sollte für das Budget eines Herrn Nachtwey erschwinglich sein.

Der Hausdiener ließ ihn ein. Weynand steckte ihm ein ordentliches Trinkgeld zu – der Mann kannte ihn gut, in vielerlei Verkleidungen, und hatte gelernt, sich über nichts zu wundern. Die Treppen waren ausgetreten, wurden aber peinlich sauber gehalten. Dies war in der Tat eine weit bessere Wohnung, als ein Fräulein Anna Zech sich unter anderen Umständen hätte leisten können. Ein wenig Dankbarkeit für diese Vermittlung, dazu ein paar Schmeicheleien und Geschenke, sollte das nicht reichen, um ihr Herz zu erobern?

Der Gedanke machte ihm Spaß. Das Kind hatte einen ähnlichen Luxus gewiss noch nie erlebt. Wäre es nicht amüsant,

Anna ein wenig auszustaffieren, sie groß auszuführen? Natürlich würde er dazu irgendwann seine Nachtwey-Maske fallen lassen müssen. Aber wieso nicht? Anna war hübsch, in einem eleganten Kleid würde sie bezaubernd aussehen. Vielleicht könnte er sie im Winter auf einen Maskenball mitnehmen? Zweifellos wäre solch ein Anlass mit einem staunenden Landkind an der Seite weit vergnüglicher als neben Sibylle, deren einzige Aufmerksamkeit stets der Frage galt, bei welcher Dame sie sich einschmeicheln sollte. Eine Perlenkette würde an Annas schlankem Hals sicher wunderbar wirken …

Die Wohnungstür öffnete sich, und ein Paar dunkler Augen funkelten Weynand entrüstet an.

»Sie! Sie unverschämter Mensch! Dass Sie es überhaupt wagen!«

Weynand war so verblüfft, dass er Anna unwillkürlich trotz dieser Begrüßung den Blumenstrauß unter die Nase hielt. Sie fegte ihn heftig zur Seite.

»Unterstehen Sie sich! Ich will Sie nie wieder sehen! Ich weiß alles!«

»Alles?« Er machte einen Schritt zur Seite, um den ramponierten Strauß vom Boden aufzuheben. »Und was könnte das wohl sein?«

»Sie haben mich belogen! Sie haben mich ausgehorcht, um einen abscheulichen Zeitungsartikel zu verfassen. Und Sie heißen nicht einmal Nachtwey!«

Hoppla. Sie schien ihn wirklich durchschaut zu haben. Unangenehm. Woher konnte sie das erfahren haben? Hatte Arnsberg sich etwa verplappert? Weynand fürchtete schon seit einer Weile, sein alter Freund könnte mehr trinken und vielleicht auch mit einigen verbotenen Substanzen experimentieren, als gut für seinen Verstand war. Und verärgert über Friedrichs Idee, Adele Röckl einen Zeitungsartikel zu widmen, war er auch gewesen. Hatte er Anna womöglich absichtlich reinen Wein eingeschenkt, um Friedrich einen Streich zu spielen?

Er setzte die unschuldigste Miene auf, die er zustande brachte. »Ich weiß wirklich nicht, womit ich solche Anschuldigungen verdient habe, Fräulein Zech! Ich hatte Ihnen doch gesagt, dass ich im Zeitungsgewerbe tätig bin …«

»Drucker, das hatten Sie gesagt! Versuchen Sie gar nicht erst, sich herauszureden!« Sie schaute ihn so durchdringend an, als wollte sie ihm gleich an die Kehle gehen. Ihre Wangen hatten sich gerötet, es stand ihr nicht schlecht. So viel Feuer hatte Weynand ihr gar nicht zugetraut. Er hatte zwar von Anfang an vermutet, dass einiges in ihr steckte, doch das war … interessant.

»Nun, die Berufe sind ja ganz ähnlich. Wirklich, ich weiß gar nicht, worauf Sie hinauswollen. Ich arbeite an vielen Zeitungsbeiträgen mit, darum kann es natürlich sein, dass mein Name im Zusammenhang mit einem davon genannt wird, obwohl …«

»Sie lügen schon wieder!« Sie triumphierte regelrecht. »Ich habe niemandem außer Ihnen von der Obduktion erzählt. Und Sie haben daraus eine widerliche Lügengeschichte gesponnen, Sie haben Adele Röckl unterstellt, sie hätte Geheimnisse gehabt, die das Königshaus betreffen. Und sie sei deshalb womöglich umgebracht worden. Sie haben das Ansehen einer Toten in den Schmutz gezogen, die sich nicht mehr wehren kann!«

»Was?« Weynand musste das erst einen Moment auf sich wirken lassen. Der Grund für Anna Zechs gerechten Zorn war nicht, dass Weynand das Ansehen des künftigen Königs beschädigt hatte. Sie sorgte sich um den Ruf einer toten Schauspielerin? Richtig. Da war doch diese Tante Sophie, mit der Anna die Röckl in Verbindung gebracht hatte. Kein Wunder, wenn sie die Sache persönlich nahm. »Hören Sie, Anna …«

»Ich habe Ihnen nicht erlaubt, mich beim Vornamen zu nennen!«

Jetzt wurde auch Weynand allmählich ärgerlich. Wofür hielt die Kleine sich denn? Für eine Dame? Nur weil sie eine Nacht in einem Bett geschlafen hatte, dessen Bettzeug vermutlich mehr gekostet hatte als Anna Zechs gesamter Besitz?

»Na schön. Fräulein Zech. Ich glaube kaum, dass eine Adele Röckl meiner Dienste bedurfte, um ihr Andenken in den Schmutz zu ziehen«, gab er zurück. »Dazu war sie zu Lebzeiten ganz allein in der Lage.«

»Sie sind so ein widerwärtiger Mensch!« Anna ballte die Hände. »Sie wissen doch überhaupt nichts von dieser Frau! Sie haben über sie geschrieben, als wäre sie ein ganz liederliches Frauenzimmer …«

»Eine Hure«, sagte Weynand hart. »Sprechen Sie es ruhig aus. Das war sie, so wie viele der Damen in ihrem Metier. Und meine liebe Anna, Sie werden in Ihrem Beruf bestimmt noch einige von ihnen auf dem Seziertisch vor sich sehen, die unter ungeklärten Umständen den Tod gefunden haben. Adele Röckl war, zu ihrer Zeit, lediglich berühmter und kannte darum vornehmere Herren. Wenn ich darüber spekuliere, ob sich darunter auch der Sohn unseres Prinzregenten befand, dann ist das nur logisch und tut Adele nicht mehr weh.«

»Hören Sie auf! Sie reden über sie, als ob sie kein Mensch wäre, nur weil sie tot ist!«

»Natürlich. So ist es. Himmel, Kind, sind Sie sicher, dass Sie den richtigen Beruf ergriffen haben? Gerade Sie sollten das doch wissen!«

»Sie haben überhaupt keine Ahnung!« Jetzt standen ihr vor Zorn tatsächlich Tränen in den Augen. »Sie haben den unglücklichen Tod dieser Frau benutzt und diesen entsetzlichen Artikel über sie zusammengeschmiert. Ich weiß, was man über meine Tante sagte, es ist eine Gemeinheit! Sie sollten sich schämen! Wir werden eine Untersuchung im Haus haben deswegen …«

Die Tante! Und eine Untersuchung. Diese Sorge konnte Weynand wenigstens verstehen. »Sie dürfen einfach nichts sagen. Behaupten Sie, kaum jemanden in München zu kennen und schon gar keine Journalisten.«

»Ihre Ratschläge brauche ich gewiss nicht.« Sie verschränkte die Arme vor der Brust. »Wenn ich Ihretwegen meine Stelle verliere, sind Sie hoffentlich glücklich! Womöglich werden sogar Doktor Gernhuber und Doktor Schmidt deswegen Schwierigkeiten bekommen, und alles nur für einen grässlichen Artikel! Was sind Sie nur für ein eigensüchtiger Mensch! In jedem Fall will ich Sie nicht wiedersehen. Bitte gehen Sie jetzt.«

So leicht ließ Weynand sich nicht abfertigen. »Tut mir leid, mein Fräulein, aber hin und wieder werden Sie mich zu Gesicht bekommen müssen. Herr Arnsberg hat mich nämlich beauftragt, in seinem Namen die Miete einzukassieren.«

Anna musterte ihn. Ihre Lippen bildeten einen schmalen Strich. Statt einer Antwort machte sie einen Schritt zur Seite und kehrte mit einer abgegriffenen Börse zurück, aus der sie zwei Mark- und zwei Fünfzigpfennigstücke kramte. Sie ließ sie verächtlich in Weynands offene Hand fallen.

»Da. Niemand soll mir nachsagen, ich würde meine Schulden nicht bezahlen. Und richten Sie Ihrem Freund aus, dass ich bei erster Gelegenheit ausziehen werde. Wenn Sie wirklich glauben, ich würde einen Moment länger als notwendig in diesen Räumen bleiben, haben Sie sich in mir getäuscht.«

»Jetzt dramatisieren Sie die Sache doch nicht so.« Weynand schüttelte den Kopf. »Eine Wohnung wie diese finden Sie in ganz München kein zweites Mal. Ich habe auch meinen Stolz. Jetzt, da ich sie Ihnen vermittelt habe, bleiben Sie bitte auch drin. Davon, dass Sie womöglich in einem Schuppen oder unter einer Brücke nächtigen müssen, wird Adele Röckl auch nicht zu der bemitleidenswerten Frau, die Sie in ihr sehen wollen.«

»Und ob ich ausziehen werde!« Ihre Augen blitzten wieder. »Mit Ihnen und Ihresgleichen will ich nichts zu tun haben! Kommen Sie morgen Abend wieder her, und ich gebe Ihnen den Schlüssel zurück!«

»Den Teufel werde ich tun!« Weynand tippte sich an die Stirn. »Sie sind doch nicht ganz bei Trost. Glauben Sie, ich will verantworten, wenn Sie auf der Straße stehen?«

»Das wäre Ihnen doch völlig egal!«

»Egal? Aus der Tatsache, dass ich Ihnen eine Wohnung wie diese vermittelt habe, schließen Sie also, dass Sie mir gleichgültig sind?«

»Was weiß ich, welche Absichten Sie hatten, als Sie mich hierhergebracht haben?« Sie warf einen vielsagenden Blick auf den zerfledderten Blumenstrauß. »In jedem Fall haben Sie mich von Anfang an ausgenutzt. Sie sind ein Mann ohne Anstand und Moral, Sie haben mich in allen Belangen belogen … ich weiß noch nicht einmal, wie Sie heißen!«

Jetzt reichte es Weynand. Er warf dem unverschämten Frauenzimmer den Strauß vor die Füße, machte einen Schritt zurück und riss sich in einer tiefen Verbeugung einen imaginären Hut vom Kopf, den er in weit ausladender Geste durch die Luft schwenkte. »Gestatten, gnädiges Fräulein: von Weynand. Freiherr Friedrich Wilhelm von Weynand. Wäre gern zu Ihren Diensten, aber da meine Anwesenheit hier nicht erwünscht zu sein scheint, empfehle ich mich.« Er drehte sich um und stapfte die Treppe hinunter.

»Holen Sie morgen den Schlüssel ab!«, hörte er sie hinter ihm herrufen.

»Ich habe es nicht nötig, Anweisungen von Ihnen entgegenzunehmen«, rief er zurück. »Sie sehen mich wieder, wenn ich die Sache mit der Untersuchung in Ordnung gebracht habe.«

»Die geht Sie gar nichts an! Mischen Sie sich da nicht ein!«

Er ignorierte sie. Der Hausdiener hielt ihm im Erdgeschoss die Tür auf, hatte aber so viel Anstand, sein Grinsen hinunterzuschlucken, bevor er Weynand ansah. »Gell, Herr Baron, die Weiber …«

Weynands Blick schien drohend genug, damit der Mann verstummte. Grußlos suchte Weynand das Weite.

17.

»Ich weiß wirklich nicht, weshalb ich mich von dir zu solchen Abenteuern überreden lasse, Fritz.«

Carlotta war nicht wohl in ihrer Haut, als sie gemeinsam mit Weynand hinunter in die Gaststube dieses Schwabinger Lokals spähte, um ihre »Beute«, wie Friedrich sich ausgedrückt hatte, in Augenschein zu nehmen: einen über den Schläfen bereits ergrauten Herrn Mitte vierzig mit energischem Kinn und verkniffenem Gesichtsausdruck. Niemand anderen als Julius von der Heydte, den Polizeipräsidenten der Stadt München höchstpersönlich. Er saß an einem kleinen Tisch in einer Nische, hatte einen zweiten Herrn bei sich, der Carlotta unbekannt war, und wirkte bereits deutlich angeheitert.

»Weil ich ein charmanter Tausendsassa bin und du außerdem gern das Gefühl hast, dass ich in deiner Schuld stehe?«, schlug Weynand vor. Er grinste dabei, wurde jedoch sofort ernst. »Wenn es dir zu heiß ist, Lottchen, dann lassen wir es. Ich weiß, dass es kein ganz ungefährlicher Spaß ist bei diesem Herrn.«

»Dass es gerade von der Heydte ist, ist das Einzige, was mich an deinem sogenannten Spaß reizt«, unterbrach Carlotta. »Seitdem er den großen Streit mit Wedekind hatte und sein Stück verboten hat, gibt es in ganz München niemanden beim Theater, der diesem humorlosen Knilch und seinem Zensurbeirat nicht eine ordentliche Abfuhr gönnen würde.« Sie seufzte. »Mir geht es ums Prinzip, Fritz. Solche Dinge mache ich normalerweise nicht. Erpressung ist nicht mein Metier, da gäbe es andere.«

»Aber auf die kann man sich nicht so verlassen wie auf dich«, entgegnete er treuherzig.

»Ja, darauf verstehst du dich, mir Honig ums Maul zu schmieren, wenn es darauf ankommt.« Sie musterte den Mann in der Nische noch einmal. »Du versprichst mir, dass es klappen und keine bösen Folgen haben wird? Es ist ein arger Streich, den du da vorhast, selbst für einen Herrn Nachtwey.«

»Es kann gar nichts schiefgehen«, beteuerte Weynand zum wiederholten Mal. »Ich habe alles selbst eingefädelt. Dass der Herr Polizeipräsident gelegentlichen Inkognito-Abstechern nach Schwabing nicht abgeneigt ist, weiß ich aus sicherer Quelle. Einer Quelle ganz in der Nähe des Polizeiobersten. Über sie habe ich von der Heydte auch die heutige Einladung zugespielt. Ein fröhlicher Abend auf Kosten des Hauses zum Dank für die gute Arbeit unserer Münchner Gendarmerie. Seine Zeche ist im Voraus bezahlt, und zwar von mir, was er natürlich nicht ahnt.«

Carlotta seufzte. »Also jemand im Polizeipräsidium spielt mit, der hiesige Wirt spielt mit, und ich soll mitspielen – und alles nur, damit du in den Augen dieses einen Mädchens gut dastehst, das in der Gerichtsmedizin die Leichen aufschneidet?«

»Damit ich gut dastehe, und damit dieses Mädchen seine Stelle nicht verliert.« Der Nachsatz klang beinahe verlegen. »Die Kleine war völlig aus dem Häuschen. Die ist imstande und macht etwas Dummes.«

Da war er wieder, dachte Carlotta, der adlige Kavalier alter Schule, der nicht aus seiner Haut konnte und zur Rettung eines Fräuleins in Nöten ausrückte, ob das nun erwünscht war oder nicht.

»Was ist, wenn der Herr Präsident mich abblitzen lässt?«

Weynand musterte sie irritiert, als sei der Gedanke völlig absurd. »Abblitzen? Carlotta, du siehst hinreißend aus. Selbst der Kardinal würde Handstände machen, damit du dich zu ihm setzt. Außerdem war die Einladung an den Präsidenten so zweideutig formuliert, dass ein wenig nette Gesellschaft darin durchaus enthalten sein konnte. Was denkst du, warum er zur Sicherheit einen Kameraden mitgebracht hat? Damit man ihm weniger leicht eine Falle stellen und damit er unter Bedeckung den Rückzug antreten kann, sobald es ihm zu heiß wird.«

»Und das bereitet dir keine Sorge?«

»Wir werden ihm gar keine Gelegenheit zu einem Rückzug geben.« Er sah sie bittend an. »Vertrau mir, Lotte. Ich bin sofort hinter dir und bringe die Sache in Bewegung.«

Erst einmal musste Carlotta sich in Bewegung setzen. Gemächlich und elegant schlängelte sie sich durch das dicht gefüllte Lokal. Trotz des Namens – *Schwarze Lola* war in Bayern seit Lola Montez nahe an einer Majestätsbeleidigung – handelte es sich um eins der gediegeneren Lokale von Schwabing, sonst hätte der Freiherr von der Heydte sich vermutlich gar nicht auf die Einladung eingelassen. Aber Schwabing blieb es. Der Unterschied zu den schlechter beleumundeten Lokalen war nur der Preis. Hier verkehrten diejenigen unter den Schwabinger Lebenskünstlern, die gerade ein wenig Geld auf der Hand hatten. Sobald sie es durchgebracht hatten, wichen sie auf die billigeren Cafés und Gaststätten aus.

Carlotta tänzelte, sichtbar zögernd, einige lange Momente von einem Bein auf das andere, bis sie sicher war, dass der Polizeipräsident sie beobachtete. Erst dann trat sie, scheinbar verlegen, an den Tisch.

»Ich bitte um Verzeihung, die Herren, aber … ist es möglich, dass Sie an meinem Tisch sitzen?«

Die beiden Herren tauschten einen Blick, dann musterte von der Heydte Carlotta eindringlich vom Kopf bis zu den Füßen. Vielleicht sah er schon nicht mehr ganz deutlich, seine Aussprache aber war noch klar. »Wir hatten reserviert, Fräulein.«

Carlotta spielte die Verwirrte. »Wirklich? Wie seltsam, ich dachte … sehen Sie, man hatte mich ausdrücklich für diese Uhrzeit an diesen Tisch bestellt, wo ich einen … Freund treffen sollte, dessen Name … aber das tut ja nichts zur Sache. In jedem Fall war nur von *einem* Herrn die Rede.« Sie schaute vom Präsidenten auf dessen Begleiter. Letzterer sah mit seinem nicht ganz sitzenden Anzug und dem sauberen Scheitel und Schnurrbart wie ein kleiner Beamter aus. Von der Heydte mochte ihn als Bedeckung mitgebracht haben.

Hinter Carlotta regte sich etwas. Zwischen mehreren anderen Leuten schob sich auch Weynand an ihr vorbei, aber noch, ohne einzugreifen. Aus dem Augenwinkel sah sie, wie er sich an einem anderen Tisch niederließ und dort mit einem Gast zu tuscheln begann.

War denn halb München in diesen Streich eingeweiht?

»Nun, wie Sie sehen, ist dieser Tisch bereits besetzt«, sagte Polizeipräsident von der Heydte. »Sie werden Ihren Freund wohl anderswo suchen müssen.«

»Natürlich.« Carlotta schluckte. »Bitte verzeihen Sie meine Zudringlichkeit. Es muss sich um einen Irrtum handeln. Oder um einen dummen Scherz. Wie unangenehm.«

Sie tat, als wollte sie sich abwenden. Am Nebentisch machte Weynand sich bereit, aufzuspringen. Es erwies sich als unnötig.

»Wobei es mir sehr unhöflich erscheint, einer Dame auf diese Weise den Abend zu verderben«, sagte der Polizeipräsident. Unter seinem Schnurrbart zeigte sich ein Grinsen. Er rückte auf der Bank weiter und klopfte einladend auf den frei gewordenen Platz, gleichzeitig machte er eine herrische Geste in Richtung seines Begleiters. »Zufällig hatte mein Freund ohnehin gerade vor, zu gehen. Nicht wahr, Müller?«

Der Mann erhob sich sofort. »Zu Befehl, Herr …«

»… Heymann«, sagte der Polizeipräsident hastig. Und zu Carlotta: »Das war nicht zufällig der Name des Freundes, den Sie hier treffen wollten, mein Fräulein?«

»Oh, aber doch«, strahlte Carlotta. »Ich glaube schon.«

»Nun, dann hat sich ja alles noch glänzend gefügt. Bitte, setzen Sie sich.«

Die Polster waren noch unangenehm warm, wo der Polizeipräsident gesessen hatte. Noch weit unangenehmer war allerdings, dass er, sobald sie allein waren, nahe an sie heranrückte, bis seine Knie sich unter der Tischplatte zutraulich an die Carlottas schmiegten. Auf dem Tisch streichelte er sanft ihre Hand.

»Trinken wir ein Glas Champagner auf unsere neue Bekanntschaft«, bestimmte er. Der Kellner war erstaunlich schnell zur Stelle und fast noch schneller zurück. Auch der Polizeipräsident schien keine Zeit verlieren zu wollen. Als er das Glas hob, um Carlotta zuzuprosten, saß er bereits an sie gekuschelt.

Hoffentlich beeilte Weynand sich. Carlottas Freundschaft hatte ihre Grenzen.

Wie aufs Stichwort stand Weynand plötzlich vor dem Tisch. Er hatte sich das bunteste Tuch um den Hals geknotet, das Carlotta je untergekommen war, seine Schiebermütze aufgesetzt und sich einen Bleistift hinters Ohr gesteckt, während er mit einem zweiten eifrig in ein Notizbuch kritzelte. Die lebende Karikatur eines Reporters.

»Oho, wen sieht man denn da? Wenn das nicht der verehrte Präsident unserer Münchner Polizei ist! Und in was für netter Gesellschaft! Die Frau Gemahlin, nehme ich an? Nein? Darf ich Sie dann vielleicht um eine Stellungnahme zum aktuellen Stand des Schwabinger Nachtlebens bitten, Herr Polizeipräsident? Ich bin sicher, das würde unsere Leser brennend interessieren.«

»O mein Gott, ein Reporter!« Carlotta schlug die Hand vor den Mund, tat, als wolle sie aufspringen, prallte absichtlich gegen Weynand, der ihr den Weg versperrte, sank zurück und kam unvermittelt auf dem Schoß von der Heydtes zu sitzen.

»Wunderbar! Ganz vortrefflich! Polizeipräsident in trauter Umarmung mit unbekannter Dame in Schwabinger Lokal!« Weynand hüpfte fast vor Begeisterung. »Was für eine Schlagzeile!«

»Wollen Sie wohl aufstehen, Sie kleines …« Präsident von der Heydte schluckte den unflätigen Ausdruck, den er vermutlich auf der Zunge hatte, gerade noch hinunter.

»Er hat mich gestoßen«, verteidigte Carlotta sich schwach, während sie sich umständlich und langsam von ihm losmachte. Doch von der Heydte achtete kaum noch auf sie, stattdessen drohte er Weynand.

»Und Sie? Was erlauben Sie sich? Das ist doch ein abgekartetes Spiel! Wer sind Sie?«

Weynand lüftete seine Mütze. »Gestatten, Nachtwey. Fritz Nachtwey vom *Münchner Generalanzeiger*. Sie sind sicher, dass Sie mir kein Interview geben möchten? Ein paar Erklärungen? Um den Eindruck, der sich einem unvoreingenommenen Betrachter gerade bot, und meinen Artikel ein wenig abzumildern?«

»Sie würden es nicht wagen.« Von der Heydte starrte Weynand an. »Ihr Name ist mir nicht unbekannt. Ich warne Sie. Sie hatten Ihren Spaß, lassen Sie den Streich jetzt gut sein. Ich glaube, Sie wissen gar nicht, was es für Sie an Folgen nach sich ziehen kann, mich in dieser Stadt zum Feind zu haben.«

»Das kann ich mir sehr gut vorstellen. Aber die ersten Folgen würden sicher nicht mich treffen, sondern Sie.«

Der Polizeipräsident verzog den Mund. »Ich kenne das windige Blatt, für das Sie arbeiten. Eine Schlagzeile dort könnte meinen Ruf nie ernsthaft beschädigen.«

»Möglicherweise. Aber kennen Sie vielleicht auch meinen Freund dort hinten?« Er deutete auf den Tisch, an dem er zuvor gesessen hatte. Jetzt konnte Carlotta sehen, dass auch der Mann, mit dem Weynand sich zuvor unterhalten hatte, mit Bleistift und Papier hantierte. Als Weynand auf ihn deutete, winkte er fröhlich herüber.

»Heinrich Kley vom *Simplicissimus*«, sagte Weynand und strahlte übers ganze Gesicht. »Er ist wirklich unglaublich gut. Er hat keine fünf Minuten gebraucht, um eine Skizze von Ihnen und Ihrer charmanten Begleitung in dieser trauten Nische zu entwerfen.« Er legte ein Papier vor von der Heydte auf den Tisch. »Unerhört, wie diese Karikaturisten es schaffen, die Züge eines Menschen so einzufangen, dass man ihn sofort erkennt, nicht wahr? Was glauben Sie, was für ein Meisterwerk er erst schaffen wird, wenn er eine Titelseite für den *Simplicissimus* daraus macht?«

Die Augen des Polizeipräsidenten verengten sich zu schmalen Schlitzen. »Was wollen Sie?«

»Wie man mir mitgeteilt hat, hat ein Artikel des *Generalanzeigers* zum Ableben der Schauspielerin Adele Röckl in der Polizeidirektion ziemliche Wellen geschlagen.«

»Sie unverschämter … Sie haben das Königshaus verunglimpft und sich Zugang zu geheimen Unterlagen verschafft. Ich werde herausfinden, wie, verlassen Sie sich darauf!«

»Sehen Sie, genau darum geht es mir. Ich finde, um so ein Problemchen sollten Sie sich gar nicht kümmern. Wie Sie selbst sagten, hat unser ›windiges Blatt‹ nicht die Verbreitung, um ernsthaften Schaden anrichten zu können. Sehr anders als der *Simplicissimus* übrigens. Eine Schlagzeile dort, als Resultat Ihrer Bemühungen um Aufklärung unseres Artikels, wäre das nicht etwas übertrieben?«

»Was wollen Sie damit sagen?«

»Dass es mir angenehm wäre, würden Sie aufhören, nach meinen Informanten zu suchen«, sagte Weynand hart. »Als Journalist fühle ich mich verpflichtet, meine Quellen zu schützen.«

»Mit anderen Worten, wir würden bei unserer Untersuchung tatsächlich etwas finden.«

Weynand lachte. »Ich bitte Sie. Bei diesen Untersuchungen findet man immer *etwas*. Selbst wenn am Ende ein völlig Unschuldiger dran glauben muss, meistens ein niedrigrangiger Gendarm oder Laufbursche, dem alle Schuld in die Schuhe geschoben wird. Alles andere wäre schließlich eine Blamage. Sie hatten Pech diesmal, Herr Präsident. Nehmen Sie es wie ein Mann. Die Leute werden noch vierzehn Tage über die Röckl sprechen, dann können wir es beide gut sein lassen.«

Sie verhandelten der Form halber noch ein wenig weiter, aber Carlotta hatte genug gehört, um zu ahnen, wie es ausgehen würde. Da sie keine Lust hatte, noch tiefer in die Angelegenheit hineingezogen zu werden, stahl sie sich klammheimlich davon. Weynands Streiche waren ihr einen Tick zu gefährlich.

18.

Anna schlief in ihrem schönen neuen Bett ausgesprochen schlecht, der drohenden Untersuchung wegen. Tagsüber grübelte sie ohnehin ständig darüber nach. Sie wusste nicht einmal, was sie mehr plagte, das schlechte Gewissen oder die Furcht, ihr Fehler könnte ans Licht kommen. Nicht einmal bei Onkel Ludwig und Tante Leni entkam sie dem leidigen Thema. Als sie die beiden besuchte, fing auch der Onkel davon an.

»Angeblich hat sich der Polizeipräsident mit dem Professor Richter von der Gerichtsmedizin gestritten wegen dieser Zeitungsschmiererei. Von der Heydte denkt sowieso, dass in eurem Institut die Sicherheitsvorkehrungen zu lasch sind. Jetzt gibt's dann eine Kommission, die jeden Einzelnen von uns ins Kreuzverhör nimmt.« Er knurrte verächtlich. »So eine Dummheit! Irgendein Schwätzer kann das Maul nicht halten, und die ganze Gendarmerie von München darf es ausbaden. Aber wenn ich den erwische …«

Anna zog den Kopf ein und kaute langsam ihre Bratkartoffeln. Zuvor hatte sie noch überlegt, ihrem Onkel alles zu beichten und ihn um seinen Rat zu bitten. Aber angesichts seiner Laune besann sie sich rasch eines Besseren.

Für den Mittwoch hatte sich in der Gerichtsmedizin erstmals jemand von der Polizeidirektion angekündigt, um eine Befragung durchzuführen. Als Anna mit klopfendem Herzen zur Arbeit erschien, stand ihr Name aber gar nicht auf der Liste derer, die zu einem Gespräch ins Büro von Professor Richter gerufen wurden.

Doktor Gernhuber und Doktor Schmidt waren dagegen gleich zu Beginn an der Reihe und ließen ihre Verhöre halb grimmig, halb stoisch über sich ergehen. Selbst Lobinger wurde befragt. Er erschien an diesem Morgen nüchtern, unrasiert und so eingeschüchtert und verkatert, dass er kaum ein Wort herausbrachte.

Nur Anna hatte man anscheinend vergessen.

»Seien Sie froh, Fräulein Zech«, kommentierte Doktor Schmidt trocken. »So können Sie Ihre Zeit sehr viel sinnvoller mit Arbeit zubringen. Wenn Professor Richter übersehen hat, dass Sie bei der Obduktion mit dabei waren, werden wir ihn bestimmt nicht darauf aufmerksam machen.«

»Diese Sicherheitsmaßnahmen hinterher sind sowieso überflüssig wie ein Kropf«, brummte Doktor Gernhuber. »Reine Schikane. Mich wundert es übrigens nicht, dass er Sie übersehen hat, Fräulein Anna. Der Herr Professor war, als Adele Röckl zu uns gebracht wurde, ja nicht im Haus. Von Ihnen hat er erst Tage später zum ersten Mal gehört. Davor existierten Sie wahrscheinlich für ihn gar nicht. Umso besser, sage ich. Da bleibt Ihnen wenigstens dieser Ärger erspart.«

Anna, Lobinger und alle Verwaltungsangestellten und Putzhilfen mussten am Donnerstag einen längeren Vortrag über Dienstpflicht, Verschwiegenheit und Verantwortung gegenüber dem Königlich Bayerischen Staatswesen über sich ergehen lassen, doch weitere Konsequenzen hatte die Angelegenheit für Anna zunächst nicht. Allerdings hieß es, es werde in der kommenden Woche weitere Befragungen und womöglich sogar Durchsuchungen geben. Zudem musste Anna sich um die übrigen Folgen ihrer Bekanntschaft mit »Herrn Nachtwey« kümmern: Sie brauchte eine andere Wohnung.

Ins Schwesternheim konnte sie nicht zurück, das machte man ihr dort sofort klar. Wollte sie Onkel und Tante um Hilfe bitten, müsste Anna alles gestehen. Das Wohnungsamt hatte ihr in den vergangenen Monaten schon nichts anbieten können. Wie sollte Anna jetzt so schnell etwas finden?

Und wollte sie das wirklich? Eine Wohnung wie die in der Landwehrstraße, auch wenn sie die Gegenleistung für ein Fehlverhalten war, würde man Anna in ihrem Leben kein zweites Mal mehr anbieten, auch das war ihr klar.

Am Donnerstag nahm Tante Leni ihr die Entscheidung ab. Sie stand schon im Treppenhaus vor der Tür, als Anna abends nach Hause kam, und hielt einen Teller mit Kuchenstücken in der Hand. »Der Hausdiener war so nett, mich hereinzulassen. Du, das ist aber wirklich ein sehr feines Haus!« Als Anna sie einließ und ihr die Zimmer zeigte, stieg ihr Staunen zur Bewunderung, allerdings gemischt mit Besorgnis. »Jetzt sag mir die Wahrheit, Anna. Der Mann, also dieser Herr Nachtwey, der will doch was von dir. Du wirst uns doch keine Dummheiten machen, nur einer schönen Wohnung wegen?«

Halb beschämt, halb erleichtert gestand Anna. Alles, von der wahren Identität des angeblichen Herrn Nachtwey bis hin zu ihrer unfreiwilligen Beteiligung an dem schrecklichen

Zeitungsartikel. Und ja, den Blumenstrauß und den Streit erwähnte sie auch.

Die Tante reagierte jedoch zu Annas Überraschung erstaunlich pragmatisch. »Hattest du den Eindruck, dass der Mann gewalttätig ist?« Das konnte Anna verneinen. Dieser Herr von Weynand führte ein Doppelleben, aber Gewalt anzuwenden, nein, das wäre gegen seine Spielregeln gewesen, da war sie sicher. »Dann bleib in der Wohnung, bis du eine neue gefunden hast«, entschied ihre Tante. »Geschieht dem Mann doch nur recht. Eine solche Wohnung für drei Mark Miete ist so gut wie geschenkt.«

»Meinst du das ernst?«

»Freilich. Es wäre schön dumm, das hier aufzugeben, nur aus Stolz. Bei uns müsstest du im Wohnzimmer auf dem Sofa schlafen. Wenn der Kerl dir doch unverschämt kommt, droh ihm mit deinem Onkel. Und wir hören uns in der Zwischenzeit nach einer anderen Wohnung für dich um.« Sie zwinkerte. »Aber dem Onkel sagen wir davon nix. Denk dir nicht zu viel wegen dem Artikel, so was passiert immer wieder, und jedes Mal ist der Teufel los, ohne dass dabei etwas herauskommt.«

Anna gab sonst viel auf die Meinung von Tante Leni, aber diesmal war ihr nicht wohl in ihrer Haut. Zumindest wollte sie mit Herrn von Arnsberg über die Angelegenheit sprechen, schließlich war der ihr eigentlicher Vermieter.

Sie suchte die Anschrift im Münchner Adressbuch, zu ihrer Freude war es nicht weit. Am späten Samstagnachmittag ging sie hin und traf Herrn von Arnsberg zufällig vor dem Haus, wo er, in Abendanzug und Zylinder, gerade in sein Auto steigen wollte. Er schien einen Moment zu benötigen, ehe er sich an Anna erinnerte, dann warf er einen nervösen Blick zu einem der Fenster des Hauses hinauf.

»Fräulein Zech, was tun Sie denn hier?«

»Ich möchte aus Ihrer Wohnung ausziehen«, erklärte Anna resolut. »Herr Nachtwey – also, Herr von Weynand …«

»Ja, ich habe schon gehört, dass Sie beide sich gestritten haben«, unterbrach er knapp.

Gestritten! Das klang ja, als handle es sich um eine Sache zwischen Kindern auf dem Spielplatz! Bevor Anna es hätte erklären können, winkte Herr von Arnsberg ab. »Bitte regeln Sie das direkt mit ihm. Dass er ein Auge auf Sie geworfen hat, ist seine Sache. Wenn Sie ihn nicht wollen, ist das die Ihre. Lasst mich da aus dem Spiel, Kinder! Im Gegensatz zu Weynands Ehefrau ist die meine extrem eifersüchtig; es wäre mir sehr unlieb, wenn sie mich hier mit Ihnen auf der Straße sähe.«

Ehefrau? Noch bevor Anna hätte reagieren können, war Herr von Arnsberg schon eingestiegen. Der Wagen sprang lautlos an, ohne dass jemand ankurbelte, es musste ein elektrisches Fahrzeug sein. Den Unterschied hatte Onkel Ludwig Anna einmal erklärt, nicht ohne darauf hinzuweisen, wie gefährlich diese außerordentlich leisen Gefährte im täglichen Straßenverkehr der Großstadt München seien und wie sehr junge Mädchen vom Land sich deshalb vorsehen müssten.

Anna stand auf dem Trottoir und starrte dem Automobil hinterher. Weynand war also zu allem Überfluss verheiratet. Und hatte ein Auge auf sie geworfen. Dieser Mensch war in der Tat ein Widerling erster Güte! Wenn sie Herrn von Arnsberg wenigstens das Versprechen hätte abnehmen können, die Miete in Zukunft selbst zu kassieren!

Stattdessen läutete es noch am selben Abend gegen halb acht Uhr an ihrer Wohnungstür.

»Sie!«, fauchte Anna Herrn Nachtwey – nein: Herrn von Weynand an, kaum hatte sie die Tür aufgezogen. »Was wollen Sie?«

»Mich vergewissern, dass ich Sie nicht unter irgendeiner Brücke suchen muss«, gab er zurück. »Aber wie ich sehe, sind Sie noch da«, sagte er. Es klang ganz zufrieden.

»Nur, weil ich noch keine neue Wohnung gefunden habe«, konterte Anna trotzig.

»Dabei wünsche ich Ihnen natürlich viel Glück. Es gibt für meinen Besuch aber noch einen zweiten Anlass. Ich kann Ihnen mitteilen, dass Sie sich wegen der Untersuchung in der Gerichtsmedizin keine Sorgen mehr zu machen brauchen.«

»Keine Sorgen?« Anna starrte ihn an. »Was soll das heißen? Alle haben Ihretwegen zu leiden unter diesen Untersuchungen, sogar mein Onkel! Bis jetzt hat mich niemand befragt, aber nächste Woche wollen sie wiederkommen, und dann …«

»Sie werden nicht wiederkommen«, versicherte Herr von Weynand. »Die Untersuchung ist eingestellt. Ich habe das vorgestern arrangiert.«

»Sie?« Anna wusste nicht, was sie denken sollte. »Wie können Sie auf eine solche Angelegenheit einwirken?«

»Indem ich den Polizeipräsidenten erpresst habe«, antwortete er trocken. »Ich habe ihm mit der Macht des geschriebenen Worts gedroht, liebstes Fräulein Anna. Nachdem ich ihn in einer verfänglichen Situation erwischt habe.«

Er sah beinahe so aus, als erwarte er ein Lob für diese Tat. Und vielleicht rettete ihr das tatsächlich ihre Anstellung. Aber dennoch!

»Können Sie auch noch etwas anderes, als Menschen in Ihrer Zeitung verunglimpfen? Außerdem glaube ich Ihnen kein Wort!«

Er zuckte die Achseln. »War wohl auch zu viel verlangt, auf eine andere Reaktion zu hoffen. Nun, das wird schon werden, wenn unsere Bekanntschaft erst länger dauert. Und das wird sie, verlassen Sie sich drauf. So lasse ich mich von Ihnen nicht abkanzeln! Warten Sie bis Montag oder Dienstag, dann wird man bei der Gerichtsmedizin auch offiziell von der Einstellung der Untersuchung erfahren.« Er wandte sich zum Gehen. »Ich komme am Montagabend wegen der Miete, dann wissen Sie ja vielleicht schon mehr.«

Den gesamten Sonntag über sagte Anna sich, »Herr Nachtwey« müsse sie belogen haben. Einen Polizeipräsidenten erpressen! Sicher hatte er gedacht, er könnte Anna mit seiner Behauptung so beeindrucken, dass sie ihn aus purer Dankbarkeit in ihr Schlafzimmer ließe.

Was für ein unmöglicher Mensch!

Bis Anna am Montag zur Arbeit in die Königliche Anatomie kam. Doktor Gernhuber begrüßte sie schon mit einem breiten Strahlen im Gesicht.

»Ah, Fräulein Anna! Heute können wir uns endlich ungestört den Nähten widmen, die ich Ihnen zeigen wollte. Die Untersuchung, die uns letzte Woche so geärgert hat, ist schon wieder beendet.«

»Wirklich?« Also hatte Weynand doch die Wahrheit gesagt? Anna zögerte. »Warum denn? Ich meine, hat man den Schuldigen gefunden?«

»Ach was, den findet man nie.« Der Arzt winkte ab. »Was glauben Sie, wie oft ich so etwas schon mitgemacht habe? Vielleicht hat diesmal jemand gleich zu Beginn eingesehen, dass es zu nichts führt. Das wäre zwar höchst ungewöhnlich, aber manchmal sollen auch Polizeipräsidenten Geistesblitze haben.«

Anna schwieg. Einerseits fiel ihr ein Stein vom Herzen, aber andererseits … musste sie Herrn von Weynand nun etwa tatsächlich dankbar sein?

19.

Montagabends *empfing* Sibylle. Sie hatten diesen Tag gewählt, weil es der einzige war, an dem nicht bereits Kaffeekränzchen anderer wichtiger Damen der Münchner Gesellschaft stattfanden, die Sibylle selbst unbedingt besuchen wollte. Ab fünf Uhr fand sich im Salon seiner Frau eine Schar von Gästen ein, deren Zusammensetzung weit öfter wechselte als die Themen und der gelangweilte Ton der Unterhaltung.

Zu diesen Gelegenheiten legte Sibylle auf Weynands Anwesenheit noch weniger Wert als sonst. Er konnte also nicht nur ungestraft flüchten, er tat seiner Frau sogar einen Gefallen damit.

Um halb fünf betrat er, bereits in seiner Nachtwey-Verkleidung, den Salon. Sibylle umrundete soeben den Kaffeetisch. Er war für zehn Personen gedeckt, und sie kontrollierte persönlich, ob auch wirklich jeder Löffel blitzblank poliert war – insbesondere das Familienwappen auf den Griffen. Wie üblich war sie makellos gekleidet und frisiert, ihr blondes Haar zu einem strengen Dutt am Hinterkopf geordnet, den Weynand nicht leiden konnte. Es erinnerte ihn zu sehr an eine Gouvernante.

»Friedrich.« Von allen Personen, die Weynand nahestanden, war seine Frau die Einzige, die ihn nie »Fritz« rief. »Du gehst?« Wie stets sprach aus ihrem Tonfall Erleichterung.

Sie fragte nie, wohin Friedrich ging. Zu Beginn hatte Weynand es als Zeichen von Vertrauen aufgefasst. Bis er begriff, dass es Sibylle tatsächlich nicht interessierte. Vermutlich hatte sie nur eine verschwommene Vorstellung davon, wie Männer den Tag verlebten, wenn sie zu gewissen Zeiten das Haus verließen. Es war nun einmal, was sie taten; sie wusste von ihrem Vater nicht, womit er sich beschäftigte, und wollte es von ihrem Ehemann ebenso wenig wissen. Sibylles Sphäre war die Villa, waren die Salons und Empfänge bei Hof. Weynand hatte sie geheiratet und hoffähig gemacht, und Sibylle hatte im Gegenzug zwei Söhne in die Welt gesetzt, die garantierten, dass »die Dynastie sich fortsetzte«, wie sie das ausdrückte. Sie hatte also ihre Pflicht erfüllt und konnte sich nun mit vollem Recht im Gefühl sonnen, eine bekannte Adlige zu sein. Dazu brauchte sie ihren Ehemann nicht mehr.

Es hatte lange gedauert, bis Friedrich das begriff. Ihm selbst bedeutete sein Titel wenig, für ihn war er so selbstverständlich, dass es ihn zu Beginn seiner Ehe Mühe kostete, Sibylle nicht für ihr vornehmes Getue auszulachen. Die ersten zwei Jahre versuchte er, sie davon abzubringen, nur um letztlich einzusehen, dass seine Meinung bei Sibylle nie gegen die einer Frau Generaldirektorin Stieglitz oder einer ähnlich würdigen Freundin Bestand haben würde.

»Ich dachte, ich könnte noch mit den Kindern zu Abend essen, bevor ich gehe«, sagte Friedrich jetzt unsicher. Sibylle runzelte die Stirn.

»Die Kinder essen in einer Stunde, lieber Friedrich, wie du weißt. Fräulein Brandt hält regelmäßige Schlafens- und Essenszeiten für sehr wichtig, und ich stimme ihr zu.« Fräulein Brandt war das Kindermädchen, mit dem gemeinsam Sibylle ihre Tyrannei über die Kinderstube von Willi und Milo ausübte. Sibylle musterte ihren Mann kritisch. »Übrigens bist du, wie ich bemerke, bereits fürs Ausgehen umgekleidet. Es wäre mir lieb, wenn die Kinder dich in solcher Kleidung nicht sehen. Allein schon diese Mütze … Ich möchte nicht, dass sie den Respekt vor dir oder dem Rang ihrer Familie verlieren.«

An dieser Stelle wusste Friedrich bereits, dass er verloren hatte, aber der Ärger hielt ihn fest. »Dir ist bewusst, wie viele Menschen in dieser Stadt statt eines Homburg täglich eine solche Mütze aufsetzen?«

»Möglich. Keiner davon trägt deinen Namen.«

Weynand wollte protestieren. Er mochte ein verkommenes Subjekt sein, aber er war immer noch der Vater seiner Kinder, und er liebte sie sicher nicht weniger als Sibylle. Andererseits wusste er genau, wie sinnlos jeder Protest wäre. »Wie du meinst. Ich fahre nach Giesing.« Wenigstens hatte er noch die Genugtuung, zu sehen, wie Sibylle bei Nennung dieses Arbeiterviertels angeekelt den Mund verzog. »Ich weiß nicht, wann ich nach Hause komme, es wird wieder spät. Warte nicht auf mich.«

Die Tür klappte hinter ihm zu mit einem Laut, der etwas Endgültiges an sich hatte.

Vielleicht hätte er härter kämpfen sollen. Aber nach all den Jahren wusste er, es würde zu nichts führen. Er war müde, er war einfach nur müde.

Selbst ein Streit mit einer neunmalklugen Obduktionsassistentin versprach angenehmer abzulaufen als ein Abend in seinem Zuhause.

Er läutete gegen halb acht. An Annas halb verlegener, halb trotziger Miene konnte er schon ablesen, dass die Neuigkeit sich bis in die Gerichtsmedizin herumgesprochen hatte.

»Aha«, sagte er statt eines Grußes. »Möchte da vielleicht jemand Abbitte leisten?«

»Sie haben offenbar nicht gelogen«, gab sie zu. »Aber entschuldigen werde ich mich nicht. Mich erst in Schwierigkeiten zu bringen, nur um mich dann mit einer Erpressung wieder daraus zu befreien. Soll ich Ihnen dafür dankbar sein?«

Weynand seufzte. »Etwas weniger kratzbürstig würde mir für den Anfang schon genügen.«

Sie schob das Kinn vor und musterte ihn streng. »Weiß Ihre Frau von dieser Wohnung? Und von den jungen Mädchen, die Sie dort unterbringen?« Triumph lag in ihrer Stimme.

Das auch noch. Offenbar konnte er dem Gedanken an Sibylle heute gar nicht entkommen. Er fuhr sich mit der Hand übers Gesicht. »Sie haben also herausgefunden, dass ich verheiratet bin. Glückwunsch. Haben Sie es im Gothaer nachgelesen?« Als sie ihn nur verwirrt anschaute, ergänzte er: »Gothaer Adelskalender. Interessiert niemanden außer den Leuten, die drinstehen, und denen, die dringend hineinwollen. Falls Sie ihn noch nie konsultiert haben, macht Sie mir das allein schon sympathisch.«

Sie musterte ihn misstrauisch. »Herr von Arnsberg hat es

mir gesagt. Ich wollte wegen der Wohnung mit ihm sprechen. Um ihm zu sagen, dass ich bei erster Gelegenheit ausziehen werde.«

»Jetzt vergessen Sie doch endlich diese dumme Idee!« Weynand war nahe daran, die Geduld zu verlieren. »Hören Sie, ich mag aus Ihrer Sicht ja wirklich die Inkarnation aller Todsünden sein, aber bitte, stellen Sie nichts Dummes an, nur weil Sie mich nicht leiden können. Sie haben einen gültigen Mietvertrag, also bleiben Sie hier wohnen.«

Wieder huschte Verlegenheit über ihre Miene. »Danke«, sagte sie kaum hörbar. »Ich wüsste wirklich nicht, wohin so schnell. Aber Sie werden wohl die Miete erhöhen wollen? Da ich nicht … also, unter den Umständen?« Ihr Mund wurde schmal. »Von mir werden Sie auf jeden Fall nichts mehr bekommen, egal, was Sie sich erhofft haben. Keine Informationen für Ihre Zeitung, und sonst schon gleich gar nichts!«

Er antwortete zunächst nicht, zumindest so lange nicht, bis Anna sich bereitfand, ihm ins Gesicht zu schauen. »Ich weiß genau, dass Sie sich nicht einmal die Hälfte der Miete leisten könnten, wollte ich den Mietpreis für die Räume nach ihrem wirklichen Wert einstufen«, sagte er dann. »Ob sie drei Mark die Woche bezahlen oder eine, ist mir gleichgültig. Auf diese Summe bin ich nicht angewiesen. Hauptsache, Sie stehen, wenn der Winter kommt, nicht auf der Straße.«

Wieder hätte er ihr Misstrauen mit Händen greifen können. »Sie sind doch nur so nett, weil Sie hoffen, dass ich Ihnen dankbar genug bin, damit …« Sie wusste merklich nicht recht, wie sie es aussprechen sollte.

»Nein, Anna, so ist es nicht.« Er hob beide Hände. »Ich wäre der Letzte, der etwas dagegen einzuwenden hätte, aber das liegt ganz bei Ihnen. Ich erpresse nur Polizeipräsidenten.«

Vielleicht hätte er sie nicht daran erinnern sollen. Anna verschränkte die Arme vor der Brust. »Sie haben meine Frage übrigens nicht beantwortet. Was ist mit Ihrer Frau?«

»Die weiß tatsächlich nichts von Ihrer Existenz. Wenn Sie darauf bestehen, kann ich sie aber von meinen unsittlichen Absichten Ihnen gegenüber informieren. Sie wäre vermutlich ein wenig pikiert, weil ich sie mit einem solch unfeinen Thema behellige, und ansonsten würde sie mit den Achseln zucken.«

Annas verständnislose Miene hätte man fotografieren sollen, dachte Friedrich.

»Was ist das denn für eine Ehe?«, entwischte es ihr.

»Glauben Sie mir, das frage ich mich des Öfteren«, gab er trocken zurück. Er fühlte sich dabei weniger sicher, als er vorgab. Vielleicht spürte sie es, jedenfalls zuckte es kurz und beinahe mitfühlend um ihre Lippen. »Reden wir von etwas anderem, ja?« Er fasste in die Jackentasche und hielt ihr einen Umschlag hin. »Das habe ich Ihnen mitgebracht.«

Sie öffnete das Kuvert, das Weynand zuvor in der Redaktion des *Generalanzeigers* bei Meindl abgeholt hatte, sichtbar skeptisch. Die Fotografien darin betrachtete sie erst verblüfft, dann mit Abscheu. Dabei war Annas Reaktion harmlos im Vergleich zu der mancher Sittenwächter in Weynands Jugend, die Zeter und Mordio geschrien hatten. In den letzten fünfzehn Jahren hatte man sich doch an einiges gewöhnt, was die

Freizügigkeit von Theaterkostümen anging. Damals war es ein Skandal gewesen.

»Erkennen Sie sie?« Aufmerksam gemacht durch seine Frage, musterte Anna die Fotos ein zweites Mal, insbesondere das, auf dem man das Gesicht am besten erkennen konnte und auf dem die Porträtierte im Kleopatrakostüm, die Brüste fast unbedeckt, mit einer Riesenschlange posierte. »Ja, das ist Ihre Adele Röckl in jungen Jahren. Das ist die Art Bühnenstück, in denen sie auftrat. Glauben Sie mir jetzt, dass die Dame kein unschuldiges Ding war?«

Sie zog die Oberlippe zwischen die Zähne, aber nur kurz, dann war ihr Trotz zurück. »Na und? Sogar wenn Adele Röckl auf der Bühne solche Kostüme tragen musste, gibt Ihnen das doch nicht das Recht, eine Tote in Ihrer Zeitung zu verleumden.«

»Sie denken immer noch an Ihre Tante, nicht wahr?« Friedrich hatte wohl ins Schwarze getroffen, so wie Anna zusammenzuckte. »Vergessen Sie das bitte. Nach dem zu schließen, was Sie mir angedeutet haben, hat man Ihrer Tante ein schreckliches Unrecht angetan.«

»Und Adele Röckl nicht, wenn man sie in den Selbstmord getrieben hat?«

»Adele war zumindest weit weniger unschuldig, als Sie denken. Sie können das nicht wissen, weil Sie zu Adeles Glanzzeiten noch in den Windeln lagen, aber über die Röckl gingen damals in München die wildesten Gerüchte um. Sie hatte Liebhaber, ließ sich aushalten, hat dabei mehr als eine Ehe zerstört und sich keinen Deut darum geschert.«

»Gerüchte!«

Er seufzte. »Nach den Details fragen können wir sie nicht mehr, fürchte ich. Aber sie hat damals die Salome gespielt, in einer Art … Können Sie sich überhaupt vorstellen, was das damals für ein Skandal war?« Sie schaute ihn verständnislos an. »Haben Sie das Stück schon einmal gesehen?«

»Ich … ich gehe nicht ins Theater.«

Natürlich nicht. Er hätte es sich denken können.

»Zeit, das zu ändern«, schlug er vor. »Was machen Sie am kommenden Samstag? Sehen Sie mich nicht so entsetzt an. Ja, ich möchte Sie einladen. Wie Sie ganz richtig verstanden haben, interessiere ich mich für Sie. Üblicherweise fängt der Herr in so einem Fall damit an, dass er die Dame ausführt.«

»Ich habe aber nicht vor …«

»Mir eine Chance zu geben? Gut, dann kommen Sie eben aus Neugierde mit. Zufällig weiß ich, dass in einem Varieté in Schwabing der Schleiertanz aus ›Salome‹ aufgeführt wird. Reizt Sie das nicht? Sie werden doch wohl auch einmal etwas anderes sehen wollen in München als aufgeschnittene Leichen? Oder haben Sie Angst, Sie sehen Dinge, die Ihre Meinung von Adele Röckl ändern könnten? Am Ende müssten Sie noch zugeben, dass ich recht hatte.«

Die letzte Frage gab den Ausschlag. »Na schön. Aber ich warne Sie. Machen Sie sich bloß keine Hoffnungen!«

Das würde man dann schon sehen. »In Ordnung. Ziehen Sie sich etwas Hübsches an. Ich hole Sie gegen sieben Uhr ab.«

Er wandte sich zum Gehen, Anna stürmte ihm nach bis auf den ersten Treppenabsatz.

»Nehmen Sie gefälligst die Miete mit! Deswegen sind Sie schließlich gekommen.« Sie zählte ihm die drei Mark in die Hand. »Ich lasse mir nichts nachsagen.«

Er verdrehte die Augen. Was für ein Dickschädel.

20.

Ganz begriff Anna selbst nicht, wie sie von ihrem Entschluss, jeden Kontakt mit Herrn von Weynand abzubrechen, zu einem regelrechten Rendezvous mit ihm gekommen war. Aber nein, kein Rendezvous! Anna wollte lediglich mehr über Adele Röckl herausfinden. Und sobald ihr Kavalier eine falsche Bewegung machte, würde sie ihm eine Ohrfeige verpassen und ihn sitzen lassen!

Was zog man für so einen Anlass nur an?

Glücklicherweise lenkte die Arbeit sie ab. Doktor Gernhuber musste diese Woche wegen eines älteren Falls persönlich vor Gericht aussagen. Ein noch recht junger, wohlhabender Herr war überraschend gestorben, und da die Ehefrau offenbar eine Affäre hatte, waren unter Verwandten und Nachbarn schnell Gerüchte entstanden, bei diesem Tod sei es nicht mit rechten Dingen zugegangen.

»Wir konnten nachweisen, dass der Mann ein schwaches Herz hatte, und von Anzeichen für Gift gab es keine Spur«, erzählte Doktor Schmidt, nachdem Gernhuber das Institut in Richtung Justizpalast verlassen hatte. »Alles sieht nach einem natürlichen Tod aus. Was nicht automatisch heißt, dass das Gericht sich unserer Meinung anschließen muss. Wie heißt es so schön? Auf See und vor Gericht ist man in Gottes Hand.«

Diesmal schien Doktor Gernhuber seine Argumente überzeugend genug dargelegt zu haben, denn die Frau wurde freigesprochen. Zufrieden kehrte der Arzt zurück, um Anna ausführlich zu zeigen, wie man die Schnitte der Obduktion so vernähte, dass sie für die Angehörigen, wenn diese die Leiche abholten, möglichst unsichtbar waren.

Bei allen Handgriffen rund um eine Obduktion stellte Anna sich grundsätzlich sehr geschickt an. Nur war sie, je näher das Wochenende rückte, mehr und mehr abgelenkt und nervös.

»Geht es Ihnen nicht gut, Fräulein Anna?«, erkundigte Doktor Gernhuber sich vorsichtig, als er eine Frage zum dritten Mal wiederholen musste. »Es ist ungewöhnlich für Sie, so wenig bei der Sache zu sein.«

»Oh, wenn junge Damen abgelenkt sind, muss das nicht heißen, dass es ihnen nicht gut geht«, warf Doktor Schmidt ein. »Im Gegenteil. Meist steckt ein junger Mann dahinter. Aber an solche Dinge, Herr Kollege, werden Sie sich in Ihrem Alter bestimmt nicht mehr erinnern.«

»Sie sind ein Zyniker, Doktor Schmidt. Fräulein Anna, Sie wissen, dass wir den Toten hier unsere ganze Aufmerksamkeit schenken. Alles andere wäre unprofessionell. Gibt es etwas, das Sie uns erzählen möchten, um es sich von der Seele zu schaffen und sich besser konzentrieren zu können?«

»Nein, Herr Doktor.« Anna ließ beschämt den Kopf hängen. »Es tut mir leid.«

»Dann machen Sie diese Naht bitte in Ruhe fertig. Und ich warne Sie, danach wird Doktor Schmidt sowieso keine Ruhe geben, bis er alle Geheimnisse aus Ihnen herausbekommen hat.«

Anna riss sich zusammen, und sie machte ihre Sache gut. Mit Lob war Gernhuber sowieso freigebiger als mit Tadel. Danach half Anna Lobinger, die Leiche im Aufzug ins Untergeschoss in den Kühlraum zu bringen. Als sie zurückkehrte, waren beide Ärzte über einen Bericht gebeugt. Doktor Schmidt blickte auf und zwinkerte ihr zu.

»Nun, Fräulein Anna, da Sie uns bewiesen haben, dass Sie auch dann exzellente Arbeit leisten können, wenn Sie abgelenkt sind, müssen Sie aber auch so gut sein und Doktor Gernhubers Neugierde befriedigen. Sie haben natürlich längst begriffen, dass er mich nur vorschiebt, weil er sich in Wahrheit um Ihr Wohlergehen sorgt.«

»Hören Sie gar nicht hin, Fräulein Anna«, sagte Gernhuber prompt. »Wobei er mit einer Sache recht hat: Sie können jederzeit mit uns sprechen, wenn etwas Sie bedrückt.«

»Es ist wirklich nichts«, beteuerte Anna. Sie merkte, wie sie rot wurde. »Ich habe lediglich eine Einladung ins Theater bekommen, am Samstag. Und ich war noch nie in einem. Ehrlich gesagt, ich weiß gar nicht …«

»Oh, ich weiß, was jetzt kommt«, unterbrach Doktor Schmidt. »Die weiblichste aller Fragen: Was soll ich nur anziehen?«

»Wenn es eins dieser modernen Stücke ist«, brummte Doktor Gernhuber, »dann wären vermutlich Hosen, Frack und eine Melone das Richtige.«

Anna stimmte kurz in Doktor Schmidts Lachen ein, ehe sie sagte: »Es ist etwas aus *Salome*. In dem Stück ist Adele Röckl früher aufgetreten, hat man mir gesagt.«

»Die arme Adele geht Ihnen wohl noch nach? Ja, manchmal geht es uns so mit den Toten, denen wir hier begegnen. Nicht wahr, Herr Kollege Schmidt?«

»Mir gehen Selbstmörder immer nahe. Und Kinder.«

»Bei Kindern ist es am schlimmsten«, nickte Doktor Gernhuber. »Sie wollen also der großen Röckl hinterherspüren, Fräulein Anna? Ah, das war eine echte Diva. Als Salome muss sie großartig gewesen sein. Natürlich skandalös, damals. Heute würde man mit einem nackten Bauchnabel auf der Bühne kaum noch Anstoß erregen, nehme ich an.«

»Wenn Sie sich mal nur nicht täuschen, lieber Kollege.«

»Ich habe gehört, in Paris hätten sich zwei Frauen auf offener Bühne geküsst! Was ist dagegen schon ein etwas offenherziges Bühnenkostüm?« Er wandte sich wieder Anna zu. »Ich wusste gar nicht, dass das Stück auf irgendeinem Spielplan steht.«

»Wenn ich richtig verstanden habe, werden nur einzelne Szenen daraus gespielt.«

»Ah, vermutlich in irgendeinem Panoptikum oder einem Varieté«, winkte Doktor Gernhuber ab. »Da müssen Sie sich zumindest keine Sorgen wegen Ihrer Garderobe machen. Irgendein hübsches Kleid wird es tun.«

Wie Anna feststellen sollte, war freilich selbst ihr schönstes Sonntagskleid noch immer reichlich altbacken für eine derartige Vergnügung. Als Herr von Weynand sie am Sonnabend abholte, musterte er sie von Kopf bis Fuß und mit kaum verstecktem Grinsen. In Anna keimte bereits wieder Ärger auf angesichts seiner spöttischen Miene.

»Genüge ich Ihren Ansprüchen nicht?«, schnappte sie. »Wenn Sie sich mit mir schämen, kann ich gern zu Hause bleiben!« Das Lächeln verschwand sofort.

»Sie sehen sehr hübsch aus«, sagte er ernsthaft. »Aber auch wie die Dienstmagd in einem Pfarrhaushalt.« Er hielt ihr den kleinen Strauß Astern hin, den er mitgebracht hatte, und erklärte, als sie zögerte: »Zieren Sie sich nicht, das gehört dazu. Reine Formsache, wenn man eine Dame ausführt. Ich habe durchaus verstanden, dass Sie mich nicht leiden können. Und nun geben Sie mir Ihren Arm, unser Wagen wartet unten.«

Es war ein kleiner Zweispänner mit offenem Verdeck, da der Abend warm war. Es fühlte sich seltsam an, neben einem Herrn von Weynand durch die Straßen kutschiert zu werden. Das war nicht ihr Platz, dachte Anna. Aber es machte auch Spaß, von ihrer erhöhten Position aus die Passanten zu mustern. Das Oktoberfest hatte heute begonnen, Gäste aus aller Herren Länder füllten jetzt die Stadt.

Vor dem Panoptikum stiegen sie aus. Weynand bot Anna wieder den Arm und führte sie an der Schlange der Wartenden vorbei zum Eingang. Er musste nicht einmal die Billetts vorzeigen, der Türsteher grüßte ihn von Weitem, und die junge Dame am Kassenstand warf Anna einen neidvollen Blick zu.

Gegen ihren Willen wurde Anna aufgeregt. Die vielen Lichter, das Lachen und das Stimmengewirr, Herren in Frack und Zylinder zwischen Arbeitern im Sonntagsstaat, die einen auf dem Weg in die Logen, die anderen ins Parkett, Damen in Seidenkleidern und junge Mädchen mit geflickten Stolen über freizügigen Dekolletés, überall gab es so viel zu sehen – und alles wirkte so festlich!

Im größten Saal des Panoptikums hatte Herr von Weynand auf der Galerie einen Tisch für zwei reserviert. Er setzte sich so, dass Anna den besten Blick zur Bühne hatte. »Ich will ja nicht, dass Sie etwas verpassen.«

Auf dem Programmblatt, das Weynand ihr hinüberschob, war der *Tanz der sieben Schleier aus der Strauß'schen Oper Salome* als vorletzter Auftritt angekündigt. Anna sah sich interessiert um und begann sich auf den Abend zu freuen.

»Erlauben Sie mir, dass ich für Sie mit bestelle?«, klang Weynands Stimme in ihre Gedanken hinein. Unbemerkt von Anna hatte sich eine Bedienung dem Tisch genähert. Weynand orderte etwas Französisches, und Anna konnte nur hoffen, es würde sich nicht um Schnecken oder Ähnliches handeln.

»Nun sprechen Sie aber auch mit mir«, forderte Weynand sie auf, als die Kellnerin den Wein brachte. »Wir sitzen hier beieinander, da machen wir auch Konversation, schon aus Höflichkeit.« Er legte den Kopf etwas schief. »Hatten Sie im Institut meinetwegen noch Schwierigkeiten? Ich meine, wegen des Zeitungsartikels?«

»Nein, wir haben nichts weiter gehört.« Sie zuckte mit den Schultern. »Sie können von Glück sagen, dass man keinen Unschuldigen dafür bestraft hat. Hätte man das getan, hätte ich mich sofort gemeldet und gestanden.«

Weynand musterte sie mit einem Blick, den sie sich schwer ausdeuten konnte. Irgendetwas zwischen Amüsement und

Bewunderung lag darin. »Das hätten Sie wirklich, nicht wahr? Obwohl Sie wussten, dass man Sie dafür entlassen hätte.«

»Es liegt auch eine Zufriedenheit darin, mit dem eigenen Gewissen im Reinen zu sein. Sie machen sich wohl nie eines? Ein Gewissen, meine ich.«

»Wegen der toten Schauspielerin?«

»Oder wegen Ihrer Frau. Weiß sie, dass Sie heute hier sind?«

»Nein, aber sie könnte es jederzeit herausfinden, wenn sie wollte.« Das Essen kam, es schien eine Art Pastete zu sein. Anna lächelte unsicher, als die Bedienung den Teller vor ihr abstellte. Weynand schwieg, bis sie wieder allein waren, dann setzte er hinzu: »Meine Frau würde es auch nicht bemerken, bliebe ich mehrere Tage fort. Eines der ersten Dinge, auf denen meine Gemahlin bestand, waren getrennte Schlafzimmer. Sie findet es vornehm. Inzwischen finde ich es praktisch.« Es sollte forsch klingen, aber seine Stimme schwankte. Er wechselte rasch das Thema. »Nun probieren Sie schon die Pastete, ehe sie kalt wird.«

Anna kostete und war begeistert: Der Mantel bestand aus Blätterteig und die Füllung aus fein gewürztem Kalbfleisch mit Pilzen. »Das schmeckt sehr gut.«

»Dann warten Sie einmal auf die Hauptspeise.«

Unterdessen hatte sich auch das Parkett gefüllt, ein Conférencier trat auf die Bühne und sagte den ersten Auftritt an, einen kurzen, launigen Einakter in bayerischem Dialekt; Anna lachte Tränen.

»Bisher scheint es Ihnen zu gefallen«, bemerkte Herr von Weynand. Er machte gar nicht erst den Versuch, seine Freude zu verbergen. »Wir haben Glück; es kommt nicht mehr oft vor, dass Fey außerhalb des Frankfurter Hofs auftritt.« Er deutete zur Bühne. »Ich meine den Hauptdarsteller, den klapperdürren Kerl mit der langen Nase und dem trübseligen Gesicht. Valentin Fey, aber er nennt sich auf der Bühne Karl Valentin. Hat es in den Kabaretts in den letzten Jahren zu ziemlicher Berühmtheit gebracht.«

Auch bei den nächsten Auftritten konnte Weynand ihr zu den Vortragenden kleine Geschichten erzählen. Anna sah so viel Neues, dass Weynand sie mehrmals ermahnte, das Essen nicht zu vergessen. Es wäre wirklich schade darum gewesen, vor allem um die leckere Schokoladencreme zur Nachspeise.

Nicht alle Auftritte gefielen ihr so gut wie der erste. Ein ziemlich derber Vortrag einer stark geschminkten Dame, die Männerhosen trug und auf der Bühne zwischen ihren Liedern Zigarre rauchte, und die zweideutigen Erzählungen und Gesänge eines angeblichen Dienstmädchens ließen Anna erröten, vor allem, weil sie Weynands Blicke auf sich ruhen fühlte. Das überwiegend männliche Publikum im Parterre fand jedoch merklich Gefallen daran und brüllte Dinge Richtung Bühne, bei denen selbst Weynand die Stirn runzelte.

»Wenn es Ihnen zu viel wird, können wir gehen«, bot er irgendwann an. Inzwischen wurde es zwischen den Stücken und sogar während des Vortrags recht laut, die Gäste tranken mehr, als ihnen guttat, und Anna wunderte sich, wie die Sänger auf der Bühne bei dem Qualm im Saal bei Stimme bleiben konnten. Dennoch schüttelte sie den Kopf. Jetzt wollte sie diesen sagenumwobenen Schleiertanz auch wirklich sehen.

Als es endlich so weit war, ging es gegen elf. Das Licht erlosch, der Vorhang öffnete sich auf eine Szene, in der Pappkulissen und eine Palme im Topf das alte Israel darstellen sollten. Das Orchester setzte ein, eine Dame in Pluderhosen, drapiert in durchsichtige Gazeschleier, trat ins Licht des Scheinwerfers.

Sie war nicht einmal halb so gut wie die Röckl damals, da war Weynand sich sicher. Ein blutjunges Ding, ein Ballettmädchen, wahrscheinlich kaum mit der Ausbildung fertig. Was sie vermittelte, war nicht die unterschwellige Sinnlichkeit einer raffinierten Verführerin, sondern simple Nacktheit. Für die Betrunkenen im Parterre genügte es. Weynand fand den Tanz enttäuschend, aber eigentlich war er ja Annas wegen hier.

Er musterte sie verstohlen. Trotz der schwachen Beleuchtung konnte er sehen, wie verlegen sie geworden war. Als Salome breitbeinig auf der Bühne stand und rhythmisch im Takt der Musik mit den Hüften zuckte, wirkte sie regelrecht schockiert. Sie schaute erst wieder zur Bühne, als sie bemerkte, wie Weynand sie musterte.

Allmählich wurde es Zeit, sie hier wegzubringen, dachte er, bevor der Abend, der so nett begonnen hatte, unangenehm wurde. Seinen Zweck, Anna einen Eindruck von Adele Röckls Bühnenzeit zu verschaffen, hatte er erfüllt – und den zweiten, das Mädchen neugierig zu machen, hoffentlich auch.

Er wartete, bis die Tänzerin sich ihres letzten Schleiers entledigt hatte und, nun nur noch angetan mit einem hautfarbenen Trikot und einigen Streifen Stoff um Brust und Hüften, die zur Befestigung von Quasten und Strasssteinen dienten, nach ein paar Pirouetten anmutig im Schneidersitz in sich zusammengesunken war. Unter dem begeisterten Jubel ihrer Zuschauer sprang sie wieder auf, verneigte sich, knickste, ließ sich einen der Schleier wieder bringen, um als Zugabe damit noch einige Tanzschritte zu machen. Ganze Trauben von Männern standen applaudierend vor der Bühne, es regnete Blumensträuße. An der Seite machte ein Betrunkener Anstalten, auf die Bühne zu klettern, von den Musikern winkte jemand hastig den Ordnungsleuten, ihn daran zu hindern.

»Ich glaube, wir sollten jetzt gehen«, sagte Weynand, an Anna gewandt. »Was wir sehen wollten, haben wir gesehen.«

Anna hatte offenbar keine Einwände. Folgsam ließ sie sich von ihm zur Garderobe führen und in ihren alten Wollmantel helfen. Einkaufen gehen sollte er mit ihr wohl auch einmal, dachte Weynand. Wie konnte er sie dazu bringen, sich von ihm beschenken zu lassen?

Auf der Straße warteten sie auf Weynands Zweispänner. Anna atmete merklich auf, als sie ins Freie traten.

»Und?«, fragte Friedrich. »Wie hat es Ihnen gefallen?«

»Das zum Schluss war ein bisschen … grob«, sagte sie ehrlich. Er lachte leise.

»Um ehrlich zu sein, die Tänzerin war nicht sehr gut. Adele Röckl war sehr viel besser. Subtiler, nicht so obszön. Als sie damals nach München kam, hat sie diese Rolle für sich neu erfunden. Natürlich war sie von Männern, die sie anbeteten, belagert. Und hat sich darunter ihre Liebhaber ausgewählt und sie ausgenommen, so gut sie konnte.«

Annas Miene verdüsterte sich. Gut, dass der Wagen kam. Weynand half ihr hinein und kletterte hinterher. Sie zog ihren alten Mantel eng um sich zusammen.

»Warum sind Sie immer so beleidigend gegenüber einer toten Frau, die sich nicht mehr wehren kann?«, fragte sie, als die Kutsche anfuhr.

»Weil es die Wahrheit ist. Für Schauspielerinnen gehört das zum Beruf.«

»Und nur, weil diese Frauen so ein Leben führen, denken Sie, Sie haben das Recht, ihnen die schrecklichsten Dinge zu unterstellen? Das mit dem Sohn des Prinzregenten und dass sie vielleicht ein Kind von ihm hatte, das haben Sie sich aus den Fingern gesaugt!«

»Ich nehme mir ein paar journalistische Freiheiten«, erklärte er. Als Anna die Brauen hochzog, zuckte er die Achseln. »Na gut. Viele. Aber alle enthalten den Keim der Wahrheit. Solche haarsträubenden Geschichten, das ist, was die Leute lesen wollen. Aber was dahintersteht, die allgemeinen Zustände, die sind wahr. Adele Röckl galt als sehr geldgierig. Es sollte mich schwer wundern, wenn es bei diesem Fall nicht mehr zu entdecken gäbe, das zu ermitteln unsere Polizei leider zu behäbig ist. Bei der Obduktion sind Sie selbst auf Elemente aus Adeles Geschichte gestoßen. Die Kaiserschnittnarbe? Die Vergewaltigung? Irgendetwas war da, Anna, und sehr wahrscheinlich werden wir nie herausfinden, was, weil niemand danach sucht.«

»Unsere Polizei ist nicht behäbig.« Anna hatte wohl das Gefühl, ihren Onkel verteidigen zu müssen. »Wenn der Befund sagt, es war Selbstmord, dann war es bestimmt einer.«

Weynand seufzte, aber der Laut endete in einem Glucksen.

»Wir sind gleich bei Ihrer Wohnung. Wollen wir uns wirklich wegen Adele Röckl oder wegen der Königlich Bayerischen Gendarmerie streiten? Sagen Sie mir lieber, ob Ihnen der Abend ein bisschen Spaß gemacht hat.«

Eine leichte Röte stieg ihr in die Wangen. »Doch, ja, sogar sehr. Vielen Dank.«

Na immerhin. »Dann hätten Sie nichts dagegen, ihn zu wiederholen?« Sie setzte zu einem Kopfschütteln an, und er sprach hastig weiter. »Ja, ja, ich weiß. Ich vergeude meine Zeit mit Ihnen. Sie sind ein anständiges Mädchen, und Ihre Schlafzimmertür wird mir auf ewig verschlossen bleiben. Vergessen wir das kurz, ja? Mir hat der Abend ebenfalls Spaß gemacht, auch ganz ohne Schlafzimmertüren. Wenn ich mir Ihre Reaktionen auf die Darbietungen heute richtig ausdeute, haben wir zudem einen ähnlichen Geschmack. Ich gehe gern in Gesellschaft aus, also warum nicht in Ihrer?«

»Warum nicht in der Ihrer Frau?«

Ein Schlag in den Magen hätte Friedrich nicht unvorbereiteter treffen können als diese Gegenfrage. Mit Sibylle in Schwabing – die Vorstellung war geradezu lachhaft.

»Meine Frau Gemahlin«, sagte er, härter, als er vorgehabt hatte, »würde sich nie in solche Niederungen schlechten Geschmacks und derben Klamauks herablassen. Sie ist vollauf damit beschäftigt, eine Freifrau von Weynand zu sein.« Er fuhr sich übers Gesicht. »Waren Sie schon einmal in einem Lichtspielhaus, Anna?«

»Wo man Filme zeigt? Nein, aber ich war einmal in einem Vorführzelt auf dem Volksfest.«

»Am Orleansplatz hat im Sommer ein neues Haus aufgemacht, es soll sehr schön sein. Ich bin selbst noch nicht dort gewesen. Könnte ich Sie damit locken?«

Sie zögerte merklich, dann lächelte sie. »Nun gut. Aber Sie vergeuden wirklich Ihre Zeit, wenn Sie sich etwas erhoffen. Am Sonnabend habe ich wieder ab Mittag frei. Aber es darf nicht zu spät werden, ich möchte am Sonntag in die Frühmesse und danach zu meinem Onkel zum Mittagessen.«

»Ich hole Sie ab«, versprach er. »Und die Freude ist ganz auf meiner Seite.« Er grinste. »Sie tun vielleicht ein gutes Werk, wenn Sie mich beaufsichtigen und von weiteren bösen Streichen abhalten. Womöglich haben Sie sogar einen guten Einfluss auf mich.«

»Das glaube ich kaum«, sagte sie trocken. »Sie sind ein schrecklicher Spötter, Herr von Weynand-Nachtwey. Aber vielleicht nicht ganz so schlimm, wie ich dachte.«

Das war noch nicht viel, dachte Friedrich. Aber immerhin etwas.

21.

Wenn man bedachte, wie nah Aschheim an München lag, sah Anna ihre Familie erstaunlich selten. Sie litt darunter. Die ruhige, bedächtige Art ihres Vaters und das quirlige Durcheinander unter ihren jüngeren Geschwistern waren immer Teil ihres Lebens gewesen, beides hatte sie schon seit der Ausbildung im Rotkreuzklinikum bitter vermisst. Wollte sie die gut zwei Stunden in ihr Heimatdorf nicht zu Fuß zurücklegen, wozu sie jetzt, da der November sich mit nasskaltem Schauerregen ankündigte, keine große Lust verspürte, musste sie eine Mitfahrgelegenheit finden, und das ließen die Fuhrleute sich gut bezahlen. Manchmal leistete Anna sich ein Billett für die Eisenbahn bis Riem, von dort aus war der Weg wenigstens nur halb so weit.

Wenn sich aber einmal eine günstige Gelegenheit ergab, war es für alle ein Fest, so auch heute. Es war Anna fast peinlich, welches Aufheben ihre Familie um sie machte. Selbst Tante Martha ließ es sich nicht nehmen, vorbeizuschauen, offenbar nun doch neugierig, was es mit dem Aufschneiden der Toten für eine Bewandtnis hatte. Die Wände des Hauses schienen noch grauer geworden, die Decken niedriger. Anna half Babette in der Küche, trug Holz herein und deckte den Tisch. Das Ofenrohr war schwarz von Ruß, durch die Fenster pfiff der Wind. Am Abend saß sie in der guten Stube, auf der blanken Holzbank unter dem Herrgottswinkel, rund um sich Vater und Geschwister, verglich in Gedanken die moderne Einrichtung in der Königlichen Anatomie oder ihrer noblen Wohnung in der Landwehrstraße mit ihrem Elternhaus und dachte, dass zwischen hier und München eben doch mehr lag als zwei Wegstunden zu Fuß. Welten.

Darum nahm sie auch sehr entschieden Partei, als es um die Zukunft einer ihrer Schwestern ging.

»Der Herr Pfarrer und der Lehrer haben beide gesagt, die Franzi sollte im nächsten Jahr am besten auf eine höhere Schule gehen.« Annas Vater sah ratlos aus.

»Weil ich so gute Noten hab«, sagte Franziska. Leise, aber hörbar stolz.

»Das stimmt schon«, brummte ihr Vater. »Der Lehrer sagt, jemand mit so einer Begabung hat er noch nie in seiner Klasse gehabt. Eine höhere Schul' … das ist doch nur für die vornehmen Fräulein. Aber unsereins? Für was soll das später einmal gut sein?«

»Können wir uns das leisten?«, fragte Anna erschrocken. Weiterführende Schulen für Mädchen gab es nur wenige, meist private Pensionate, die sehr teuer waren. Viel zu teuer jedenfalls für den Geldbeutel einer Familie Zech, für die es schon eine Belastung bedeutet hatte, die älteste Tochter eine Lehre machen zu lassen.

»Der Herr Pfarrer sagt, bei den Englischen Fräulein in Regensburg gibt es eine ganze Klasse von Mädchen, die alle das

Abitur machen wollen.« Annas Vater zuckte unmerklich die Achseln. »Aber nach Regensburg können wir dich schlecht schicken, Franzi. Und die Anna hat recht, so eine Schule ist nicht billig, sogar wenn der Herr Pfarrer meint, er möchte schauen wegen einem Stipendium. Und die Gemeinde könnte vielleicht auch etwas beitragen.«

Anna musterte die dreizehnjährige Franziska, die stumm, aber merklich aufgeregt zwischen den anderen Kindern saß. Ihre Beine schlenkerten, als könnte sie sie vor Spannung nicht still halten. Franzi war immer ein Wirbelwind gewesen, dachte Anna, viel lebhafter und ehrgeiziger als sie selbst. Sie brauchte nicht zu fragen, wie die Schwester darüber dachte.

»Vielleicht kann ich auch helfen? Die Franzi könnte ja bei mir wohnen.« Falls Anna ihre vornehme Wohnung dann noch hätte. Sie fragte sich schon, wie lange Herr von Weynand sie darin bleiben ließe, ohne Gegenleistung.

Ihr seltsamer vornehmer Bekannter besuchte sie regelmäßig am Montagabend, um im Treppenhaus die drei Mark Wochenmiete zu kassieren und ein paar Spötteleien mit ihr zu wechseln. Außerdem hatte er Anna seit dem Abend im Panoptikum noch zweimal ausgeführt und manchmal neckische Anspielungen gemacht. Er wollte sie auch unbedingt dazu bringen, sich von ihm einen neuen Mantel schenken zu lassen, was Anna stur ablehnte. Darüber stritten sie zurzeit am liebsten. Sonst hatte sie sich mit ihm, trotz seines Nachtwey-Doppellebens, so ziemlich ausgesöhnt. Und die Abende in seiner Gesellschaft waren aufregend und schön gewesen.

Auch Weynand-Nachtwey und die Ausflüge ins Panoptikum oder ins Lichtspielhaus gehörten zu dieser anderen Welt, zu der sich für Anna, seit sie bei der Gerichtsmedizin arbeitete, eine Tür geöffnet hatte. Wenn es nur irgend ging, wollte Anna diese Tür auch für ihre Schwester aufstoßen. Zu lernen, Neues zu erfahren, den eigenen Horizont zu erweitern (wie Herr von Weynand es wahrscheinlich ausgedrückt hätte), sich zu begeistern für eine Sache, die Anna zu ihrer eigenen machte, selbst etwas zu leisten und diese Leistung von anderen gewürdigt zu sehen – warum sollte das für Franzi nicht möglich sein?

Anna fehlten die Worte, um wirklich zu beschreiben, wie wichtig ihr die Anerkennung war, die sie von Doktor Schmidt und Doktor Gernhuber erhielt. Selbst wenn es nur darum ging, die »modernen Höllengeräte« Telefon und Schreibmaschine zu bedienen, mit denen Doktor Gernhuber auf Kriegsfuß stand.

Franziska schaute inzwischen bettelnd ihren Vater an. Der seufzte. »Ganz versteh ich das immer noch nicht. Was willst du denn anfangen mit Latein und mit Algebra?«

»Ich wäre momentan froh, wenn ich Latein gelernt hätte«, widersprach Anna. »Doktor Gernhuber zeigt mir gerade, wie Gewebeproben auf verschiedene chemische Substanzen reagieren, und er hat mir dafür ein Buch aus der Institutsbibliothek besorgt. Aber das ist schon sehr schwer zu lesen. Wenn ich auf eine höhere Schule gegangen wäre, würde es mir leichter fallen.«

»Ich will aber später keine Leichen aufschneiden«, sagte Franzi endlich.

»Nein?« Der Vater schmunzelte. »Sondern?«

Franzi holte tief Luft. »Der Lehrer hat gesagt, mit meinen Noten könnte ich glatt studieren. Ärztin werden, zum Beispiel.«

»Studieren!«

Dieser unerhörte Wunsch musste natürlich ausgiebig besprochen werden. Der Abend endete in langen Diskussionen über das Für und Wider, den Sinn und die Kosten. Doch als Anna am Sonntag nach Messe und Mittagessen zurück nach München fuhr, war sie fest entschlossen, ihrer kleinen Schwester nach Möglichkeit beizuspringen.

Sie war noch kaum richtig zu Hause, müde und durchgefroren von der Fahrt, als es an ihrer Tür läutete. Im Treppenhaus stand eine unbekannte Dame, vielleicht zehn Jahre älter als Anna, in einem wadenlangen Kleid und Schuhen mit hohen Absätzen. Schmale, schwarz umrandete Augen unter markanten Brauen musterten Anna ungnädig.

»Christiane von Arnsberg«, stellte sie sich knapp vor. »Ich gehe davon aus, der Name sagt Ihnen etwas, immerhin scheint meinem Ehemann die Wohnung zu gehören, in der Sie leben. Machen wir es kurz. Sind Sie die Geliebte meines Mannes?«

Anna verschlug es die Sprache, dann explodierte ihr Zorn. »Was sind Sie eigentlich alles für schreckliche Leute?«, rief sie. »Sie und Ihr Mann und Herr von Weynand, der so tut, als würde er Nachtwey heißen, und wahrscheinlich all die anderen Menschen aus Ihren Kreisen, die nichts als Gerüchte verbreiten und Lügen in der Zeitung schreiben und überhaupt an nichts anderes denken als an Unanständigkeiten und gemeine Sachen! Wenn ich das gewusst hätte, dann wäre ich gewiss niemals hier eingezogen!«

Der Gesichtsausdruck der Dame wandelte sich während Annas Ausbruch von entrüstet zu verdutzt zu erheitert. »Moment, Moment!«, unterbrach sie Anna. »Sie kennen Fritz? Ich meine Herrn von Weynand? Und Sie wissen von seinem Spleen mit dieser seltsamen Zeitung?«

»Damit hat doch alles angefangen!« Anna war kurz davor, mit dem Fuß aufzustampfen, so wütend machten sie all diese Machenschaften und Verdächtigungen. Die Frau schaute sie noch einmal an, dann bat sie, jetzt in höflichem Ton:

»Würde es Ihnen etwas ausmachen, mich hereinzulassen? Mir scheint, unser Gespräch ist nicht wirklich geeignet fürs Treppenhaus.« Und weil Anna sie noch immer entrüstet anstarrte, setzte sie hinzu: »Außerdem muss ich mich entschuldigen. Möglicherweise habe ich Sie zu Unrecht verdächtigt. Sie scheinen mir nicht die Art leichtes Mädchen zu sein, in deren Fänge mein Heinrich üblicherweise gerät.«

Vielleicht lag es an dem plötzlich versöhnlichen Ton, dass Anna die fremde Frau tatsächlich einließ. Vielleicht war Anna auch selbst darüber erschrocken, eine so vornehme Dame derart angeschrien zu haben.

Frau von Arnsberg stöckelte durch den Flur voraus ins Wohnzimmer und sah sich so ungeniert um, als gehöre die Wohnung ihr. Da die Tür zum Schlafzimmer halb offen stand, konnte sie auch dort einen Blick hineinwerfen. Anna hatte noch nicht viel Gelegenheit gehabt, an der Möblierung großartig etwas zu ändern. Frau von Arnsberg nickte und warf Anna einen so spöttischen Blick zu, dass diese spürte, wie sie rot wurde.

»Und dafür zahlen Sie drei Mark die Woche?« Frau von Arnsberg lachte leise. »Ihnen muss doch klar gewesen sein, auf welche Art Arrangement das hinauslaufen sollte, Kindchen.«

»Ich habe Herrn Nachtwey eben geglaubt. Und woher wissen Sie, wie viel Miete ich bezahle?«

»Aus den Papieren meines Mannes«, sagte sie nachlässig. »Ich habe mir Nachschlüssel für seinen Schreibtisch machen lassen. Zwar ist er selbst schrecklich unordentlich, aber um die geschäftlichen Dinge kümmert sich unser Notar, und der ist umso pedantischer. – Nun sehen Sie mich nicht so schockiert an. Wie notwendig es ist, meinem Mann auf die Finger zu sehen, dafür sind Sie doch der lebende Beweis.«

»Ich kenne Ihren Mann kaum«, beteuerte Anna. »Ich habe ihn genau zweimal gesprochen, und beide Male auf offener Straße.«

»Das glaube ich Ihnen«, sagte die Frau. Sie ließ den Blick ein weiteres Mal durchs Zimmer schweifen. »Dann geht das alles hier wohl auf Fritz von Weynand zurück? Beziehungsweise Herrn Nachtwey.«

»Er hat mir die Wohnung angeboten«, gab Anna zu. »Und ja, für drei Mark. Aber Gegenleistung bekommt er trotzdem keine.«

»Aber erwartet hätte er sich sicher eine? Ach, Fritz!« Frau von Arnsberg lachte leise. »Bitte, fahren Sie fort. Ich freue mich ja, wenn Sie meinen Gemahl wenigstens in diesem Fall entlasten. Darf ich mich setzen?« Sie hatte sich bereits niedergelassen, bevor Anna nicken konnte. »Nun erzählen Sie, wie haben Sie Fritz kennengelernt, und wie kam es dazu, dass Sie hier einzogen?«

Wirklich heraus wollte Anna mit der Sprache nicht, zumal die Art, wie sie sich von Herrn Nachtwey-Weynand hatte aushorchen lassen, ihr noch immer peinlich war. Frau von Arnsberg schien sich aber schon eine Menge zusammengereimt zu haben und fragte so zielsicher nach, dass sie am Ende doch alles erfuhr, von Annas Stelle bei der Gerichtsmedizin bis hin zu der Autopsie von Adele Röckl und den anschließenden Streitereien mit Herrn Nachtwey.

»Da haben Sie sich von Fritz ordentlich einseifen lassen«, urteilte die Dame. »Wenigstens haben Sie ihm anschließend eine Abfuhr verpasst. Die hat er sich verdient. Und mir haben Sie das Herz ein wenig leichter gemacht. Offenbar ist alles, was ich meinem Ehegatten diesmal vorwerfen kann, seine Freundschaft mit Fritz von Weynand.« Frau von Arnsberg zog ein Zigarettenetui aus der Tasche. »Rauchen Sie?« Als Anna verneinte, steckte sie sich, ohne um Erlaubnis zu fragen, eine Zigarette an und trat ans offene Fenster, um die Asche hinunter in den Hof fallen zu lassen. Der Duft teuren Tabaks zog zu Anna herüber.

»Wenn Sie meinen Rat hören wollen, Kindchen – holen Sie für sich heraus, was geht. Aus Weynand, meine ich.«

»Ganz bestimmt nicht! Ich weiß genau, was er von mir will; ich bin nicht völlig naiv. Aber ich will ihn auch nicht ausnutzen.«

Christiane von Arnsberg zuckte die Achseln. »Wie weit Sie Fritz nachgeben wollen, liegt ganz bei Ihnen. Das meinte ich nicht. Lassen Sie ihn ruhig auf Granit beißen. Der kommt ohnehin mit zu viel durch. Aber bleiben Sie hier, betrachten Sie die Wohnung als die Ihre, bis Herr von Weynand Ihnen nahelegt, sich eine andere zu suchen. So hübsche Zimmer fast geschenkt – im Großen und Ganzen ist Weynand ein anständiger Kerl.«

»Er versucht seine Ehefrau zu betrügen!« Anna wurde rot. »Während Ihr Gemahl sich völlig ehrenhaft benommen hat.«

»Der betrügt seine Ehefrau auch«, lachte Frau von Arnsberg bitter. »Und wenn er es eine Weile nicht tut, dann nur deshalb, weil er Angst hat, dass ich ihm auf die Schliche komme. Weynand sucht ... ah, weiß der Himmel. Vielleicht finden Sie es ja heraus. Mein Mann sucht gar nichts. Er treibt durchs Leben, und wo das Wasser seicht genug ist, spült es ihn an. Was er hat, sind *Passionen,* er sieht ein hübsches Gesicht oder ein paar Kurven oder verfällt ein paar sinnlichen Lippen und verliert sich hoffnungslos darin. Zu allem Überfluss ist er dumm; es ist leicht, ihn auszunutzen, und er hat einen unheilvollen Hang, sich Frauen zu suchen, die ihn ausnehmen wie eine Weihnachtsgans. Meine größte Angst ist, dass er es schafft, einer dieser Damen ein Kind zu machen, dann würde es richtig teuer für ihn. Das heißt für mich, denn das Geld in unserer Familie gehört mir.« Sie schnippte den Zigarettenstummel aus dem Fenster, ehe sie sich wieder zu Anna umdrehte. »Ich mag keine ähnlich vornehme Herkunft aufzuweisen haben wie mein Ehemann, aber ich habe meinen Stolz. Die Rolle der betrogenen Ehefrau liegt mir eigentlich nicht.«

»Dann verstehe ich nicht, weshalb Ihnen das gleiche Verhalten bei Herrn von Weynand nichts ausmacht.«

»Weynand geht mich nichts an«, sagte sie achselzuckend. »Sein Problem ist ein anderes. Was mein Heinrich zu wenig im Kopf hat, hat Fritz zu viel. Er will etwas tun, will sich rühren und etwas bewegen. Man hat ihn nie gelassen, nicht im Beruf, nicht in der Familie. Er ist ein Mann mit Geist und zu viel Zeit. Also hat er sich dieses kindische Spielzeug gesucht, diese Zeitung …«

»Ein Spielzeug! Es ist eine ausgemachte Abscheulichkeit! Er verbreitet absichtlich Lügen und bösartigen Klatsch in diesem Blatt!«

»Mag sein. Wobei vieles davon kaum sehr übertrieben sein dürfte. Von den Lastern, die in den Hinterzimmern mancher Gaststätten und den Separees der Theater bedient werden, dürfte München kaum frei sein, auch wenn es sich noch so sauber und bieder gibt.« Sie musterte Anna noch einmal, ihr Blick wurde weicher. »Lassen Sie sich davon nicht anfechten. Ich bleibe dabei, Weynand wird Ihnen keinen Schritt näher kommen, als Sie es gestatten. Und sollte er Sie doch zu sehr bedrängen, geben Sie mir Bescheid. Ich rücke ihm den Kopf zurecht.«

Es schien alles zu sein, was Christiane von Arnsberg noch zu sagen hatte, denn sie erhob sich mit derselben Selbstverständlichkeit, mit der sie sich vorher niedergelassen hatte, und schritt zur Tür.

»Weißt du, Tante Leni«, sagte Anna, als sie sie das nächste Mal besuchte, »manchmal denke ich, wir können von Glück sagen, wenn wir mit den vornehmen Herrschaften nicht viel Umgang haben. Das sind schon alles ganz komische Leut'.«

22.

Was bei Vollversammlungen des *Münchner Generalanzeigers* geschah, hätte ein großzügigerer Mensch vermutlich eine Redaktionssitzung genannt. Weynand war so ehrlich, es als verlängertes zweites Frühstück einzustufen, bei dem seine Angestellten Gelegenheit hatten, ihm ihre Wünsche und Klagen vorzutragen. Hin und wieder hatten die sogar etwas mit der Zeitung zu tun.

Redaktionssitzungen durften vor allem nie freitags stattfinden, denn nicht einmal die Sozialisten Wirsch und Höhenberger hätten an diesem Tag Fleisch angerührt, und auf Weißwürste und Leberkäs wollte niemand verzichten. Friedrichs Aufgabe bestand darin, diese Verpflegung sicherzustellen, sich anschließend mit seinem Teller auf einen Stuhl zwischen Höhenbergers Schreibtisch und die Linotype zu setzen und zuzuhören, was seine Untergebenen zwischen den einzelnen Bissen zu sagen hatten.

Hintze und Höhenberger diskutierten heute erst einmal über Fußball, eine Sache, der Weynand beim besten Willen nichts abgewinnen konnte. Hintze rühmte Viktoria Berlin, während Höhenberger zunehmend erregt die Vorzüge der diversen Münchner Vereine hervorhob, von denen Friedrich den Eindruck hatte, sie seien im Wesentlichen damit beschäftigt, sich aufzulösen und neu zu gründen und dazwischen nach den Kassierern zu fahnden, die ihnen mit den Vereinsgeldern durchgegangen waren. Als er das Ganze jedoch unvorsichtigerweise als kindisch bezeichnete, traf er sofort auf wütenden Protest von beiden Kontrahenten.

»Mit Verlaub, Chef, das verstehen Sie nicht«, sagte sogar Karl Wirsch aus dem Hintergrund. »Das müssen S' aber auch ned. Die Herrschaften, die halten sich Rösser und spielen Tennis und gehen zum Skifahren. Aber unsereins, der hat halt bloß den Fußball.«

Allmählich glitt das Tischgespräch dann doch zu den Angelegenheiten der Zeitung hinüber. Chefredakteur Hintze war im vorigen Jahr auf die Idee verfallen, den Zeitungsnamen *Münchner Generalanzeiger* mit dem Untertitel *Ihr städtischer Bote für Gesellschaft und Sitte* aufzupolieren. Was inzwischen offenbar dazu führte, dass die Leute am Zeitungskiosk einfach *Die Sitte* verlangten. Höhenberger und Weynand fanden das lustig, Meindl und Wirsch peinlich, und Hintze war entrüstet. Er versuchte schon länger, seinen Chef dazu zu überreden, dem Blatt eine andere, ernsthaftere Ausrichtung zu geben, biss dabei aber stets auf Granit.

»Ich möchte möglichst wenig Politik bringen, das wissen Sie«, sagte Friedrich auch heute. »Für uns bleibt es die sicherste Methode, unbehelligt durchzukommen. Wegen Artikeln über sittliche Verfehlungen schließt heutzutage die Zensur keine Redaktion mehr; wir leben in modernen Zeiten. Aber Politik in die falsche Richtung«, er beäugte demonstrativ

Höhenberger und Karl Wirsch, »und wir handeln uns richtig großen Ärger ein.«

»Und dennoch finde ich, dass wir im vergangenen September die Kutschenparade dieser Mannweiber rund um Anita Augspurg viel heftiger hätten besprechen müssen!«

»Politische Abhandlungen über das Für und Wider, ob man Frauen wählen lassen soll, sind bestimmt nicht der Grund, warum unsere Leser eine Zeitung kaufen.« Weynand verkniff sich den Zusatz, dass manche dieser »Mannweiber« zu seinen Freundinnen zählten. Christiane jedenfalls hielt große Stücke auf Anita Augspurg. »Wenn eine Horde vornehmer Damen in geschmückten Landauern eine Kaffeefahrt nach Schwabing hinaus macht, um für das Frauenwahlrecht zu werben, interessiert das unsere Klientel wenig. Unterhaltung, Nervenkitzel, etwas für die Fantasie und wenn möglich noch etwas fürs Auge, das brauchen wir. – Meindl«, scherzte er, »besorgen Sie uns ein Bild von Frau Dr. Augspurg in Unterwäsche, und ich schwöre, wir machen die Dame zum Aufhänger für unsere nächste Ausgabe.« Damit hatte er die Lacher auf seiner Seite, die Angelegenheit war vorerst vom Tisch.

Als nach dem Essen alles sich wieder an die Arbeit trollte, winkte Weynand dem Drucker Wirsch, ihm kurz vor die Tür ins Treppenhaus zu folgen. Was sie zu besprechen hatten, ging die anderen nichts an. Karl Wirsch erhob sich sichtbar missmutig. Er konnte sich denken, worum es ging.

Weynand bedauerte, dass es ihm nie gelungen war, Karl dazu zu bringen, sich ihm gegenüber mehr zu öffnen. Er mochte ihn, kannte ihn von allen Angestellten am längsten.

Ohne Karl Wirsch hätte es den *Generalanzeiger* vielleicht gar nicht gegeben, und er war auch der Einzige, der in vollem Umfang um Weynands wahre Identität wusste, während die anderen sich in Vermutungen ergingen. Aber mit seinem seltsamen verstockten Arbeiterstolz hielt Wirsch seinen Chef nachdrücklich auf Abstand.

»Wann hast du morgen deine Verhandlung, Karl?«, fragte er geradeheraus.

Karl blickte auf das schmutzige Linoleum des Fußbodens. »Halb zehn Uhr.« Sein blaues Auge hatte sich gebessert und war kaum noch zu sehen.

»Brauchst du noch irgendetwas?«

»Sie haben mir doch eh den Advokaten g'sucht, Herr Nachtwey.« Karl starrte beschämt vor sich hin. »Der wird schon tun, für was er bezahlt wird.«

»Wie ist das denn überhaupt zugegangen dieses Mal?« Er lehnte sich gegen die Wand, um anzudeuten, dass er Zeit hatte und keine Ausflüchte tolerieren würde. Karl verschränkte die Arme vor der Brust.

»Wie's halt so geht.« Als Weynand nichts darauf sagte, seufzte er. »Es war ned amal eine politische Versammlung. Bloß der Höhenberger und ich und noch ein paar beim Wirt. Die meisten sind irgendwann heim. Dann war da noch der andere, der Depp, der damische. Der hat die ganze Zeit dumme Witze gerissen über Sozis und rote Socken, und mir hab'n ihn zuerst behandelt wie Luft. Bis er angefangen hat von wegen, wir müssten auf das Wohl vom deutschen Vaterland trinken und auf das vom Kaiser, dem g'scherten preußischen Rammel. Da haben wir g'sagt, z'erscht trinken wir auf das

Wohl vom König Otto und von der freien Münchener Arbeiterschaft und von der sozialistischen Partei.«

»Auf König, Stadt und Partei, in dieser Reihenfolge?«, spottete Weynand. »Du bist mir ja ein feiner Revolutionär, Karl. Ich nehme an, daraufhin gab dann ein Wort das andere?« Karl nickte stumm. »Und am Ende hattest du ein blaues Auge. Und der andere einen Zahn weniger?«

»Drei Zähne!«, triumphierte Karl. »Und wenn's mich nicht in Eisen gelegt hätten, hätt' er gar keine mehr g'habt.« Er fiel wieder in sich zusammen. »Ich weiß schon, dass ich ganz tief im Dreck stecke gerade. Müssen S' mir ned erst sagen, Chef.«

»Weil es leider schon deine zweite Verhaftung ist, ja. Die letzte habe ich noch ohne Richter geradebiegen können. Aber da musst du jetzt durch.« Er klopfte Karl auf die Schulter. »Ich komme morgen Abend zu dir nach Hause und frage, wie's gelaufen ist.«

Karl runzelte die Stirn. »Zu mir? Das ist mir gar ned recht, Herr Nachtwey!«

»Mir wurscht, was dir recht ist, Karl. Ich zahl den Anwalt, du erstattest mir Bericht über seine Verwendung. Die anderen müssen nicht alles davon hören.«

Weynand hatte Karl Wirsch zuvor nur ein einziges Mal zu Hause besucht und ganz vergessen, in was für einer traurigen Mietwohnung Karl mit seiner Familie hauste. Seine Frau – hieß sie nicht Katharina? – hatte er vor fünf Jahren das letzte Mal gesehen. Ja, Kati, erinnerte er sich. Eine auffallend hübsche junge Mutter. Was ihm besonders im Gedächtnis geblieben war, war die liebevolle Atmosphäre zwischen ihr,

Karl und den zwei Kindern, dieses wortlose, selbstverständliche Miteinander, das er sich für seine eigene Ehe so sehr gewünscht hatte.

Als er Kati Wirsch heute wiedersah, schien sie ihm gealtert, eingefallen und ungeheuer erschöpft. Ein Kind hielt sie auf dem Arm, eins hielt sie an der Hand, eins trug sie unterm Herzen und zwei weitere spielten in der Küche auf dem Fußboden mit leeren Blechdosen. Ihre Mutter herrschte sie an, sie sollten nicht im Weg herumsitzen; aber wohin hätten die beiden denn gehen sollen? Jeder Fleck in dieser kleinen Wohnküche war belegt entweder mit Mobiliar oder mit Menschen, und wie der Blick durch die offen stehende Tür ins zweite Zimmer zeigte, sah es in der Schlafkammer nicht anders aus. Karls alte Mutter saß dort in einem Lehnstuhl, ein wollenes Tuch um die Schultern, im Bett schlief jemand und warf sich unruhig von einer Seite auf die andere.

Karl hatte am Küchentisch gesessen und zog Weynand im Aufstehen mit zurück Richtung Tür. »Hier drin ist es zu eng. – Kati, ich geh schon. Bis morgen früh.«

Ein undeutlicher Gruß antwortete ihm. Katis Stimme klang dumpf.

Was war das einmal für ein hübsches Mädchen gewesen, dachte Weynand unwillkürlich. Jetzt sah sie aus, als sei sie fünfzig.

Karl zog sich seine Jacke erst im Flur an, so eilig hatte er es gehabt, der engen Wohnung zu entfliehen. »Sagen kann ich Ihnen noch nix«, erklärte er dabei. »Urteilsverkündung ist erst morgen. Aber der Advokat sagt, er hat mit'm Richter g'redt. Es wird a Geldbuß'.«

»Gott sei Dank«, sagte Weynand. Ihm fiel tatsächlich ein Stein vom Herzen. Sogar Karl lächelte schief, ehe er die Treppe hinunterstieg. Weynand folgte ihm. »Wo willst du jetzt hin?«

Karl machte eine unbestimmte Bewegung zur Straße. »In den Hirschen, vorn am Eck. Da lasst mich der Wirt bei einem Bier sitzen bis zur Sperrstund'. Danach tu ich, als ob ich eing'schlafen bin, dann lässt er mich liegen auf der Bank.«

Weynand fiel der Unbekannte in der Bettstatt im Schlafzimmer ein. »Du hast einen Schlafgänger aufnehmen müssen?«

Karl zuckte die Achseln. »Wär nimmer anders gegangen. Die sind mit'm Mietpreis noch einmal nauf.«

»Und wann geht der, damit ihr, du und deine Frau, in euer Bett könnt?«

»Normalerweise wär er scho' lang weg«, sagte Karl bitter. »Der arbeitet Nachtschicht. Schleifer bei den Maffei-Werken. Aber seit vierzehn Tag' ist er immer wieder krank. Der hat so hohes Fieber, der kommt ned auf die Füß'. Wir können doch einen Kranken ned auf die Straß' setzen. Also schlaft die Kati auf dem Boden vorm Bett und die Kinder in der Küch'. Und ich in der Wirtschaft.«

»Wie lange geht das schon so?«

Wieder das Achselzucken. »Seit ein paar Woch'. Wenn ich an dem Abend ned so müd' und so gereizt gewesen wär, wie der Depp zu mir g'sagt hat, ich soll auf den Preußen-Kaiser trinken, dann wär's doch nie so weit gekommen.«

»Und warum sagst du mir das nicht?« Weynand wurde wütend, er packte Wirsch an der Schulter, um ihn zu sich herumzudrehen. »Karl, ich kann doch dafür sorgen, dass du in eine bessere Wohnung …«

»Wir brauchen keine Almosen«, unterbrach der Drucker hart. »Sie zahlen mir einen anständigen Lohn, dafür dank ich Ihnen, Chef. Betteln geh ich ned. Alles, was ich will, ist, dass ich mit meinem Lohn auch meine Familie ordentlich erhalten kann.«

»Du mit deinem verdammten …«

»Das bin ned bloß ich allein. Gibt genug solche wie mich. Das, was wir wollen, kann uns keiner schenken, dafür werden wir uns schon selber auf die Hinterfüß' stellen müssen. An uns hier unten denkt doch nie einer.«

»Ach, komm schon, Karl, tu dir nicht selbst leid. Halb München denkt doch heutzutage sozialistisch.«

»Weil der Herr Baron davon auch was versteht«, höhnte Karl. Sein Tonfall ätzte wie Säure. »Bei allem Respekt, Chef, aber was da in den Schwabinger Kneipen herumläuft und große Reden hält von einer gerechten Welt und vom eigentumslosen Miteinander und vom Weltfrieden und fleischlosen Essen und von der Freikörperkultur, das sind doch alles Spinner. Die wissen von unsereins genauso wenig wie Sie.« Er schüttelte den Kopf. »Jetzt gehen S' heim, Chef, in Ihre Villa, und ich geh zu meinem Wirt.«

»Na schön, du Sturschädel. Aber wenn dich dein Wirt einmal nicht mehr jede Nacht auf der Bank schlafen lässt, dann bist du so gescheit und verbringst die Nacht in der Redaktion statt unter einer Brücke. Ja?«

Karl raunzte etwas, das verärgert sein konnte oder auch amüsiert. »Schon recht, Chef. Gut Nacht.«

Gegen seinen Willen grübelte Weynand auf dem Nachhauseweg. Dass ein Mann wie Karl Wirsch es bei allem Einsatz nicht schaffen konnte, sich aus seiner winzigen und völlig überteuerten Wohnung emporzuarbeiten – war es nicht ein Skandal? Ihm fiel ein, worüber Anna sich immer wieder empörte: Für manche ihrer Toten sei der Gerichtsarzt bei der Autopsie wohl der Erste, der sie je gründlich untersuchte.

Und gleichzeitig fanden in der Villa Senftl regelmäßig Diners und Feierlichkeiten statt, mit deren Aufwand Karl seine ganze Familie monatelang hätte versorgen konnte.

Vielleicht hatte Hintze recht. Dies war eine politische Zeit. Man hätte mehr über die wichtigen Dinge schreiben und lesen sollen.

Aber wer wollte davon schon wissen?

Zumindest bestätigte sich die Ankündigung des Anwalts: Es blieb bei einer Geldbuße. Karl Wirsch bat deshalb einige Tage später um einen Vorschuss, den Hintze ihm auszahlte und den der Drucker, stur, wie er war, in kleinen Raten zurückerstatten würde, obwohl Weynand darauf verzichtet hatte.

23.

»Jetzt muss ich doch einmal ein ernstes Wort mit dir reden, Anna.«

Tante Leni sah sie resolut an. Anna hatte sich bereits gewundert. Ein Spaziergang an der Isar Anfang Dezember? Zugegeben, die Sonne schien, und der Raureif an den Bäumen glitzerte wunderschön. Aber es war schon sehr kalt, um spazieren zu gehen. Insofern hatte Anna bereits damit gerechnet, dass es etwas Wichtiges gab. Auf die Frage ihrer Tante war sie allerdings nicht gefasst.

»Wie lange soll das denn noch so gehen mit dir und diesem Herrn, der sich als Drucker ausgibt und eigentlich ein Baron ist?«

Anna war so verblüfft, dass sie stehen blieb. »Mit dem Herrn von Weynand? Tante Leni, da *geht* gar nichts. Er führt mich nur aus.«

»Zum Essen in teure Restaurants. Und ins Lichtspielhaus und ins Varieté. Was alles einen Haufen Geld kostet. Außerdem gibt er dir eine luxuriöse Wohnung. Fast geschenkt. Anna!«

Der Vorwurf in Tante Lenis Stimme traf Anna tief. Hatte

Tante Leni ihr nicht vor ein paar Wochen selbst dazu geraten, die Wohnung zu behalten und das Beste aus der Situation zu machen?

»Der Herr Nachtwey kommt jeden Montagnachmittag und holt die Miete ab«, verteidigte sie sich. »Du kannst beim nächsten Mal gern dabei sein, wenn du Zeugin sein willst. Er kommt nicht weiter als bis ins Treppenhaus.«

»Und die Wochenenden?«

»Da holt er mich im Treppenhaus ab und setzt mich am Abend vor der Haustür wieder ab. Bevor du fragst: ohne einen Gutenachtkuss.« Sie verschwieg, dass Herr von Weynand immer wieder einmal eine scherzhafte Anspielung darauf machte. Oder auch auf mehr. Er schien gar nicht ernsthaft zu erwarten, dass Anna darauf einging, und nahm jeden neuen Korb gelassen hin. Wenn er wirklich darauf aus war, Anna zu erobern, hatte er es damit zumindest nicht eilig.

Tante Leni schüttelte den Kopf. Ein paar Krähen staksten durchs alte Gras auf der Uferböschung und beschwerten sich mit heiserem Krächzen über die zwei Spaziergängerinnen. »Vielleicht verstehe ich die modernen Verhältnisse schon nicht mehr, aber wenn zu meiner Zeit ein vornehmer Herr einem jungen feschen Mädel die Wohnung bezahlt und es in die noblen Lokale ausgeführt hat, dann war klar, was er dafür als Gegenleistung wollte.«

»Vielleicht will er das ja sogar«, gestand Anna zu. »Aber wenn ich ›Nein‹ sag – und das sag ich, Tante! –, dann akzeptiert er das.«

»Auf jeden Fall muss das ein seltsamer Mensch sein. Mir ist das alles gar nicht recht. Und du weißt selber, wie das ausschaut, sonst würdest du bei deinem Onkel nicht immer so um den heißen Brei herumreden, wenn er dich nach deinen Bekanntschaften fragt.«

»Aber du hast doch selbst gesagt …«

»Weil ich gedacht habe, das erledigt sich«, unterbrach Tante Leni. Sie seufzte, ihr Atem stand als weiße Wolke in der Luft. Auf der Kohleninsel konnte man die Gerüste und Kräne der großen Baustelle erkennen, die einmal ein Museum werden sollte. Das *Deutsche Museum*, so stand es in der Zeitung. »Ich hatte angenommen, dein Herr Nachtwey verliert das Interesse, wenn er nicht bald zum Zug kommt. Aber wenn du sagst, dass du ihn wirklich nicht …«

»Was glaubst du denn von mir, Tante?«

Tante Leni musterte sie misstrauisch, dann wurde ihre Miene plötzlich weich. »Entschuldige, Anna. Das war bös von mir. Natürlich glaub ich dir, du bist ein braves Mädchen. Aber heutzutage, wo alles so modern und leichtfertig ist, wird man ganz wirr im Kopf. Ich kann's mir halt so schwer vorstellen, dass ein vornehmer Herr mit Geld in der Tasche, der wahrscheinlich an jedem Finger zehn Gspusi haben könnt', wirklich nichts anderes will, als mit dir ins Theater gehen. Wenn das nur nicht so ein nervenkranker Kerl ist, der irgendwann durchdreht und furchtbare Sachen anstellt!«

Nun musste Anna wirklich lachen. »Das glaube ich nicht, Tante. Gefährlich ist der Herr von Weynand bestimmt nicht. Eher traurig, vielleicht einsam und deshalb bitter. Mit seiner Frau ist er sehr unglücklich …« Offenbar hatte sie damit etwas Falsches gesagt, denn Tante Lenis Misstrauen war sofort zurück.

»Aha. Also doch. So fängt diese Sorte es immer an. Erst wollen sie dein Mitleid, und dann wollen sie unter deine Bettdecke.« Sie winkte ab, als Anna zu widersprechen ansetzte. »Nein, du kannst es drehen und wenden, wie du willst, es bleibt suspekt und gehört sich nicht. Weißt du, Anna, als alleinstehendes Mädel mit einer eigenen Wohnung, weg von den Eltern, da musst du aufpassen. Da gibt es schnell Gerede, wenn man zu oft mit den falschen Leuten gesehen wird. Und nun gar, wo dein Vater überlegt, ob er die Franziska bei dir wohnen lässt, damit sie auf die höhere Schule gehen kann. Wie soll das angehen, wenn bei dir ein verheirateter Mann ein und aus geht?« Wieder schnitt sie mit einer knappen Handbewegung jeden Einspruch ab. »Was du bräuchtest, wäre ein anständiger junger Mann, der dich regelmäßig ausführt und der ernste Absichten hat. Dann halten die Nachbarn den Schnabel. Na, und heiraten wollen wirst du doch ohnehin irgendwann? Da scheidet dein Herr Nachtwey oder Weynand sowieso aus.«

Anna grübelte noch über das Gespräch nach, als sie eine halbe Stunde später auf die Trambahn wartete und nach Hause fuhr. Aus der Sicht von Tante Leni war es verständlich, wenn sie verhindern wollte, dass Anna sich weiter von einem verheirateten Freiherrn ausführen ließ. Gerade jetzt, da Anna wusste, was für ein seltsamer Mensch das war, was für unanständige Gewohnheiten und Ansichten er hatte und dass er mit voller Absicht die bösartigsten Gemeinheiten in seiner Zeitung schrieb, konnte sie die Bedenken ihrer Tante vollauf begreifen.

Aber auf der anderen Seite trat Herr von Weynand ihr nie zu nahe, und er schien ganz zufrieden, einfach nur ein paar

Stunden in ihrer Gesellschaft zu verbringen. Und hatte Anna die Besuche im Panoptikum und im Filmtheater nicht genossen? Freute sie sich nicht ehrlich jetzt schon auf den nächsten gemeinsamen Abend?

Als Anna noch sehr klein gewesen war, hatte der Pfarrer die Kinder seiner Schulklasse einmal mitgenommen nach München ins Marionettentheater. Es war wie eine Fahrt in eine andere Welt gewesen, voller Aufregungen und Wunder. Genauso fühlte Anna sich, wann immer Herr von Weynand sie ausführte.

Eine andere Welt, wiederholte sie in Gedanken. Eine neue, moderne, in der Frauen Hosenanzüge trugen und Zigaretten rauchten und auf der Bühne umjubelt wurden, statt unweigerlich einer Zukunft als Ehefrau und Mutter entgegenzugehen. Ebenso wie Annas Arbeit in der Gerichtsmedizin eröffneten die Abende in Gesellschaft Herrn von Weynands Anna Ausblicke in diese neue Welt. Und vielleicht funktionierte diese Welt wirklich nach anderen Regeln als die, die Tante Leni anerkannte.

Jedenfalls hatte Anna vorerst weder Lust, nach einem Ehemann zu suchen, noch, wegen einer Heirat ihre Arbeitsstelle an der Gerichtsmedizin aufzugeben. Jetzt, nachdem sie sich gerade halbwegs eingearbeitet hatte, nachdem Doktor Schmidt bei Professor Richter wegen des Schreibmaschinenkurses vorstellig geworden war und Doktor Gernhuber ihr fast täglich versicherte, er sei »kreuzdankbar« für Annas Anwesenheit und wisse gar nicht mehr, wie sie früher ohne sie zurechtgekommen seien.

Wieso hätte sie das aufgeben sollen?

Aber Tante Leni war hartnäckig. Weswegen Anna sich nicht einmal besonders wunderte, als beim nächsten Besuch bei Tante und Onkel sie nicht der einzige Gast an der sonntäglichen Kaffeetafel war. Der junge Mann erhob sich bei Annas Eintritt höflich von seinem Stuhl. Er war groß, hatte ein rundes, stupsnasiges Gesicht und schielte kaum merklich auf einem Auge.

»Ich hoffe, es ist dir recht, Anna«, sagte Onkel Ludwig, wenn ich den Stöttner Martin heute mitgebracht hab. Der hat keine Familie in München, und das tut nicht lang gut, wenn so ein junger Kerl immer allein haust, da landet er nur in der Wirtschaft beim Bier und in schlechter Gesellschaft.« Er sagte es lächelnd. Sonderliche Befürchtungen schien er in Wahrheit bei diesem jungen Kollegen nicht zu haben. Martin sah auch nicht so aus.

»Außerdem hat dein Onkel dem Martin erzählt, dass du bei der Gerichtsmedizin arbeitest«, ergänzte Tante Leni. »Und das interessiert ihn natürlich.«

»Ich hab gar nicht gewusst, dass sie da jetzt auch Frauen einstellen«, sagte Martin. Er hatte eine überraschend hohe und sanfte Stimme. »Da gehört schon was dazu, für eine Frau, jeden Tag mit den Toten umzugehen. Mir hängt mein erster Toter immer noch nach.«

»Mir meine erste Obduktion auch«, gab Anna zu.

Damit hatten beide sofort ein Thema gefunden, über das sie sich unterhalten konnten. Anna musste zugeben, dass Tante Leni, auf die diese Einladung zweifellos zurückging, einen netten jungen Herrn für ihre Nichte ausgesucht hatte. Martin Stöttner war ein freundlicher und anständiger Kerl, der es bestimmt wert gewesen wäre, sich in ihn zu verlieben. Er war nur ein Jahr älter als Anna, und sein Schnurrbart, den er sich wie alle Gendarmen unbedingt stehen lassen wollte, schien noch nicht gewillt, so dicht und buschig zu werden, wie sich das gehörte. Desto üppiger war das struppige braune Haar, das sich dem Diktat eines ordentlichen, polizeitauglichen Scheitels offenbar um keinen Preis unterwerfen wollte. Martin wirkte ein wenig schüchtern, sehr freundlich und liebenswürdig und schien gern zu lachen, sobald er seine Zurückhaltung überwunden hatte.

»Und, wie gefällt dir der Martin?«, fragte Tante Leni prompt, kaum hatte der junge Mann sich verabschiedet. »Das ist so ein guter Kerl. Dein Onkel hält große Stücke auf ihn.«

»Der Martin hat's nicht leicht gehabt«, bestätigte Onkel Ludwig. »Die Eltern sind nur kleine Häusler, als Bub hat er mehr auf dem Feld gearbeitet als die Schulbank gedrückt, aber er hat's durch die Ausbildung geschafft. In dem steckt was, der kann noch weit kommen.«

Das bezweifelte Anna gar nicht, und sie konnte Onkel und Tante ehrlich antworten, dass sie sich sehr gut mit Martin unterhalten hatte und sich über diese neue Bekanntschaft freute. Dennoch sah sie einem nächsten Treffen (das Tante Leni bestimmt arrangieren würde) mit ungutem Gefühl entgegen. Alles sah nach einer abgekarteten Sache aus, die beiden würden sich verlieben, verloben, irgendwann heiraten, Anna würde Kinder haben und eine brave Ehefrau werden, die ihrem Mann den Haushalt führte.

Und wenn Anna das gar nicht wollte? Oder zumindest noch nicht? Wenn sie, statt mit Martin zu flirten, tatsächlich lieber in dem Buch lesen wollte, das Doktor Gernhuber ihr geliehen hatte, um zu lernen, wie man aus dem Entwicklungsstand der Fliegenlarven, die sich auf einer Leiche angesiedelt hatten, Rückschlüsse auf den Todeszeitraum ziehen konnte? Es war Doktor Gernhubers besonderes Steckenpferd, und Anna fand inzwischen, es sei tatsächlich ein spannendes Thema. Die meisten Leute hätten es einfach als ekelhaft abgetan. Anna dachte anders darüber, aber machte diese Tatsache Anna nun zu etwas Besonderem, oder war sie einfach wunderlich?

Oder gar arrogant und hochnäsig? Genügte ihr ein kleiner Polizeiwachtmeister nicht mehr, seitdem sie in einer noblen Wohnung lebte und ein paarmal mit einem Freiherrn ausgegangen war?

Diese Gedanken beschäftigten sie so sehr, dass es sogar Weynand am nächsten Samstag auffiel. Und mit der ganzen Neugier und Penetranz eines Klatschreporters ließ er Anna keine Ruhe, bis er den Grund für ihre Geistesabwesenheit herausgefunden hatte.

»Großartig«, kommentierte er lachend. »Unsere Bekanntschaft gewinnt allmählich an Drama, finden Sie nicht?« Er hatte sie schon am Nachmittag abgeholt, um sie in die Glyptothek mitzunehmen, von der Anna bisher nie mehr gesehen hatte als beim Spazierengehen die Fassade. Niemand bedauerte ihre heutige Unaufmerksamkeit mehr als sie selbst. Herr von Weynand schien zu jeder Statue und jeder dargestellten Figur eine Geschichte zu kennen. Jetzt deutete er auf den nächsten Sockel. »Ich habe also einen Rivalen um Ihre Gunst und werde mich nun rasend vor Eifersucht mit ihm messen müssen. Wenn ich Glück habe, porträtiert man mich dafür auch in Marmor oder macht mich zumindest zum Bösewicht in einem schlechten Theaterstück. Wozu raten Sie mir: Pistolen, schwere Säbel oder, wie unsere alten Griechen hier, ein Wagenrennen auf Leben und Tod?«

Gegen ihren Willen musste Anna lachen. »Nehmen Sie überhaupt irgendetwas ernst?«

»Nicht viel. Es sei denn, Sie wünschen es. Allerdings kommen Sie mir nicht wie eine Dame vor, die Vergnügen daran findet, ihre Liebhaber aufeinanderzuhetzen.« Er lachte, weil Anna das Gesicht verzog, und korrigierte sich. »*Potenzielle* Liebhaber.« Als Anna nicht auf seine Heiterkeit einging, wurde auch er unvermittelt ernst. »Ihre Tante möchte Sie also verkuppeln. Warum beschäftigt Sie das so? Warten Sie, lassen Sie mich raten. Sie sehen sich wie Herkules am Scheideweg. Auf einer Seite die Tugend, verkörpert in der Person eines schielenden Münchner Polizisten, der Sie zu einer sittsamen Ehefrau und Mutter machen wird. Und auf der anderen Seite – ich. Das Laster.«

»Nein, so ist das nicht …«

»Aber ein bisschen, nicht wahr? Und jetzt fragen Sie sich, was Sie tun sollen.« Er lächelte. Es war ein milderes und warmherzigeres Lächeln, als er Anna sonst zeigte. »Was halten Sie davon, es einfach auf sich zukommen zu lassen? Wenn Sie sich tatsächlich in diesen jungen Herrn verlieben, dann werde in erster Linie ja *ich* zusehen müssen, wie ich damit umgehe, denken Sie nicht? Vielleicht fordere ich ihn dann wirklich zum Duell, wenn Sie mir das Herz ausreichend gebrochen haben. Ich hatte mal Fechtunterricht, wissen Sie? Es hat meinen Vater fast ruiniert, seinen beiden Söhnen eine klassische

Ausbildung zukommen zu lassen, und gedankt habe ich es damit, dass ich mich einmal im Unterricht aus Versehen beinahe selbst aufgespießt hätte. Aber das erzähle ich Ihnen ein andermal. Jetzt lauschen Sie bitte erst der Geschichte der Messalina, Gattin des römischen Kaisers Claudius und sehr talentiert darin, die Männer nach ihrer Pfeife tanzen zu lassen. Falls Sie wirklich vorhaben, sich zur Femme fatale aufzuschwingen, kann sie Ihnen jederzeit als Beispiel dienen.«

24.

»Möchtest du vielleicht ein Eis, Willi?«, fragte Weynand, als sein sechsjähriger Sohn nicht aufhörte, sehnsuchtsvoll zur Theke des Cafés zu starren. Der Kopf des Jungen wippte herum, ein vorsichtiges Lächeln auf dem Gesicht. Bevor er hätte nicken können, sprach seine Mutter.

»Das Kind heißt Wilhelm, lieber Friedrich«, korrigierte sie. In ihren Tonfall lag die Resignation einer Frau, die dies schon zum hundertsten Mal hatte tun müssen. »Bitte unterlass doch endlich diese hässliche Abkürzung. So etwas ziemt sich nicht für einen angehenden Baron, wie dein Sohn einer ist. Im Übrigen glaube ich nicht, dass an so einem kalten Tag wie heute Eiscreme der Gesundheit eines Kinds zuträglich ist.« Ein strenger Blick traf das Kind. »Zudem weiß Wilhelm genau, dass er heute keinen Nachtisch verdient hat. Nicht wahr, Fräulein Brandt?«

Das Kindermädchen, damit beschäftigt, dem vierjährigen Emil die Nase zu putzen, antwortete, ohne sich auch nur nach Weynand umzudrehen. »Selbstverständlich teile ich Ihre Meinung, gnädige Frau. Wilhelm ist in einer äußerst schwierigen Phase seiner Erziehung, die das richtige Maß an Strenge und

Verständnis erfordert.« Nun wandte sie doch den Kopf, allerdings galt der Blick nicht Weynand, sondern Willi. »Der junge Herr war heute ungehorsam, hat dabei seine besten Hosen beschmutzt und sogar zerrissen. Eigentlich verdiente er, zur Strafe sofort nach Hause geschickt zu werden. Wir werden nach dem Ausflug bestimmen müssen, welche erzieherische Maßnahme am besten geeignet ist, dieses Fehlverhalten zu bestrafen. Ein junger Herr von Stand muss höheren Anforderungen genügen und ein besseres Verhalten an den Tag legen als ein Bauernbursche.«

»Da hörst du es, Friedrich.«

Willi seufzte leise und ließ den Kopf hangen. Weynand war nahe daran, es ihm gleichzutun, aber in ihm köchelte wieder einmal der Zorn darüber, so völlig zur Seite geschoben zu werden, sobald es seine Kinder betraf. Offenbar war nach Meinung der beiden Damen seine Rolle mit ihrer Zeugung erfüllt.

Er spielte kurz mit dem Gedanken, Willi das Eis dennoch zu kaufen. Er ließ ihn rasch wieder fallen. Willi in einen Loyalitätskonflikt zu bringen zwischen seinen Eltern war auch keine Lösung. Außerdem hätte der Junge vermutlich gar nicht gewagt, es zu essen, und falls doch, würde er es zu Hause büßen müssen. Die Erziehungsmethoden von Fräulein Brandt schlossen den Gebrauch des »Martinet« ausdrücklich ein. Sibylle, im Grunde ein äußerst ängstlicher Charakter, hatte zu Beginn deswegen Skrupel gehabt, aber da ihr Vater sich entschieden dafür ausgesprochen hatte (»Von diesen modernen verweichlichten Erziehungsmethoden halte ich gar nichts; ein Junge braucht ab und zu eine Tracht Prügel, damit aus ihm ein ganzer Kerl wird; schau mich an, mir hat es auch nichts geschadet.«), hatte sie seine Ansicht zu der ihren gemacht, wie sie das immer tat.

Willis Vergehen auf dem heutigen Spaziergang hatte mit einem kleinen Spielzeugboot begonnen, das ein anderer Junge auf dem Wasser hatte segeln lassen. Willi war hingelaufen, um es sich genauer anzusehen, und hatte dabei den Saum seiner Hosen mit Dreck beschmutzt. Als Fräulein Brandt ihm deswegen vor seinen Eltern und den zahlreichen übrigen Spaziergängern eine Standpauke hielt, war er vor Beschämung weggerannt, dabei auf dem Kiesweg gestolpert und hatte sich zu allem Überfluss einen Triangel ins linke Hosenbein gerissen. Nun saß er wie ein Häufchen Elend am Tisch, und Weynand fühlte sich fast ebenso entsetzlich wie er.

Hoffentlich hatte Weynands Angebot dem Jungen wenigstens begreiflich gemacht, dass sein Vater ihm nicht böse war.

»Frau Baronin von Schluttperg stimmt mir übrigens in der Frage des Rufnamens völlig zu«, sagte Sibylle und griff mit der Zange nach einem Stück Würfelzucker. »Sie haben ihrem Sohn den Namen Baldur gegeben, und sie sagt, sie werde niemals gestatten, diesen edlen Namen durch eine hässliche Abkürzung zu entstellen.«

»Ich fand die *Edda* immer reichlich seltsam.« Weynand nippte an seiner Tasse. »Als Inspiration bei der Namensfindung der eigenen Kinder erscheint sie mir äußerst fragwürdig. Wer will denn Kinder, die aussehen und sich benehmen wie diese langhaarigen nordischen Gottheiten?«

»Derartige Spöttelei über unsere deutsche Sagenwelt ist

ungebührlich, Friedrich. Aus ihr spricht der Geist unserer Vorfahren, sie ist der Quell unserer deutschen Kultur.«

»Ich danke verbindlichst. Das will ich wirklich nicht hoffen.«

Sibylle klang gequält. »Der kleine Freiherr Baldur ist jedenfalls ein ausgesprochen hübsches und wohlerzogenes Kind.«

»Wohlerzogen? Ich dachte, die Freifrau von Schluttperg hätte erst vor einigen Wochen entbunden?«

»Was hat das damit zu tun? In jedem Fall habe ich vor, mich, was die Kindererziehung angeht, in jeder Hinsicht an meiner lieben Freundin zu orientieren. Die Gräfin von Preysing-Lichtenegg hat gesagt, die Familie der Schluttpergs und ihr häusliches Glück könnten der gesamten Gesellschaft Münchens zum Vorbild dienen.«

Weynand überlegte, ob es sich lohnte, einen neuen Streit vom Zaun zu brechen und zu erwähnen, dass er den Gatten der Dame erst vorgestern auf einem abendlichen Streifzug durch Schwabing mit einer fremden Frau am Arm gesehen hatte, mit der er recht vertraut zu sein schien. Bei genauerer Überlegung war es die Sache freilich nicht wert. Sibylles Reaktion war zu vorhersehbar, um noch amüsant zu sein. Außerdem wusste er, was es mit Sibylles Freundschaften auf sich hatte. Falls morgen eine Gräfin Zinneberg oder gar eine der königlichen Prinzessinnen eine andere Dame lobend erwähnte, wäre die Schluttperg Geschichte und Sibylle würde sich an die neue Favoritin anbiedern.

Er beobachtete mitleidig, wie Willi einem Eisbecher hinterherstarrte, den der Kellner des Cafés an ihrem Tisch vorübertrug, dann fügte er sich ebenso missmutig in die Lage wie sein Sohn.

Wie anders war es doch gewesen, als er vor ein paar Wochen mit Anna hier war! Ausgiebig hatte Anna das Dekor bewundert, wie sehr hatte sie sich hier wohlgefühlt – so völlig anders als Sibylle. Das Café am Chinesischen Turm hatte nach längerer Renovierung erst im Sommer wieder eröffnet, und Weynand gab zu, es hatte sich gelohnt. Das gesamte Mobiliar war erneuert, die Farben glänzten. Die liebevoll arrangierte herbstliche Dekoration, die Anna damals bestaunt hatte, war inzwischen einem entzückenden Arrangement aus Christsternen und Lichterketten gewichen.

Friedrich hätte nicht gewusst, wie er beschreiben sollte, was zwischen ihm und Anna vorging. Noch immer zeigte sie ihm die kalte Schulter und ignorierte sämtliche Anspielungen Weynands. Zu seiner eigenen Verblüffung war es ihm beinahe gleichgültig. Er genoss einfach die Zeit mit ihr, genoss, wie aufmerksam Anna ihm zuhörte, wie sie mit ihm sprach und stritt, wie sie nachfragte und überlegte, wie sehr sie sich über Dinge freuen konnte, die für Friedrich selbstverständlich waren.

Arnsberg, mit dem er über dieser Frage eine grüblerische Viertelstunde verbrachte (länger als eine Viertelstunde hielt Heinrich das Grübeln nicht durch), hatte es auf einen simplen Nenner gebracht.

»Du bist verliebt.«

»Blödsinn.«

»Verliebt wie ein Pennäler, Fritz. Du rennst der Kleinen nach für nichts und wieder nichts. Erst dachte ich, es geht dir immer noch um die Geschichte mit der Röckl. Aber in letzter Zeit fängt jeder zweite deiner Sätze an mit ›Anna sagt‹ oder ›Anna hat‹.« Heinrich drehte vielsagend die rechte Hand in kleinen Kreisen neben seiner Stirn. »Würde ich mich so benehmen, würdest du mich laut genug auslachen, damit man es am Stachus hören kann. Dabei hätte ich die Kleine längst da, wo ich sie haben will.«

Kam es Friedrich darauf überhaupt noch an? Er wusste es nicht. Manchmal fühlte er sich gegenüber Anna einem Mentor ähnlicher als einem Verehrer. Er brauchte keine Bestätigung als *Mann,* die konnte er sich, wenn er wollte, einfach genug bei jenen Damen holen, mit denen Arnsberg verkehrte. Mit Anna dagegen konnte er sprechen, erzählen, lachen und in bester Freundschaft streiten. Er hatte das Gefühl, indem er die Welt, die ihm die meiste Zeit so öde und abgeschmackt vorkam, durch Annas Augen sah, konnte er ebenfalls zum ersten Mal seit Langem wieder Freude daran empfinden.

Anna war *wirklich,* dachte er. So wie Karl Wirsch und seine Kati in ihrer trostlosen Wohnung, wie die Menschen, die täglich zur Arbeit gingen und die Welt durch ihr Leben ein Stückchen vorwärtsschoben.

Und dagegen nun dieser Ausflug mit Sibylle, die blind war für alles, was nichts mit der hohlen Fassade von Hof und guter Gesellschaft zu tun hatte. Wenn Sibylle sich im Café umschaute, dann allenfalls nach vornehmen Bekannten, bei denen sich in Erinnerung zu bringen sie keinesfalls versäumen wollte. Freilich, dieses Café war zu beliebt in ganz München, als dass die Damen, mit denen Sibylle zu verkehren pflegte, es interessant gefunden hätten. Wer wollte sich und seine Kinder schon gern mit dem Stadtpöbel an denselben Tisch setzen?

Nun, Weynand zum Beispiel. Wie gern hätte er Willi einmal mitgenommen ins Marionettentheater in der Marsstraße. Die Anregung war bei Sibylle auf eine Missbilligung getroffen, die sie nur schlecht hinter Verwunderung verbarg.

»Ins Marionettentheater, wirklich? Nun, ich denke, es ist zumindest eine kindgerechte Vergnügung, das wohl, wenn auch keine besonders lehrreiche. Aber warum dazu eigens in dieses Theater fahren? Ich möchte mich nicht mit Fräulein Brandt neben die übrigen Eltern auf eine der hinteren Bänke quetschen müssen. Das erscheint mir auch nicht sehr schicklich. Aber die alte Frau Generalleutnant von Gumppenberg lässt öfters für ihre Enkel und deren Gäste einen Marionettenspieler kommen. Ich bin sicher, ich kann Wilhelm dafür eine Einladung verschaffen, wenn ihm das Spaß macht.« Schließlich setzte sie hinzu, worauf es ihr in Wahrheit ankam: »Dort wäre er auch unter seinesgleichen.«

Natürlich. Um welches Mitglied des Gumppenberg-Familienclans es sich auch handeln mochte (Weynand hatte sich schon in der Kindheit standhaft geweigert, die komplizierten Verwandtschaftsgrade zu entflechten, die die meisten Adelshäuser miteinander verbanden) – es war in jedem Fall von weit größerer Bedeutung als alles, was sich auf der Bühne des Puppentheaters abspielen konnte.

»Nun, da unser Wilhelm sein Eis nicht bekommt, hält uns hier wohl nichts mehr«, sagte er. Er wollte nicht bitter klingen, konnte es aber nicht verhindern. »Du gestattest, dass ich den Kellner rufe?«

Sibylle gab Fräulein Brandt Anweisungen für den restlichen Spazierweg, während Weynand die Zeche beglich. Vor dem Café schien die Sonne fast unnatürlich warm für die Jahreszeit. Den ersten Schnee hatte sie längst weggetaut; es würde wohl wieder kein weißes Weihnachten geben. Auf einer Wiese spielten ein paar Kinder Fangen, auf den Kieswegen mischten sich Herrschaft, Bürger, Dienstboten, Bauersleute und Arbeiter. Alle warm eingepackt, alle mit dem Wunsch, die letzten schönen Tage zu genießen, bevor der Winter Einzug hielt.

Der Wagen war schon vorgefahren, und Weynand schickte sich an, Sibylle in den Fond zu helfen, als plötzlich Unruhe in die Leute geriet. Irgendjemand deutete auf einen Vierspänner, der gemächlich heranrollte.

»Seine Königliche Hoheit! Der Prinzregent!«

»Prinzregent Luitpold!« Sibylle entwand sich Weynands Hand und stürzte zurück an den Rand des Spazierwegs.

Das auch noch. Aufseufzend winkte Weynand den Kindern, die Fräulein Brandt an der Hand hielt. »Kommt, ihr zwei. Eure Mama möchte noch den Prinzregenten ansehen.«

»Von dem haben wir doch Bilder daheim«, stellte Emil fest, und Weynand dachte, das sei das Gescheiteste, was man zu diesem Thema sagen konnte.

Fräulein Brandt überließ Weynand gnädigerweise Willis Hand, sodass er seinen Sohn selbst neben seine Mutter führen durfte, die bereits in einem tiefen – und völlig überflüssigen – Hofknicks versunken war. Der Wagen mit dem Wappen der Wittelsbacher am Schlag war so weit entfernt, dass Weynand den Greis, der sich aus dem Fenster beugte, um einem Bekannten die Hand zu schütteln, nur an seinem weißen Bart erkannte. Um der Höflichkeit Genüge zu tun, nahm er den Hut ab, und die beiden Jungen zogen sich folgsam die Mützen von den Köpfen.

Die Pferde vor der Kutsche, Apfelschimmel, scharrten mit den Hufen im Kies; sie wirkten merkwürdig dünn und schäbig im winterlich blassen Licht. Es hieß, der Prinzregent habe inzwischen seine Liebe zum Automobil entdeckt, doch Weynand bezweifelte, ob Seine Königliche Hoheit viel Mitspracherechte besaß bei dem, was er gut oder schlecht zu finden hatte. Hinter Entscheidungen wie der Anschaffung von Fahrzeugen für den Hof standen handfeste ökonomische Interessen. Dabei fiel ihm ein: Hatte er nicht vor einer Weile in Schwabing in einem Hinterzimmer den Vertreter einer schwäbischen Automobilfirma in Gesellschaft eines hochrangigen Hofangestellten gesehen – und in der einer leicht geschürzten Dame?

Hinter Weynands Stirn formte sich eine neue Schlagzeile für den *Generalanzeiger*.

Während er noch grübelte, fuhr der Wagen wieder an. Prinzregent Luitpold blieb am Fenster und winkte höflich in Richtung der Leute, die ihn grüßten. Einen Moment lang schien es Weynand, als stutze er beim Anblick von Sibylle, die als eine der wenigen in einem tiefen Knicks verharrte, und als habe sein Blick sich mit dem von Weynand gekreuzt.

Verwundert, fast ein wenig ratlos, als wisse nicht einmal der Regent dieses Landes, ob solche Gesten und die Welt, zu der sie gehörten, noch Bestand hatten.

Da fährt es hin, dachte Weynand, als die Apfelschimmel sich ins Geschirr legten, *unser altes Jahrhundert, das schon seit über einem Jahrzehnt vorbei ist und einfach nicht verschwinden will.*

Zwei Tage später erschien die Morgenzeitung mit schwarzem Trauerrand, und gegen seinen Willen erschrak Friedrich bis ins Mark. Allgemeines Glockengeläut und Flaggen auf halbmast verkündeten dem Königreich Bayern, dass Prinzregent Luitpold verschieden war.

Das alte Jahrhundert war tot. Und nun?

25.

Als Anna vor der Theatinerkirche kam, zog sich die Schlange der Wartenden schon quer über den Odeonsplatz bis vor die Feldherrnhalle. Radfahrer versuchten, sich mit wütendem Klingeln einen Weg durch die Menschen zu bahnen; einer wäre in seinem Eifer beinahe vor der Trambahn geendet, die er übersehen hatte. Schutzleute und Gendarmen bemühten sich um Ordnung.

Anna hatte es befürchtet. Zum Glück regnete es nicht und war auch nicht allzu kalt. Sie würde lange warten müssen. Müde zog sie ihren Mantel enger um sich und fasste die einzelne Lilie fester, die sie für den Anlass besorgt hatte. Trauerblumen, sagte ihr Vater immer.

Schon Doktor Gernhuber hatte ihr Geduld gewünscht, als sie nach der Arbeit aufbrach. »Ich würde ja auch gern hingehen, aber ich weiß genau, am Ende würde ich mich so über die Warterei aufregen, dass ich doch umkehre und aufgebe. Wahrscheinlich ein paar Meter vorm Kirchenportal, nachdem ich zwei Stunden sinnlos verschwendet habe.« Ein sprechender Blick glitt zu Doktor Schmidt hinüber, der sich ebenfalls gerade den Mantel überstreifte. »So ist das eben für uns ehrliche Naturen, die wir uns geschworen haben, nach den Regeln zu spielen. Anders als gewisse andere Leute.«

»Was wollen Sie?« Doktor Schmidt hatte sich den gestrigen Vormittag unentschuldigt freigenommen. »Man muss Prioritäten setzen im Leben. Der Tod von Prinzregent Luitpold ist doch wohl ein Ereignis ersten Rangs. Bedenken Sie, was für ein lebendes Stück Geschichte da am Donnerstag zu Grabe getragen wird! Der Mann hat Bayerns ersten König noch gesehen, Metternich, die Montez, den Krieg gegen die Franzosen, die Reichsgründung. Was ist seit seiner Geburt alles geschehen! In seiner Kindheit ritten noch Kuriere von Poststation zu Poststation, heute haben wir Automobile und Telegrafen!«

»Man kann es sich kaum vorstellen«, nickte Doktor Gernhuber. »Trotzdem hätten Sie, wenn Sie schon zur Aufbahrung gehen, für Anna und mich eine Postkarte mitbringen können!«

»Verzeihung, dass ich nicht daran gedacht habe. Es war sehr hektisch, man wird förmlich durchgeschoben, so groß ist der Andrang.« Er verzog den Mund. »Was gäbe ich nicht darum, so einen Leichnam obduzieren zu dürfen. Sie nicht? Wir sehen so viele Tote das ganze Jahr über; aber diesen einen, der für uns so interessant gewesen wäre, haben sich die Herren Hofärzte natürlich nicht entgehen lassen.«

»Hoffen wir, dass sie ihn auch ordentlich wieder zusammengeflickt haben«, brummte Doktor Gernhuber ungnädig. »Das ist ja sonst nicht unbedingt ihr Fach. – Lobinger, was ist mit Ihnen, wollen Sie Fräulein Anna nicht vielleicht heute Abend in die Kirche begleiten?«

»Heut ned«, brummte das Faktotum zurück. »Mich hat der Kapfinger Sigi, der Portier, zum Schafkopfen eingeladen.«

»Man muss Prioritäten setzen im Leben«, wiederholte Doktor Schmidt augenzwinkernd, und Anna hätte beinahe laut gesagt, was sie dachte: Dass Prinzregent Luitpold selbst Lobingers Haltung vermutlich unterstützt hätte. Das Leben musste immer wichtiger sein als der Tod.

Jetzt vor der Theatinerkirche regierte allerdings die Trauer. Je weiter Anna in der Schlange vorrückte und je näher sie dem Portal kam, desto stiller und bedrückter wurde die Stimmung. Die Gendarmen, die die Reihen entlangschritten, unterbanden alles laute Sprechen.

»Aber ein schön's Datum hat er sich ausg'sucht, der Prinzregent, fürs Sterben«, murmelte eine alte Frau vor Anna. »Der Zwölfte Zwölfte zwölf. Das werden sich die Schulkinder einmal gut merken können.«

»Hat halt immer schon ein Herz g'habt für die Leut'«, sagte ein Mann neben ihr.

Es war eine wunderliche Versammlung, die sich Schritt für Schritt dem Kirchenportal näherte. Frauen mit Kopftüchern und in Tracht, dazwischen Damen mit Federhüten und feinen Mänteln, Herren im schwarzen Rock und mit Zylinder, die wohl irgendeinem Verein angehörten, eine Abordnung von Schützen und Bauern aus dem Umland in ausgetretenen Stiefeln, alle vereint in einer dumpfen Trauer, die seltsam richtungslos wirkte und eher an Verwirrung grenzte: Der Tod eines Einundneunzigjährigen hätte für niemanden überraschend kommen sollen. Aber der weißbärtige alte Mann, der den König repräsentierte und doch selbst keiner war, war einfach immer da gewesen. Dass er in Zukunft fehlen würde, schien unvorstellbar.

Selbst Herr von Weynand, ewiger Spötter, der er war, mochte insgeheim ähnlich denken. »Wir werden erst schauen müssen, was die Zukunft bringt«, hatte er gesagt, als er am Montag die Wochenmiete einkassierte. »Die Schuhe seines Vaters, in die Ludwig jetzt schlüpfen muss, sind keine kleinen.«

»Und ich habe gedacht, Sie hätten nicht viel von Prinzregent Luitpold gehalten?«

»Das habe ich auch nicht.« Weynands Lächeln wirkte bitter. »Aber *de mortuis nil nisi bene* – den Toten darf man nichts Schlechtes nachsagen. Außerdem muss ich ihm wohl oder übel zugestehen, dass es ihm irgendwie gelungen ist, dieses Land zusammenzuhalten in den letzten vierzig Jahren. Das muss Ludwig erst einmal schaffen. Dazu wird es mehr brauchen als nur den gleichen Bart und die gleiche Lodenjacke.«

»Was zum Beispiel?«

Weynand zuckte die Achseln. »Luitpold stammte noch aus einer anderen Zeit. Einer, in der niemand die Monarchie wirklich anzweifelte. An Luitpold konnte man kaum rütteln, weil er der Sohn von Ludwig I. war, des zweiten bayerischen Königs, ein echter Prinz, der die Pflichten eines Reichsverwesers wahrnahm.« Er tippte sich mit dem Zeigefinger gegen den Nasenflügel.

»Ludwig ist nur der Sohn eines Reichsverwesers, er wird Widerstand gegen sich haben, mit dem sein Vater nie rechnen musste. Wir leben in modernen Zeiten. Luitpold war in gewisser Weise unantastbar. Ludwig ist das nicht.«

»Und das freut Sie«, resümierte Anna ärgerlich.

»Bedingt. Unruhe mag ich nur, soweit sie mich amüsiert. Aber ja, ich gebe zu, mich freut, dass das Kabinett wohl nicht einmal darüber abstimmen wird, Ludwig gleich zum König zu proklamieren. Sie würden keine Mehrheit dafür finden, weder im Parlament noch in der Bevölkerung. Und wer weiß, vielleicht hatte ich mit meinem Artikel über Adele Röckl daran sogar einen kleinen Anteil?« Er grinste wie ein Schuljunge, der dem Lehrer Frösche in die Manteltasche gesteckt hatte.

Über dieses Gespräch dachte Anna nach, als sie endlich an der Schwelle des Haupteingangs angelangt war. So selten sie mit Herrn von Weynand einer Meinung war, so anregend fand sie, was er zu sagen hatte. Als blicke man durch ein anderes Fenster in einen altbekannten Raum und entdecke ihn in neuem Licht.

Inzwischen war es völlig dunkel, der Wind strich eisig zwischen den Hausfronten der Theatinerstraße hindurch. Im Kirchenschiff brannten nur einzelne Kerzen; Herren in Hoflivree lenkten die Prozession durch den Mittelgang bis vor den aufgebahrten Leichnam des Verstorbenen. »Bitte bleiben S' nicht zu lang stehen, gehen S' gleich weiter, hinter Ihnen warten noch andere Leut'.« So ehrlich die Trauer der meisten Leute schien, so sehr mischte sich doch die Neugierde darunter. Ein wenig fühlte Anna sich an die Ausstellung im Panoptikum erinnert, zu der Herr von Weynand sie einmal mitgenommen hatte.

Vor dem aufgebahrten Toten stockte der Zug, wenn auch immer nur kurz, ehe die Trauernden weitergeschoben wurden. Leibgardisten in altertümlichen Uniformen hielten Totenwache, stumm und unbeweglich wie Statuen. Der Prinzregent sah ganz wie eine der Fotografien aus, die man seit Jahren überall von ihm kaufen konnte, nur eben tot, und im Licht der Kerzen wirkte sein Gesicht so weiß, als sei es aus Wachs. Unmengen von Kränzen und Blumengestecken trennten ihn von der Prozession derer, die seinen Tod beweinten. Anna legte ihre Lilie dazu, neigte einmal das Haupt, dann wurde sie auch schon weitergescheucht.

»Die können von Glück sagen, dass er im Winter gestorben ist«, sagte jemand. »Im Sommer hätten s' den gar ned so lang aufbahren können. Da hätten noch viel weniger Leut' ihm ein Pfüa Gott sagen können.«

Durch eine Seitentür gelangte Anna wieder ins Freie. Die Andenkenhändler hatten ihre Stände gleich mit der Rückwand gegen die Kirche aufgebaut, einzelne gingen mit Bauchläden durch die Reihen. Anna kaufte ein ganzes Dutzend, für sich, für Doktor Gernhuber und für ihre Angehörigen in Aschheim. Dann fiel ihr Blick auf die Gedenkmünzen. Sie waren für eine spontane Ausgabe eigentlich zu teuer, aber sie griff am Ende doch zu.

Sie würde eine ihrem Vater mitbringen und eine Herrn von Weynand, entschied sie. Vermutlich würde Weynand sie deswegen auslachen, aber da er sie ständig ungefragt mit seinen Ansichten zum Leben bombardierte, konnte sie ja wohl jederzeit das Gleiche tun.

Gerade, als der höchst zufriedene Verkäufer ihr das Wechselgeld aushändigte, sprach jemand sie an. »Fräulein Zech?« Überrascht drehte Anna sich um. Martin Stöttner, der junge Kollege ihres Onkels, schien nicht recht zu wissen, ob er salutieren oder Anna die Hand schütteln sollte, wirkte aber, soweit sich das bei seiner Schüchternheit sagen ließ, sehr erfreut, sie zu sehen.

»Herr Stöttner! Haben Sie Dienst heute?«

Er nickte und ließ den Blick über die Schlangen der Wartenden gleiten. »Muss ja jemand für Ordnung sorgen hier, gell. Wie geht es Ihnen denn? Waren Sie auch drinnen?«

Anna nickte. »Es ist sehr – würdevoll.«

»Sehr«, stimmte er sofort zu.

»Halt ein sehr trauriger Anlass.«

»Ja, natürlich.« Martin sah ganz so aus, als wollte er noch etwas sagen, wisse aber entweder nicht was oder wie. Anna konnte es sich denken. Sicher hatte Tante Leni ihm einen Floh ins Ohr gesetzt und ihm gegenüber den Polizeiball ebenso erwähnt wie Anna gegenüber. Andererseits musste er sich sagen, es sei doch ziemlich unpassend, quasi vor dem Totenbett eines Regenten eine junge Dame zum Tanzen aufzufordern.

Anna nahm ihm die Entscheidung ab. »Kommen Sie einmal wieder zu meinem Onkel?«

Sofort begann er zu strahlen. »Freilich.«

»Dann sehen wir uns ja vielleicht bald dort. Jetzt muss ich aber nach Hause. Wissen Sie, ich war noch gar nicht daheim heute, ich bin gleich von der Arbeit her.«

»Das ist auch keine schöne Arbeit, die Sie da haben«, rutschte es ihm heraus, und Anna runzelte unwillkürlich die Stirn.

»Das denken viele. Am Anfang habe ich es sogar selbst gedacht. Aber ich habe mich gut hineingefunden, und ich mache sie gern. Sie ist ja auch wichtig, das müssten Sie doch verstehen, als Polizist.«

»Schon«, gab er zu. »Aber einem jungen Fräulein wünscht man doch etwas Besseres. Angenehmeres, wollte ich sagen. Wo man schönere Sachen sieht. Vielleicht eine Anstellung in einem Hutgeschäft oder in einer Näherei …«

»Ach, mir gefällt es ausgesprochen gut bei der Gerichtsmedizin«, kürzte sie rigoros ab und hielt dem jungen Mann die Hand hin. »Auf Wiedersehen, Herr Stöttner. Hoffentlich frieren Sie nicht während der Nacht. Es soll kalt werden.«

Als sie ging, hatte sie das Gefühl, einem Unheil entgangen zu sein. In der Tasche klimperte die kleine Gedenkmünze für Herrn von Weynand mit den Kupferpfennigen um die Wette.

26.

Pfarrer Bachmaier strahlte, als Anna ihm nach dem Gottesdienst am ersten Weihnachtsfeiertag die Hand schüttelte. »Unseren Christengel hat uns der Herrgott ja heuer schon beschert. Freut mich sehr, dich wieder einmal zu Hause zu sehen, Anna. Du kommst so selten heim inzwischen.« Er ließ den Blick an Annas neuem Mantel entlanggleiten. »Mir kommt es vor, du wirst ein richtiges Stadtfräulein.«

Sofort hatte Anna wieder ein schlechtes Gewissen. Denn der Mantel war ein Geschenk von Herrn von Weynand. Anna ärgerte sich noch immer, dass sie begonnen hatte, Geschenke von ihm anzunehmen. Verpflichtete sie sich damit ihm gegenüber nicht irgendwann doch zu mehr, als sie wollte? Warum hatte sie nicht entschiedener abgelehnt?

Begonnen hatte es Ende Oktober mit einem Hut. Nachdem Anna in den ersten Wochen alle Angebote Weynands in diese Richtung (»Gestern habe ich gesehen, dass sie beim Kaufhaus Roman Mayr neue Modelle hereinbekommen haben; wollen wir uns die nicht anschauen? Sie könnten zumindest einmal einen aufsetzen …«) unterbunden und sich grundsätzlich geweigert hatte, an Weynands Seite irgendein Ladengeschäft zu betreten, hatte er ihren Widerstand auf simple Weise umschifft: Er hatte das Geschenk an Annas Adresse liefern lassen. Als Anna nach Hause kam, wartete der Hausdiener schon vor ihrer Tür mit einer edlen Hutschachtel, die den Schriftzug der Firma Thannhauser am Rindermarkt trug. Anna war viel zu überwältigt, als dass sie die Annahme verweigern konnte. Nachdem sie die gewaltige Seidenschleife gelöst hatte, fand sie darin einen dezenten Hut in Taubenblau und eine Karte in Weynands Handschrift:

Da Sie nichts anprobieren wollten, musste ich die Größe schätzen. Sie sind also selbst schuld, wenn er jetzt nicht passt. Zu Ihrem blauen Kleid sollte er akzeptabel aussehen. Es betrübt mich, so vorgehen zu müssen. Doch wenn wir am Sonntag zum Chinesischen Turm gehen, besteht die Möglichkeit, Bekannten von mir zu begegnen. Ich kann mich unmöglich in Gesellschaft einer Dame sehen lassen, deren Hut nicht zu ihrer Garderobe passt.

Karte und Geschenk machten Anna erst so wütend, dass sie beinahe einen Dienstmann damit beauftragt hätte, beides an Weynand zurückzubringen. Doch sie wollte den Hut zuvor zumindest anprobieren. Das war ein Fehler. Nicht einmal ein Vorwand ließ sich finden, um abzulehnen. Der Hut saß perfekt, und wie Weynand geschrieben hatte, passte er hervorragend zu Annas bestem Sonntagskleid und ließ es mit einem Schlag fast elegant wirken. Was Anna aus dem Spiegel anschaute, war eine regelrechte Dame. Der Hut blieb.

Der Mantel hatte sich letzte Woche dazugesellt. Wie der Hut war er Anna nach Hause geliefert worden. Weynand wusste genau, dass sie von ihm persönlich kein Geschenk annehmen würde. Die Schachtel lag vor der Wohnungstür, als Anna nach Hause kam. Was blieb ihr übrig, als das Paket mit in die Wohnung zu nehmen und hineinzuschauen?

Der Mantel hatte fast dieselbe Farbe wie ihr alter, war aber etwas anders geschnitten, ein wenig kürzer und aus besserem, weit teurerem Stoff. Wahrscheinlich bildete er ein Ensemble mit dem Hut, den Anna bereits erhalten hatte, denn die Zierlitzen am Kragen waren die gleichen wie die am Hutband. Auf dem beiliegenden Brief stand:

Wagen Sie bloß nicht, abzulehnen! Dies ist mein Weihnachtsgeschenk. So etwas weist man nicht zurück. Dieses Modell ist ebenso grau und langweilig wie Ihr altes, muss für Sie also akzeptabel sein. Der einzige Unterschied besteht darin, dass das Futter noch nicht geflickt ist und Sie den dritten Knopf von oben nicht mit einem Faden der falschen Farbe wieder annähen mussten, nachdem er abgerissen war.

Frohe Weihnachten!

W.

PS: Sollte jemand diese Gabe als Gegenleistung für ein unsittliches Verhältnis zwischen uns ansehen und Ihnen deshalb Vorhaltungen machen, zeigen Sie ihm diesen Brief und teilen Sie ihm mit, dass ein Baron von Weynand weiß, was sich gehört, und seinen Mätressen keine Woll-, sondern Nerzmäntel schenken würde!

PPS: Wie sehr es mich in den Fingern juckte, im obigen Satz den Begriff »Nerzmantel« durch »Dessous« zu ersetzen, muss ich wohl nicht eigens betonen. Halten Sie es mir zugute, dass ich Ihnen zuliebe darauf verzichtet habe.

Anna hatte wieder einmal nicht gewusst, ob sie lachen oder wütend werden sollte. Aber inzwischen ahnte sie, dass Weynand sich hinter seiner herablassenden, höhnischen Art, seinem Nachtwey-Gehabe, wie Anna es nannte, oft einfach nur versteckte. Nur wovor, das begriff sie nicht.

Die Bekanntschaft – durfte sie es Freundschaft nennen? – zu ihm hätte sie nicht mehr missen wollen. Auch wenn sie sich oft Vorwürfe machte, ihre Familie, die es schwer genug hatte, über Herrn von Weynand zu vernachlässigen.

Dabei hatte sie gestern, im Kreis der ganzen Familie, vor dem Weihnachtsbaum, ihr schlechtes Gewissen endlich abgelegt, als sie die leuchtenden Augen sah, mit denen die jüngeren Geschwister ihre Geschenke öffneten. Hatte sich dafür nicht alles gelohnt? Selbst Babette, die, seit Anna fort war, ganz allein den Haushalt führen musste, strahlte sie an, als sie das feine Halstuch auspackte, das Anna für sie erstanden hatte.

»Wenn das der Toni sieht!«, entfuhr es ihr. Sie errötete prompt bis über beide Ohren und musste sich den ganzen restlichen Abend über mit diesem Geständnis aufziehen lassen. Welchen Toni sie meinte, nämlich den jungen Lechner, konnten Vater und Geschwister unschwer erraten. Aschheim hatte insgesamt vielleicht siebenhundert Einwohner, davon war nur ein kleiner Teil in einem Alter, in dem er für Babette interessant sein konnte.

Ihr Vater wischte Annas leise Selbstvorwürfe, weil sie nicht öfter bei ihrer Familie nach dem Rechten sah, ohnehin mit einer Handbewegung zur Seite. »Leb dein Leben, Mädel. Dafür hab ich dich in die Lehr' geschickt. Die Babette kümmert sich gut ums Haus, und noch bin ich nicht alt und klapprig. Am meisten hilfst du uns, wenn du im nächsten Jahr die Franzi wirklich bei dir wohnen lässt.«

Denn diese Pläne schienen Gestalt anzunehmen. Pfarrer Bachmaier hatte aufs Geratewohl eine Schule für höhere Töchter in Schwabing angeschrieben und war zu seinem eigenen Erstaunen auf vorsichtiges Interesse gestoßen. Er kam während der Weihnachtsfeiertage zu den Zechs, um darüber zu sprechen. Beim Begriff »höhere Töchter« machten alle ein bedenkliches Gesicht, selbst Franziska, obwohl sie noch immer fest entschlossen schien.

»Es ist tatsächlich eine sehr exquisite Schule«, sagte der Pfarrer. »Ein Pensionat, eigentlich. Man würde dich ausnahmsweise als externe Schülerin aufnehmen, gegen ein verringertes Schulgeld.«

»Das aber immer noch hoch genug ist«, sagte Annas Vater. »Machen wir uns nix vor, Franzi. Auf dieser Schule wirst du daherkommem wie ein Bettelweib. Das musst du aushalten. Und helfen kann dir von uns da keiner. Das Lateinische hat von uns keiner gelernt.«

»Aber denken Sie an die Möglichkeiten, die sich für die Franzi damit auftun«, wandte der Pfarrer ein. »Wenn sie einmal studiert …«

»Geht das für unsereins denn überhaupt? Und wer soll das zahlen?«

»Es ist nicht leicht, aber es geht. Und es gibt Stipendien.« Er schaute Franziska an. »Wenn du dich anstrengst und gute Noten hast, natürlich. Die Damen, die die Schule leiten, möchten die Bildung der Mädchen in Bayern unbedingt voranbringen. Ich bin sicher, sie würden alles dafür tun, damit du das Abitur machen und ein Studium beginnen kannst. Aber einfach sein wird es nicht.«

»Ich bin sicher, wir bekommen das hin.« Anna nahm Franzis Hand. »Meine Wohnung ist so groß, ich könnte fünf von euch bei mir aufnehmen. Wir brauchen bloß ein Bett für dich. Tagsüber bist du in der Schule, und wenn ich am Abend heimkomme, koche ich für uns.«

Angesichts der bittenden Blicke hob Annas Vater die Hände. »In Gottes Namen. Wenn die Damen von diesem Pensionat wirklich einverstanden sind, kann die Franzi im Herbst zur Anna ziehen. So seltsam es ist, wenn die Mädchen sich auf die eigenen Füß' stellen.« Er lachte. »Da kommt ein alter Mann wie ich nimmer mit. Ich verlange aber die erste Behandlung gratis, wenn du einmal Ärztin bist, Franzi.«

Anna hatte beide Weihnachtsfeiertage frei, was im Krankenhaus nie vorgekommen war, und kehrte in Hochstimmung nach München zurück. Der erste Arbeitstag im Institut konfrontierte sie dafür gleich mit dem schlimmsten Anblick, der sich ihr bislang in der Gerichtsmedizin geboten hatte: Eine Frau hatte sich auf die Gleise gelegt und war von einem Güterzug überrollt worden.

»Ich habe immer gemischte Gefühle, wenn Weihnachten näher rückt«, gestand Doktor Schmidt. »Wir haben jedes Jahr mindestens einen Fall von Selbstmord.«

»Es muss kein Selbstmord gewesen sein«, widersprach Doktor Gernhuber energisch. »Vielleicht können wir der Familie wenigstens diesen Trost bieten.«

Die Familie bestand aus den alten Eltern, die bereits einen Sohn hatten begraben müssen, einem Ehemann, der in einer Fabrik arbeitete und mit seinem schmalen Lohn eher schlecht als recht für die Seinen sorgte, und einem halben Dutzend Kindern. Da Lobinger verschwunden war, schafften Anna und die beiden Ärzte die geschundene Leiche selbst in den Sektionssaal, wo Doktor Gernhuber sie für die Untersuchung vorbereitete. Die Polizisten hatten, was sie gefunden hatten, in Wannen und Eimer gepackt.

»Wir haben Glück, der Torso ist vergleichsweise intakt.«

Zum ersten Mal war Anna sich nicht sicher, ob sie die Aufgabe ertragen würde. Vom Gesicht der Frau war fast nichts mehr übrig geblieben; Doktor Schmidt deckte ein Tuch darüber, als er sah, wie Annas Blicke immer wieder dorthin glitten.

»Sie sagen uns, wenn es zu viel wird, Fräulein Zech«, bat Doktor Gernhuber, ohne von seiner Tätigkeit aufzuschauen.

»Ja, Herr Doktor. Aber ich möchte das durchstehen.« Ihre Stimme schwankte leicht. Rigoros schob Anna ihren inneren Aufruhr zur Seite.

»Gut. Wir werden wegen des Zustands der Leiche nicht alle Untersuchungen durchführen können. Aber im Grunde ist es die gleiche Arbeit wie immer. Denken Sie daran, dass unsere Tote hier das gleiche Anrecht auf unsere Aufmerksamkeit hat wie alle anderen. Wir müssen versuchen, ihr ein wenig von jener Würde zurückzugeben, die dieses schreckliche Ende ihr genommen hat.«

Wie die Obduktion ergab, war ein weiteres Kind unterwegs gewesen. Außerdem hatte die Frau ein beginnendes Magenleiden, war mangelhaft ernährt und wies Anzeichen von regelmäßiger Gewalteinwirkung auf, wie Anna sie inzwischen auch ohne Hilfe Doktor Gernhubers erkennen konnte: Die Überreste abklingender Hämatome an den Unterarmen waren typische Abwehrverletzungen, dazu kamen Narben und eine Schwellung an der rechten Schläfe.

»Typisch, leider«, sagte Doktor Schmidt müde. Sie arbeiteten schweigend, Dr. Gernhuber versuchte, die abgetrennten Gliedmaßen wieder an den Torso anzunähen und der entstellten Toten auf dem Tisch wieder ein wenig die Würde eines Menschen zu geben. Am Gesicht freilich ließ sich nicht mehr viel ändern. Lobinger tauchte auf, und er roch, als hätte die Gaststätte am nächsten Eck gerade sehr gut an ihm verdient.

»Sie sind eine Schande für die Anatomie, Lobinger«, sagte Doktor Gernhuber, aber Anna merkte deutlich, dass er es aus Gewohnheit tat und Lobinger seine Furcht diesmal nicht verübelte. »Bringen Sie die Tote in die Kühlung!« Lobinger deutete einen Salut an.

»Zu Befehl, Herr Doktor.« Die eisernen Räder des Transportwagens ratterten leise auf den Fliesen, als er ihn davonschob.

»Denken Sie, es war ihr Ehemann, der sie geschlagen hat?«, fragte Anna leise. »Der ihr das Leben so verleidet hat?«

Doktor Gernhuber seufzte. »Sehr vermutlich. Es wäre jedenfalls nicht ungewöhnlich.« Als Anna nicht antwortete, sondern nur ein wenig über ihrer Arbeit zusammensank, legte er ihr kurz die Hand auf die Schulter. »Lassen Sie es sich nicht zu nahegehen, Fräulein Anna. Zu viel Mitgefühl ist in unserem Metier ebenso gefährlich wie zu wenig.« Kurz fühlte Anna sich geschmeichelt, weil der Arzt sie als seinem Beruf zugehörig anerkannte, doch es hielt nicht lang vor.

»Was für ein abscheulicher Mensch muss das sein!«

»Abscheulich. Oder verbittert. Oder verzweifelt. Wie Sie wollen, Anna. Wir haben zu viele Gescheiterte da draußen, zu viele Grimmige und Wütende. Während wir Glücklichen unser Auskommen und unsere Position im Leben gefunden haben.«

Wir Glücklichen. Glücklich war Anna durchaus, mehr, als sie es sich je hätte vorstellen können. Dennoch klang es in Annas Ohren noch seltsam, wenn Doktor Gernhuber sie so selbstverständlich in die Gemeinschaft der Gerichtsmedizin mit einbezog. Die Kluft, die Anna von den Ärzten trennte, schien ihr viel zu groß. Doktor Schmidt zumindest stammte aus einer angesehenen und recht wohlhabenden Familie von Beamten und Medizinern. Ein Großonkel war Landrat gewesen, Schmidts Vater hatte als Gerichtsarzt in Werdenfels gearbeitet und seinem ältesten Sohn diesen Posten regelrecht vererbt. Dr. Schmidt selbst hatte sich eigentlich der Psychoanalyse widmen wollen, letztlich aber doch ein reguläres Medizinstudium ergriffen. »Es ist vermutlich nicht leicht, den Anforderungen der eigenen Familie zu widerstehen«, hatte Doktor Gernhuber angemerkt, als er Anna davon erzählte.

Doktor Gernhuber selbst war, jedenfalls nach Ansicht seines Kollegen, »noch ein Gerichtsarzt vom alten Schlag«, der lange Zeit neben seiner Anstellung beim gerichtsmedizinischen Institut eine allgemeine Praxis geführt und Patienten betreut hatte. »Sie haben Glück, Fräulein Anna, dass Sie sich nicht vor zehn Jahren um die Stelle beworben haben«, hatte Doktor Schmidt gespöttelt. »Sonst müssten Sie wahrscheinlich nebenher beim Kollegen Gernhuber noch lernen, die Gicht des Großbauern Kapfhammer zu kurieren.« Gernhuber hatte sich ausbedungen, an Donnerstagabenden vom Bereitschaftsdienst befreit zu sein, weil er sich da mit einigen seiner früheren Patienten in der Maxvorstadt zu Stammtisch und Schafkopfrunde traf und darauf nicht verzichten wollte. Wie Schmidt einmal nebenbei erwähnte, hatte Gernhuber privat viel Unglück erlebt; das einzige Kind war früh gestorben, und die Frau, vielleicht dadurch aus dem Gleichgewicht geraten, Hals über Kopf mit irgendeinem Filou durchgebrannt.

Von solchen Herren schien es in München ja einige zu geben. Anna musste da nur an Herrn Weynand-Nachtwey denken. Wenigstens hatten die meisten Münchner Hallodris keine eigene Zeitung.

27.

Aus dem *Münchener Generalanzeiger, Ihr städtischer Bote für Gesellschaft und Sitte* vom 9. Januar 1913:

Nicht genug zu loben ist das Engagement unserer Regierung, jede Gefahr für die Moral möglichst im Ansatz zu ersticken. Auch unserer Redaktion liegt nichts so sehr am Herzen wie die Reinheit der Sitten in unserer schönen Stadt, die sich seit den glücklichen Tagen des Dreißigjährigen Kriegs darin gefällt, Papsttreue und strengsten Katholizismus zu üben, wenn man von jenen Phasen absieht, in denen die Kirchen zu Pferdeställen erklärt, die Klöster verstaatlicht und den Pfarrern die Monstranzen aus dem Tabernakel weg versteigert wurden.

Wie schmerzlich muss es eine so sittenstrenge Stadt ankommen, wenn nun aus Übersee Dinge wie der sogenannte »One step«-Tanz, hierzulande vulgo als »Schieber« bezeichnet, importiert werden, die das fragile moralische Gleichgewicht mit einem Schlag umzuwerfen drohen? Da unsere Leser zweifellos mit solch unerquicklichen Dingen nicht vertraut sein werden, sind wir ihnen an dieser Stelle eine Erklärung schuldig. Bei diesem eigenartigen Tanz – bei dem es sich streng genommen gar nicht um einen solchen handeln kann, da »one step« zu Deutsch »ein Schritt« bedeutet, und es jedem verständigen Menschen eingängig sein muss, dass ein einzelner Schritt keinen Tanz ausmachen kann – handelt es sich um eine Erfindung aus den Schwarzenvierteln von Amerika. Er wird zu einer Katzenmusik getanzt, bei der ein Mensch eine Trompete, ein weiterer einen Kontrabass und ein letzter eine Trommel malträtiert. Zu uns kommt er aus dem schönen Berlin, wo man ihm seinen deutschen Namen deshalb verlieh, weil er so gern von den Gaunern und Hehlern, denjenigen also, die gestohlene Waren »verschieben«, im Berliner Viertel Rixdorf getanzt wird. Männlein und Weiblein schmiegen sich dabei regel- und schamlos aneinander und stampfen über die Tanzfläche, verbunden mit einem äußerst unansehnlichen und schockierenden Wackeln der Hüften, bei dem Beelzebub persönlich schamrot werden möchte. Mit anderen Worten, dieser »Tanz« ist eine bloße Formalität, die beiden Geschlechtern erlaubt, sich einander in einer Art und Weise zu nähern, die von keiner Moral und Sitte mehr gedeckt sein kann.

Wie weit es dieser ungehörigen Neuerung bereits gelungen ist, das natürliche Anstandsgefühl auch der hiesigen Jugend zu untergraben, lässt sich daran er-

> kennen, dass auf einem Silvesterball in Schwabing die Söhne und Töchter von mehreren Münchner Stadträten und Landtagsabgeordneten bei einer derartigen Vergnügung auf der Tanzfläche gesehen wurden, wobei man dem jungen Karl Joseph von K. sogar eine besonders ausgeprägte Begabung dafür unterstellt. Dass in einem der Hinterzimmer sich auch einige Herren der älteren Generation, sogar der Flügeladjutant V. und Baron von F., von besonders ausgewählten jungen Damen in die Geheimnisse dieses Tanzes einweisen ließen, stellt dagegen ein Gerücht dar, das unsere Redaktion im Namen des Hofes aufs Entschiedenste zurückweist.

»Natürlich meine ich das nicht ernst«, sagte Weynand und schlürfte seinen Tee. »Ich finde diesen Tanz lustig. In Paris tanzt man ihn schon lange und noch viel aufregendere Dinge. Sie begreifen die Wichtigkeit des Themas, nicht wahr? Wen interessiert, dass wir in München Leute haben, die nicht wissen, wie sie ihre Kinder füttern sollen, wenn doch der neue Prinzregent uns den Schiebertanz verboten hat?«

Wie lange würde es wohl dauern und was würde es Friedrich noch kosten, Anna einmal zum Tanzen ausführen zu dürfen? Und er dachte dabei an Wiener Walzer und altmodische »Française«, also völlig Harmloses. Von sittlichkeitsgefährdenden amerikanischen Tänzen wagte er nicht einmal zu träumen.

Durch Schwabing und den jüngeren Teil der besseren Gesellschaft Münchens war ein Aufschrei der Empörung gegangen, als das Regierungsdekret verkündet wurde. Selbst Christiane und Heinrich von Arnsberg zeigten sich ein einziges Mal in ihrer Aufregung vollkommen einig; in Christianes Freundeskreis hatten mehrere Amerikareisende diesen Tanz schon vor Wochen mitgebracht, und Heinrich hätte nie seinen Ruf als einer der besten Tänzer der Stadt aufs Spiel gesetzt, indem er einen neuen Modetanz ausließ. Aus purem Trotz hatten sie einige befreundete Paare in ihrer Wohnung zum Tanz eingeladen.

Weynand, der nicht zurückstehen wollte, hatte Sibylle gefragt. Dumm, wie er war. Die Reaktion auf eine solche Ungeheuerlichkeit hätte er sich eigentlich ausmalen können sollen.

»Das kann nicht dein Ernst sein, Friedrich. Erst gestern kam bei der Hofrätin von Beling das Gespräch darauf. Das Verbot wurde allgemein gebilligt.« Sibylle schüttelte sich demonstrativ. »Einfach entsetzlich! Wenn es stimmt, dass solche Tänze unter Dirnen und Zuhältern getanzt werden, wer will so etwas dann in unseren Kreisen sehen? Gerade jetzt, da wir alle noch in Trauer sind um unseren Prinzregenten selig? Auch die Bischöfe haben protestiert, und der Stadtrat ist sehr besorgt. Es heißt, dass Kressenstein und von Borscht und Knilling alle persönlich zum Grafen von Soden und zu Hertling gegangen sind, um auf ein Verbot zu drängen.« Es folgte eine lange Liste mit weiteren Namen, alle offenbar entschiedene Gegner unsittlicher Tänze. Einige davon hatte Herr Nachtwey selbst schon beim Schiebertanzen gesehen. Und bei deutlich mehr.

Weynands Schwiegervater hatte sich hinter seiner Zeitung

verschanzt, solange Sibylle im Zimmer war. Sobald sie hinausging, um nach den Jungen zu sehen, faltete er die Seiten zusammen und lachte Fritz offen aus. »Allmählich solltest du sie doch kennen! Sie würde ja in Ohnmacht fallen beim bloßen Gedanken daran!«

»Es ist nur ein Tanz, und es wäre im privaten Rahmen«, hielt Weynand dagegen.

»Na und? Wäre natürlich gleich was ganz anderes, wenn man das bei Hof tanzen würde. Da wäre meine dämliche Tochter gleich dabei. Lass sie, mein Gott! Gott erhalte den Weibern ihre angeborene Blödheit, sage ich immer. Ha! Wäre das nicht eine Vorstellung, unser neuer Prinzregent Ludwig beim Schiebertanz mit der Prinzessin?« Er wandte den Kopf nach seiner Frau, die stumm mit einer Zeitschrift auf einer Sofaecke saß. »Margot, sag in der Küche Bescheid, dass sie uns das Abendessen heute eine halbe Stunde früher servieren soll. Ich habe danach noch Lust, auszugehen. Du brauchst auch nicht auf mich zu warten, ich übernachte auswärts und gehe danach gleich weiter ins Büro.« Er schlug seelenruhig seine Zeitung wieder auf, und der graue Schatten der Direktorengattin Senftl schlich am gemauerten Kaminportal vorbei durch die offene Flügeltür hinaus in den Flur wie ein Gespenst. Selbst Fritz vergaß die meiste Zeit, dass sie im Haus war.

An dieses Gespräch musste er denken, während er mit Anna im Alten Wirt in Schwabing eine Tasse Tee trank. Tee und Kaffee, Theater und Kino – darauf beschränkte sich seine Bekanntschaft mit Anna nach wie vor.

Missen wollte er die Zeit mit ihr dennoch nicht. Sie dabei

zu erleben, wie sie zum ersten Mal ein modernes Gemälde begutachtete oder halb verschämt, halb übermütig über die Zoten eines Komikers lachte, machte ihn glücklicher, als er in den ganzen letzten Jahren gewesen war. Vor allem hörte sie zu. Inzwischen sprach er über Dinge mit ihr, die er nicht einmal Heinrich oder Christiane erzählte. Über seinen Vater und Bruder, die völlige Verständnislosigkeit, die zwischen ihnen herrschte. Über seine Kinder, die er kaum kannte und offenbar nicht kennen sollte. Über Sibylle. Er konnte über Gott und die Welt mit ihr sprechen; nie war sie mit ihm und seinen Ansichten einverstanden, stets maß sie alles mit der Elle jener kindlichen Naivität und unverrückbaren Moral. Je mehr sie seiner Ansicht widersprach, desto mehr Spaß machte es ihm.

Und offenbar ihr auch.

Vielleicht hatte Arnsberg nicht völlig unrecht.

»Was würden Sie davon halten, wenn ich Sie nächsten Samstag in die Tanzschule Laborde mitnehme?«, machte er nun einen weiteren Versuch. »Da gibt es etwas ganz Besonderes zu sehen, das Sie richtig schockieren dürfte.«

»Lassen Sie mich raten: Die Tänzer sind nackt?« Das war etwas, das Anna in den letzten Wochen gelernt hatte: Sie fing an, sarkastisch zu werden. Es gefiel ihm.

»Nicht ganz, aber fast. Es sind Argentinier, und sie tanzen Tango. Haben Sie das schon einmal gesehen?«

»Nur davon gehört. Es soll sehr unanständig sein.«

»Ist es. Der Herr hat fast ständig ein Bein zwischen denen seiner Tänzerin, und beide wackeln dazu mit den Hüften. Außerdem ist es sehr schwungvoll, sehr elegant und sehr schön anzusehen.«

»Für Sie zumindest.«

»Sie können ja wegsehen und sich die Musik anhören.«

Sie verkniff sich mit Mühe das Lachen. »Haben Sie Ihre Frau gefragt?« Das war ihre übliche Erkundigung, bevor sie zustimmte.

»Frau Baronin von Weynand«, antwortete er wahrheitsgemäß, »wird leider durch ihre Würde als Frau Baronin von Weynand daran gehindert, Lokale von der Art aufzusuchen, die der Klatschreporter Fritz Nachtwey frequentiert, und Gefallen an derlei Vergnügungen zu finden. Kommen Sie, Anna, tun Sie mir den Gefallen. Es ist am Nachmittag, danach gehen wir schnell etwas essen; bis halb zehn wären Sie wieder zu Hause. In Berlin ist dieser Tanz gerade große Mode, heißt es. Es gibt sogar noch einen Grund, warum ich es mir ansehen möchte: Im Dezember ist der Universitätstanzlehrer Rischowsky verstorben; Laborde, dessen Tanzschule diese Tangovorführung anbietet, hat sich um seine Nachfolge beworben. Ich möchte einen Artikel darüber schreiben und die allgemeine Tangobegeisterung dabei einbauen. Wenn Sie dabei sind, können Sie mir vielleicht ein paar besonders schlimme Boshaftigkeiten ausreden.«

Jetzt lachte sie wirklich. »Na gut. Aber wenn es mir zu viel wird, müssen Sie mich nach Hause bringen.«

»Versprochen.« Er legte die Hand aufs Herz, und völlig ohne Vorwarnung sprudelte aus ihm heraus: »Ich wollte mich schon lang einmal bei Ihnen bedanken, Anna. Dass Sie so viel von Ihrer Zeit mit mir verbringen, bedeutet mir viel.«

Sie wirkte verlegen über dieses Geständnis, beinahe erschrocken. Er selbst war es nicht minder, und hastig setzte er hinzu: »Was ich natürlich nur anmerke, um ein weiteres Mal moralischen Druck auf Sie auszuüben, meinem Werben endlich nachzugeben.«

»Natürlich«, nickte sie. Aber ihr schien bewusst zu sein, dass er es ehrlich gemeint hatte. Ihre Miene war fast mitleidig.

Egal. Irgendwann würde er schon an sein Ziel kommen. Und wenn nicht … Manche Dinge musste man sportlich sehen. Warum aber auf etwas verzichten, das ihm vorerst solchen Spaß bereitete?

Anna war begeistert. Labordes Tanzschule in der Neuhauser Straße verfügte über einen kleinen Ballsaal mit Bühne, und man hatte so großzügig bestuhlt, dass hin und wieder ein einzelnes Paar aus der angeheuerten Tangotruppe herunterkommen und seine Kunst im Mittelgang vorführen konnte. Es war viel weniger anstößig, als Anna angenommen hatte; die Paare tanzten gerade eng genug, damit manche Damen im Publikum in nervöses Gekicher ausbrechen konnten, doch dabei blieb es. Die bunten Kostüme, die fremdartige Zusammenstellung der Instrumente – eine Geige, eine Gitarre, ein Piano und zwei kleine Handharmonikas, die der Tanzlehrer Herr Laborde als Bandoneons bezeichnete – und vor allem der Rhythmus ließen Annas Herz unwillkürlich schneller schlagen.

Es war doch gut, dachte sie, dass sie Martin Stöttners Einladung für heute Abend abgelehnt hatte, so leid es ihr tat, ihm einen Korb zu geben. Jetzt, da er endlich den Mut gefunden hatte, sie auf den Polizeiball einzuladen. Wenn Anna ehrlich war, so hatte sie bei den wenigen Anlässen, sobald sie merkte, wie Martin versuchte, das Thema zur Sprache zu bringen, alles getan, um ihn zu entmutigen und die Anspielungen darauf zu überhören.

Sie wollte ihm keine falschen Hoffnungen machen, sagte sie sich. Dass Martin Interesse an ihr hatte, war unverkennbar. Besser, sie erstickte alle derartigen Versuche gleich im Keim. Er war ein netter Kerl. Aber mehr an Gefühlen konnte Anna zumindest im Moment wirklich nicht für ihn aufbringen. Sie wollte es gar nicht.

Musste sie sich denn überhaupt schon einen Ehemann suchen? Darauf würde es letztlich hinauslaufen, darauf warteten alle, von ihrem Vater über Tante Martha bis hin zu Tante Leni und Pfarrer Bachmaier. Dabei war Anna noch nicht einmal zwanzig, und sie hatte gerade begonnen, sich ein eigenes Leben zu schaffen. Übermorgen wollte Doktor Gernhuber prüfen, wie das Gewebepräparat gediehen war, das Anna unter seiner Anleitung angefertigt hatte; sie wartete mit Spannung auf sein Urteil. Im Krankenhaus hatte ihr Lohn oft nur darin bestanden, einem Patienten sein Leiden erleichtert zu haben. In der Gerichtsmedizin lernte sie fast täglich etwas dazu. Sich anzustrengen und die eigene Leistung anerkannt zu wissen, das bedeutete ihr viel.

All das würde mit einem Schlag enden, sobald sie heiratete, darüber machte sie sich keine Illusionen. Martin Stöttner war freundlich und nachgiebig, aber er hatte natürlich Erwartungen und Wünsche, und eine Ehefrau, die in der Gerichtsmedizin die Lunge eines Ermordeten auf die Waage legte oder die Angaben Doktor Schmidts über den analysierten Mageninhalt mitstenografierte, statt zu Hause ihrem Mann ein saures Lüngerl für dessen Magen zuzubereiten, die gehörte sicher nicht zu seiner Vorstellung über das Eheleben.

Als der Polizeiball immer näher rückte, schien er sich einen Ruck zu geben – oder vielleicht hatte auch Tante Leni noch einmal mit ihm gesprochen. Jedenfalls überfiel er Anna mit der Frage, ob sie ihn auf den Ball begleiten wolle.

Da hatte Herr von Weynand Anna aber bereits zu dieser Tangovorführung eingeladen. Anna konnte also völlig ehrlich, wenn auch mit schlechtem Gewissen absagen. Nachdem es ihn so viel Mut gekostet hatte, seine Frage zu stellen, wirkte Martin schrecklich enttäuscht.

Trotzdem war es besser so. Selbst wenn er nicht ganz aufgab – und so schätzte Anna ihn nicht ein –, würde es sicher eine Weile dauern, bis Martin Anna ein zweites Mal fragen würde. Bis dahin lag es allein an ihr, was sie mit ihrer freien Zeit tat.

Der Gedanke hatte etwas Berauschendes.

Es war so angenehm, über eigenes Geld zu verfügen. Sich an einem freien Tag in ein Café setzen zu können, ohne jemandem Rechenschaft geben zu müssen. Tun und lassen zu können, was sie wollte. Anna war gern bereit, jene Pflichten auf sich zu nehmen, die das Leben nun einmal nach allgemeiner Ansicht für eine Frau bereithielt – aber konnte sie zuvor nicht noch für eine Weile einfach nur frei und unbeschwert sein?

Frei, unbeschwert und ohne Rücksichtnahme auf das, was andere wollten und dachten. So wie dieser fremde Tanz.

Die dunkelhäutigen Tänzer auf der Bühne trugen enge Hemden und Westen in bunten Farben, die Musiker breitkrempige Hüte, von den Kleidern der Damen fielen Fransen, an denen Steinchen aus Strass glitzerten. In ihren Bewegungen lag eine seltsame Mischung aus gebändigter Wildheit und stolzer Eleganz, die Anna sofort gefangen nahm. Die Musik war schnell und ging ins Blut; Anna begann unwillkürlich mit den Füßen zu wippen. Sie merkte es erst, als Herrn von Weynand, der ihr am Tisch gegenübersaß, ein Lachen entwischte.

»Ertappt«, spottete er. Sie stimmte ein, richtete den Blick aber sofort wieder zur Bühne. Von dieser Vorführung wollte sie tatsächlich nichts verpassen. Sie endete für ihren Geschmack viel zu schnell. Wie die übrigen Zuschauer sprang auch Anna auf, applaudierte ebenso enthusiastisch wie Herr von Weynand und griff auch seine wiederholten »Da capo!«-Rufe auf. Die Tänzer kehrten prompt für mehrere lange Zugaben zurück, an deren Ende sich einige von ihnen, Herren ebenso wie Damen, hinunter in den Saal begaben und Leute aus den Zuschauerrängen als Tanzpartner wählten.

Zu Annas Entsetzen kam einer der braunhäutigen Herren auf sie zu. Sie schüttelte hastig den Kopf, aber Herr von Weynand – heute wieder in seiner Reporterverkleidung – nickte dem Mann eifrig zu und deutete wiederholt auf sie. Der Brasilianer (oder Argentinier? Was war das noch einmal für ein Land, aus dem der Tanz kam?) lachte Anna an mit blitzenden weißen Zähnen, packte rigoros ihre Hand und zog sie in die Höhe. Ehe sie es ganz begriffen hatte, stand sie bereits in Tanzhaltung. Alles, was sie noch tun konnte, war, den Kopf zu drehen und dem fröhlich feixenden Weynand am Tisch einen wütenden Blick zuzuwerfen.

Erwürgen hätte sie ihn wollen!

Ihr Tänzer lachte nur über ihre Verlegenheit. Mit seiner Fußspitze stupste er gegen die ihre, um ihr zu bedeuten, mit welchem Fuß sie zu beginnen habe, und dann … tanzten sie. Seine Deutschkenntnisse beschränkten sich offenbar auf die Worte »ein – ssswei« und »gut, gut«, alles Übrige erläuterte er ihr in einem Gemisch aus Spanisch, Englisch und wohl noch einem halben Dutzend anderer Sprachen, völlig unbekümmert um die Tatsache, dass Anna nicht eine davon beherrschte. Irgendwie begriff Anna es trotzdem. Der Besitzer der Tanzschule hatte während der Vorführung bereits die Schritte kurz erklärt, und alles Weitere machte die Musik. Der Tanz war schnell, und man musste aufpassen, doch nachdem sie die Schrittfolge einmal verstanden hatte, ging es erstaunlich gut.

Rund um sie mühten sich die Kollegen ihres Tänzers mit anderen Münchner Herren und Damen, die sich meist ungeschickter anstellten. Anna glühte vor Stolz, als sie sich sicher im Takt der Musik bewegte, während die meisten anderen Paare sich noch mit dem Grundschritt abmühten. Ihr Tänzer zeigte breit grinsend seine strahlend weißen Zähne, als er Anna an seinen Kollegen vorbeischwenkte, ein paar Zuschauer applaudierten sogar.

Unvermittelt hielt der Argentinier an und ließ Annas Hand los, die sofort wieder ergriffen wurde – von Herrn von Weynand. Er sagte ein paar Worte in einer Sprache, die Anna für Französisch hielt, ihr Tänzer lachte wieder, verbeugte sich vor

Anna, sagte »gut, gut!« und ging davon, um sich die nächste Dame im Publikum zu suchen.

»Sie fangen mit dem rechten Fuß an«, raunte Herr von Weynand ihr ins Ohr, und als Anna ihn empört anschaute, zuckte er nur die Achseln. »Sie glauben ja wohl nicht, dass ich mir diese Chance entgehen lasse. Kommen Sie, Sie haben großartig ausgeschaut gerade. Ich will mich auch einmal bewundern lassen.« Bevor Anna auch nur hätte antworten können, begann er zu tanzen, und sie hatte keine Wahl, als mitzumachen.

»Sie haben kein Wort gesagt, dass Sie schon Tango tanzen können«, beschwerte sie sich. Er lachte.

»Als Reporter muss man Recherchen betreiben. Zum Glück ist Ihr Vermieter, mein Schulfreund Arnsberg, ein alter Salonlöwe und leidenschaftlicher Tänzer, der sich von keiner bayerischen Verordnung davon abbringen lässt, die neuesten Gesellschaftstänze zu erlernen. Ich habe bei ihm ein paar Stunden genommen, damit ich Ihnen nicht zu oft auf die Füße steige.«

Wahrscheinlich waren es sogar ein paar mehr Stunden gewesen, denn er wirkte sehr sicher. Anna machte das Ganze zunehmend Spaß. Anscheinend hatte eine ganze Reihe weiterer Münchner beschlossen, sich nicht um Regierungsdekrete zu scheren, denn inzwischen tanzten mehrere Paare zwischen den Argentiniern, und sie sahen nicht aus wie völlige Anfänger. Auch die deutschen Tanzlehrer der Schule hatten begonnen, weitere Leute aus dem Publikum aufzufordern; man begann, Stühle zur Seite zu räumen, um die Tanzfläche zu vergrößern.

Da brach die Musik plötzlich mitten im Takt ab. Anna und Weynand blieben ebenso verwirrt stehen wie die Paare ringsum. Herr von Weynand legte unwillkürlich einen Arm um Annas Schultern, während er sich umsah, als wolle er sie gegen eine Bedrohung abschirmen. In das fragende Gemurmel und die enttäuschten Rufe hinein fielen das Klirren von Säbeln und die Schritte schwerer Stiefel. Mehrere Polizisten, die Pickelhaube auf dem Kopf, schoben sich in den Saal. Vor der Musikkapelle diskutierte ihr Anführer mit Herrn Laborde und den Musikern, die Argentinier standen mit spöttischen Mienen daneben. Herr von Weynand ergriff Annas Arm und führte sie so nahe heran, dass sie mithören konnten.

»Aber ich sage Ihnen doch, dies ist eine ordentlich angemeldete Veranstaltung!«, klagte Herr Laborde gerade. Er wedelte mit einem mehrfach gestempelten Papier vor der Nase des Gendarmen herum. »Wir haben die ausdrückliche Genehmigung, heute hier im Rahmen einer kulturellen Veranstaltung die Münchner mit dem argentinischen Tango bekannt zu machen.«

»Die Genehmigung zur *Vorführung*«, schnarrte der Gendarm. Glücklicherweise war es niemand, den Anna kannte; hier von ihrem Onkel angetroffen zu werden wäre ihr sehr peinlich gewesen. Onkel Ludwig war mit Tante Leni wahrscheinlich schon auf dem Weg zum Polizeiball.

»Es handelt sich ja um eine Vorführung.« Laborde wies auf die bunt gekleidete argentinische Tanztruppe.

Der Wachtmeister machte ein grimmiges Gesicht. Vielleicht hatte auch er sich schon auf den Ball vorbereitet, jetzt kam ihm dieser Einsatz dazwischen. »Wie wir uns beim Eintreten überzeugen konnten, wurde der Tanz aber auch *praktiziert*. Das ist von der Genehmigung nicht abgedeckt. Sie lösen diese Veranstaltung jetzt besser sofort auf, Herr Laborde, sonst muss ich sämtliche Teilnehmer festnehmen lassen, wegen Verstoß gegen das Dekret zum Verbot von Schiebertänzen.«

»Also das ist doch eine Gängelung sondergleichen!«, beschwerte sich ein Herr im Publikum. Zustimmendes Gemurmel wurde laut und verstummte auch nicht, als der Gendarm sich drohend umschaute.

»Nie wiehert der Amtsschimmel schöner, als wenn er Pickelhaube trägt«, stellte Herr von Weynand vernehmbar fest und erntete einiges Gelächter dafür. Der Polizist schickte einen wütenden Blick in seine Richtung, ehe er sich wieder Herrn Laborde widmete.

»Wenn Sie sich weigern, kann ich auch gern Verstärkung anfordern und den Saal räumen lassen. Dann wird es aber wirklich teuer für Sie.«

»Kommen Sie, Anna«, seufzte Weynand, während der Besitzer der Tanzschule noch einmal gegen die Schließung protestierte, »gehen wir zur Garderobe und holen unsere Mäntel. Das Tanzen ist so oder so beendet.«

Zu diesem Schluss waren auch die meisten anderen Gäste gekommen, vor der Garderobe bildeten sich lange Schlangen. Gerade als Herr von Weynand sich nach vorne durchgekämpft hatte, hörte Anna ihren Namen.

»Fräulein Anna! Was tun Sie denn hier?«

Das Blut schoss Anna in den Kopf. Ausgerechnet Martin

Stöttner war unter den Polizisten, die die Veranstaltung aufgelöst hatten.

»Martin«, sagte sie verlegen. »Ich dachte, Sie haben heute Ihren freien Tag?«

»Hab mich freiwillig gemeldet«, sagte er knapp. »Wenn ich eh niemanden habe für den Ball, hab ich mir gedacht, ein paar Überstunden können nicht schaden. Vielleicht ergibt sich ja anderweitig einmal die Gelegenheit, dass man sie nimmt.« Für einen Ausflug mit Anna, zum Beispiel. Anna hörte den Nachsatz, ohne dass Martin ihn aussprach. Er musterte sie halb traurig, halb misstrauisch. Bevor Anna antworten konnte, kam Weynand von der Garderobe zurück und half Anna in den Mantel. Er stutzte kurz, als er Martin sah, dann setzte ein kühles Lächeln auf.

»Hier, Anna. Sie kennen offenbar einen der Herren, die uns den Nachmittag verdorben haben?«

»Das ist mein Bekannter Herr Stöttner«, stellte Anna ihn nervös vor. Die beiden Männer musterten einander. »Und das ist …«

»Den müssen S' mir ned vorstellen, Fräulein Zech«, unterbrach Martin ungewohnt rigoros. »Den zeigen die Ausbilder den Polizeianwärtern immer schon auf dem ersten Streifgang durch Schwabing. Das ist der Nachtwey, der Journalist, der überall seine Nase hineinsteckt, in sämtliche Sachen, die ihn nix angehen.«

»Mein Ruf eilt mir voraus.« Herr von Weynand grinste.

»Da brauchen Sie sich nix drauf einbilden, auf den Ruf.« Martin blickte auf Anna. »Ich muss zurück zum Dienst. Passen Sie auf, in was für Gesellschaft Sie sich begeben, Fräulein

Zech. Ich glaub ned, dass Ihrem Onkel recht wär, dass Sie hier sind.« Er drehte sich um und stapfte davon, ohne Herrn von Weynand noch einmal eines Blickes zu würdigen.

Der wiederum sah ausgesprochen amüsiert aus. »Ich werde allmählich wirklich alt«, stellte er fest. »Es bereitet mir gerade eine ganz besondere Genugtuung, einen Burschen auf mich eifersüchtig gemacht zu haben, der zehn Jahre weniger auf dem Buckel hat als ich.«

28.

Falls Anna angenommen hatte, Martin Stöttner werde bei Onkel Ludwig Bericht erstatten darüber, an welchem Ort und in welch anstößiger Gesellschaft er die Nichte seines Kollegen angetroffen hatte, so hatte sie sich getäuscht. Onkel und Tante empfingen Anna am nächsten Sonntag völlig unbefangen. Tante Leni bedauerte nur, dass der junge Herr Stöttner heute leider nicht zum Kaffee kommen könne, weil er anderweitig verhindert sei.

»Du mit deiner Kuppelei«, kommentierte der Onkel brummig, und damit war auch dieses Thema vom Tisch.

Als das Gespräch irgendwann doch auf das Verbot der »unanständigen« Tänze kam, zeigte sich, dass Wachtmeister Ludwig Kraus hier ohnehin mit seinen Vorgesetzten nicht auf einer Linie lag.

»Ein Schmarrn ist's«, kommentierte er grob. »Wir gehen in die öffentlichen Säle und Lokale und passen auf, dass nur ja keiner einen falschen Schritt tut. Und was machen die Leut'? Zahlen den Musikern eine Extra-Maß und holen sie sich nach Hause, und da tanzen s' dann weiter, und da kann's ihnen keiner verbieten. Das ist halt jetzt eine Mode mit dem Tango, das vergeht schon wieder. In einem halben Jahr spinnen s' wegen was anderem.«

Anna wünschte sich, man hätte diese sehr pragmatische Einstellung ihres Onkels auch höheren Orts gezeigt.

Das Jahr nahm Fahrt auf. Der Aschermittwoch und die Fastenzeit kamen heuer schon Anfang Februar und setzten allen unsittlichen Tanzveranstaltungen erst einmal ein Ende. In der Königlichen Anatomie stritten sich Doktor Gernhuber und Doktor Schmidt, und Lobinger schaffte es, sich einmal so gründlich zu betrinken, dass er auf den Stufen zum Anatomiesaal einschlief. Flüssiges bricht das Fasten nicht, hatte er wohl gedacht. Die beiden würdigen Gerichtsärzte hatten nichts Eiligeres zu tun, als den Ärmsten im Saal auf einen der Seziertische zu verfrachten, ein weißes Tuch über ihm auszubreiten und feixend wie die Pennäler abzuwarten, bis er seinen Rausch ausgeschlafen hatte. Der Schreck, der Lobinger beim Aufwachen in die Glieder fuhr, bewirkte tatsächlich, dass er eine Weile nüchtern blieb. Ob dieser Streich langfristig dazu beitragen würde, Lobingers Furcht gegenüber Toten abzubauen, wagte Anna jedoch zu bezweifeln.

Inzwischen waren die Osterfeiertage bereits vorüber, und Pfingsten rückte heran. Anna befand sich gerade allein in Doktor Gernhubers Büro, als der Telefonapparat läutete.

»Können Sie bitte abnehmen, Fräulein Anna?«, rief Doktor Gernhuber aus dem kleinen Nebenraum, in dem er sich sein Labor eingerichtet hatte. »Ich habe gerade beide Hände voll.« In Wahrheit hasste Doktor Gernhuber das Telefonieren einfach. Wie die meisten technischen Geräte waren ihm der

Apparat und alles, was damit zusammenhing, nicht ganz geheuer. »Man muss doch das Gesicht von demjenigen sehen können, mit dem man redet«, sagte er.

Auch Anna hatte gegenüber dieser Einrichtung anfangs eine ziemliche Scheu gezeigt. Im Rotkreuzklinikum, bevor sie ihre Stelle bei der Gerichtsmedizin antrat, hatte sie allenfalls einmal einen Arzt dabei beobachtet, wenn dieser einen Anruf entgegennahm. Inzwischen jedoch hatte Doktor Schmidt sie eingewiesen und sie ab und zu Anrufe bei der Polizeidirektion machen lassen. Sie hantierte insgeheim nicht ohne Stolz mit diesem modernen Apparat.

»Anna Zech, gerichtsmedizinisches Institut. Apparat Doktor Gernhuber«, meldete sie sich jetzt. Die Vermittlung fragte, ob sie ein Gespräch aus der Polizeidirektion annehmen wolle, und Anna bejahte. Es klickte, am anderen Ende schnaufte jemand heftig und hörbar ungeduldig.

»Direktion der Königlichen Schutztruppe zu München, Wachtmeister Kraus«, hörte sie die Stimme ihres Onkels. »Anna, bist das du? Kannst du mich hören?«

»Onkel Ludwig! Freilich, du musst gar ned so schreien.«

»So. Kreuzmodernes G'lump, diese Telefoniererei. Dauert ja dreimal länger, als wenn man einen Kurier schickt. Das ist schon mein zweiter Versuch. Zuerst hat's mich ins Schwabinger Krankenhaus verbunden, die Bixlmadam.«

Anna musste lachen. »Das tut mir leid, Onkel Ludwig. Brauchst du den Doktor Gernhuber?«

»Den kannst mir geben, ja. Der hat doch damals die Obduktion an der Schauspielerin gemacht, die, wo's damals aus dem Wasser gezogen haben? Die Adele Röckl?«

In den letzten Wochen hatte Anna kaum noch an diesen Fall gedacht, der sie damals an ihrem ersten Arbeitstag gleich so beeindruckt hatte. Der Name traf sie völlig unvorbereitet. »Ja, stimmt. Ist etwas passiert?«

»Wie man's nimmt. Ich hab hier auf der Wache einen Kerl, der behauptet, er wär der Sohn von der Röckl. Beim Richter war er schon, Papiere hat er anscheinend auch. Jetzt möcht' er gern mit dem Arzt reden, der, wo sie untersucht hat.« Etwas leiser setzte er hinzu: »Vor allem will er wissen, ob vielleicht noch irgendwelches Eigentum von ihr bei euch liegt. Das ist, meine ich, seine größte Sorge.«

Ein Sohn! Anna stockte der Atem. Der Sohn Adele Röckls, von dem Herr von Weynand in seinem Nachtwey-Artikel geschrieben hatte! Das konnte doch nicht sein! Herr von Weynand hatte selbst nie abgestritten, dass er sich diesen Teil der Geschichte nur ausgedacht hatte. Hatte er tatsächlich, einfach nur, indem er seinen Vorurteilen folgte und von allen Leuten das Schlimmste annahm, das Richtige getroffen?

Stimmte dann womöglich auch der Rest? Hatte Adele Röckl tatsächlich ein unsittliches Verhältnis mit Prinz Ludwig, dem jetzigen Prinzregenten, unterhalten? Oder mit einem anderen Mitglied des Königshauses, und war der junge Mann, der jetzt auf der Gendarmerie bei Onkel Ludwig stand, das Resultat?

»Wart bitte, Onkel Ludwig«, sagte sie atemlos, »ich hol den Doktor!« Sie lief hinüber zu Gernhuber, doch der war durch nichts dazu zu bringen, sich selbst an den Hörer zu begeben. Seine Abneigung gegen den Telefonapparat stand der Lobingers gegen Tote nicht viel nach.

»Ich muss mich beeilen, sonst trocknet mir das ein«, behauptete er, ohne sich von seinem Mikroskop zu lösen. »Richten Sie aus, in einer halben Stunde hätt ich Zeit für den Herrn, wenn er vorbeikommen will.«

Anna gab den Bescheid weiter, dann legte sie auf und wusste nicht, wo ihr der Kopf stand.

Sie hatte beinahe das Gefühl, sie müsse sich bei Herrn von Weynand entschuldigen.

Dieses Gefühl zerstob sofort, als Onkel Ludwig mit seinem Begleiter bei ihr eintraf. Anna empfing die beiden im Flur. Matthias Kinshofer, wie der Onkel den Herrn vorstellte, war erstens deutlicher älter, als Anna erwartet hatte, höchstens drei, vier Jahre jünger als Herr von Weynand, schätzte sie. Falls er wirklich ein Sohn von Adele Röckl war, musste sie selbst fast noch ein Kind gewesen sein, als sie mit ihm schwanger wurde. Und zweitens schaute der klein gewachsene, untersetzte Mann mit dem schweren Gang und dem wuchtigen Schädel einem Mitglied des Königshauses so unähnlich, wie es überhaupt möglich war. Auf den zweiten Blick erahnte Anna ein wenig von den Zügen jener toten Frau darin, die sie vor Monaten auf dem Seziertisch vor sich liegen gesehen hatte. Doch von denen des Prinzregenten, ob nun des alten oder des neuen, war rein gar nichts festzustellen. Der Kopf war kantig, das Haar hätte einen Schnitt gebrauchen können, der Schnurrbart glänzte von Pomade.

Er grüßte Anna kurz und ging sofort weiter in Doktor Gernhubers Büro. Onkel Ludwig blieb bei Anna stehen.

»Hoffentlich macht euch der keine Scherereien«, bemerkte er. »Der hat uns schon die halbe Polizeiwache rebellisch gemacht mit seiner Nörgelei. Manche Sachen brauchen halt Zeit. Da fragt man sich schon, warum er sich ein Dreivierteljahr Zeit gelassen hat, bis er sich an seine Mutter erinnert, wenn's ihm jetzt auf einmal so pressiert. Aber mei. Österreicher halt.«

Anna hatte es aufgrund des Dialekts schon vermutet, war aber doch überrascht. »Wieso lebt denn der Sohn von einer Münchner Schauspielerin in Österreich?«

»Er ist bei den Eltern von der Röckl aufgewachsen, sagt er.«

»Und die sind Österreicher?« Nun war Anna endgültig verblüfft.

»Ja, freilich, hast du das ned g'wusst? Ich hab's in den Akten gelesen. Stimmen könnt's schon, dass er der Sohn ist, weil er den gleichen Namen hat.«

»Die Adele Röckl hieß ursprünglich Adele Kinshofer?«

»Geh, Anna. Adele Röckl war ja bloß ihr Bühnenname. Ihr wirklicher Name war Maria Kinshofer. Oder Marielle, so haben sie sie meistens gerufen.«

Adele Röckl hieß noch nicht einmal Adele Röckl. Anna starrte ihren Onkel mit offenem Mund an. Ob Herr von Weynand das überhaupt wusste? Erwähnt hatte er es nie. Wahrscheinlich hatte er nie ernsthaft versucht, etwas über die Frau herauszufinden, die er in seinem Artikel so schlechtgemacht hatte.

Zum ersten Mal seit längerer Zeit war Anna wieder ärgerlich auf ihn.

Die Unterredung mit Doktor Gernhuber dauerte nicht lange. Kaum eine Viertelstunde nachdem Onkel Ludwig sich verabschiedet hatte, kam der Arzt mit seinem österreichischen Gast schon wieder heraus.

»Tut mir wirklich leid, Herr Kinshofer, dass ich Ihnen nicht weiterhelfen kann. Den ordentlichen Gang der Dinge müssen wir einfach abwarten. Die meisten Akten dürften inzwischen schon in den Archiven sein; das dauert, bis die zuständigen Richter den Fall wieder aufnehmen. Inzwischen schaue ich, was ich für Sie finde, aber ich denke nicht, dass sich hier bei uns noch Gegenstände aus dem Besitz Ihrer Frau Mutter befinden. Das dürfte inzwischen alles bei den Asservaten sein.«

Herr Kinshofer hob kurz seine schweren Schultern; die Geste wirkte unwirsch. »Eine Lauferei ist das. Das hätte ich nicht gedacht, dass das so ein Zirkus wird.«

»Die Dinge müssen nun einmal ihre Ordnung haben.« Doktor Gernhuber wandte sich Anna zu. »Bitte, Fräulein Anna, seien Sie so lieb und bringen Sie den Herrn Kinshofer nach unten zur Tür. Ich muss zurück zu meinen Präparaten.«

Der österreichische Gast stapfte mit schweren Schritten neben Anna her. »Eine Schand' ist das«, beklagte er sich. »Da fährt man den weiten Weg mit der Bahn, nimmt sich in München ein sündhaft teures Hotelzimmer, und überall, wo man hinkommt, heißt es warten, warten, warten. Man hat seine Zeit ja auch nicht gestohlen.«

»Das tut mir leid für Sie, Herr Kinshofer. Hoffentlich geht es von jetzt an rascher.«

»Das wär zu hoffen, ja! Und überall, wo man hinkommt, muss man sich anschauen lassen wie ein lästiger Bittsteller oder gar wie ein Erbschleicher. Meine Papiere sind alle in Ordnung!« Seine fleischigen Lippen verzogen sich zu einem bitteren Schmollen. »Man ist ja auch ein Mensch, man hat ja auch ein Gefühl.«

»Ja, bei so einem traurigen Anlass möchte man sich eigentlich nicht auch noch mit der Bürokratie abgeben müssen«, sagte Anna verständnisvoll. Er nickte.

»Das kostet ja auch alles was. Jeden Stempel muss man sich bezahlen lassen. Dabei weiß man noch gar nicht, was man eigentlich bekommt am Ende, also, was da an Eigentum noch da ist. Am Ende bekommt man noch nicht einmal die Spesen wieder herein?«

»Ein paar Erinnerungsstücke an Ihre Mutter werden Sie bestimmt bekommen.«

»Ja, freilich, das schon.« Er zuckte wieder mit den Achseln. »Also, wenn ich schon einmal da bin in München, dann kann ich mir auch gleich dieses berüchtigte Schwabing anschauen. Wissen Sie, wo man da so am besten hingeht?« Er schien nicht übel Lust zu haben, sich von Anna direkt zu den Lokalen führen zu lassen. Ihr kam eine Idee.

»Ich nicht. Aber ich kenn vielleicht jemanden. Einen richtigen Experten. Er ist ein Journalist, und ich weiß zufällig, dass er sich auch sehr für Ihre Frau Mutter interessiert hat.«

»Ein Journalist?« Kinshofers Augen leuchteten auf. »Meinen Sie, der würde vielleicht auch etwas bezahlen, für ein Interview über meine Mutter?«

»Soll ich ihn fragen?«

»Ja, machen S' das! Ich schreibe Ihnen die Adresse von meinem Hotel auf, wenn Sie ein Blatt Papier für mich haben.« Er hielt den Bleistift beim Schreiben wie einen Besenstiel. »Da kann Ihr Bekannter mich finden.«

Anna steckte den Zettel ein, verabschiedete Herrn Kinshofer in den hereinbrechenden Münchner Abend und eilte zurück in Doktor Gernhubers Büro. Der Arzt schien immer noch mit seiner Analyse beschäftigt, und Anna nutzte den Moment, um zum ersten Mal den Telefonapparat in eigener Sache zu benutzen und, glühend vor Stolz, bei der Vermittlung den Anschluss der Villa Senftl-von Weynand in Bogenhausen zu verlangen.

Friedrich kauerte sich in den Ohrensessel in der Zimmerecke und versteckte sich hinter einer Zeitung, um der Atmosphäre jenes Wohnzimmers zu entgehen, das wohl seines war. Am Kaffeetisch saß Sibylle mit der Brandt zusammen und besprach die Liste von potenziellen Schulfreunden, mit denen abzugeben sich für Willi lohnen könnte. Zwei weitere Damen, in ähnlicher Lage und mit ähnlichen Wünschen für die eigenen Sprösslinge, waren erst vor einer Viertelstunde aufgebrochen; es schien sich um eine konzertierte Aktion zu handeln.

Offenbar konnte man aus allem einen Feldzug machen, auch aus dem Schulleben eines Sechsjährigen.

In diesem Moment trat ein Diener ein. »Ein Fräulein Zech wünscht Sie zu sprechen, Herr Baron.«

Beinahe wäre Weynand die Zeitung aus der Hand gefallen. Anna? Anna rief ihn an?

Die Wirkung war verblüffend. Im Gesicht des Dieners stand eine unterdrückte Empörung, die sich nur aus Höflichkeit und Respekt nicht deutlicher äußern durfte. Fräulein Brandts Kopf ruckte so heftig herum, dass ihr durch viel falsches Haar aufgebesserter Dutt Gefahr lief, ins Rutschen zu geraten, ja, selbst Sibylle runzelte indigniert die Stirn.

Allein schon dafür hätte Friedrich Anna küssen mögen.

»Bitte entschuldigt mich einen Moment«, sagte er betont lässig. Er faltete die Zeitung zusammen und ging hinüber ins Kontor.

»Anna?«, fragte er ungläubig, sobald er den Hörer am Ohr hatte. »Sind das wirklich Sie?«

»Natürlich ich.« Sie klang doch ein wenig stolz darauf, ihn verblüfft zu haben. »Warum sollte ich es nicht sein?«

»Haben Sie seit Neuestem Telefon in Ihrer Wohnung?«

»Nein, aber im Institut. Und von da rufe ich an. Ich habe eine Neuigkeit für Sie! Also, eigentlich für den Herrn Nachtwey.«

»Dann lassen Sie sie den Herrn Nachtwey mal hören.«

»Ich kenne den Sohn von Adele Röckl.«

Er war sprachlos. »Den Sohn von … Adele Röckl hatte einen Sohn?«

»Natürlich«, gab sie schnippisch zurück. »Das stand doch sogar in der Zeitung.«

Ihr Tonfall brachte ihn zum Lachen. »Anna, ich hatte Ihnen doch längst gestanden, dass ich mir das ausgedacht hatte.«

»Ja, Sie mit Ihrer Zeitung arbeiten vielleicht mit erfundenen Geschichten«, schnappte sie zurück. »Aber wir bei der Gerichtsmedizin nicht. Die Kaiserschnittnarbe, die wir gefunden hatten, war echt. Und jetzt kenne ich den Grund dafür. Wenn Sie wollen, können Sie ihn sich anschauen. Er heißt

Matthias Kinshofer und ist gerade zu Besuch in München. Aus Österreich, wie seine Mutter. Die hieß nämlich gar nicht Röckl, sondern Kinshofer!« Sie machte gar nicht erst den Versuch, den Triumph in ihrer Stimme zu verbergen, während sie ihm diese Dinge der Reihe nach aufzählte.

»Allmählich glaube ich, nicht ich sollte als Reporter arbeiten, sondern Sie«, spöttelte er, »so engagiert, wie Sie sich um Fakten bemühen.«

»Allmählich glaube ich das auch. Also, kommen Sie?«

»Selbstverständlich.«

»Gut, Sie dürfen mich nach der Arbeit abholen, dann gehen wir zu Herrn Kinshofer.« Es klickte in der Leitung, sie hatte aufgelegt. Weynand schmunzelte in sich hinein. Da hatte er die ganze Geschichte rund um diese alte Schauspielerin gerade völlig vergessen, und schon zauberte Anna ein Kaninchen aus dem Hut, um ihn daran zu erinnern.

Zurück im Salon, fand er Sibylle noch immer am Tisch mit der Brandt; bei seinem Eintritt erhob sie sich allerdings und winkte ihn zur Seite.

»Könnte ich dich bitte kurz sprechen, lieber Friedrich?«

Gehorsam folgte er ihr hinüber in die Fensternische. Er konnte sich ausmalen, welches Thema sie anschneiden würde, und sie enttäuschte ihn nicht.

»Wie du weißt, wäre ich nie so impertinent, mich in dein Privatleben drängen zu wollen«, erklärte sie sanft. Den Tonfall einer lebenslangen Dulderin hatte sie im Lauf der Ehe perfektioniert. »Allerdings wäre ich zufriedener, könntest du gewissen Bekanntschaften verständlich machen, wie wenig es sich für sie schickt, sich hier zu präsentieren. Stell dir vor, eine meiner Freundinnen wäre noch im Haus gewesen; in welch peinliche Lage hättest du mich durch diesen Anruf gebracht! Frau Generaldirektor Martens legt größten Wert auf ordentliche Familienverhältnisse.«

»Sie sollte in ihrer eigenen Familie damit anfangen und ihrem Ehemann die kleine Französin austreiben, die er in der Adalbertstraße in einer Maisonettewohnung untergebracht hat.«

»Friedrich!« Einen Moment erwartete er, Sibylle würde mit dem Fuß aufstampfen wie ein kleines Kind. »Du könntest wirklich ein bisschen mehr Rücksicht nehmen auf meine Nerven. Es ist äußerst ungehörig, solche Dinge in meiner Gegenwart anzusprechen.«

»Also sie auszusprechen ist ungehörig, sie zu unternehmen nicht?«

»Der Herr Generaldirektor muss selbst wissen, was er mit seinem Leben anstellt«, sagte sie. »Und du auch. Ich ziehe es vor, mich mit den Schönheiten der Welt zu beschäftigen, nach innerer Größe zu streben und die übrige Welt durch mein Beispiel ebenfalls dazu zu inspirieren. Es tut mir leid, dass es mir in deinem Fall so wenig zu gelingen scheint.«

Mit diesem verbalen Tiefschlag ließ sie ihn stehen, um sich weiter mit der Liste zu beschäftigen, die die Brandt auf dem Tisch hatte liegen lassen. Einen Moment war Weynand versucht, ihr zu folgen und ein paar der Dinge zu sagen, die ihm dazu gerade durch den Kopf gingen – und die anzusprechen Sibylle unzweifelhaft wieder als ausgesprochen unschicklich empfunden hätte. Dann beließ er es doch bei der kühlen Mitteilung, er werde auswärts zu Abend essen.

»Ich hatte nichts anderes erwartet«, gab Sibylle zurück, ganz Sanftmut und Freundlichkeit. Er ließ den Wagen kommen, schnappte sich Mantel und Hut und sah zu, dass er aus dem Haus kam. Er würde in die Redaktion fahren, um Wirsch, Höhenberger, Hintze und Meindl zu ärgern, und danach noch eine Weile durch die Goethe- und die Pettenkoferstraße laufen, dachte er, bis Anna aus der Arbeit kam; das Wetter war ja ganz gut. Aber selbst bei Wind und Regen wäre es draußen angenehmer gewesen als bei ihm zu Hause.

Sobald er dem österreichischen Wunderknaben, den Anna ausgegraben hatte, beim Großen Wirt in Schwabing gegenübersaß, begriff Weynand, weshalb Anna so triumphierend geklungen hatte. Der vierschrötige Kerl mit dem wuchtigen Schädel hatte mehr von einem Fuhrknecht als von einem Wittelsbacher. Außerdem wusste er sehr genau, wer sein Vater war: ein Fabrikant von Marmeladen und Konfitüren aus Wien.

»Der hat die Mutter damals auf der Bühne gesehen und sich vom Fleck weg in sie verliebt«, erzählte er unbefangen. »Da war sie noch ein ganz junges Ding, vielleicht sechzehn Jahr' alt. Wissen Sie, die Mutter ist den Großeltern damals ausgerissen und allein in die Stadt gegangen, weil sie unbedingt zur Bühne wollte. Eigentlich hätt' sie gern Sängerin werden wollen, aber dafür hat die Stimme nicht gereicht. Beim Varieté hat sie angefangen, da hat sie mein Vater gesehen. Ja mei, und wie's halt so geht, dann war sie halt schwanger. Brauchen können hat sie mich natürlich ned, bei der Bühne. Da hat sie sich mit den Eltern ausg'söhnt und mich heimg'schickt.«

»Dann sind Sie also bei Ihren Großeltern aufgewachsen?«, erkundigte Weynand sich. Kinshofer nickte.

»Freilich. Ist mich hart genug angekommen. Kein schönes Leben, wenn man bloß der unerwünschte Enkelsohn ist und der Grund für Tratscherei im Ort, das können Sie sich wohl denken, Herr Nachtwey.« Er schaufelte das Essen in sich hinein. Sobald Weynand angekündigt hatte, für die Spesen des heutigen Abends aufzukommen, hatte Kinshofer das teuerste Gericht auf der Speisekarte ausgewählt. Er hätte es ruhig ein wenig mehr genießen können. Immerhin wurde er gesprächig.

Anna saß daneben, stocherte in ihrem Teller, nippte an ihrem Glas Riesling und blickte in unverhüllter Genugtuung von einem ihrer Begleiter zum anderen. Für sie war dieser Matthias Kinshofer die klare Widerlegung aller Andeutungen, die Weynand in seinem Artikel über Adele Röckl gemacht hatte. Dass ein so unschuldiges Wesen wie Anna so süffisant lächeln konnte!

Wenn Weynand heute Abend schon den Journalisten spielen musste, konnte er es auch mit Anstand tun, fand er, holte sein Notizbuch heraus und schrieb mit. »Hatten Sie während Ihrer Kindheit denn Kontakt zu Ihrem Vater?«

»Seinen Unterhalt hat er immer pünktlich g'zahlt.« Das war offenbar für Kinshofer das Wichtigste. »Und zu Weihnachten und zum Geburtstag hat er auch immer was g'schickt. War ein guter Kerl, der Vater. Nehm ich an. G'sehen hab ich ihn nie.«

»Nie?« Anna machte schon wieder große traurige Augen. »Hatten Sie wenigstens ein Foto von ihm?«

»Die Mutter hat eins gehabt, wo sie mit ihm drauf war, aber das hat s' nicht hergegeben.«

Die Bemerkung machte Weynand stutzig. Anna hingegen verstand die Andeutung merklich nicht. »Lebt Ihr Vater noch?«, erkundigte er sich. »Natürlich müssen Sie seinen Namen nicht nennen; ich verspreche Ihnen völlige Diskretion.«

»Das brauchen S' nicht, der Vater ist schon tot.«

»Und nun Ihre Mutter auch, und unter so hässlichen Umständen obendrein. Mein Beileid, Herr Kinshofer. Sagen Sie, weshalb kommen Sie eigentlich erst jetzt nach München? Adele Röckl ist ja schon ein halbes Jahr tot. Hat man Sie nicht verständigt?«

»Doch, doch. Die Mutter war ordentlich, ihre Papiere waren immer in Ordnung. Da hat uns die Polizei leicht ausfindig machen können. Aber mei, der September war halt mitten in der Ernte. Danach dann hab ich grad wieder eine Stelle gehabt, und der Meister hat mich auf Innsbruck geschickt. Da hat's dann ein paar Scherereien gegeben, und ich hab eine Weile nicht so können, wie ich wollt.«

»Das ist freilich unangenehm.« Wenn Weynand sich das Tempo anschaute, in dem der Mann trank, vermutete er hinter der Floskel einen Aufenthalt in der Ausnüchterungszelle und anschließende Verwarnung wegen trunkenen Aufruhrs. »Aber jetzt haben Sie sich endlich freimachen können?«

»Der Großvater hat gemeint, man müsst' doch einmal herschauen, nach dem Erbe von der Mutter«, berichtete Kinshofer freimütig. »Meinen Vater hat letztes Jahr um Weihnachten herum die Grippe weggeräumt. Da haben wir an seine Witwe und den Sohn geschrieben und uns vorgestellt und gefragt, wie das jetzt weiter ausschaut mit dem Unterhalt. Aber da geht wohl nichts. Deswegen hat der Großvater gemeint, ich soll einmal schauen, ob ich nicht in München schneller und einfacher an mein Sach' komme.«

»Ihr Vater hat Ihnen demnach bis jetzt Unterhalt bezahlt?«, staunte Anna. Kinshofer war mindestens Ende zwanzig. Die Frage machte ihn nicht einmal verlegen.

»Freilich. Ich hab ja gesagt, dass er ein guter Kerl war. Da hat's nie was gegeben. Und wo es mit meiner Schusterstelle am Ende doch nicht geklappt hat, da gehört sich das doch.«

»Und besser für ihn war es auch«, sagte Weynand ihm ins Gesicht. »Nachdem Ihre Mutter das kompromittierende Foto von ihm hatte.«

Statt beleidigt zu sein, lachte Kinshofer und leerte sein Glas. »Ich seh schon, Sie verstehen einen. Genau so war's. Und das Foto vom Vater, wo er die Mutter auf dem Schoß hat, das hätte ich schon gern. Für verschiedene Zwecke.«

Er machte einen Versuch, listig zu blinzeln, der aber seiner Trunkenheit zum Opfer fiel. Weynand konnte nicht weiter darauf achten, weil er Anna, die schon den Mund zu einer wütenden Protestrede öffnete, das Wort abschneiden und ihr gleichzeitig unter dem Tisch auf den Fuß treten musste. »Hatte Ihre Mutter eigentlich im Laufe Ihrer Karriere viele Verehrer? Sie war ja sehr berühmt.«

»Eine ganz große Künstlerin«, bestätigte Kinshofer. »Freilich sind ihr die Männer nachgelaufen, das lässt sich ja gar nicht vermeiden. Sie hat auch was aus sich gemacht und daraus, dass die Männer so närrisch nach ihr waren. Dumm war sie nicht, meine Mutter. Sie hat immer gewusst, worauf es am meisten ankam, aufs Geld natürlich.«

So wenig Weynand diesen ungeschliffenen Mann ausstehen konnte, so sehr genoss er die Unterhaltung. Annas anfänglicher Triumph hatte sich in das exakte Gegenteil verwandelt; sie sah regelrecht entsetzt aus. Dieser Matthias Kinshofer bestätigte Weynands Vorurteile über Adele Röckl und den Artikel im *Generalanzeiger* beinahe Wort für Wort.

»Dann darf man wohl annehmen, dass Ihre Mutter noch mehr Fotos besaß, bei denen sie Herren auf dem Schoß saß?«, fragte Weynand. Jetzt triumphierte er.

»Und noch bessere«, grinste Kinshofer. »Das glauben Sie gar nicht, zu was sich manche verliebten alten Gockel alles hergeben, ohne dass sie dabei an die Konsequenzen denken.«

»Heißt das, dass da noch mehr Herren für Sie Unterhalt bezahlt haben außer Ihrem wackeren Herrn Vater?«

»Zu mir gelangt ist immer bloß der von meinem echten Vater.« In Kinshofers Stimme lag Bedauern. »Aber die Mutter hat sich öfters Fotos von mir schicken lassen. Wie ich eingeschult worden bin, da wollt' sie gleich ein halbes Dutzend Abzüge von der Fotografie. Der Großvater ist dann immer extra in die Stadt gefahren mit mir, zum Fotografen. Bloß für wen die Fotos alle waren, das hat sie uns nie gesagt. Das wär mal interessant. Da müssen doch Papiere da sein, weil, wie gesagt, ihre Papiere hat sie immer einwandfrei in Ordnung gehabt. Wenn die Polizei die bloß nicht verschwinden hat lassen …«

»Das war aber nicht anständig von Ihrer Mutter!«, platzte Anna nun doch heraus.

Kinshofer tat sein Bestes, eine zerknirschte Miene aufzusetzen. »Freilich, da haben S' schon recht, Fräulein. Aber die Zeiten sind halt einmal hart.«

»Wissen Sie, ob Sie noch Geschwister hatten?«, fragte Weynand.

»Keine, da bin ich sicher. Nach mir ist nix mehr gekommen bei der Mutter. Sie hat immer gesagt, wenn die hohen Herren an sie zahlen müssen, dann ist das Schadensersatz dafür, dass sie ihretwegen ihre Gesundheit ruiniert hat und keine ordentliche Familie mehr haben kann.«

»Hört sich an, als wäre sie nach Ihrer Geburt unfruchtbar geworden«, sinnierte Weynand laut. »Vielleicht gab es Komplikationen beim Kaiserschnitt. Das kann natürlich passieren, vor allem, wenn sie noch sehr jung war. Oder sie wurde doch noch ein zweites Mal schwanger, hat es wegmachen lassen, und dabei ging etwas schief.«

»Möglich, alles möglich. Sie ist, wie ich auf der Welt war, bald nach München gegangen und hat sich umbenannt in Adele Röckl. Wegen dem Gerede, wissen Sie. Da haben wir sie dann nimmer so im Blick gehabt. Dass sie keine Kinder mehr haben konnte, das muss auf jeden Fall gestimmt haben. Später hätte sie ja wirklich gern welche gehabt, denke ich, aber sie ist nie mehr schwanger geworden. Also, wo sie dann verheiratet war.«

Keine Bombe hätte so einschlagen können wie dieses Wort.

»Verheiratet?« Annas Ausruf ähnelte einem Quieken, aber

Weynands eigene Miene und Tonfall waren nicht weniger überrascht.

»Freilich, haben Sie das nicht gewusst? Darum weiß ich das ja so genau mit den Fotografien und den Papieren. Das ist gewesen, gleich nachdem sie von München nach Berlin gegangen ist. Damals hat sie geheiratet, einen Berliner Theaterintendanten, und hat mich dann zu sich genommen. Da hab ich ein paar Jahre bei ihr und ihrem Mann gelebt.«

»Wann war das?«

»Das muss so 1896 oder 1897 gewesen sein. Ich war elf oder zwölf. Bis ich sechzehn war, aber auf Dauer war das nichts in Berlin. Da hat's öfters gescheppert, und welcher Ehemann möcht' schon den Bankert von seiner Frau mit aufziehen? Vor allem, wenn keine eigenen Kinder kommen.«

»Faszinierend«, sagte Weynand. Er warf einen raschen Blick auf Anna. In dieser Angelegenheit steckte definitiv noch eine weitere Geschichte für den *Generalanzeiger*. »Was halten Sie davon, wenn wir uns dazu noch ein wenig unterhalten? Ich hätte eine ganze Menge weiterer Fragen an Sie – Fräulein Zech wird Ihnen ja erzählt haben, dass ich Journalist bin.«

Kinshofer lehnte sich auf seinem Sitz zurück. »Nichts für ungut, aber wie schaut's denn dabei damit aus?« Er rieb die Spitzen von Daumen und Zeigefinger gegeneinander. »Ohne Diridari werd ich mich nicht lang aufhalten können in München, und solang ich nicht weiß, wie lange es dauert, bis ich hier fertig bin, kann ich mir nicht leisten, dass ich was umsonst verschenk.«

»Das verstehe ich vollkommen, Herr Kinshofer, keine

Sorge. Ich kenne mich aus in solchen Angelegenheiten; wir werden uns bestimmt einig. Hatten Sie nicht zu Fräulein Zech gesagt, Sie wollten sich gern einige Dinge in München ansehen?« Weynand lächelte einladend. »Was halten Sie davon, wenn ich Ihnen heute Abend einfach einmal Schwabing zeige? Allein schon wegen meines Berufs kenne ich mich hier besser aus als irgendjemand. Und natürlich würde ich Sie heute freihalten, als meinen Gast.«

»Das ist ein Wort!« Kinshofer rieb sich die Hände, und Weynand stand auf, ergriff Annas Arm und zog sie mit in die Höhe.

»Wunderbar! Warten Sie hier auf mich, ich besorge nur schnell einen Wagen, der Fräulein Zech nach Hause bringt.«

»Aber …«

Weynand legte Anna die Hand zwischen die Schulterblätter und schob sie sanft Richtung Ausgang, ehe sie weiter protestieren konnte. Er zog ihren Mantel vom Haken und hielt ihn ihr auffordernd hin, als sie wütend vor ihm stehen blieb. »Jetzt machen Sie mir keine Szene, Anna.«

»Sie können mich doch nicht so einfach ins Bett schicken wie ein kleines Kind! Ich habe Ihnen diesen Herrn Kinshofer überhaupt erst aufgetrieben!«

»Anna«, sagte er ernst, »an die Orte, die dieser Herr wahrscheinlich besuchen möchte, würde ich Sie nicht mal mitnehmen, wenn Sie mich auf Knien darum anbetteln sollten. Also, falls Sie nicht Lust haben, zwischen leicht geschürzten Damen darauf zu warten, dass Adele Röckls illegitimer Spross im Hinterzimmer mit einer ihrer Kolleginnen fertig wird, dann fahren Sie jetzt nach Hause und gehen ins Bett.« Er lächelte. »Ich verspreche, ich horche ihn aus, so gut ich kann, und ich erzähle Ihnen alles, was ich herausfinde.«

»Aber bestimmt!«

»Wer von uns beiden ist jetzt neugierig? Wir treffen uns Samstag bei Emmi. Und jetzt gute Nacht, Anna!«

29.

Was Weynand bei Emmi zu berichten hatte, war einerseits sehr wenig und andererseits sehr viel, wenn man bedachte, dass Kinshofer ab einem gewissen Zeitpunkt nur noch lallte. Adele Röckls Ehemann hieß Victor Gleißner, hatte angeblich einen guten Teil von Adele Röckls Geld in unausgegorenen Theaterproduktionen verpulvert, diverse Geliebte gehabt und seine Ehefrau generell wie Dreck behandelt. So lange, bis Adele ihm davonlief, zurück nach München.

»Kinshofer war da schon wieder nach Österreich zurückgekehrt«, erzählte Herr von Weynand. »Mit seinem Stiefvater verstand er sich von Anfang an nicht gut. Kinshofers Großeltern waren überglücklich, ihn wiederzuhaben, denn jetzt ging auch der väterliche Unterhalt vom Herrn Fabrikanten aus Wien wieder an sie. Vorher hatten die Röckl und ihr Gleißner den selbst einkassiert.«

Geld, Geld und immer wieder Geld. Anna wollte beinahe schwermütig werden. In dieser Familie schien es nur selbstsüchtige Naturen zu geben. Sie wusste aus eigener Anschauung, wie hart das Leben sein konnte, aber konnte das alles entschuldigen?

Sie dachte wieder an das verstummte, leere Gesicht der Frau, das sie damals, Anfang September, im Saal des Anatomischen Instituts unter dem Leichentuch hervorgeholt hatte. An ihr eigenes Erstaunen über die stille Würde, mit der Doktor Gernhuber sie behandelte, und an die vielen Erinnerungen an Tante Sophie, die plötzlich in ihr aufgetaucht waren.

Vielleicht war es für einen Herrn von Weynand einfacher, das Schicksal dieser Menschen als Zeitvertreib zu betrachten. Für ihn waren sie immer weit weg, weit unter ihm. Aus dieser Position heraus konnte man vielleicht nicht anders, als sich über sie lustig zu machen.

Aber das war noch nicht alles.

»Adele Röckl scheint ihrem Ehemann bei seinen Amouren ziemlich früh auf die Schliche gekommen zu sein. Kinshofer erlebte etliche heftige Streitereien mit. Das war auch ein Grund, weshalb er das Leben auf dem Dorf irgendwann erstrebenswerter fand als das in der Großstadt. Kinshofer glaubt, dass Gleißner seine Mutter nur aus Berechnung geheiratet hat. Er dachte wohl, er könnte sie in Berlin ebenso groß herausbringen, wie sie es in München war. Aber Berlin dürfte ein ganz anderes Pflaster sein als München. Viel prüder. Wahrscheinlich hatte Gleißner auch gar nicht die Möglichkeiten oder das Talent dazu. Ich habe meinen Redakteur Hintze gefragt, der eine Weile in Berlin gearbeitet hat und noch immer Kontakte dort hat. Er hat von diesem Gleißner noch nie gehört; sehr erfolgreich kann er mit seinen Projekten nicht gewesen sein. Vermutlich hatte sich Adele in jeder Beziehung mehr von ihm erhofft, für ihre Karriere ebenso wie für ihr privates Glück.«

»Sie hat gedacht, er würde sie zu einer ehrbaren Frau machen«, vermutete Anna. »Wahrscheinlich hat sie darum ihren Sohn zu sich geholt. Um alles in die richtige Ordnung zu bringen.«

»Vater – Mutter – Kind? Ja, vielleicht. Gelungen ist es ihr nicht, wie es aussieht. Laut Kinshofer hat sie angedeutet, sie wolle sich von Gleißner scheiden lassen – und zwar unter den bestmöglichen Umständen. ›Ich habe alles, was ich brauche, um ihn an die Wand zu nageln‹, hat sie an Kinshofer geschrieben.«

Anna schüttelte den Kopf. »Das kann ich mir nicht vorstellen. Eine Scheidung ist doch für die Frau meist viel schlimmer als für den Mann.«

»Normalerweise ja. Es sei denn, sie kann ihm eindeutigen Ehebruch nachweisen. Fragen Sie nur mal Ihren Vermieter, meinen Freund Arnsberg. Der lebt in permanenter Furcht vor einer Scheidung, weil sie ihn ruinieren würde. Anscheinend hatte Adele Röckl genug Beweise für die Untreue ihres Mannes gesammelt, um ihrer Sache sicher zu sein.« Ein forschender Blick glitt zu Anna. »Glauben Sie mir allmählich, dass Adele Röckl und Ihre unglückliche Tante keine vergleichbaren Schicksale hatten?«

Wieder dachte Anna an das bleiche Gesicht, von dem sie an jenem Montag das Tuch zurückschlug. Seltsam, wie genau sie sich noch an die Züge der Toten erinnern konnte.

»Vielleicht weniger, als ich zu Anfang dachte«, gab sie zu. »Aber unglücklich war Adele Röckl auch. Ihr Mann hat sie nur benutzt, ihrem Sohn ist sie gleichgültig, sogar ihre Eltern hat anscheinend nur das Geld interessiert.« Sie stutzte. Herr von Weynand sah eigenartig nachdenklich aus. »Was halten Sie von der Geschichte?«, fragte Anna deshalb.

»Ich finde, sie stinkt zum Himmel«, gab er zurück. »Tatsache ist, Gleißner hatte ein großartiges Motiv, um Adele Röckl umzubringen. Wenn er tatsächlich so erfolglos und knapp bei Kasse war, wie Kinshofer annimmt, wäre eine Scheidung sein Ende gewesen.«

»Adele Röckl ist aber gar nicht umgebracht worden. Die Polizei hat längst auf Selbstmord entschieden.«

»Weil es das Bequemste ist!«

Anna konnte Herrn von Weynand ansehen, dass er bereits viel zu verliebt in diese neue Idee war, als dass er sie aufgeben wollte.

»Selbstmord, Akte zu, Fall abgeschlossen. Aber erinnern Sie sich doch an die Ergebnisse der Obduktion! Die Kaiserschnittnarbe? Prompt haben wir den unehelichen Sohn unserer Verstorbenen gefunden. Dann war da die seltsam hohe Konzentration von Barbituraten in Adeles Blut. Und die Vergewaltigung. Was würden wir dazu finden, wenn wir suchen? Von der Sekretärin des Polizeipräsidenten weiß ich, dass am Ufer des Auer Mühlbach durchaus Spuren gefunden wurden, sie waren nur wegen des Wetters so verwischt, dass sich nichts mehr damit anfangen ließ. Aber jetzt hätten wir einen echten Verdächtigen. Sollte man nicht weiter nachforschen?«

»Sie wollen doch nur einen neuen Artikel für Ihre Zeitung«, sagte Anna ungeduldig. »Sonst sind Sie auch nicht so hartnäckig. Warum wollen Sie diese arme tote Frau nicht endlich in Frieden ruhen lassen?«

Weynand schob seinen Teller von sich. »Weil hier etwas nicht stimmt. Wir haben es hier mit einem Milieu von Ganoven zu tun.«

Das schien ihn zu faszinieren, dachte Anna. Wahrscheinlich war es der wahre Grund, warum er so gern als verkleideter Reporter durch Schwabing zog. Es war ein Leben, von dem jemand aus seinen Kreisen sonst ausgeschlossen war. Für ihn war es spannend und unterhaltsam, aber für die, die dieses Leben führten, bitterer Ernst.

»Zumindest wissen wir jetzt, womit Adele Röckl ihr Geld verdient hat«, resümierte er. »Nein, nicht als Schauspielerin. Mit Erpressung. Sie hat Fotografien mit vermutlich betrunkenen Herren gemacht, so leicht geschürzt und anzüglich wie möglich, und diesen Herren dann dezent einen Abzug zugespielt mit der Bitte, doch demnächst ein paar Mark in einem Umschlag ohne Absender an ihre Adresse zu schicken. Wahrscheinlich hat sie damit sich, Eltern und Sohn in Österreich und ihren Berliner Ehemann finanziell über Wasser gehalten. Im Grunde genommen keine kleine Leistung, das muss man anerkennen.« Er starrte auf das Sträußchen Frühlingsblumen, mit dem Emmi den Tisch dekoriert hatte, und verstummte.

»Ich sehe Ihnen an, dass Sie mit dem Thema noch nicht abgeschlossen haben«, sagte Anna in sein Schweigen hinein. »Bitte versprechen Sie mir, keinen Artikel darüber zu schreiben.«

Er schaute auf und lupfte die Brauen. »Sie bitten mich? Ich muss mich wohl verhört haben! Das ist das erste Mal, seit wir uns kennen, dass Sie mich um etwas bitten! Und dann um so etwas? Schuhe, Nerzmäntel und Federboas hätten Sie haben können! Stattdessen ...«

Anna stimmte in sein Lachen ein. »Herr von ...«

»Vorsicht! Nicht mein Inkognito lüften!«

»Herr Nachtwey. Ich bitte Sie hiermit inständig, sich daran zu erinnern, welche Wirkung Ihr letzter Zeitungsartikel über Adele Röckl hatte. Bitte verfassen Sie keinen neuen.«

Weynand legte dramatisch die Hand aufs Herz. »Besiegt. Geschlagen und zu Boden geworfen vom Flehen einer Dame. So muss das sein. Ich verspreche es Ihnen.« Er grinste. »Zumindest, bis ich aus Berlin zurück bin.«

»Aus Berlin? Was wollen Sie denn dort?«

»Nachforschungen betreiben. Wie ein richtiger Reporter. Nun ja, offiziell mache ich eine Reise im Auftrag der Firma Senftl-von Weynand. Mein verehrter Herr Schwiegervater schickt mich jedes Jahr im Sommer einmal quer durch Deutschland, damit ich unsere wichtigsten Kunden mit dem ›von‹ in meinem Namen beeindrucke und bei der Abendtafel so tue, als hätte ich Ahnung von Ernte- oder Baumaschinen. Das ist so ähnlich die Grand Tour, die die Fürstensöhne vergangener Jahrhunderte gemacht haben. Wie sie werde ich eine Reisestation nach der anderen abklappern und mich dabei bemühen, so viele Kenntnisse und Eindrücke und so wenige Geschlechtskrankheiten mitzubringen wie möglich. Apropos, wussten Sie eigentlich, dass unser früherer König Maximilian II., Gott hab ihn selig, von seiner Junggesellenreise angeblich zeugungsunfähig zurückkehrte? Es ist ein wahres Mysterium, wie die Königin zu ihren zwei Söhnen gekommen ist.«

»Herr Nachtwey!«

»Aber es ist wahr! In jedem Fall werde ich meinem Schwiegervater vorschlagen, in diesem Jahr die Reise ein wenig vorzuverlegen. Wenn ich mich während meines Aufenthalts in Berlin dabei nach Victor Gleißner umhöre, können Sie doch nichts dagegen haben?« Er zwinkerte. »Es sei denn natürlich, Sie erklären mir hiermit, dass Sie mich während meiner mehrwöchigen Abwesenheit viel zu sehr vermissen werden, als dass ich fahren dürfte. Dann bleibe ich natürlich hier.«

Anna schluckte. Ein Teil von ihr war tatsächlich erschrocken bei dem Gedanken, Herrn von Weynand wochenlang nicht zu sehen. Es traf sie selbst völlig überraschend.

Offenbar sah er es ihr an. Er fasste vorsichtig nach ihrer Hand. »Das hätte eigentlich ein Scherz sein sollen, Anna.«

»Ich weiß.« Anna rang sich ein Lächeln ab. »Fahren Sie also. Damit ich Sie ein wenig vermissen kann.«

»Mein Schwiegervater wird begeistert sein. Normalerweise muss er mich jedes Jahr zu dieser Reise zwingen.«

30.

»Ich weiß schon, dass ich nur der Ersatzmann bin«, sagte Martin Stöttner über seinem Eisbecher. »Aber ich freue mich dennoch.«

Sein Lächeln saß ein wenig schief bei diesen Worten. Es schielte ebenso wie Martins linkes Auge, dachte Anna. Sie fragte sich, ob sie das Richtige getan hatte, als sie sich bereit erklärt hatte, am heutigen Sonntag mit ihm in den Englischen Garten zu gehen.

Seit der Begegnung in Labordes Tanzschule war sie Martin nur noch selten über den Weg gelaufen. Trafen sie sich zufällig bei Onkel Ludwig und Tante Leni, hatten sie sich wie früher freundschaftlich bei Kaffee und Kuchen unterhalten. Irgendwie hatte Martin offenbar erfahren, dass der berüchtigte Herr Nachtwey einige Wochen nicht in der Stadt sein würde. »Wir kennen unsere Pappenheimer«, hatte er nur gesagt, als Anna darüber staunte. Er schien entschlossen, die Abwesenheit seines Rivalen so gut zu nutzen wie möglich, und lud Anna unverzüglich für den nächsten Sonntag ein. »Jetzt müssten Sie doch Zeit haben für mich.«

Die hatte Anna tatsächlich, und außerdem ein schlechtes

Gewissen. Nicht Weynand gegenüber, sondern gegenüber Martin. Als sie vorsichtig herumdruckste, hatte Martin abgewinkt.

»Lassen Sie das meine Sorge sein, Fräulein Anna. Aus Holz bin ich zwar nicht, aber zusammenreißen kann ich mich schon. Wir essen ein Eis und reden ein bisserl über die Arbeit, wie wir das bei Ihrem Onkel sonst auch tun.«

Abgesehen von dieser Verlegenheit fühlte Anna sich wohl in Martins Gesellschaft. Über manche Dinge, wie ihre Arbeit im Institut, konnte sie mit ihm sogar besser sprechen als mit Herrn von Weynand. Martin begriff sofort, weshalb sie über manches, das sie in der Gerichtsmedizin erlebte, nicht so schnell hinwegkam, und weshalb ihr so viel daran lag, selbst jenen Menschen, die erst als Tote ihren Weg kreuzten, Gerechtigkeit widerfahren zu lassen. Genau das war ein Punkt, den Herr von Weynand nicht einmal im Ansatz zu verstehen schien.

»Das sind wir ihnen schuldig«, sagte Martin dagegen sofort. »Schlimm genug, wenn sich keiner ihrer angenommen hat, als sie noch am Leben waren. Manchmal sieht und hört man etwas und denkt sich: Mein Gott, wenn da einer beizeiten eingegriffen oder bloß was gesagt hätte – das hätt' alles nicht so böse enden müssen.«

So ernüchternd die Geschichten waren, die Martin erzählte, so gut tat es Anna, sich mit ihm auszusprechen. Erst im Gespräch mit ihm merkte sie, wie sehr sie solche Unterhaltungen vermisste, seitdem Herr von Weynand abgereist war.

Anna machte das Beste aus der ungewohnt vielen freien Zeit, die sie nun hatte. Mithilfe von Lobinger (der, solange es um Gerätschaften und Maschinen ging, ausgesprochen brauchbar war, weil er immer jemanden kannte, der jemanden kannte) erstand sie ein altes Damenfahrrad und radelte damit an einem Samstag zu ihrer Familie nach Aschheim, wo ihr unerwartetes Erscheinen große Freude auslöste. Vor allem bei Franziska, die dem Ende ihres Schuljahres entgegenfieberte.

»Wir warten nur noch auf mein Zeugnis. Ich hab gelernt wie noch nie. Es muss so gut sein, dass die vornehmen Damen gar nicht anders können, als mich zu nehmen!«

Als sie nach Hause kam, überreichte der Hausdiener ihr einen Brief. Sie erhielt sonst nie Post, insofern überraschte der Absender sie nicht: F. Nachtwey, Pension Garland, Berlin. Neugierig riss sie den Umschlag auf. Herrn von Weynands Handschrift war wie immer breit und schwungvoll und ein bisschen schwer zu lesen.

Sehr verehrtes Fräulein Zech,

liebste Anna!

Mit Entsetzen stelle ich fest, dass ich nun schon über vierzehn Tage auf Reisen bin, ohne Ihnen ein Wort über meine Abenteuer geschrieben zu haben. Bitte gestatten Sie mir, dies nun, da ich am Ort unserer gemeinsamen Hoffnungen angekommen bin, schleunigst nachzuholen!

Es war in der Tat eine ereignisreiche Fahrt: In Nürnberg wurde ich von einem wütenden Stationsvorsteher gejagt, der meinen Fahrschein nicht zu seiner Zufriedenheit kontrolliert hatte, und steckte anschließend bei strömendem Regen und undichtem Droschkendach eine halbe Stunde in einem Verkehrsauflauf, bei dem zwei Automobile kollidiert waren und einen Passanten verletzt hatten. Machen Sie aber nicht gleich wieder große traurige Augen; es war nicht schlimm genug, um jemanden in die Nähe Ihres Arbeitsbereichs zu bringen.

In Frankfurt wurde ich zum Glück nur von einem Rudel Straßenköter verfolgt (nachdem ich mit gewaltiger Verspätung angekommen war, hatte ich den Fehler begangen, mir in der örtlichen Bahnhofsgastronomie eine Bratwurst zu kaufen, die ich, wäre ich nicht so hungrig gewesen, den Tölen nach dem ersten Bissen liebend gern überlassen hätte). Jene lustige Unternehmenswitwe, deren Avancen mir mein werter Herr Schwiegervater angekündigt hatte, hatte sich zu meiner Erleichterung gerade einen neuen Beau von fünfundzwanzig Jahren angelacht und konnte daher auf meine Dienste verzichten. Mit meinem Besuch zufrieden war sie wohl trotzdem und hat sogar Interesse an einem neuen Kontrakt gezeigt, ebenso wie die hiesigen Herren, die sich bei meinem Erscheinen durch die Bank Mühe gaben, möglichst zackig-preußisch aufzutreten, während ich den betulichen und naiven Bayern gab und mich sogar bemühte, Dialekt zu sprechen. Das gefällt hierzulande. Immerhin gehen die Herren Preußen nicht so weit, vor mir die Hacken zusammenzuschlagen; ich wüsste nicht, ob ich mich bei diesem Anblick noch halten könnte.

Berlin ist so schön oder hässlich, wie man will. Wenn Sie meinem Werben endlich einmal nachgegeben haben, werde ich Sie gern in die höheren und niedrigen Gefilde unserer deutsch-kaiserlichen Hauptstadt einführen. Bis jetzt sind sie mir allerdings selbst noch völlig unbekannt, weil ich außer ei-

nem Hotelzimmer und den Speisezimmern diverser Handelspartner noch wenig gesehen habe. Letztere ähneln einander massiv, nebenbei bemerkt, selbst die Bilder an den Wänden variieren in ihren Motiven nur zwischen Kaiser Wilhelm eins oder zwei, Bismarck und Königin Luise.

Nachdem ich alle nebensächlichen Dinge im Eiltempo abgearbeitet habe, tauschte ich den Abendanzug gegen Hose, Hemd und Weste und den Zylinder mit der Reportermütze und bin vom Hotel in eine Pension gezogen. Ab morgen werde ich mich auf die Jagd nach Victor Gleißner machen. Wünschen Sie mir Glück! (Oder besser nicht, denn ich bin sicher, ich werde eine Menge Dinge herausfinden, die Sie gar nicht gern hören wollen!)

Gibt es bei Ihnen etwas Neues? Was treiben Ihre Ärzte, über welche schrecklichen Verbrechen haben Ihre Toten Sie aufgeklärt? Schreiben Sie mir, ich flehe Sie an; vor meinem Fenster regnet es, die Varietés öffnen erst in zwei Stunden, und meine Wirtin scheint entschlossen, nachzuholen, was die lustige Witwe in Frankfurt versäumte. Abgesehen davon habe ich mich in den letzten Tagen über nichts als Maschinenöl und Metalllegierungen unterhalten und sterbe vor Langeweile.

Herzlichst
Ihr
F v W

»Gleißner? Det dürfen Sie mir glauben, det ick den kenn. Der schuldet mir 'n Haufen Jeld!«

Im Grunde war es gar nicht schwierig, dem Vermissten auf die Spur zu kommen, fand Weynand. Halb Berlin schien den sauberen Herrn ebenfalls zu suchen, man musste sich nur in die Kolonne einreihen. Die meisten Leute waren auch auskunftsfreudig und schimpften schneller, als Friedrich das Notizbuch zücken konnte.

Er hatte seine Erkundigungen in jener Gaststätte begonnen, in der Gleißner sein letztes Stück aufgeführt hatte, bevor er verschwand. Hintze hatte über seine Kontakte in Berlin einige alte Zeitungsausschnitte organisiert, in denen Gleißners Name erwähnt wurde, daher hatte er die Adresse. Der Wirt schäumte bei der Erinnerung an die Theaterabende.

»Wenn der mir zwischen die Finger kommt, denn garantier ick für nichts! Wegen dem Kerl hätte ich beinahe Bankrott gemacht!«

Die Idee habe sich zunächst gut angehört. »Bisschen was Neues, mal Schwung reinbringen in die alte Hütte.« Er deutete vom Tresen auf die holzgetäfelten Wände und die Butzenglasscheiben der Fenster. Die Gaststube lag ein wenig tiefer als die Straße und war recht groß; eine improvisierte Bühne mochte hier durchaus Platz haben. »Ick mein, heutzutage muss man sich auch mal was einfallen lassen, die Konkurrenz schläft ja nich'. Der Kerl redete wie 'n alter Hase im Jeschäft, und was versteht unsereins schon davon? Er hat behauptet, er habe schon Hunderte Stücke aufgeführt, in großen Theatern, aber jetzt wolle er mal was Neues, was Besonderes probieren. Direkter Kontakt zum Publikum, Volksnähe und so weiter. Hat mir alles auf'm Blatt Papier vorgerechnet, da hab ick mir jedacht, det probierste.« Er hob hilflos die Schultern. »Und dann hieß es plötzlich, er braucht bessere Beleuchtung, samt einem, der das bedient. Und gemalte Kulissen. Einen teuren

Vorhang. Einen Gong, und was weiß ick noch alles. Dann kam er hier an mit seinen sogenannten Schauspielern zu einer ›kurzfristig anberaumten Textprobe‹, und ich musste seinetwegen an einem Sonntagnachmittag die Wirtschaft geschlossen lassen. Die Herren vom Gesangsverein Patria Gloriosa hätten mich fast erwürgt deswegen, weil die da immer im Hinterzimmer proben.«

»Das klingt in der Tat nach vielen Ausgaben, die der Herr Ihnen aufgezwungen hat.« Friedrich hatte sein Notizbuch gezückt und schrieb mit. »Was für ein Stück wollte er denn aufführen?«

»Wenn ick das wüsste! Am Anfang hieß es, *Der Krug*. Det kenn ick, det mag ick. Da kannste ja nix verkehrt machen, hab ick mir jedacht. Und dann waren da auf einmal ein ganzer Haufen junge Weibsen auf der Bühne, und eine hat jeraucht, und eine hatte einen Matrosenanzug an, als wollte sie ins Wannseebad. Gut, hab ick mir jedacht, vielleicht nicht sehr stilvoll, aber wäre ja das erste Mal, det ein paar schöne Beine keine Gäste anlocken, mir soll's recht sein. Nur, dann haben die zu proben anfangen sollen, und keins der Mädchen konnte den Text, und jede hat nur mit den Hüften gewackelt und mit den Augendeckeln in Gleißners Richtung geklappert, und das Stück hat auch hinten und vorne keinen Sinn ergeben. Die männlichen Schauspieler waren kaum besser; einer war besoffen, der zweite hat hingeschmissen, als er die Mädchen gesehen hat.« Wieder das Achselzucken. »Dann sind sich die Mädels auf der Bühne in die Wolle geraten, und ick hab erst gedacht, det gehört zum Stück, in Wirklichkeit ging's dabei um den Gleißner. Der hat anscheinend jeder Einzelnen versprochen, sie ist die Hauptdarstellerin, damit er sie rumkriegt. Ja, und da war mir dann schon klar, was da läuft. Da hab ick dann Tabula rasa gemacht und das Ganze abgeblasen. Hat mir noch mal eine Stange Jeld gekostet, weil Gleißner darauf bestand, dass wir einen Vertrag hätten. Aber lieber so.«

»Wahrscheinlich sind Sie gerade noch rechtzeitig abgesprungen.«

»Det denk ich auch. Ein paar von den Bühnenaufbauten konnte ich sogar noch zurückgeben. Mittlerweile weiß ich von mindestens einem, der seinen Laden dichtmachen musste wegen diesem Kerl.«

Von diesem unglücklichen Herrn ließ Weynand sich gleich Namen und Adresse geben. Zu Gleißners aktuellem Aufenthalt konnte der Wirt leider rein gar nichts sagen, und den Namen Adele Röckl hatte er noch nie gehört.

»Eine Ehefrau? Den Eindruck hat Gleißner echt nicht jemacht. Wundert mich aber nicht, bei so einem. Die kann einem ja nur leidtun.«

»Angeblich wollte sie sich scheiden lassen. Hat Gleißner dazu nie etwas angedeutet?«

»Nie. Weder dass er verheiratet war noch sonst was.«

Wahrscheinlich hatte Adele ihn damals, in der ersten Jahreshälfte 1912, auch schon verlassen, um ihr Engagement in München zu beginnen, rechnete Weynand. Ob sie ihm da schon mit der Scheidung gedroht hatte? Oder kam das erst später?

An den nächsten Abenden streifte er durch die Lokale, deren Namen er in Hintzes Artikeln gefunden hatte. Überall hörte er das Gleiche wie in der ersten Gaststätte. In den

Theatern, an denen Gleißner ein Gastspiel gegeben hatte, wurde man noch weit deutlicher. Gleißner sei ein Gauner und Halsabschneider und als Intendant so unbegabt wie als Privatmann flatterhaft und leichtsinnig.

»Hat immer vom großen Wurf geträumt, hatte aber nie eine wirklich gute Idee. Kupferte ab, was gerade ging, und meistens schlecht«, lautete das Urteil. Vor allem, was seine Hauptdarstellerinnen anging, habe er miserable Urteilsfähigkeit bewiesen. Beine und Busen allein genügten eben doch nicht. »Ehrlich gesagt wusste niemand, wie der Mensch sich finanziell über Wasser hielt. Muss ein ziemliches Vermögen gehabt haben.«

Dieses Vermögen hieß wahrscheinlich Adele Röckl, dachte Weynand. Wenn er sich nicht sehr täuschte, so hatte Adele wohl auch in ihrer Ehe notgedrungen die diversen Erpressungen fortsetzen müssen. Falls sie, wie Anna anzunehmen schien, gehofft hatte, durch ihre Heirat »ehrbar« zu werden, hatte Gleißner sie wohl recht schnell eines Besseren belehrt.

Erst im Lustspielhaus in der Friedrichstraße hörte Weynand den Namen, auf den es ihm eigentlich ankam. Einer der dortigen Angestellten, ein grauhaariger Bühnenveteran, bald Souffleur, bald Requisiteur, kannte nicht nur Gleißner, sondern wusste auch um seinen veränderten Familienstand. »Dürften freilich die wenigsten auch nur gemerkt haben, dass er geheiratet hatte. Dass da eine Neue bei ihm wohnte, kam ja alle paar Monate vor. War eine besonders Hübsche und Quirlige, wenn ich mich recht erinnere, aber schon nicht mehr ganz taufrisch. Sie muss auch was im Köpfchen gehabt haben, wenn sie Gleißner bis vor den Traualtar gebracht hat; normalerweise vermied er es schon bei viel kleineren Dingen, sich festzulegen. Das scheute er wie der Teufel das Weihwasser.«

»Haben Sie seine Ehefrau kennengelernt?«

»Leider nur ganz oberflächlich. Auf mich machte sie den Eindruck, als wäre sie mit allen Wassern gewaschen. Nachdem Gleißner mit den ersten Stücken, in denen er sie auftreten lassen wollte, baden gegangen ist, hat sie ein paar Anläufe gemacht, sich in Berlin ohne ihn ein Engagement zu sichern, aber da war ihr Name schon verbrannt. Wobei sie wohl in jedem Fall Schwierigkeiten hier in Berlin bekommen hätte.«

»Inwiefern?«

»Verschiedene Dinge. Ihr Dialekt. Ich habe sie einmal auf der Bühne gehört.« Ein Lächeln blitzte unter dem grauen Schnurrbart. »Und dann hatte sie sich in München ein paar Manierismen angeeignet, mit denen sie in Berlin notgedrungen anecken musste. Hier sind die Dinge strenger, Gott sei's geklagt. Sobald eine Frau zu viel Bein zeigt, oder auch nur zu viel Oberarm und Schulter, muss man Angst haben, die Zensurbehörde rückt an. Sogar falls sie es nicht tut, sind die Leute nicht daran gewöhnt, wenn die Heldin auf der Bühne anders als tugendsam-steif agiert.«

»Nach allem, was ich von Adele Röckl noch an Erinnerungen habe, war das nicht ihre starke Seite.«

»Den Eindruck hatten wir auch«, lachte der Mann. »Das Publikum weiß dann nicht, wie es reagieren soll; es wird gezischt und gemurrt, und sei es nur, damit morgen nicht der Nachbar erzählt, man habe der Unsittlichkeit Vorschub geleistet. Keine Bühne kann sich leisten, ein Stück völlig in den Sand zu setzen, also zensiert man sich lieber selbst, bevor die

Behörden es tun.« Er zuckte die Achseln. »Das war früher alles einfacher. Bei Ihnen in München ist es das noch, wie ich höre.«

»Oh, bei uns wird auch eingeschritten«, sagte Weynand und dachte an die Auseinandersetzungen um Wedekinds *Lulu* und den Zensurbeirat des Polizeipräsidenten. »Sie wissen nicht zufällig, wie es zwischen Gleißner und seiner Ehefrau stand?«

Ein scharfer Blick traf Weynand. »Arbeiten Sie für sie?«

»Für Gleißners Ehefrau? Wie kommen Sie darauf?«

»Weil im letzten Jahr das Gerücht ging, sie habe einen Privatdetektiv auf Gleißner angesetzt, um Beweise für eine Scheidung zu suchen. Was in Gleißners Fall nicht besonders schwierig war. Er hatte ja ständig irgendwelche Weibergeschichten.«

Wie interessant. Das bewies zumindest, dass Kinshofer die Wahrheit gesagt hatte, was die Scheidung betraf.

»Wissen Sie ungefähr, wann Sie Gleißners Frau zum letzten Mal in Berlin gesehen haben?«

»Nein. Wir hatten ja keinen echten Kontakt, ich kannte sie nur vom Sehen.«

»Und Gleißner selbst, was wissen Sie von dem?«

»Nur, dass er der halben Stadt Geld schuldet. Viel hätte seine Frau aus ihm wohl nicht mehr herausschlagen können.«

Damit endeten vorerst alle Versuche, den Mann ausfindig zu machen. Weitere Auskünfte schien ihm niemand geben zu können. Einige verwiesen sogar darauf, dass vor einer Weile die Polizei nach dem Mann gesucht habe, auch wenn niemand wusste, wieso. Vermutlich waren das die Behörden, die Victor Gleißner den Tod seiner Frau mitteilen wollten.

Weynand dachte über das nach, was er gehört hatte, während er in Gesellschaft einer drallen Rothaarigen, die sich ungefragt an seinen Tisch gesetzt hatte, ein Glas Rotwein trank. Viel Neues war es nicht. Dass Victor Gleißner ein Luftikus der übelsten Sorte war, hatte er den Artikeln schon entnehmen können, die Hintze besorgt hatte. In den Theaterkreisen von Berlin war er mäßig bekannt, und wenn, dann hatte er einen schlechten Ruf; auch das hatte man sich denken können.

Bella, wie die Rothaarige an seinem Tisch sich nannte, kannte Gleißner im Übrigen auch. »Auf der Suche nach Victor Gleißner?« Ihre dunkel geschminkten Lippen öffneten sich zu einem Lachen, dazwischen blitzten überraschend gute Zähne. Die Mädchen in dieser Art Gaststätte pflegten sonst weniger gesund zu sein. »Wie viel ist er dir schuldig?«

»Eigentlich nur ein paar Auskünfte«, lächelte er zurück.

»Du bist billig, Kamerad.« Offenbar waren sie beim Du angelangt, ohne sich einander wirklich vorgestellt zu haben. »Da kenne ich ein paar Leute, die wollen mehr von ihm.«

»Du auch?«

»Ich bin schon froh, wenn ich ihn nie wieder sehen muss. Hast du eine Zigarette für mich, Liebling? Dann erzähle ich's dir genau.«

Natürlich hatte Weynand die. Ebenso wie er wusste, dass das Glas Rotwein, das sie sich bestellt hatte, auf seiner Rechnung erscheinen würde. Beziehungsweise auf Johann Senftls Spesenrechnung.

Bella steckte die Zigarette auf einen Zigarettenhalter aus Bakelit. Ausgesprochen elegant. Das hatte sich in München noch nicht durchgesetzt. Weynand nahm sich vor, Christiane von Arnsberg davon in Kenntnis zu setzen. Am besten brachte er ihr ein schönes Exemplar mit.

»Du kannst mich auch raten lassen«, sagte er, während er ihr Feuer gab. »Gleißner hatte dir die Hauptrolle in einem Stück versprochen?«

»In einem von ihm selbst geschriebenen Lustspiel«, nickte sie. »Er hat auch keinen Hehl daraus gemacht, was er als Gegenleistung wollte.« Ihr Lachen war dunkel und ein wenig heiser. »Normalerweise verlange ich dafür Bares. In seinem Fall habe ich eine Ausnahme gemacht. Er ist ein verdammt charmanter Hund, wenn er es darauf anlegt. Sieht auch nicht schlecht aus. Also habe ich ihn rangelassen. Wahrscheinlich habe ich mich sogar ein bisschen in ihn verliebt. Es hörte sich auch alles so wunderbar an, was er mir erzählte. Ans Theater zu kommen war immer mein Traum gewesen. Was anderes als das hier.« Die Hand mit der Zigarettenspitze machte eine vage Geste, die den gesamten Gastraum umschrieb.

»Dauerte vermutlich nicht lange?«

»Während der Proben wurde mir schon klar, dass das nichts würde. Zu jeder neuen Probe brachte er ein geändertes Textbuch mit. Kaum hatten wir unsere Passagen gelernt, schrieb er sie völlig um. Ein paar von den anderen dort waren richtige, gelernte Schauspieler; die gingen alle nach und nach. Trotzdem habe ich immer noch gedacht, es würde schon irgendwie funktionieren. Ich wollte es so unbedingt. Also habe ich Ja gesagt, als er Geld von mir wollte.«

»Er ist seine eigenen Darsteller um Geld angegangen?«

»Er ist jeden früher oder später um Geld angegangen. Dabei hatte er es wohl gar nicht nötig. Denke ich. Wenn er mich ausführte, warf er mit Geld nur so um sich. Aber in seine Theaterstücke hat er immer fremdes Geld gesteckt, kein eigenes.« Sie schnaubte höhnisch. »Man könnte sagen, er war nicht dumm. Er wusste schon, wie er seine Arbeit einzuschätzen hatte.«

»Habt ihr das Stück aufgeführt?«

»Einige Male, ja. Beim letzten Mal wurden wir buchstäblich von der Bühne gezischt. Da hatte Victor einige Tage vorher ein Chormädchen aufgegabelt und ihr eine Rolle zugeteilt. Eine Hosenrolle noch dazu. Sie konnte ihren Text nicht und war so aufgeregt, dass sie uns alle durcheinanderbrachte. Es war ein Desaster.«

»Kein schöner Ausflug an die Bühne.«

Sie rauchte. »Ich hab Schlimmeres erlebt, Schatz. Und was soll ich sagen, mir hat das damals einen ziemlich wohlhabenden Kunden eingetragen, der mich auf der Bühne gesehen hatte. Insofern hat es sich für mich zum Teil sogar ausgezahlt.«

»Dein Geld von Gleißner hast du aber nicht zurückbekommen, nehme ich an?«

»Mach keine Witze. Bei Victor war das utopisch. Die Knete habe ich abgeschrieben. Selbst wenn man ihn irgendwann erwischt und zur Kasse bittet, sind da einige Leute früher dran als ich.«

»Kanntest du Gleißners Ehefrau?«

»Er war verheiratet? Das arme Schwein. Ich meine die Frau, nicht ihn.«

»Weißt du ungefähr, wann Gleißner verschwunden ist?«

»Anfang letzten Jahres. Das weiß ich ziemlich genau. Auf einem Silvesterball habe ich ihn noch gesehen. Irgendwann Mitte Januar muss er seine Wohnung schon aufgegeben haben, denn da liefen schon die ersten Leute herum und fragten nach ihm. Irgendwann im Herbst schnüffelte sogar die Polizei herum und suchte ihn.«

Weynand stützte das Kinn auf die Hand. Was Bella erzählte, passte zeitlich nicht zu den Ereignissen, wie er sie sich zusammenreimte. Adele Röckl hatte man Anfang September aus dem Auer Mühlbach gefischt. Weynand hatte angenommen, Gleißner sei nach dem Mord an Adele Röckl – falls es denn ein Mord war – abgetaucht. Aber offenbar war er schon ein halbes Jahr früher verschwunden. Wegen der Schulden?

»Eigentlich seltsam«, sinnierte er laut, »dass Gleißner sich diesmal die Schulden so zu Herzen nimmt. Anscheinend hat er doch sein ganzes Leben lang geschnorrt und wusste sich immer vor den Konsequenzen zu drücken. Was ist dieses Mal anders?«

»Der Kiez«, sagte Bella. »Er hat sich mit den falschen Leuten angelegt, heißt es.«

»Er hatte Verbindungen zur Unterwelt?«

»Ach, woher denn. Die einzigen Verbindungen, die Victor hatte, waren die zu seinen eigenen Hirngespinsten. Aber bei den Banken kriegte er kein Geld mehr. Bei uns war er inzwischen auch bekannt wie ein bunter Hund. Ein paar Leute hatten den Eindruck, ihm sei tatsächlich zum ersten Mal das Geld knapp geworden. Angeblich lief er in der letzten Zeit in abgetragenen Anzügen herum – ausgerechnet Victor, der immer nach der neusten Mode gekleidet war.«

»Seine Ehefrau hat ihn irgendwann verlassen.« Warum hatte Weynand sich eigentlich nie erkundigt, seit wann genau

Adele Röckl wieder in München war? Anna hatte wohl recht, er war ein miserabler Journalist. »Vielleicht hat sie die Kasse mitgenommen.«

»Wäre ihm recht geschehen. Und ihr wär's zu gönnen. Ich will gar nicht wissen, was sie zuvor mit ihm auszustehen hatte.«

»Wegen Gleißners Schulden? Oder wegen seiner Frauengeschichten?«

»An Letzteres kann man sich gewöhnen, an Ersteres vielleicht auch. Aber er hatte so eine Art an sich …« Etwas zuckte in ihrem Gesicht. »Ich weiß gar nicht, wie ich das beschreiben soll. Er konnte dich in Grund und Boden reden. Und du kriegtest dabei das Gefühl, du bist klein und unwichtig und was für eine Gnade es ist, dass ein Victor Gleißner sich überhaupt mit dir abgibt. Weißt du, was ich meine?«

»So ungefähr, ja. Aber du machst mir eigentlich nicht den Eindruck, als würdest du dich leicht unterbuttern lassen. Oder für lange.«

»Hab ich auch nicht.« Sie drückte die Zigarette aus. »Obwohl ich da noch um einiges jünger und dümmer war als heute. Als ich zum ersten Mal aufgemuckt habe, weil er ständig mit anderen Mädchen herummachte und mich behandelte wie eine Idiotin, wurde er grob.« Sie lächelte müde. »Er ist ganz schön kräftig, und er hat klare Vorstellungen davon, wo der Platz einer Frau gegenüber einem Mann ist.«

»Er hat dich geschlagen?«

»Das auch. Nur so weit, bis ich mich nicht mehr gewehrt habe. Dann … na ja. In meinem Beruf bin ich es gewohnt, dass es ab und zu nicht so sanft zugeht.« Sie überspielte das

Zucken um ihren Mund, indem sie das Weinglas zum Mund führte.

Die Hämatome an Adele Röckls Oberschenkeln, dachte Friedrich. Mein Gott, die arme Frau.

»Was ist jetzt?«, erkundigte Bella sich in sein Entsetzen hinein. »Willst du den ganzen Abend über Victor Gleißner reden, oder hättest du Lust auf ein paar angenehmere Dinge? Der Wirt hier hat ein paar sehr bequeme Zimmer im oberen Stockwerk, und ich hab noch was gut bei ihm.«

Genauso wie Bella, nach ihrer Ansicht, natürlich inzwischen auch bei Weynand einiges guthatte, nachdem sie sich so lange mit ihm abgegeben hatte. Schließlich musste sie Geld verdienen.

Die saubere Lösung wäre gewesen, ihr Geld zu geben und zu gehen. Aber nach allem, was er heute gehört hatte, war ihm nicht mehr wirklich nach sauberen Angelegenheiten. Es schien wenig genug davon zu geben.

Abgesehen davon erinnerte Bella ihn an Carlotta.

»Sagst du mir deine Preise vorher oder nachher?«

»Vorher. Bei mir geht es fair zu, Liebling.«

Da er so dringend um Antwort gebeten hatte, schrieb Anna Herrn von Weynand tatsächlich zurück, und zwar eine Ansichtskarte mit einer Fotografie des Kronprinzenpalais. Schließlich durfte jeder lesen, was sie ihm mitzuteilen hatte. Allerdings wartete sie vergebens auf Antwort und ärgerte sich sogar ein bisschen darüber. Bis am nächsten Montag, zu der Zeit, zu der er üblicherweise die Miete einkassierte, statt eines Briefs er selbst eintraf, wohlbehalten und munter, auch wenn sie ihn hinter dem gewaltigen Blumenstrauß, den er Anna hinstreckte, kaum erkennen konnte.

»Herzallerliebste Anna! Teuerste, Edelste, lang Vermisste!« Er deklamierte es mit so übertriebener Gestik, dass Anna lachen musste.

»Sie sind also wieder da.« Sie ließ sich den Strauß in den Arm drücken.

»Und wie!« Er legte eine Hand ins Kreuz. »Jeder Knochen tut mir weh. Wer hat eigentlich behauptet, Bahn fahren sei eine komfortable Art des Reisens? Abgesehen davon war das Essen im Speisewagen absolut ungenießbar! Wie geht es Ihnen? Haben Sie mich ausreichend vermisst, um mich in Ihr Schlafzimmer zu lassen? Falls ja, gehen Sie nur gleich vor und warten Sie auf mich. Ich muss erst zu Atem kommen. Waren das immer schon so viele Stufen bis zu Ihnen, oder sind Sie in meiner Abwesenheit ein Stockwerk höher gezogen?«

»Wenn Sie sich ordentlich benehmen, dürfen Sie vielleicht mit herein ins Wohnzimmer, damit ich den Strauß in eine Vase stellen kann, bevor ich darunter zusammenbreche«, lachte Anna. Herr von Weynand ballte triumphierend eine Faust.

»Ha, ich wusste, Sie würden irgendwann schwach werden. Die erste Bastion ist erobert, der Rest der Festung wird bald fallen. Übrigens nützt es Ihnen ohnehin nichts, jetzt noch die Tugendhafte spielen zu wollen. Sie haben sich kompromittiert, mit der außerordentlich hässlichen Postkarte, die Sie an mich geschrieben haben. Eine junge Dame, die eine Korrespondenz mit einem verheirateten Herrn unterhält, ist auch zu jeder anderen Schandtat fähig und wird bald in anderen

Umständen sein. Glauben Sie es mir nicht? Sie lesen wohl keine Liebesromane!«

Anna verzichtete auf eine Antwort, während sie die Blumen in die Wohnung brachte. So albern, wie er sich heute benahm, freute Herr von Weynand sich tatsächlich sehr, sie wiederzusehen. Er folgte ihr auf dem Fuß und schaute sich neugierig im Wohnzimmer um. Viel hatte Anna dort nicht verändert; sie hätte sich nie etwas leisten können, das zu den teuren Möbeln passte. Allerdings hatte sie sie umgestellt, so wie es ihr praktischer vorkam, und die protzigsten Dekorationsstücke in den Schränken verstaut. Dazu gehörten auch ein paar gewaltige Vasen, von denen sie jetzt eine hervorholte.

»Mir gefällt, was Sie mit dem Raum gemacht haben«, bemerkte Herr von Weynand – oder vielmehr Herr Nachtwey, denn er trug wieder einfache Kleidung, wie meist, wenn er Anna aufsuchte. »Weniger repräsentativ, dafür gemütlicher. Bei Carlotta, Ihrer Vorgängerin, fühlte man sich immer wie im Vorzimmer eines Audienzsaals.«

An die Dame, die vor ihr in diesen Räumen gewohnt hatte, dachte Anna nur selten und ungern. Da Herr von Weynand das Thema nun schon einmal angesprochen hatte, erkundigte sie sich bemüht nebenbei: »Wie war sie denn so, meine Vorgängerin – ich meine, *Vormieterin*?«

Er musterte sie. »Anna, es gibt ein paar Dinge, die ein Ehrenmann nicht tut. Mit einer jungen Dame über verflossene Damenbekanntschaften tratschen, zum Beispiel. Also falls Sie Komplimente auf Kosten der armen Carlotta wünschen …«

»Ich wollte nicht tratschen«, rief Anna. »Und schon gar nicht wollte ich …«

Er grinste wie ein Schuljunge nach einem Streich. »Nun lassen Sie nicht gleich die Vase fallen vor Schreck.« Er nahm Anna das wuchtige Ding ab und bugsierte es auf den Beistelltisch. »Ich ziehe Sie doch nur auf.«

»Ich bin nur neugierig, ich wollte nicht zudringlich sein.«

»Ach, wenn Sie's nur endlich wären. Wobei ich Ihnen auch dann nichts Schlechtes über Ihre Vorgängerin erzählen würde. Oder könnte; sie ist nämlich, sofern man das über eine Dame sagen darf, ein Pfundskerl. So, nachdem das geklärt ist, werfen Sie sich jetzt bitte Ihr Mäntelchen über, damit man Ihnen auch nichts Schlechtes nachsagt, setzen Sie einen Hut auf und begleiten Sie mich. Ich führe Sie zum Essen aus.« Er schnitt Annas Proteste ab, sobald sie den Mund geöffnet hatte. »Nur auf einen Sprung hinüber zu Emmi. Keine Bange, Sie Ausgeburt lästigen Pflichtbewusstseins. Sie werden pünktlich und, wie ich leider annehme, einsam und allein in Ihrem Bett liegen, um morgen früh Doktor Gernhuber ausgeschlafen zur Hand gehen zu können, wenn er dem Mann, dem drei Messer im Rücken stecken, den Bauch aufschneidet, um nachzusehen, ob er an einem verdorbenen Magen gestorben ist, damit die Polizei keinen Mordfall zu untersuchen braucht.«

»Das nehmen Sie zurück!«

»Vielleicht tue ich es, wenn ich für uns beide bestellt habe.« Er war wirklich außerordentlich gut gelaunt.

»Sie müssen viel über Herrn Gleißner herausgefunden haben«, vermutete Anna daher eine halbe Stunde später, als Herr von Weynand ihr die Speisekarte hinhielt. Überflüssigerweise, denn beide kannten sie sie inzwischen in- und auswendig. »So, wie Sie triumphieren. Wissen Sie, wo er ist?«

»Nicht einmal ansatzweise. Die Fahrt war ein völliger Schlag ins Wasser.« Falls dem so war, schien es ihm wenig auszumachen. Herr von Weynand entfaltete fröhlich seine Serviette. »Sie missdeuten meinen Überschwang wie üblich vollkommen, Anna. Er gilt einzig und allein der Tatsache, dass ich wieder hier bin und Sie wiedersehen darf.« Er zögerte ein wenig, ehe er hinzufügte: »Außerdem überspielt man damit am besten alle peinlichen Gedanken und beugt Vorwürfen vor.«

»Vorwürfe?«, wiederholte Anna verständnislos.

Er seufzte. »Sie sind wirklich von einer beneidenswerten Unschuld, Anna. Merken Sie sich eins für die Zukunft, wenn Sie einmal verheiratet sein werden: Sobald ein Mann Ihnen ohne Anlass einen Blumenstrauß bringt, noch dazu einen, der so groß ist, dass er ihn kaum manövrieren kann, hat er mit hoher Wahrscheinlichkeit ein schlechtes Gewissen.« Er wich Annas Blick aus, nahm die Weinflasche in die Hand und tat, als lese er das Etikett.

Anna wusste nicht, was sie darauf antworten sollte. »Falls Sie mir damit etwas sagen wollen, Herr von … Herr Nachtwey, müssen Sie deutlicher werden. Wir beide sind ja nicht … Ich meine, wie käme ich dazu, Ihnen Vorwürfe zu machen?« Sie glaubte zu verstehen. »Meinen Sie, dass Sie … sich auf dieser Reise verliebt haben? Sie brauchen die Wohnung? Soll ich mich nach einer anderen Bleibe umsehen?«

»Himmel, nein!« Er schüttelte den Kopf. »Warum habe ich Trottel eigentlich davon angefangen? Ich verliebe mich nicht, Anna. Ich habe bestenfalls Affären, und zwar gegen Bezahlung. Für eine Nacht oder länger. Länger ist bequemer, kürzer einfacher. Und ich weiß, dass Sie das alles nicht wissen wollen und dass ich kein Recht habe, Sie mit diesen Intimitäten überhaupt zu behelligen. Aber ich möchte, dass Sie über mich im Bilde sind, Anna. Bevor Sie womöglich mehr in mir sehen, als da ist. Ich bin genau das, was Sie von Anfang an in mir vermuteten, ein unzuverlässiger, hinterhältiger Bruder Leichtfuß. Ein Hallodri durch und durch. Bleiben Sie bei Ihrer Haltung, trauen Sie mir nicht über den Weg.« Er seufzte. »Wahrscheinlich habe ich zu viel von Victor Gleißner in mir selbst wiedergefunden. Das gefällt mir gar nicht.« Mit einer entschiedenen Handbewegung wischte er das Thema beiseite. »Lassen wir das. Reden wir von etwas anderem.«

»Wie lange sind Sie schon wieder in München?«, fragte Anna, weil ihr nichts Besseres einfiel.

»Seit heute Nachmittag.«

»Seit heute erst?« Sie biss die Lippen zusammen. »Herr von Weynand, das ist nicht recht, dass Sie den Abend gleich mit mir verbringen. Ihre Familie möchte sicher …«

»Oh, keine Bange, meiner Familie geht es gut.« In seinem Tonfall lag etwas Ätzendes, wie eine Säure. »Als ich nach Hause kam, platzte ich leider in einen kleinen Damenzirkel meiner Gemahlin. Der es höchst peinlich war, von meiner Rückkehr nicht angemessen informiert worden zu sein. Das war auch bereits das ganze Ausmaß ihrer Wiedersehensfreude. Ich hatte von Berlin aus meinen Schwiegervater angerufen und ihm mitgeteilt, wann ich ankäme. Leider hatte ich vergessen, dass er mit seiner Tochter noch seltener spricht als diese mit mir. – Kommen Sie, reden wir lieber über Gleißner, schließlich haben Sie nicht viel Zeit.«

»Demnach haben Sie doch etwas herausgefunden?« Anna war erleichtert über den Themenwechsel. Die plötzlichen Stimmungsschwankungen bei Herrn von Weynand hatten sie beunruhigt.

»So gut wie nichts«, sagte er lächelnd. Und setzte mit deutlich gesenkter Stimme hinzu: »Aber ich bin jetzt sicher, dass er Adele kurz vor ihrem Tod aufgesucht hat. Die Vergewaltigung geht auf sein Konto.« Er beugte sich vor und begann halblaut Bericht zu erstatten.

Anna lauschte schweigend. Sie nahm an, dass er einige Details ausließ, aber was er erzählte, hörte sich unerfreulich genug an.

»Was denkt man denn in Berlin, wo er sich versteckt halten könnte?«, erkundigte sie sich.

»Wahrscheinlich nicht mehr im Königreich Preußen. Die Polizei hat ihn dort intensiv gesucht, als Adele Röckls Leiche gefunden wurde. Schließlich ging es um ihr Erbe. Er könnte natürlich irgendwo in Schlesien oder Hinterpommern oder sonst irgendwo auf dem Land untergetaucht sein. Aber da waren sich alle einig, das würde er nicht lange aushalten. Er braucht die Halbwelt wie die Luft zum Atmen. Er hat das Land wahrscheinlich verlassen.«

»Wenn er im Ausland ist, dann weiß er womöglich noch gar nichts vom Tod seiner Frau!«

Herr von Weynand rümpfte die Nase. »Eigentlich kommt Gleißner mir nicht so vor wie einer, der nach Amerika geht. Eher wie einer, der etwas Distanz zwischen sich und die brenzlige Situation bringt, bis die Dinge sich abgekühlt haben. Wahrscheinlich treibt er sich unter falschem Namen in einem anderen Land des Kaiserreichs herum. Womöglich sogar bei uns in Bayern, wer weiß?« Er hob einen Zeigefinger. »Falls er vom Tod seiner Frau weiß, ist es doch seltsam, dass er so gar kein Interesse an ihrem Nachlass zeigt. Finden Sie nicht? Jemand, der in chronischen Geldverlegenheiten steckt, hätte Anspruch auf ein Erbe und kümmert sich nicht darum?«

»Vielleicht weiß er, dass Adele nicht viel zu vererben hatte?«

»Oder er hat gute Gründe, sich weiter verborgen zu halten, weil er Angst hat, jemand könnte überprüfen, ob er mit ihrem Ableben etwas zu tun hat.«

»Nun fangen Sie nicht wieder mit Ihren Unterstellungen an!«

»Sie sagen Unterstellung, ich nenne es Hypothese.«

»Die Polizei ist zu dem Schluss gekommen, dass es Selbstmord war.«

»Die Polizei kommt täglich zu vielen dummen Schlüssen. Ihr Onkel natürlich ausgenommen«, feixte er. Nur, um sofort hinzuzusetzen: »Aber ich weiß, was ich Ihnen versprochen hatte. Kein neuer Artikel über Adele Röckl. Dafür müssen Sie mich aber am nächsten Wochenende ins Tivoli begleiten.«

»Muss ich?«

»Und ob. Um mich von Dummheiten abzuhalten. Die Zeitung und Sie sind schließlich beide Zeitvertreib für mich. Mit irgendetwas muss ich die langen Stunden eines Tages füllen, und ohne Ihren guten Einfluss mache ich zu viel Unfug. Meine Freundin Christiane, die Gattin Ihres Vermieters, nennt mich regelmäßig einen hübschen Luftikus. Unrecht hat sie nicht. Ich sollte dankbar sein, dass sie mich wenigstens hübsch findet.« Er schien noch mehr sagen zu wollen, unterbrach sich aber. »Belassen wir es dabei. Ich schreibe keinen Artikel über Berliner Intendanten, die ihre Ehefrauen in den Auer Mühlbach stoßen, und Sie essen Ihre Nachspeise auf, damit ich Sie nach Hause bringen kann. Ihr Doktor Gernhuber möchte doch morgen eine ausgeschlafene Assistentin.«

31.

Dass Weynands Angestellte in Redaktion und Druckerei des *Generalanzeigers* nach Gutdünken kamen und gingen und während ihrer Arbeitszeit neben ihren eigentlichen Tätigkeiten vermutlich tausend Dinge taten, die nichts mit der Zeitung zu tun hatten, akzeptierte Friedrich normalerweise als selbstverständlich. Wenn er selbst das Blatt nur als ein Steckenpferd ansah, konnte er von seinen Leuten schlecht eine andere Einstellung verlangen.

Aber wann immer Karl Wirsch nicht an seinem Platz saß, klingelten bei Weynand die Alarmglocken. Er hatte die völlig überfüllte Wohnung, den kranken Schlafgänger und vor allem Katis erschöpftes Gesicht noch zu gut in Erinnerung, als dass er diesbezüglich beruhigt hätte sein können.

Heute war die Erklärung freilich einfach genug.

»Der hat sich freig'nommen«, sagte Höhenberger. »War heut in der Früh ganz kurz da und hat was g'sagt von einem dringenden Termin. Ich mach seine Arbeit mit.«

»Was ist das denn für ein Termin?«, wollte Weynand wissen.

»Hat er ned g'sagt. Von der Partei is' es nix«, setzte Höhenberger freiwillig hinzu, bevor sein Chef nachfragen konnte. »Das tät ich wissen.«

Weiter konnte er sich nicht nach Karl erkundigen, weil Hintze seinen Chef zu einer ausführlichen Besprechung ins hintere Zimmer abkommandierte. Der Chefredakteur hatte Weynands Abwesenheit genutzt, um eine Bilanz zu ziehen, und das Ergebnis war so verblüffend, dass Friedrich sich die Augen rieb.

»Ein Plus? Wir könnten ein Plus machen? Das war nie vorgesehen, Hintze!«

Was um die Lippen des Redakteurs spielte, war fast ein Lächeln. »Uns allen ist klar, dass Sie wohl in Verhältnissen leben, in denen Ihnen der finanzielle Aspekt der Zeitung gleichgültig ist, Herr Nachtwey. Aber Tatsache ist, die Verkäufe sind nicht schlecht seit einem knappen Jahr, die Zahl unserer Abonnenten ist gestiegen …«

»Wir haben Abonnenten?«

»Herr Nachtwey!« Hintze runzelte die Stirn. »Seien Sie doch bitte einmal ernst. Wir haben nicht nur Abonnenten, sondern auch einige regelmäßige Anzeigenkunden. Sie wissen, dass das für eine Zeitung eine wichtigere Einnahmequelle ist als die Verkäufe.«

»Gehört habe ich das schon einmal, ja.«

»Was ich Ihnen klarmachen möchte, Herr Nachtwey, ist, dass diese Zeitung sich zu einem Unternehmen gemausert hat, das sich tragen könnte. Sie könnten es zu einem wirklichen beruflichen Standbein ausbauen.«

So, wie Christiane es ihm so oft geraten hatte. Friedrich schüttelte dennoch sofort den Kopf.

»Daran habe ich aus verschiedenen Gründen kein Interesse, Herr Hintze.«

»Aber Ihre Leute vielleicht.«

»Ich versichere Ihnen, ganz egal, wie lange keine Ausgabe unseres Blatts erscheint oder wie viel Verlust wir machen, Sie alle werden Ihr Geld bekommen.«

»Darum geht es uns nicht, Herr Nachtwey. Sehen Sie, man möchte ja auch das Gefühl haben, etwas Sinnvolles zu tun. Man möchte Stolz entwickeln können auf die eigene Arbeit.«

»Auf das, was Sie da geleistet haben«, er deutete auf den Stoß Abrechnungen, »können Sie in jedem Fall stolz sein.«

»Eben«, nickte Hintze. »Also bleiben Sie doch dabei, Herr Nachtwey. Schauen Sie einfach etwas öfter herein, bringen Sie mir ein paar Artikel auf Vorrat – bei vielen ist es doch völlig gleichgültig, wann sie erscheinen. Woran es uns in der Vergangenheit am meisten mangelte, war Stetigkeit. Wenn es uns in Zukunft gelingt, pünktliche Erscheinungsdaten …«

Er unterbrach sich. Aus dem vorderen Zimmer klangen mehrere Stimmen, die wild durcheinandersprachen. Die Tür ging auf, Höhenberger trat ein, ohne anzuklopfen. Er war weiß wie die Wand.

»Herr Nachtwey? Chef? Die Kati Wirsch wär da für Sie.«

»Frau Wirsch?« Weynand stand auf. Dass Karls Ehefrau hierherkam und explizit nach ihm fragte, war noch nie vorgekommen und verhieß nichts Gutes. »Um Gottes willen, was ist denn passiert?«

»Sie ist vollkommen durcheinander. Sie sagt«, er biss sich auf die Lippen, »sie sagt, den Karl haben s' gefunden. Tot.«

Dieses Mal blieb Doktor Gernhuber nichts übrig, als selbst an den Apparat zu gehen. Doktor Schmidt war Lobinger in den Keller gefolgt, um sich eine Gerätschaft anzusehen, und Annas Finger steckten in engen Handschuhen und tropften von der Lösung, in der sie einige Präparate eingelegt hatte. Man konnte dem Arzt anhören, mit welchem Unwillen er es tat.

»Gernhuber«, bellte er in den Hörer. Er blieb eine Weile still, dann erklärte er ungnädig: »Haben wir eine Wahl? Bringen Sie ihn. Dass die Leute immer dann gefunden werden, wenn man schon an den Feierabend denkt.«

In Wirklichkeit war bis zum Feierabend noch eine ganze Weile hin, es ging auf drei Uhr.

»Wir bekommen noch Arbeit«, sagte Doktor Gernhuber. »Sind Sie so weit fertig, Fräulein Anna? Bitte richten Sie im Autopsiesaal alles her. Bis die Polizei mit dem Leichenwagen eintrifft, wird hoffentlich Doktor Schmidt auch wieder da sein.«

Der Leichnam, den Lobinger wenig später mit der Hilfe eines Polizisten auf den Marmortisch legte, zeigte keine offensichtlichen Wunden. Nur ausgezehrt wirkte der Körper, die Rippen stachen hervor. Die Haut hatte selbst im Tod noch eine ungesunde gelbliche Färbung. Im Gesicht verliefen von den Nasenflügeln zu den Mundwinkeln zwei tiefe Falten, die sich nicht geglättet hatten und den Mann wahrscheinlich älter wirken ließen, als er war, denn das Haar war noch voll und fast ohne Grau.

»Ungeklärter Leichenfund, Herr Doktor«, sagte der Gendarm. »Den Papieren nach ein Karl Wirsch, Drucker. Wir haben die Ehefrau verständigt, um ihn zu identifizieren.«

»Fundumstände?«

»Ein paar Arbeiter haben ihn in einem Schuppen auf dem Gelände der Maffei-Werke gefunden.« Der Polizist hob entschuldigend die Hände. »Die Betreiber wollten ihn sofort los sein.«

»Natürlich. Und weil es eben die Herren Fabrikanten sind, wird das anstandslos gemacht. Ob das unsere Arbeit behindert, daran denkt niemand.«

Doktor Schmidt führte die Autopsie rasch und sicher durch; es dauerte kaum anderthalb Stunden. Hinweise auf einen unnatürlichen Tod fanden sich keine; der Mann hatte allerdings einige ältere, eigentümliche Narben, über die Doktor Schmidt sich wunderte. »Sieht aus wie Verbrennungen. Ich wusste gar nicht, dass das im Druckereigewerbe eine größere Gefahr ist.«

»Vielleicht war er früher Gelegenheitsarbeiter«, sagte Doktor Gernhuber nicht ohne Mitleid. »Ein armer Teufel, der alles gemacht hat, was Geld bringt. Wenn er eine Frau hat, hat er womöglich auch Kinder.«

Auch die Todesursache schien eindeutig: Die Lunge war krankhaft verfärbt und verhärtet, ein dunkles Muster zeichnete sich darin ab, als wäre sie überzogen von einem engmaschigen schwarzen Netz.

»Staublunge. Der Mann muss seit Monaten krank gewesen sein. Fräulein Anna, tragen Sie das bitte gleich hinüber ins Labor für die Analyse. Wir nehmen noch Proben vom Mageninhalt und vom Herzen. Auch wenn ich nicht glaube, dass der arme Kerl noch ein zweites Leiden gebraucht hat, um ihn umzubringen. Wenn ich die Organe zurückgelegt habe, möchten Sie dann vielleicht die Naht machen, Fräulein Anna?«

Anna glühte vor Stolz über diesen Vertrauensbeweis. Während sie arbeitete, lauschte sie mit halbem Ohr, wie die Ärzte sich unterhielten. Sie war gerade fertig, als Lobinger vorsichtig den Kopf zur Tür hereinstreckte.

»Mit Verlaub, da wär'n Leut' da. Wegen dem da.« Er hob kurz die Hand in Richtung des Autopsietischs. »Mit der Polizei.«

»Sagen Sie nicht, die Angehörigen. Wie oft habe ich schon angeordnet, dass ich keine Familie im Autopsiesaal wünsche? Das ist unzumutbar für sie und für uns auch! Wir hatten noch keine Zeit, ihn aufzubahren.«

»Hab ich denen ja scho g'sagt. Aber gehen tun s' deswegen no lang ned. Es ist wegen der Identifizierung.«

»Die machen wir ganz sicher nicht hier zwischen Knochensäge und Skalpell! Herrgott, dass man das diesen Polizisten nicht klarmachen kann.«

»Die mögen ned direkt Nein sagen, weil der eine was Besseres is'«, sagte Lobinger. »Und die Ehefrau ist auch dabei, und die ...« Lobinger verzog schmerzhaft den Mund. »O mei.« Er schluckte. »Wär scho ned schlecht, wenn s' die schnell hinter sich bringen könnt'.«

»Vielleicht sollten wir selbst mit ihnen reden«, schlug Doktor Schmidt vor. »Manchmal beruhigen sich die Leute, wenn der Arzt vor ihnen steht.«

Doktor Gernhuber nickte, wenn auch widerstrebend. »Das sind Momente, auf die ich gut verzichten könnte«, seufzte er. »Lobinger, bitte bringen Sie inzwischen den Herrn Wirsch hinüber ins Aufbahrungszimmer.« Er redete, als ginge es darum, dem Toten den Weg zu zeigen, statt ihn auf eine Trage zu verfrachten. »Wir waren hier ja so weit fertig; die Leute werden also zumindest keinen Schock erleiden, falls es wirklich dazu kommt, dass sie ihn sofort sehen wollen.«

Lobinger gefiel der Auftrag merklich nicht, aber eine Ausrede hatte er auch nicht. Anna öffnete die Türen des Aufzugs für ihn, dann eilte sie Doktor Gernhuber und Doktor Schmidt hinterher.

Die Ärzte sprachen am Eingang mit einem Mann und einer Frau, die von einem Wachtmeister begleitet wurden. Eine größere Überraschung hätte Anna heute kaum erleben können: Bei dem Mann handelte es sich um Herrn von Weynand. Und zwar wirklich um Herrn von Weynand, nicht sein Journalisten-Inkognito. Er trug einen dunklen maßgeschneiderten Anzug und hielt seinen Hut in der Hand. Den rechten Arm hatte er um die Schultern einer Frau gelegt, die sich kaum aufrecht halten konnte und blicklos zu Boden starrte. Der einzige Laut, den sie von sich gab, war hin und wieder ein unterdrücktes Schluchzen.

Anna blieb unschlüssig in einiger Entfernung stehen, aber Herr von Weynand hatte sie bereits entdeckt.

»Fräulein Zech.« Er nickte ihr zu, ernst und hastig. So erschüttert hatte Anna ihn noch nie erlebt.

»Sie kennen unsere Obduktionsassistentin?«, erkundigte sich Doktor Gernhuber. Halb überrascht, halb misstrauisch.

»Seit einer Weile«, sagte Herr von Weynand vage. »Ein Bekannter von mir hat ihr eine Wohnung vermietet.« Anna beeilte sich, das zu bestätigen, und er setzte hinzu: »In jedem

Fall bin ich sehr froh, dass Sie hier sind. Ein bekanntes Gesicht macht es etwas einfacher.« Er drückte vorsichtig die Schulter der verstörten Frau. »Das ist Frau Wirsch.«

»Mein Beileid, Frau Wirsch«, sagte Anna. Die Frau schien es nicht einmal gehört zu haben.

»Frau Wirsch«, sagte Doktor Schmidt. »Sie müssen sich doch nicht gleich dazu zwingen. Verschieben Sie die Identifikation auf morgen.«

»Naa«, rief die Frau jetzt. Sie zitterte so sehr, dass Anna es sehen konnte, aber sie schien wild entschlossen. »I muss«, stammelte sie mühsam. »Wegen den Kindern! I muss doch wieder heim!«

»Frau Wirsch konnte nur mit Mühe eine Nachbarin finden, die auf die Kinder aufpasst, während sie fort ist«, erläuterte Herr von Weynand. »Die meisten Frauen in dem Mietshaus sind selbst Arbeiterinnen und um diese Uhrzeit nicht zu Hause. Es könnte schwer werden, morgen noch einmal jemanden zu finden.« Er fasste die Frau bei den Schultern und brachte sie dazu, ihm ins Gesicht zu schauen. »Sie müssen es aber trotzdem nicht tun, Kati. Ich mache das.«

»Können Sie den Karl Wirsch denn identifizieren, Herr Baron?«, fragte der Wachtmeister.

»Ebenso gut wie Frau Wirsch. Ich kenne ihn seit Jahren. Er hat einige Male für mich gearbeitet.«

»Ich weiß ned. Normalerweise wäre schon jemand von der Familie …«

»Oh, auch damit kann ich dienen.« Herr von Weynand ließ die Frau los, um ein gefaltetes Papier aus der Rocktasche ziehen zu können. »Das ist eine Kopie meiner Eheurkunde. Wie

Sie sehen, ist meine Gemahlin eine gebürtige Senftl. Wenn Sie sich nun die Mühe machen, die Familienverhältnisse Karl Wirschs zu prüfen, werden Sie feststellen, dass er unehelich zur Welt kam, als Kind einer Luise Wirsch und eines Johann Ludwig Senftl. Dieser Johann Senftl ist mein Schwiegervater. Es handelt sich bei Karl Wirsch somit um den Halbbruder meiner Frau.«

»Was?« Die weinende Frau fuhr vor Überraschung auf, sogar ihr Schluchzen erstarb. Herr von Weynand nickte und fasste kurz ihren Arm.

»Wie es aussieht, hat Karl nicht einmal Ihnen davon erzählt.« Er lachte einmal bitter auf. »Man konnte sich wirklich auf ihn verlassen. – Sie bleiben hier, Kati, und setzen sich irgendwo hin, oder Sie gehen nach Hause zu Ihren Kindern. Ich tue, was zu tun ist. Wie lange wird das in etwa dauern, Herr Wachtmeister?« Sein Tonfall war schneidend.

»Gar ned lang, Herr Baron, ich mein, überhaupt ned.«

»Darauf hatte ich gehofft. Würden Sie sich bitte inzwischen kurz um Frau Wirsch kümmern?« Herr von Weynand schaute von den Ärzten auf Anna und rang sich ein Lächeln ab. »Könnte mir jemand bitte zeigen, wo er liegt?«

Anna begleitete Herrn von Weynand und Doktor Gernhuber bis zu dem Toten. Sie hatte den Eindruck, dass Herr von Weynand ihr dankbar dafür war. Er kam ihr wie ein anderer Mensch vor, und sie dachte, dass sie heute wohl zum ersten Mal erlebte, wie ihm etwas tatsächlich naheging.

Sie blieben vor dem abgedeckten Leichnam stehen, Anna trat ans Kopfende und nahm den Saum des Tuchs in die Hand.

»Sie müssen sich keine Gedanken machen«, begütigte Doktor Gernhuber. »Er sieht nicht sehr verändert aus. Ohne dem Abschlussbericht vorgreifen zu wollen: Wir sehen bisher keine Anzeichen, dass er eines unnatürlichen Todes gestorben sein sollte. Er ist einfach einem Leiden erlegen, das ihn sicher schon lange geplagt hat.«

Herr von Weynand fuhr sich mit der Hand über das Gesicht. »Er hat nie einen Ton gesagt, dass er krank war. Kein Wort. Aber er wollte sich ja nie helfen lassen.«

»So stolze Menschen gibt es, sie haben eine große innere Stärke«, nickte Doktor Gernhuber. Er warf einen kurzen Blick zu Anna. »Sind Sie so weit, Herr von Weynand?«

»Ja. Bringen wir es hinter uns.«

Anna schlug das Tuch zurück und wendete den Blick ab. Es gehörte sich nicht, Menschen in solch intimen Momenten zu beobachten.

Im nächsten Moment fand sie sich in einer heftigen Umarmung wieder, der feine Zwirn von Weynands Anzug rieb gegen ihre Wange, und ein Knopf drückte sich gegen ihre Schläfe.

»Er ist es nicht! Das ist nicht Karl!«, brüllte Herrn von Weynands Stimme irgendwo oberhalb von Annas Scheitel. Er ließ sie hastig wieder los, sein Gesicht strahlte. »Bitte verzeihen Sie, aber ich möchte hier gerade alle küssen! Sie auch, Herr Doktor!«

Doktor Gernhuber musterte ihn irritiert. »Sind Sie ganz sicher, dass …«

»Hundertprozentig sicher, es besteht nicht einmal eine Ähnlichkeit. Allenfalls das Alter stimmt.« Er rannte zur Tür und rief hinaus: »Kati! Kati, er ist es nicht! Kommen Sie herein, überzeugen Sie sich selbst – es ist nicht Karl. Kati!«

Sein Ruf wurde irgendwo am Eingang aufgenommen und kam von einer anderen Männerstimme als Echo zurück. »Kati? Kati! Lassen S' mich durch, Herrgott, ich muss zu meiner Frau! Kati, Kati, denk dir nix, glaub denen kein Wort, das war alles ein Missverständnis. Ich bin hier, Kati!«

Als Anna hinter Doktor Gernhuber und Herrn von Weynand auf den Flur trat, lagen Frau Wirsch und ein unbekannter Mann in Arbeiterkleidung einander weinend vor Erleichterung in den Armen.

»Also das«, sagte Doktor Schmidt, »das haben wir hier auch selten.«

»Leider, Herr Kollege. Leider.«

Als Weynand zwei Stunden vorher die vor Schock wie erstarrte Kati Wirsch im vorderen der zwei Giesinger Kellerräume sitzen sah, war seine erste Reaktion nicht Trauer, sondern Wut. Wut auf Karl, der nie gestattet hatte, dass man ihm aus der Patsche half, und der nun irgendeinen Weg gefunden hatte, zu Tode zu kommen und seine Frau mit einem Haufen hungriger Mäuler allein zurückzulassen.

»Ich hab ned g'wusst, wen ich sonst fragen soll«, stotterte Kati. »Bitte seien S' mir ned bös, Herr Nachtwey. Ich kenn mich doch ned aus mit den Behörden. Der Gendarm hat g'sagt, ich muss zur Gerichtsmedizin, und ich weiß gar ned …«

»Alles in Ordnung, Kati.« Unwillkürlich verwendete er den Vornamen, so wie Karl immer ganz selbstverständlich von seiner Kati gesprochen hatte. »Bei der Gerichtsmedizin war ich schon oft. Ich begleite Sie.«

Ihr erleichtertes Danke erstickte in einem Weinkrampf. Sie stammelte etwas von ihren Kindern, die zu Hause seien und auf die nur eine Nachbarin aufpasse; Weynand konnte die Worte kaum verstehen. Kurz entschlossen nahm er sie beim Arm und führte sie nach draußen auf die Straße, wo eine glückliche Fügung soeben eine leere Droschke vorbeirattern ließ. Weynand hielt sie an, setzte Kati hinein und gab dem Kutscher die Adresse der Villa Senftl, während er hinterherkletterte.

»Wundern Sie sich bitte nicht«, sagte er, weil Kati irritiert schien, als sie die Adresse hörte. »Ich möchte mich nur umziehen und etwas holen. Was hat Karl Ihnen denn von mir erzählt?«

Kati Wirsch wusste merklich nicht, was sie antworten sollte. »Dass Sie sein Chef bei der Zeitung sind. Und dass Sie ihm ein gutes Gehalt zahlen.«

»Mehr nicht?« Typisch Karl. »Ich hatte ihn gebeten, es nicht an die große Glocke zu hängen, aber Ihnen hätte er es ruhig anvertrauen dürfen.« Die Hufe der Pferde klapperten auf dem Straßenpflaster. »Mein Name ist eigentlich gar nicht Nachtwey, sondern Weynand. Meinem Schwiegervater gehört ein großes Unternehmen und eine Villa, da fahren wir jetzt hin.« Er hatte mehr erzählen wollen, aber ein Blick auf die Frau ihm gegenüber genügte, um einzusehen, dass sie kein Wort davon aufnehmen würde.

Erst, als Friedrich sich bereits umgezogen hatte und wieder in die Kutsche stieg, blickte Kati wieder auf.

»Sie hab'n aber a schönes Haus.«

»Allerdings.« Weynand beugte sich vor und fasste nach der Hand der Frau. Sie war kalt und wie leblos. »Was das Finanzielle angeht, können Sie beruhigt sein, Kati. Sie haben gesehen, in was für Verhältnissen ich lebe. Für Sie und Ihre Kinder wird gesorgt werden.«

Sie nickte zögernd, brachte sogar noch so etwas wie ein »Danke« zustande, hatte aber merklich kaum begriffen, wovon er sprach. Weynand ließ sie in Ruhe, bis sie vor der Gerichtsmedizin hielten.

Dort insistierte er gegenüber dem Personal und anschließend der Polizei so vehement darauf, den Toten sofort sehen zu dürfen, und ließ dabei seinen Namen und Freiherrntitel so häufig fallen, dass man ihm nachgab.

Anna war da. Gott sei Dank. Ein seltsamer Lichtblick in diesem Nachmittag aus Wut und Verzweiflung.

Und dann löste alles sich mit einem Schlag in Luft auf. Friedrich konnte sich nicht erinnern, jemals so erleichtert gewesen zu sein wie in diesem Moment.

Das Leben war wunderbar.

Der wiederauferstandene Karl Wirsch musste erst einmal allen Beteiligten im Flur der Gerichtsmedizin erklären, wer der Tote war und wie es zu der Verwechslung hatte kommen können.

»Das ist der Havlicek, unser Schlafgänger.« Karl keuchte noch vor Aufregung und Anstrengung. »Der ist heute früh nicht heimgekommen. Sonst ist er von seiner Schicht immer schon da, wenn wir aufstehen. Gestern Abend, bevor er zur

Arbeit ist, war er ganz seltsam und ist auch immer um unseren Küchenschrank herumscharwenzelt. Und da habe ich nachgeschaut.« Er warf einen verlegenen Blick auf seine Frau. »Nach der Zuckerdose mit unseren Ersparnissen. Die war leer. Und meine Brieftasche mit dem letzten Lohn war auch weg.«

»In der Brieftasche waren bestimmt auch Papiere mit Ihrem Namen?«, fragte der Wachtmeister dazwischen, der sein Notizbuch gezückt hatte und mitschrieb. »Das erklärt, warum die Kollegen den Toten für Sie gehalten haben. Aber Geld war kaum drin in dem Portemonnaie, das muss er irgendwo versteckt haben.«

Karl Wirsch ließ den Kopf hängen. »Das hab ich befürchtet. Das können wir abschreiben, unser Erspartes.«

»Davon hast du kein Wort g'sagt. Du hast das doch schon g'wusst, wie du aus dem Haus bist.« Kati schaute Weynand an. »Er ist in der Früh ganz normal zur Arbeit gegangen.«

»Und hat in der Druckerei Bescheid gegeben, dass er einen Termin hat«, ergänzte Friedrich. »Das weiß ich von Hintze, Karl. Was für ein Termin war das?«

»Auf die Polizei bin ich halt. Dass ich eine Anzeige mach.«

»Erzähl mir keine Märchen, Karl, das dauert nicht den ganzen Tag. Deinen Schlafgänger hast du gesucht, stimmt's? Und wenn du ihn gefunden hättest …«

»Dann tät' er jetzt wahrscheinlich auch da drin liegen, der Sauhund!«, zürnte Karl. »Aber mit einem Loch im Schädel!«

»Versündig dich ned, Karl!« Kati machte ein mitleidiges Gesicht. »Er hat solche Angst g'habt vorm Sterben.«

»Monatelang haben wir ihn g'füttert, Kati, wieder und wieder, jedes Mal, wenn er krank war! Du hast auf'm Fußboden g'schlafen seinetwegen, hast ihn g'waschen, Angst haben wir g'habt, dass er uns die Kinder ansteckt mit sei'm Husten …«

»Aber jetzt ist er tot.« Sie schaute wieder Weynand an. »Für Leut' mit Geld gibt's immer einen Ausweg, hat er g'sagt. Die können sich alles kaufen, sogar das Leben. Die gehen in ein Lungensanatorium in der Schweiz, und dann sind s' im Handumdrehen wieder g'sund. Unsereins kann das nicht bezahlen und muss sterb'n.«

»Wie viel Geld hat er euch gestohlen?«, fragte Friedrich.

»Zusammen fast siebzig Mark«, sagte Karl. »Für Sie ist das bestimmt eine Lächerlichkeit, aber für uns ist des viel Geld.«

»Trotzdem hätte der arme Kerl noch eine Menge Leute bestehlen müssen, um die Kosten für einen Sanatoriumsaufenthalt zusammenzubekommen.« Friedrich warf unwillkürlich einen Blick über die Schulter auf die halb offene Tür zu dem Raum, in dem der Tote unter dem weißen Tuch lag.

Doktor Gernhuber sprach aus, was Weynand dachte. »Nun, ich bin kein Facharzt, aber meiner Meinung nach wäre es bei Herrn – Havlicek, sagten Sie? –, Herrn Havlicek also ohnehin für jede Kur zu spät gewesen. Es hatten sich bereits Narben und Verhärtungen auf dem Gewebe gebildet, beide Lungenflügel waren kaum mehr funktionstüchtig. Was war er denn von Beruf?«

»Schleifer.«

Doktor Gernhuber nickte nur. »Metallstaub. Das hatte ich mir schon gedacht.«

»Recht hat er freilich g'habt«, sagte Karl. »Geldige Leut' haben so ein Problem ned. Die arbeiten aber auch ned in der

Fabrik.« Müde fasste er nach der Hand seiner Frau. »Komm, Kati. Hilft ja nix. Geh' ma heim.«

»Warte.« Diesmal hatte Weynand nicht die geringste Lust, Karl widersprechen zu lassen. Er zückte sein Portemonnaie, packte Karls Hand und drückte einige Scheine hinein. »Falls die Polizei dein Geld wiederfindet, kannst du's mir zurückgeben«, erklärte er, bevor Karl protestieren konnte, und schob noch einen weiteren Schein hinterher. »Und damit führst du jetzt deine Frau aus. Die hat heut' deinetwegen eine Heidenangst ausgestanden und sich das verdient. Oder bist du anderer Ansicht?«

Offenbar hatte der Tag ihn ausreichend erschüttert, damit Karl seinen Stolz überwand. Er stand da, biss sich auf die Lippen und presste die Finger um die Scheine. Seine Frau bedankte sich schüchtern, erinnerte aber sofort daran, dass sie die Kinder nicht zu lang allein lassen dürfe.

»Darum kümmere ich mich«, beruhigte Weynand. »Ich fahre hin und spreche mit der Nachbarin. Ich bin sicher, wenn sie für das Aufpassen gut bezahlt wird, hat sie schon noch ein paar Stunden Zeit. Jetzt schaut zu, dass ihr weiterkommt, ihr zwei!«

32.

Am Abend nach der großen Aufregung um den falschen Karl Wirsch passte Herr von Weynand, jetzt in seiner Nachtwey-Kleidung, Anna an der Ecke zur Goethestraße ab, als sie nach Hause ging. Sie ließ sich nicht lange bitten, ihn noch auf einen Sprung zu Emmi zu begleiten. Diese Geschichte wollte sie noch einmal ausführlich hören.

Außerdem hatte sie heute, dachte sie, zum ersten Mal den wirklichen Herrn von Weynand gesehen. Einen, der sich nicht hinter einer Nachtwey-Verkleidung und spöttischen Bemerkungen versteckte. Sie ahnte, dass er sich einiges von der Seele reden wollte und dass er dazu niemand anderen hatte als sie.

»Wahrscheinlich werde ich mich in der nächsten Zeit besonders unangenehm und empörend benehmen müssen«, scherzte er, als sie bestellt hatten, »um Ihnen alle romantischen Flausen auszutreiben, die mein heutiger Auftritt Ihnen womöglich in den Kopf gesetzt hat. Nicht, dass Sie mich noch für einen Wohltäter an der Menschheit halten.«

Die alte Anna, die, die vor einem Dreivierteljahr zum ersten Mal hier gewesen war, wäre jetzt ernst geworden und hätte ihm mit großen Augen erklärt, welch gute Tat er vollbracht hatte. Die von heute begriff, dass er das nicht hören wollte, und antwortete trocken: »Oh, einem solchen Irrtum würde ich nie unterliegen. Sie würden ihn nur als Vorwand benutzen, um ein paar besonders abscheuliche Artikel in Ihre Zeitung zu setzen, damit Sie mich vom Gegenteil überzeugen können. Und nun erzählen Sie schon! Was hat es mit Ihrer Verwandtschaft zu Herrn Wirsch auf sich? Haben Sie da auch etwas … arrangiert?«

Nun plötzlich wurde Weynand selbst ernst. Fast bitter. »Nein, damit hat alles seine Richtigkeit. Mein werter Herr Schwiegervater … nun, man könnte sagen, er ist ein Paradebeispiel für jene Herren, die ich mir so gern als Ziel meiner Artikel nehme. Manchmal denke ich, ich mache den gesamten *Generalanzeiger* nur für ihn. Zu dumm, dass er außer den Wirtschaftsnachrichten nichts liest.«

Dann erzählte er. Von dem Tag, an dem am Eingangsportal der Villa Senftl zwei Diener einen aufgeregten Mann in abgetragener Kleidung daran hindern mussten, in die Halle zu gelangen.

»Für Leute wie Sie gibt es die Hintertür.«

Der Mann war nicht zu beruhigen. Aus seinem Geschrei ließ sich nur entnehmen, dass seine Mutter gestorben sei und dass »der Senftl« das gefälligst wissen solle. »Kinder in die Welt setzen und dann die Leut' nimmer kennen, so einfach mach ich's ihm ned!«

Am Ende waren noch ein dritter Diener und die Drohung mit der Polizei nötig, um den Störenfried zu entfernen. Weynand folgte ihm hinaus vors Tor. Damals hatte er zum ersten Mal eine Geschichte gewittert.

»So bin ich Karl begegnet«, resümierte er. Emmi brachte den bestellten Leberkäs. »Er stand da in seiner viel zu dünnen Jacke, mitten im Winter, und stieß vor Zorn mit dem Stiefel in den Schneematsch. Seine Mutter war am Tag zuvor gestorben, an einer simplen Erkältung. Sie hatten kaum Geld für die Feuerung, erzählte er, also war die Stube im Winter immer kalt. Karl war gelernter Setzer und Drucker, hatte aber seine Arbeit verloren, weil sein Chef herausgefunden hatte, dass er zu Versammlungen der Sozialisten ging. Seine Mutter hatte sich, seit sie ein ganz junges Mädchen war, allein durchschlagen müssen und war aus purer Not ein Verhältnis mit einem wohlhabenden bürgerlichen Herrn eingegangen. Meinem jetzigen Schwiegervater. Karl war das Ergebnis. Solange Karl klein war, zahlte Senftl Unterhalt, auf Druck seines eigenen, sehr religiösen Vaters. Später ließ er einmalig hundert Mark überweisen und über einen Anwalt vermelden, er sehe seine Verpflichtungen damit für abgegolten an.«

»Damit durfte er doch nicht durchkommen!«

»Das fand Karl auch. Jetzt war seine Mutter tot, und er hatte seinen leiblichen Vater zur Rede stellen wollen. Stattdessen traf er mich oder vielmehr ich ihn. Damals kam mir die Idee mit der Zeitung. Karl half mir, besorgte, was man braucht, und ich gab ihm dafür eine Stelle.«

Mehr gab es eigentlich nicht zu sagen. Sie aßen schweigend, beide hingen ihren Gedanken nach. Endlich sagte Anna:

»Es tut mir fast leid, dass ich die Leute von Ihrer Zeitung nicht kenne. Sind sie alle so interessant wie Herr Wirsch?«

»Sie sind nicht alle mit mir verschwägert, wenn Sie das meinen«, konterte er lachend. »Aber wenn Sie möchten, schauen

Sie doch einmal vorbei, dann stelle ich Ihnen die Herren vor. Kommendes Wochenende?«

Anna atmete tief durch. »Das wird nicht gehen. Überhaupt muss ich Ihnen auch etwas sagen. Wir werden uns von jetzt an nicht mehr oft sehen können.«

Er schaute auf, entgeistert, dann zog er sich hastig wieder jene spöttische Miene über, hinter der er seine echten Gefühle so gut verbarg. »Nun ist es geschehen. Sie machen ein so tieftrauriges Gesicht, dass ich nur annehmen kann, Sie bereiten sich darauf vor, mir das Herz zu brechen. Nur frisch ans Werk, Anna, mein Herz ist ein Stein. Mit wem werden Sie sich verloben?«

Nun musste Anna gegen ihren Willen doch lachen. »Mit niemandem. Meine Schwester zieht am Wochenende zu mir. Sie wird von jetzt an bei mir wohnen und in Schwabing auf eine höhere Schule gehen. Sie hat sehr gute Noten, wissen Sie. Die Gemeinde zahlt den größten Teil vom Schulgeld. Franziska möchte das Abitur machen.«

»Und warum, liebste Anna, warum sagen Sie mir das erst jetzt?« Herr von Weynand klang fast beleidigt. Anna wurde unversehens verlegen. »Ich wüsste nicht, warum …«

»Warum es sinnvoll wäre, mit mir darüber zu sprechen? Warten Sie, lassen Sie mich nachdenken.« Er tippte sich mit dem Finger gegen das Kinn. »Weil eine höhere Schule für Mädchen in dieser Stadt eine teure Angelegenheit ist? Weil ich Ihr Freund bin und dank meinem Schwiegervater über ausreichend Geld verfüge?«

»Es würde mir nie einfallen, Ihre Großzügigkeit derart auszunutzen!«

»Und warum nicht? Ich nutze die Ihre doch auch aus.« Er seufzte. »Ich hatte eigentlich wirklich angenommen, wir wären über dieses Misstrauen hinaus, Anna. Glauben Sie mir endlich, dass es mir einfach Freude macht, mit Ihnen zusammen zu sein und Ihnen ab und zu etwas Gutes tun zu dürfen. Oder fürchten Sie, dass ich Ihre kleine Schwester verführen und auf Abwege bringen werde, und wollen mir darum diese Bekanntschaft verweigern? Nein? Na also.« Er schüttelte leicht den Kopf. »Sie haben das Geld für die Mädchenschule in Schwabing also über die Pfarrgemeinde zusammengekratzt?«

Anna nickte. »Wie Sie sehen, war Ihre Großzügigkeit gar nicht nötig.«

»Dennoch werde ich sie Ihnen von jetzt an aufdrängen, mein liebes Fräulein Zech. Denn mit dem Schulgeld ist es ja nicht getan, wenn Ihre Schwester erfolgreich sein will. Sie wird eine Grundausstattung brauchen, Hefte und Bücher, es wird Exkursionen geben und Besuche in Ausstellungen oder Museen, und man wird wie selbstverständlich erwarten, dass Ihre Schwester das Geld dafür hat, weil die Mädchen aus den Bürgerfamilien, für die solche Schulen eigentlich gedacht sind, es nun einmal haben.«

Anna verzog das Gesicht. Wieder und wieder musste sie zusehen, wie Herr von Weynand für sie Geld ausgab. Wo sollte das nur enden?

»Nicht in Ihrem Schlafzimmer«, antwortete er trocken, als sie die Frage laut stellte. »Außer, Sie besinnen sich endlich eines Besseren und werfen sich dem Laster, in diesem Fall mir, in die Arme.« Er lachte über Annas Gesicht.

»Aber wie sieht das denn aus?«, gab Anna zu bedenken. »Wenn es nur über mich Gerede gibt, weil ich mich von Ihnen ausführen lasse, damit kann ich umgehen. Aber wenn meine Schwester mit hineingezogen wird, das wäre meinem Vater ganz gewiss nicht recht.«

»Ihr Vater, hm? Na gut. Wollen wir ihn weiter in Unkenntnis lassen über die unziemlichen Bekanntschaften zu zwielichtigen Adligen und windigen Klatschjournalisten, die seine Tochter in München unterhält.« Er nahm Annas Hand. »Es ist alles gut, Anna. Was soll ich denn sonst mit dem Geld anfangen? Anders als mein armer Freund Arnsberg halte ich nichts von Pferdewetten und wilden Saufgelagen. Über die Phase bin ich hinaus.«

»Geht es Herrn von Arnsberg nicht gut?« Anna hatte ihren nominellen Vermieter seit der flüchtigen Bekanntschaft beim Einzug in ihre Wohnung nicht mehr gesehen. Auch seine misstrauische Ehefrau war nicht wieder bei ihr aufgetaucht. Doch jedes Mal, wenn Herr von Weynand ihn erwähnte, erklärte er, sich um ihn Sorgen zu machen.

»Ich sehe ihn immer seltener«, gestand er jetzt. »Wir waren immer eng befreundet, wissen Sie, schon seit der Schulzeit. In unseren wilden Jugendjahren haben wir in Schwabing gemeinsam die Nächte durchgefeiert, später waren wir gegenseitig Trauzeugen bei unseren arrangierten Hochzeiten mit wohlhabenden Fabrikantentöchtern. In letzter Zeit haben wir uns ein wenig aus den Augen verloren. Er versteht nicht, dass die Zeitungsschreiberei mir Spaß macht. Dass ich diese Beschäftigung brauche. Immer wieder fängt er von dem Artikel über Adele Röckl an und wirft mir vor, mit solchen Dingen meine Zeit zu verschwenden. Während er sie mit seinem Automobil, Alkohol und Frauen verschwendet.« Unwillkürlich seufzte er. »Jedes Mal, wenn ich ihn besuche, haben wir einander weniger zu sagen. Er denkt nur noch daran, seiner Gattin zu entkommen und ihr ein Schnippchen zu schlagen, dabei gehen seine Exzesse immer weiter.« Er zögerte. »Ich habe den Verdacht, inzwischen sind es nicht nur Frauen und Alkohol, sondern Opium. Christiane hat nichts gesagt, aber sie befürchtet wohl das Gleiche.«

»Das ist schlimm«, sagte Anna. »Ich hätte das von Herrn von Arnsberg nie gedacht. Er machte auf mich einen so sanften, gemäßigten Eindruck.«

»Sanft ist er gewiss. Leider auch wankelmütig und disziplinlos. Genau wie ich also, nur kurzsichtiger.« Er winkte ab. »Kommen wir zu Ihrer Schwester zurück. Wie alt ist sie?«

»Gerade dreizehn geworden.«

»Und die Schule liegt in der Franz-Joseph-Straße, nicht wahr? Schauen Sie nicht so verblüfft. Sie sprechen mit Herrn Nachtwey. Mich in Schwabing auszukennen ist mein Beruf. Zugegeben, normalerweise interessiert mich eher das nächtliche Schwabing, aber für Sie mache ich eine Ausnahme. Ich kenne nämlich die perfekte Fürsprecherin und Mentorin für Ihre Franziska, und Sie kennen sie auch. Christiane von Arnsberg. Sie hat mit der Gründerin der Schule, Julie Reisinger, Kontakt über diverse Frauenrechtsvereine. Frau Reisinger hat zwar kürzlich geheiratet und die Leitung der Schule abgegeben, aber sie hat sicherlich noch Einfluss dort.« Er klopfte energisch auf den Tisch, als er Annas Zögern bemerkte. »Nun geben Sie sich schon einen Ruck. Laden Sie Ihre Schwester ein, und wir stellen Sie Christiane vor. Sie kann offiziell als Wohltäterin fungieren, und ich bleibe ganz diskret im Hintergrund.«

Herr von Weynand war wirklich nicht da, als Franziska bei Anna einzog, und erlebte so leider das atemlose Staunen des Mädchens nicht mit, als Anna Franzi durch die Wohnung führte. Doch am darauffolgenden Sonntag erschien er hochoffiziell, um die beiden Fräulein Zech mit einem offenen Wagen zu Frau von Arnsberg zu bringen.

Anna beobachtete heimlich und mit leisem Bangen, wie Franzi auf diese Herrenbekanntschaft ihrer Schwester reagieren würde. Doch zu ihrem Erstaunen schienen Weynand und Franziska einander vom Fleck weg sympathisch zu finden. Zumindest scherzten die beiden schon nach einer Viertelstunde so unbefangen, wie es Anna erst nach Wochen der Missverständnisse gelungen war.

Der Salon der Arnsbergs war sehr modern eingerichtet. Christiane von Arnsberg, die kleine Dame mit den beeindruckenden dunklen Augen, empfing die Mädchen sehr freundlich und allein, während Herr von Weynand klammheimlich verschwand, vermutlich um nach seinem Freund Heinrich zu sehen. Für Anna hatte sie einen Gruß und ein fröhliches Zwinkern, dann beschäftigte sie sich fast nur noch mit Franziska.

»Ich habe mit deinem Pfarrer und deinem Lehrer gesprochen. Sie sind beide sehr stolz auf dich. Deine neuen Rektorinnen habe ich auch schon besucht, damit man an der Schule sieht, dass du in der Stadt nicht ohne Freunde bist. Hoffentlich wirst du dich rasch eingewöhnen. Ein paar der Schülerinnen sollen sogar genau in deinem Alter sein.«

Franziska bedankte sich artig und ein wenig beschämt. Frau von Arnsberg winkte ab.

»Ich habe leider keine eigenen Töchter, aber ich habe selbst ein Mädchenpensionat besucht und weiß, was für ein Gefühl es ist, etwas lernen und etwas leisten zu dürfen.« Sie musterte Anna und lächelte. »Deine Schwester kennt das auch, glaube ich.«

»Ich werde mich sehr anstrengen«, versprach Franziska, und nun lachte Frau von Arnsberg.

»Aber nicht zu sehr. Ein bisschen mehr als Lernen muss schon möglich sein. Wir sprechen später über das Taschengeld, das wir dir zukommen lassen wollen. Das machen wir ganz offiziell mit einem Unterstützerkreis über die Schule. Mach dir darüber keine Gedanken, so etwas ist nicht selten. Wir investieren in die Zukunft. Gebildete Frauen werden dann ihrerseits kluge Mädchen ausbilden, bis die Männer uns einmal nichts mehr voraushaben.«

Zur ersten Besichtigung der Schule kam Frau von Arnsberg ebenfalls mit. Franziska benahm sich, obwohl ihre Kleidung sichtbar einfacher war als die der anderen Mädchen, viel ruhiger und selbstbewusster, als Anna es an ihrer Stelle wohl gekonnt hätte. Entsprechend positiv war die Reaktion der beiden Schulleiterinnen, und auch die Mädchen begrüßten Franzi höflich und nahmen sie ohne Umschweife mit, um ihr die Räume zu zeigen.

Als Anna einmal kurz mit Frau von Arnsberg allein war,

wollte sie sich noch einmal für alles bedanken, doch die ließ sie kaum zu Wort kommen. »Ich tue das nicht aus purer Gutherzigkeit, glauben Sie mir. Als Gegenleistung möchte ich, außer guten Noten von Ihrer Schwester, mich hin und wieder an der Schule nach ihr erkundigen. Vielleicht kann ich sie auch einmal einladen, zu einem Ausflug oder auf einen Eisbecher, damit sie nicht auf Dinge verzichten muss, die für ihre Klassenkameradinnen normal sind.« Sie schaute Anna an. »Falls das Ihnen und Ihrem Vater recht ist, natürlich. Zeitlich richte ich mich nach Ihnen. Ich habe wenig feste Verpflichtungen.« Etwas Weiches lag in ihrem Ton, wie leise Sehnsucht.

Anna dachte, dass wohl nicht nur Herr von Weynand eine innere Leere zu füllen hatte.

33.

Später dachte Anna oft, der Sommer und Herbst 1913 seien fast unnatürlich schön gewesen. Das erkannte sie freilich erst im Nachhinein. Während sie diese Monate durchlebte, schienen sie nur unruhig, geprägt von Schwüle und Gewittern, von kleinen und großen Aufregungen und Sorgen, die sich alle irgendwann von selbst legten.

Privat war da natürlich Franziska, die durch ihre bloße Anwesenheit Annas bisheriges Leben völlig auf den Kopf stellte. Zwar war sie alt genug, aber trotzdem fühlte Anna sich für sie verantwortlich. Für eine Weile füllten Besorgungen, die Suche nach Büchern, Schulheften und Malutensilien Annas freie Tage, sodass sie kaum Zeit hatte, Herrn von Weynand zu vermissen. Franziska freundete sich schnell mit einigen Mädchen der Schule an, für Heimweh hatte sie keine Zeit.

»Eines der Mädchen ist jüdisch«, berichtete sie aufgeregt schon am ersten Tag. »Und rothaarig!« Es war nicht klar, was davon Franziska mehr faszinierte. Die Mitschülerin hieß Therese Gift, schien recht zurückhaltend zu sein, ließ sich aber vielleicht gerade deshalb auf den Neuzugang ein, weil sie selbst ein Außenseiter war.

Herr von Weynand ließ sich dagegen nur noch am Montagabend in der Landwehrstraße sehen, um die Miete zu kassieren und sich kurz zu erkundigen, wie es »den beiden Damen Zech« die Woche über ergangen war. Anna vermisste die Wochenendausflüge mit ihm schrecklich. Doch wie sie sich sagte, hatte sie jetzt einen Ruf zu wahren. Immerhin war sie für ihre Schwester verantwortlich. So blieben nur die Gespräche mit Weynand im Treppenhaus. Diese wurden unmerklich jede Woche länger, bis irgendwann Franzi an die Tür kam und spöttisch von ihrer Schwester auf Weynand schaute.

»Meinen S' nicht, Herr Nachtwey, es wär einfacher, wenn Sie mit meiner Schwester in ein Café gehen? Oder ich bring Ihnen beiden Stühle hier vor die Tür, das geht auch.«

»Ich glaube, ich werde mit dieser Schule über die moderne Erziehung reden müssen«, grinste Weynand nach dem ersten Moment der Verblüffung. »Zu meiner Zeit hat man jungen Damen noch etwas anderes beigebracht. Erröten und in Ohnmacht fallen.« Dann schlug er vor, Anna und Franziska am kommenden Sonntag in den Englischen Garten auszuführen, und während Franzi dort fröhlich ihren Eisbecher leerte, konnten Anna und Herr von Weynand endlich wieder einmal nach Herzenslust über Gott und die Welt streiten.

Anlass dafür gab es genug. In den Tageszeitungen fingen seit Sommerbeginn die Andeutungen an. Der neue Prinzregent Ludwig, den Weynand so wenig leiden konnte, sollte als König ausgerufen werden.

»Sie werden sehen, Anna, diesmal tun sie's. Jetzt ist genug Zeit vergangen, man hat sich an den Gedanken gewöhnt, einen Putsch zu begehen.«

»Also, hören Sie!«, widersprach Anna. »Wenn man den Prinzregenten zum König macht, dann ist das doch kein Putsch! Er würde doch sowieso König werden, sobald der alte König Otto stirbt.«

»König Otto ist aber noch nicht tot. Und abgedankt hat er auch nicht.« Herr von Weynand runzelte die Stirn. »Abdanken könnte er gar nicht mehr, weil er wahrscheinlich gar nicht mehr weiß, was ein Thron ist. Eingesperrt haben sie ihn lange genug.«

»Ist es dann nicht viel besser, Ludwig wird gleich König?«

»Ob es besser ist, darum geht es nicht. Am besten wäre sicher, man würde statt dieser langsam vor sich hin vegetierenden Wittelsbacher Sippschaft …«

»Ich warne Sie: Gleich stehe ich auf und gehe!«

»Verzeihung, dann also: Besser wäre es, man würde statt unserer erlauchten und innig geliebten Herrscherdynastie, die uns gerade zwei regierungsunfähige Könige in Folge geschenkt hat, jemanden mit ein wenig Grips ans Ruder setzen, der weiß, wie man ein Land führt. Aber das darf man nicht, weil es Gesetze gibt, denen wir folgen müssen. Und wenn man anfängt, daran herumzudeuteln und nach Ausflüchten und Ausnahmen zu suchen, nach einer Möglichkeit, wie ich zwar dem Buchstaben des Gesetzes folgen, aber seinen Geist mit Füßen treten kann, dann öffnen wir damit die Büchse der Pandora.«

»Dass Sie immer mit der Politik anfangen müssen. Dabei mögen Sie doch angeblich das Königshaus und den Hof nicht. Da könnte es Ihnen doch egal sein, ob Ludwig nun unser Prinzregent oder unser König ist. Mir ist es jedenfalls egal.«

»Dann ist es Ihnen sicher auch egal, wenn ich im *Generalanzeiger* noch einmal einen Artikel zu dem Thema verfasse?« Er legte einen Finger ans Kinn und tat, als müsse er überlegen. »Vielleicht finde ich einen Vorwand, unter dem ich die Geschichte mit Adele Röckl noch einmal aufgreifen kann. Die hat schon einmal für eine Menge Aufsehen gesorgt. Halt, warten Sie, mir war so, als hätte ich da etwas gehört über einen verschwundenen Ehemann …«

»Der Ihnen leider Ihre ganze Geschichte durcheinanderbringt, denn Sie können nur *einen* Mörder und Bösewicht haben. Entweder Gleißner oder Ludwig.«

»Zu dumm, da haben Sie recht. Aber ich werde schon einen Weg finden, diese Schwierigkeit zu umgehen. Vielleicht sind die beiden Komplizen?«

»Herr Nachtwey!«

Auch Martin Stöttner traf sie hin und wieder, und sei es nur bei Tante Leni, wo sich die Schwestern natürlich so oft wie möglich einzufinden hatten. Doch wie Anna sich mit heimlichem Amüsement sagte, die zwei wichtigsten Männer in ihrem Leben waren eigentlich Doktor Gernhuber und Doktor Schmidt. Gernhuber mit seiner väterlichen Art und sehr traditionellen Auffassung, und Schmidt mit seiner betont lockeren, modernen Lebensweise, die sich ein wenig zu ändern schien, seitdem er der Tochter eines jüdischen Kürschners den Hof machte. Anna hätte nie ahnen können, wie wichtig die Arbeit im Institut für sie werden sollte. Statt dass sich Gewöhnung und Alltagstrott eingestellt hätte, jetzt, nachdem der Reiz des Neuen vorüber war, erfüllte Anna ihre Arbeit nach wie vor mit ungeahntem Eifer. Es gab jeden Tag etwas Neues zu lernen, und die Geschichten der Toten, die die Ärzte aus ihren Leichen lesen konnten, berührten sie immer wieder neu.

Vermutlich war das der Unterschied zwischen ihr und Herrn von Weynand. Anna sah die Menschen, auch wenn ihre Herzen nicht mehr schlugen; sie hätte oft weinen mögen, wenn klar wurde, welch traurige oder dramatische Stunden sich abgespielt hatten, ehe der Tote, der nun kalt und gelassen auf dem Marmortisch lag, seinen letzten Atemzug getan hatte. Für Weynand blieben sie Geschichten wie aus einem Buch, denen er für seine Zeitung eine möglichst boshafte oder lächerliche Wendung zu geben versuchte.

Es sei denn, sie bedeuteten ihm persönlich etwas. Wie offenbar Karl Wirsch.

Im Oktober hatte Herr von Weynand wieder Grund, sich aufzuregen. Im Landtag wurde nun offen darüber gesprochen, den Prinzregenten Ludwig zum König zu machen.

»Großartig! Nur zu! Wir werden einen Monarchen haben, der zwar nicht weiß, in wessen Kompetenz welches Budget fällt, der stattdessen aber eigenhändig eine Muttersau von ihren Ferkeln entbinden kann. Ganz Europa wird uns um den Mann beneiden!«

Am 4. November verabschiedete der Landtag ein Gesetz, das es dem Prinzregenten ermöglichte, als Ludwig III. den Thron zu besteigen. Und Anna begann zu ahnen, weshalb Herr von Weynand sich in Wirklichkeit so sehr darüber aufregte: Er würde mit seiner Frau an einer Huldigung in der Münchner Residenz teilnehmen müssen.

Am Ende war Friedrich schon froh, dass Sibylle nicht bereits vor Beginn des Gottesdienstes einen Herzinfarkt erlitt. Seit sich abzeichnete, dass Prinzregent Ludwig zum König von Bayern ausgerufen werden würde, fiel in jedem zweiten Satz, den sie aussprach, das Wort »Krönung«. Weynand konnte gern versuchen, ihr klarzumachen, dass es eine solche gar nicht geben würde. Seine Gattin hörte nicht zu und tat jeden Einwand mit einem Stirnrunzeln und einer ungeduldigen Handbewegung ab.

»Du weißt schon, was ich meine.«

Nein, eigentlich wusste Friedrich das nicht. Beziehungsweise, er konnte sich ungefähr vorstellen, was Sibylle meinte, wollte es aber nicht, weil diese Bilder selbst ihm, der das Groteske liebte, zu bizarr wurden. Er hätte wetten mögen, Sibylle erwartete etwas wie aus einer Oper von Wagner, eine mittelalterliche Inszenierung mit vielen flatternden Bannern und Helmbüschen, bei der gewappnete Ritter sich auf ein Knie niederließen und ihrem König ewige Treue schworen. Dann würde der Monarch selbst niederknien und sich zu den Klängen jubelnder Kinderchöre von einem hohen Geistlichen, am besten vom Papst persönlich, die Krone mit ihrem berühmten Diamanten, dem Blauen Wittelsbacher, aufs Haupt setzen lassen.

In Wirklichkeit lag die Krone, die Sibylle schlaflose Nächte bereitete, wahrscheinlich tagein, tagaus in der Schatzkammer der Residenz und würde bei dem großen Spektakel bestenfalls Requisit sein, falls man sie überhaupt hervorholte. Diese Bemerkung Weynands hinderte Sibylle nicht daran, sich in den nächsten Tagen eingehend und aus den dubiosesten Quellen über den Ablauf einer Krönungszeremonie zu informieren. Und sie fragte auch ihren Mann in allen Einzelheiten darüber aus, als müssten diesem aufgrund seiner Abstammung aus einer adligen Familie solche Kenntnisse angeboren sein. Weynand konnte noch so oft beteuern, dass dies nicht der Fall war.

»Ich weiß es nicht, Sibylle, und ich bezweifle, dass es irgendjemand außer dem Zeremonienmeister weiß. Wie sollte ich? Unser letzter König ist vor fünfunddreißig Jahren im Starnberger See ersoffen, damals war ich gerade mal ein Jahr alt.« Dass es in Bayern ohnehin noch nie eine formale Krönung gegeben hatte, schon seit Napoleon den damaligen Kurfürsten Maximilian zum ersten König gemacht hatte, wollte Sibylle nicht in den Kopf.

»Gar keine? Noch nie?«

»Noch nie«, bestätigte Weynand. »Und dabei hätten die damaligen Monarchen wahrscheinlich deutlich mehr hergemacht als der, mit dem wir jetzt geschlagen sein werden.«

Es dämpfte Sibylles Aufregung nur bedingt. Dies war der Grund, weswegen sie Weynand geheiratet hatte – um ein Teil dieser verstaubten Welt von Monarchen und Adelstiteln zu werden, einer Welt, die sich so sehr überlebt hatte, dass sie ihre eigenen Regeln nicht mehr verstand. So viel wie in diesen Wochen hatte sie sich im gesamten letzten Jahr nicht mit ihrem Ehemann unterhalten. Weynand fragte sich, ob er dafür nun dankbar sein sollte.

Wie Sibylle es geschafft hatte, als Gemahlin eines völlig unwichtigen Freiherrn Plätze für den Gottesdienst im Frauendom und Zutritt zur Huldigungszeremonie in der Residenz zu erhalten, durfte gern ihr Geheimnis bleiben. Derjenige, der letztlich Sibylles kombinierten Überredungs-, Erpressungs- und Bestechungsversuchen nachgegeben hatte, war auf jeden Fall schuld daran, dass Friedrich nun an der Seite seiner vor Ergriffenheit halb ohnmächtigen Gattin sämtliche Zeremonien dieses Tags durchstehen musste. Wäre dieser Mensch Weynand in die Finger gekommen, hätte er sich mit hoher Wahrscheinlichkeit erwürgt in der Obhut Anna Zechs in der Gerichtsmedizin wiedergefunden.

Wahrscheinlich hätte ihm das alles sogar Spaß gemacht, hätte er es sich mit Anna an der Seite anschauen können.

Der faule Zauber begann mit der Fahrt Ludwigs bis zum Frauendom. Das schwerfällige Ungetüm der Krönungskarosse bewegte sich auf Umwegen durch die Straßen, aus den Fenstern links und rechts winkte je eine behandschuhte Hand. Einmal König, einmal Königin. Vermutlich. Sehen konnte man kaum etwas, weil zu beiden Seiten der Kutsche eine Ehrengarde in weißen Mänteln mit gezücktem Säbel nach eventuellen anarchistischen Angreifern Ausschau hielt. Selbst die Pferde standen unter strenger Aufsicht, jeder Gaul am Zügel gehalten von einem Lakai in einer Uniform, die aussah, als stamme sie noch aus der Zeit Maximilians I. – und zwar des Kurfürsten, nicht des Königs.

Es war die reine Faschingsveranstaltung, dachte Friedrich. Sibylle an seiner Seite schluchzte vor Andacht. Sah sie nicht, wie lächerlich dieser Aufzug war? Sahen sie alle es nicht, die Menschen, die in Sakko und Homburghüten an der Straße standen und Leuten zujubelten, die ihrer Gewandung nach auch einem Roman von Alexandre Dumas hätten entstiegen sein können?

Wenn wir gezwungen sind, ernst zu nehmen, was eine Karikatur ist, dachte er nüchtern, kann das gar nicht gut enden.

»Komm jetzt«, sagte er, als Sibylle noch immer, eine Hand auf den Mund gepresst, der Kutsche hinterherwinkte. »Gehen wir zur Kirche.«

Standhaft durchlitt er die salbungsvollen Ansprachen und lateinischen Segenswünsche des Gottesdiensts, auch wenn er annahm, er mache dabei ein Gesicht, als habe er Zahnschmerzen. Ludwig hockte brav auf seinem Platz, ein weißbärtiger Kloß aus Langmut und Harmlosigkeit, bis ein Stichwort fiel, auf das er zu agieren hatte. Dann sagte er seine Sprüchlein auf und setzte sich wieder neben seine Königin, deren kantiges Gesicht vor Genugtuung glühte. Die Kinder hatte man daneben aufgereiht wie die Orgelpfeifen.

Beim Hinausgehen musste Ludwig am Spalier der Generäle vorbei, deren Gesichter man unter der buschigen, lang herabfallenden Helmzier kaum erkennen konnte. Wahrscheinlich sahen sie ebenso wenig, vor wem sie eigentlich salutierten. Irgendwo unter den weniger hochrangigen Chargen glaubte Weynand seinen Vater und Bruder zu erkennen und zog Sibylle eilig zu einem anderen Kirchenportal mit der Begründung, so komme man schneller zum Rathaus.

Denn dort ging es ja weiter. Mit all den üblichen Utensilien, Gedenkmedaillen und Blumensträußen und niedlich frisierten kleinen Mädchen, die Gedichte aufsagten. Dahinter eine Wand aus rundlichen Stadträten in dunklem Frack und Zylinder und weiß-blaue Fahnen an jedem Ort, an dem sich irgendwie eine anbringen ließ.

Der Höhepunkt und Abschluss der Zeremonie, im großen Thronsaal der Residenz, war aus Sibylles Sicht eine einzige Enttäuschung. Sie standen auf einem der hintersten Plätze, und mehrere Damen vor ihnen hatten Hüte von Wagenradgröße aufgesetzt, die den Blick nach vorn dankenswerterweise verhinderten. Weynand schaffte es, die Umstehenden wenigstens einmal gründlich zu schockieren, als er der empörten Sibylle, die vergebens den Hals reckte, um zu sehen, was die königliche Faschingsgesellschaft da vorn aufführte, treuherzig und sehr vernehmbar zuflüsterte:

»Mach dir nichts draus, meine Liebe. Er ist ja nicht mehr der Jüngste. Mit ein bisschen Glück macht Ludwig es nicht ganz so lang wie sein Vater, dann kannst du das alles bald noch einmal erleben und hast vielleicht einen besseren Platz.«

Salutschüsse hallten an diesem Tag durch ganz Bayern, schrieben die Zeitungen, zur Ehre und zum Ruhm unseres innig geliebten Landesfürsten. Hochtrabende Reden im selben Stil wurden gehalten, bis sie den Leuten in den Ohren klingelten, Damen und Herren aus der vornehmen Gesellschaft bemühten sich, die Schärpen und Auszeichnungen mittelalterlicher Ordensgemeinschaften irgendwie mit der Kleidung des zwanzigsten Jahrhunderts zu vereinen, und das Volk durfte am Straßenrand stehen, mit kleinen Fähnchen winken und jubeln.

Wie viele stellten sich dabei wohl die gleiche Frage wie Weynand: Warum? Wofür war das alles gut, welche Bedeutung hatte es denn noch? Irgendwann einmal, vor Jahrhunderten, vielleicht auch nur vor Jahrzehnten, mochten diese Rituale einen Wert gehabt haben. Davon übrig geblieben war nichts als die Hülle, eine lose Abfolge überkommener Handlungen und Phrasen, deren Sinn längst niemand mehr begriff.

»Wissen Sie, wo ich mit Ihnen noch nie war?«, fragte er statt einer Antwort, als auch Anna sich am darauffolgenden Montag prompt nach den Einzelheiten der Zeremonie erkundigte. »In der paläontologischen Sammlung. Da gehe ich am nächsten Sonntag mit Ihnen und Franzi hin, und da werde ich Ihnen alles haarklein erzählen. Kein Ort könnte passender sein. Mir war zuvor noch nie bewusst, was für ein Fossil anscheinend auch ich selbst bin.«

34.

»Sie kennen also Herrn Nachtwey?«, erkundigte Carlotta sich mit gequältem Lächeln. Diese Tatsache war bisher das Beste, was sich über den österreichischen Herrn sagen ließ, der ihr seine Bekanntschaft aufgedrängt hatte. Einerseits war sie froh darüber, denn ihre Verabredung für diesen Abend hatte sich offenbar zerschlagen, der Mann hatte Carlotta versetzt. Etwas, womit gerade bei verheirateten Herren leider stets zu rechnen war.

Andererseits entpuppte Matthias Kinshofer sich rasch als ermüdende und wenig spendierfreudige Gesellschaft. Er sprach gern und viel, schien aber knapp bei Kasse zu sein und eher geneigt, Carlotta anzupumpen, als sie heute freizuhalten. Diesen Abend konnte sie wohl abschreiben. Nun gut, sie würde zusehen, wie sie den geschwätzigen Menschen wieder loswürde, und zur Abwechslung einmal früh zu Bett gehen. Das Schwarze Lola war heute Abend sowieso völlig überfüllt, die Qualmwolken zahlloser Zigarren und Zigaretten hingen in der Luft und verdunkelten selbst die bunten Lämpchen der Weihnachtsdekoration. An vielen Tischen stritt man über Politik.

Dass ein grobschlächtiger Kerl wie dieser Österreicher mit Fritz von Weynand bekannt war, wunderte sie etwas. Aber Weynand kannte die seltsamsten Leute, es gehörte wohl zu seinem Steckenpferd als Klatschreporter.

»Und ob ich den kenne«, prahlte Kinshofer jetzt. »Der Mann verdankt mir ein paar brisante Geschichten für seine Zeitung. Hat sich auch nicht lumpen lassen, muss ich sagen, hat ganz gut bezahlt dafür.« Er grinste schief und rückte vertraulich ein wenig näher zu Carlotta heran. Sein Atem stank nach einer Mischung aus Bier und Glühwein. »Wissen Sie, ich hatte gehofft, der Mann könnte mir zu meinem Recht verhelfen. Und zu einem guten Einkommen. Schließlich bin ich der Sohn, es ist mein Erbe. Finden S' nicht auch?«

»Bestimmt würde ich das finden«, sagte Carlotta amüsiert. »Wenn ich wüsste, wovon Sie reden.«

»Na, von Adele Röckls Karteikasten. Ich bin doch der Sohn.«

»Der Sohn von Adele Röckl?« Carlotta wusste nicht, was sie von diesem seltsamen Kauz denken sollte. Vor ungefähr einem Jahr hatte Fritz einen Artikel über den Tod der Röckl geschrieben, daran erinnerte sie sich noch. War darin nicht auch ein Kind erwähnt? Vielleicht hatte Weynand sich dieses Mal gar nicht alles aus den Fingern gesaugt. Es würde zumindest seine Bekanntschaft zu diesem Menschen erklären. »Von der Schauspielerin, die sich vor einem Jahr ertränkt hat? Ich habe sie flüchtig gekannt, ich hatte zur selben Zeit ein Engagement am Gärtnerplatz und eine Garderobe auf demselben Flur. Man hat Ihnen nach Adeles Tod also Ihr Erbe vorenthalten, sagen Sie?«

»Und wie! Also, nicht alles, natürlich. Die offiziellen Sachen, die habe ich schon bekommen. Aber das Interessanteste und außerdem das Wertvollste, das war verschwunden. Eben dieser Karteikasten. Ich sehe ihn noch genau vor mir, aus braunem Holz, ganz unscheinbar.«

»Und was kann an diesem unscheinbaren Karteikasten so wertvoll sein?«

»Das, was auf den Karten steht, natürlich. Die Namen und Adressen von allen Männern, die an meine Mutter Alimente bezahlt haben.« Er musste wirklich schwer betrunken sein, er lachte plötzlich wie ein Wahnsinniger. »Für Kinder, die's gar nicht gab.«

»Ich verstehe. Ihre Mutter hat auf diese Weise Unterhalt von früheren Liebhabern bezogen.« Carlotta schüttelte sich innerlich. Das waren genau die Niederungen ihres Metiers, in die sie sich nie begeben wollte.

»Sie hat da eine richtige Industrie draus gemacht.« Kinshofer schien, sehr im Gegensatz zu Carlotta, regelrecht stolz auf die kriminellen Aktivitäten seiner Mutter zu sein. »Da war alles genau sortiert, alphabetisch, mit Kopien der Briefe, die sie und die Herren geschrieben hatten, und mit den Fotografien der angeblichen Kinder.«

»Und diesen Kasten hätten Sie gern, um die …« Carlotta überlegte, wie sie das Wort Erpressungen am besten vermied »… die finanziellen Arrangements Ihrer Mutter fortzuführen, vermute ich?«

»Ja, freilich!« Kinshofer grinste. »Ein paar von den Kindern gehen noch zur Schule, andere sind gerade so alt, dass sie in einer Ausbildung sein könnten. Da geht schon noch was für ein paar Jährchen.« Er legte die Hand aufs Herz. »Die Ärmsten sind ja jetzt Halbwaisen, da müssen die Väter doch was springen lassen, gell?«

Carlotta nahm einen kräftigen Schluck von ihrem Wein, ehe sie antwortete. Dieser Abend reichte ihr allmählich. Sie würde austrinken, zahlen und gehen. »Nun, da der Kasten verloren ist, wird daraus wohl nichts werden.«

»Ja, ein seltenes Pech. Entweder hat die Polizei ihn aus dem Verkehr gezogen, weil da bestimmt auch die Namen von wichtigen Münchner Herren dabei waren. Oder der Gleißner hat ihn sich irgendwie verschafft, der raffgierige Depp.«

Carlotta stutzte. »Gleißner – aber nicht zufällig Victor Gleißner?« Immerhin hatte jener Victor Gleißner, mit dem Carlotta vor einem Jahr ein mäßig angenehmes Schäferstündchen verbracht hatte, sich ihr als Theaterintendant vorgestellt. Aus Frankfurt zwar, aber sein Berliner Dialekt war unüberhörbar. Und Adele Röckl hatte doch zuvor auch in Berlin gelebt?

»Sicher!« Kinshofers Blick wurde starr und misstrauisch. »Kennen Sie den vielleicht?«

»Er hat einmal versucht, mich nach Frankfurt abzuwerben.«

»Gut, dass Sie nicht mit ihm gegangen sind. Alles, was der anfasst, wird zu Dreck. Der hat in Berlin schon keinen Fuß auf den Boden gekriegt und auch nur von meiner Mutter und ihren kleinen Einkünften gelebt. Darum denke ich ja, dass er den Kasten einkassiert hat.«

»Oder Ihre Mutter hat ihn ihm gegeben«, sagte Carlotta. »Er war ja in München, kurz vor ihrem Tod.«

Kinshofer starrte sie mit offenem Mund an. »Der Gleißner war da? Wie meine Mutter gestorben ist? Damals?«

»Ja, sicher. Das war ja, als er mich abwerben wollte.«

Eine massige Faust schlug auf den Tisch. »Jetzt glaub ich's bald! Womöglich hat der windige Schreiberling sogar recht gehabt!« Er schob die Unterlippe mit den Fingern zusammen, während er angestrengt nachdachte. »Zutrauen würde ich's ihm. In jedem Fall ist er mit Adeles Unterlagen auf und davon. Aber den kauf ich mir! In Frankfurt ist er, haben Sie gesagt? Wo genau, wissen Sie nicht zufällig?«

Zum Glück wusste Carlotta es wirklich nicht. Und hätte sie es gewusst, hätte sie es dem unangenehmen Menschen sicher nicht verraten.

Kinshofer sprang auf. »Egal. Ich werd ihn schon aufspüren. Muss mir nur noch das Geld für eine Bahnkarte besorgen. Danke, Madame, das hilft mir weiter, was Sie mir erzählt haben.«

Er drängte sich so hastig durch die Gäste Richtung Ausgang, dass er beinahe einen Kellner zu Boden gerissen hätte.

Franziskas Anwesenheit bei Annas Treffen mit Weynand hätte peinlich sein können, war es aber nicht. Allenfalls führte es dazu, dass Weynand weniger Persönliches erzählte, und natürlich unterließ er alle Anspielungen oder Flirtversuche. Aber zumindest nach Karl Wirsch wollte Anna sich doch erkundigen.

»Karl? Oh, dem geht es großartig. Der war am letzten Sonntag schon wieder auf einer Protestveranstaltung. Immerhin scheint diese zur Abwechslung friedlich geblieben zu sein.

Nötig war sie sowieso. Haben Sie die Vorgänge in Zabern verfolgt?«

Das hatte Anna eigentlich nicht, aber die Aufregung darum war laut genug gewesen, dass selbst sie die Geschichte gehört hatte. Doktor Gernhuber und Doktor Schmidt hatten lang darüber gesprochen und waren sich, ungewöhnlich genug, beinahe einig gewesen.

»Ich weiß nur, dass im Elsass die Bewohner dieser Stadt gerade gegen die preußischen Soldaten demonstrieren, die dort stationiert sind.«

»Mit gutem Grund«, nickte Weynand grimmig. »Was dort passiert, steht geradezu symbolisch für alles, was in diesem verflixten Reich falsch läuft: Ein kleiner Leutnant, noch nicht ganz trocken hinter den Ohren, meint sich dadurch profilieren zu müssen, dass er die Leute von Zabern, wo er stationiert ist, regelmäßig und öffentlich beleidigt. Auch die elsässischen Soldaten seiner Einheit. Die Leute im Ort rebellieren. Statt den kleinen Idioten zu sich zu zitieren und ihn öffentlich abzuwatschen, nehmen seine Vorgesetzten ihn in Schutz. Wegen der Ehre des Militärs. Das Ganze schaukelt sich hoch, das Militär greift zu Degen und Knüppeln und wirft aus eigener Machtvollkommenheit willkürlich Leute in den Kerker, der Bürgermeister protestiert bei Regierung und Kaiser. Und was macht Wilhelm? Stellt sich hinter seine heiß und innig geliebten Soldaten! Unser Militär kann tun und lassen, was es will, und niemand wagt, es aufzuhalten.«

»Dagegen ist Herr Wirsch protestieren gegangen?«

»Dagegen protestiert gerade das halbe Land, vor allem die Arbeitervertretungen. Sie werden nur nichts bewirken, fürchte ich.« Er nippte an seiner Kaffeetasse. Seine Wut fiel ein wenig in sich zusammen, er sah düster aus. »Das sind alles ganz böse Omen für die Zukunft, Anna. Wenn ein Gernegroß von Leutnant schon nicht in die Schranken gewiesen wird, was passiert dann erst, wenn die Generäle sich zu Worte melden und es um Krieg oder Frieden geht?«

»Krieg?«, wiederholte Franziska. »Aber wer denkt denn an so etwas?«

»Leute, die sich profilieren wollen. Leute, die Angst haben, man könnte sie nicht für einen ›ganzen Mann‹ halten. Leute, die neidisch sind und denken, sie wären zu kurz gekommen. Gründe gibt es genug.«

»Aber Krieg«, sagte Anna zögernd. »Das geht doch gar nicht, nicht wahr? Der deutsche Kaiser ist sogar verwandt mit dem englischen König? Und mit dem russischen Zaren. Und hatten Sie nicht gesagt, mit dem österreichischen Kaiser ist er verbündet?«

»Das ist er, und außerdem ist er ein Idiot, wie er gerade bei der Affäre in Zabern bewiesen hat. Österreich zankt sich seit Menschengedenken mit den Russen auf dem Balkan. Wenn wir ganz viel Glück haben, ziehen die Habsburger unseren strammen preußischen Wilhelm in einen Krieg mit hinein.« Er seufzte. »Und nun kommt der Trottel am Montag auch noch nach München.«

Anna und Franziska brachen beide in Gelächter aus. So wenig Begeisterung für den Staatsbesuch eines Kaisers aufzubringen, das war selbst für Herrn von Weynand eine Leistung.

Friedrich mochte Annas Schwester. Ein intelligentes, verständiges Mädchen, das auch zu wissen schien, bei welchen Dingen man besser nicht zu genau nachfragte. Die seltsamen Herrenbekanntschaften der eigenen Schwester, zum Beispiel.

Dennoch bedauerte er, dass Franziska jetzt stets als Dritte bei seinen Treffen mit Anna dabei war, weil es ihn daran hinderte, so offen mit Anna zu sprechen, wie er es gewohnt war. Er hätte es dringend gebraucht.

Die Weihnachtsfeiertage in der Villa Senftl hätten friedlich und fast heiter verlaufen können. Fräulein Brandt besuchte für einige Tage ihre Verwandten in Hessen; das war weit genug weg, damit Friedrich übermütig wie ein Fünfjähriger mit den beiden Buben durchs Kinderzimmer tollen und am Abend auf dem Bauch vor dem Christbaum liegen konnte, um Willis neue elektrische Eisenbahn aufzubauen. Ein erstaunlich großzügiges Geschenk seines Großvaters.

»Wird Zeit, dass der Junge Interesse an Technik gewinnt, nicht nur an Märchen und Bilderbüchern«, kommentierte Johann Senftl grinsend. »Schließlich wird er einmal die Firma übernehmen.«

Bis dahin jedoch hatte auch Sibylle noch Pläne mit ihrem Erstgeborenen. Friedrich glaubte, nicht recht zu hören, als sie ihn fragte, wie man es am besten anstellen könnte, Wilhelm in der Pagerie unterzubringen.

»In der – Pagerie? Sibylle, ich bitte dich! Das ist nun wahrhaft Mittelalter!«

»Es ist eine altehrwürdige Einrichtung zur Ausbildung von Edelknaben«, gab sie pikiert zurück. »Mit jahrhundertelanger Tradition.«

»Eine vorsintflutliche Einrichtung«, verbesserte er zähneknirschend, ehe er sich zu einem milderen Ton zwang. »Schau doch, meine Liebe. Dein Vater möchte, dass Willi … Wilhelm einmal die Firma leitet. In der Pagerie werden Jungen für den Offiziersdienst vorbereitet.« Falls man das so nennen wollte. »Was soll unser Bub denn dort?«

»Es ist seiner Position angemessen, die Pagerie zu besuchen. Dort werden nur Söhne aus Adelsfamilien aufgenommen.« Natürlich. Wie hatte Weynand vergessen können, worauf es Sibylle ankam?

»Und das sehr zu ihrem Schaden, liebe Sibylle. Glaub es mir. Mein Bruder Otto war dort, und er ist ein ausgemachter Idiot. Diese … Schule ist überteuert und so schlecht, dass schon vor Einführung des Königreichs beschlossen wurde, die Jungen zuerst einmal auf die normale Kadettenanstalt zu schicken, damit sie dort wenigstens *etwas* lernen.«

Sie stieß die Nase in die Luft und wandte sich ab. »Du willst natürlich nicht. Ich hätte es mir denken können. Wirklich, ich weiß nicht, womit ich diese Behandlung verdient habe. Manchmal denke ich, du schämst dich deiner Kinder, so wenig, wie du für sie tust. Aber bitte, wie du meinst. Ich werde mich an deinen Vater wenden; ich bin sicher, er wird ein gutes Wort für seinen Enkel einlegen.«

Die Weihnachtsfeiertage setzten sich für Weynand zu einem bizarren Mosaik zusammen: Die Königin Marie Therese, die im neuen Mercedes vor ein Waisenhaus chauffiert wurde, um dort sorgfältig ausgewählten und herausgeputzten Waisenkindern ein paar adrett verpackte Geschenke zu überreichen. Sibylle, die allen Ernstes ihren Sohn in eine Einrichtung stecken wollte, die man vor hundert Jahren schon am liebsten abgeschafft hätte. Schwabing, wo sich in letzter Zeit statt Malern und Schriftstellern nur noch Spinner und Lebenskünstler herumzutreiben schienen, und natürlich die Herren Stadtbürger, die sich, nachdem sie sich an Gans und Knödeln gelabt hatten, von jungen Damen oder auf Wunsch auch jungen Herren umsorgen ließen.

Und dann war da noch Heinrich, den er am zweiten Weihnachtsfeiertag aufsuchte, um mit ihm auf die alten Zeiten anzustoßen.

Friedrich erschrak, als er seinen alten Schulfreund sah. Arnsberg war abgemagert, sein früher so hübsches Gesicht eingefallen und bleich, die Ellbogen zeichneten sich spitz unter den Hemdsärmeln ab. Auch im Wesen hatte er sich verändert, von seinem sonstigen Charme war nichts übrig als ein richtungsloses Lächeln und aufgesetzte Fröhlichkeit, die von einer Sekunde auf die andere in ängstliche Nervosität übergehen konnte. Egal, welches Thema Weynand anschlug, länger als für ein oder zwei Sätze konnte Arnsberg sich nicht darauf konzentrieren, dann kam er unweigerlich auf seine finanzielle Lage und auf seine Probleme mit Christiane zu sprechen. Dass seine Frau sich scheiden lassen und ihn ohne Geld vor die Tür setzen könnte, war bei ihm zur fixen Idee geworden, die Friedrich ihm nicht mehr ausreden konnte.

»Du machst dir völlig überflüssige Sorgen«, wiederholte er dennoch. »Glaub mir.« Er zögerte. »Und du siehst auch nicht gut aus, alter Junge. Ich glaube, du übertreibst es ein bisschen mit den Ausflügen nach Schwabing, hm? Oder mit dem Hochprozentigen.«

»Was bleibt mir denn noch außer Alkohol, wenn Christiane mir alle Freude am Leben vergällt? Ich liege hier wie ein Hund an der Kette, Fritz, und jeden Moment kann mir jemand einen Fußtritt geben!«

»Unfug. Du grübelst zu viel und bildest dir alles Mögliche ein. Was du brauchst, ist ein Kulissenwechsel. Warum setzt du dich nicht in dein Auto und fährst ein bisschen übers Land, weg von allem?«

Arnsberg sackte in sich zusammen. »Das kann ich nicht«, klagte er. »Ich habe den Wagen verkauft.«

»Deinen Kühlstein?« Friedrich brachte vor Verblüffung den Mund nicht mehr zu. Dieses Automobil war Arnsbergs liebstes Steckenpferd gewesen, er hing mit ganzem Herzen daran.

»Musste sein. Christiane war dafür, und damit hatte sie ausnahmsweise recht.«

»Aber wieso denn?«

»Die elektrischen Automobile haben keine Zukunft, weißt du? Die Benzinmotoren laufen ihnen den Rang ab.«

»Diese stinkenden, knatternden Karossen? Ich danke.«

Früher hätte Arnsberg gelacht, jetzt zuckte er die Achseln. »Ist eben so. Der Lauf der Zeit. Alles geht zu Ende. Alles nicht mehr wichtig.«

35.

Sonne und Ausgelassenheit verzauberten München. Anna schien, als habe die gesamte Stadt sich maskiert, um den Fasching zu verabschieden, selbst dieser 24. Februar 1914 war strahlend wie ein Tag im Mai. Die Straßen waren voll Musik, an jeder Ecke stand jemand mit einer Fidel oder einer Ziehharmonika, es roch nach Gebratenem und nach dem Schießpulver der Salven. Buden für Bier, Bratwurst und Süßes waren seit letzter Woche an allen Ecken wie aus dem Nichts in die Höhe gewachsen, die Häuser rundum waren dekoriert, aus den Fenstern der oberen Stockwerke warfen die Bewohner Bonbons, Papierblumen und Konfetti auf die Straße.

Geister, Indianer und Burgfräulein jeder Größe und jeden Alters hüpften um Anna herum. Ein leicht übergewichtiger Musketier, in glitzerndem Wams mit aufgeschlitzten Ärmeln, winkte Anna zu sich heran, um ihr, kaum hatte er ihre Aufmerksamkeit, eine Luftschlange mitten ins Gesicht zu blasen. Er lachte schallend über seinen eigenen Streich und sprang davon, hinein ins Gewühl auf der Straße, an der Hand hinter sich her zog er eine junge Frau, die einen Matrosenanzug trug und dazu einen Bowlerhut.

Annas eigenes Kostüm erschien ihr so kostbar, dass sie kaum gewagt hatte, es anzuziehen. Eine echte venezianische Maske, passend zu der von Herrn von Weynand. Als er ihr gesagt hatte, er werde ein Kostüm für sie besorgen, hatte sie angenommen, er rede von einem Kostümverleih. Zu ihrem Entsetzen hatte er es gekauft. Angeblich gebraucht.

Anna bezweifelte es, die Maske sah neu aus. Aber sie sagte nichts. Etwas so Schönes zu tragen und sich darin bewundern zu lassen war viel zu angenehm.

Herr von Weynand fasste nach ihrer Hand. »Kommen Sie«, brüllte er über den Lärm, den eine Gruppe stockbetrunkener Faschings-Chinesen veranstaltete. »Die Narrhalla veranstaltet eine Parade, die schauen wir uns an.« Er zog sie mit sich.

Rund um Anna wogte ein Ozean aus bunten Hüten, Schminke, Gelächter, Musik und falscher Seide. Heute schien niemand zu arbeiten. Dabei stimmte das gar nicht. Die Gerichtsmedizin mochte heute nur notdürftig besetzt sein. Martin Stöttner, Onkel Ludwig und die restliche Gendarmerie hatten dagegen heute sogar einen besonders harten Tag. »Der Fasching und's Oktoberfest«, pflegte ihr Onkel zu sagen. »Da weißt d' am Abend, was du den Tag über g'macht hast. *Einen* Besoffenen zu rangieren is' ja schon ned leicht. Aber eine ganze besoffene Stadt?«

Heuer schien die Ausgelassenheit besonders groß. Überall gingen Pärchen Hand in Hand, um sich im Gedränge nicht zu verlieren. Es war also gar nichts Besonderes, wenn auch Anna sich an der Hand führen ließ, während Herr von Weynand ihnen einen Weg durch die Menge bahnte. Durfte dabei nicht auch ein bisschen Verliebtheit in der Luft liegen? Sie drückte unwillkürlich Weynands Hand und schlenkerte sie übermütig, und er schaute überrascht über die Schulter und drohte ihr scherzhaft mit dem Zeigefinger.

Als sie in die Maximilianstraße einbogen, tönte ihnen schon von Weitem Militärmusik entgegen. Zwischen Reihen dicht gedrängter Zuschauer stauten sich Prozessionen von Fuhrwerken und prächtig aufgeputzten Reitern. Eine Gruppe aus mindestens dreißig schnurrbärtigen Herren, alle zu Pferd, hatte sich als Frauen verkleidet, zum Teil in Reitkostümen, zum Teil in Tracht, mit Perücken, Damenhüten und Kopftüchern. Die Truppe vollführte zum Gaudium der Zuschauer mitten auf der Straße alle möglichen Kavalleriemanöver und präsentierte dazu statt Waffen Besen und Schrubber. Alle Bewegungen wurden präzise ausgeführt wie auf dem Exerzierplatz.

»Die müssen von irgendeinem Reiterregiment sein«, rief Herr von Weynand, »die sind zu gut für Zivilisten, und sie haben trainierte Pferde.«

Die Vorführung der falschen Damen blockierte allerdings den Umzug der Narrhalla, für den eigentlich die Straße abgesperrt worden war, ein Dutzend offener, mit Blumen geschmückter Wagen voll übermütiger Herren in bunten Kostümen. Aus den offenen Zweispännern regnete es Bonbons aus großen Eimern. Als die schnurrbärtige Amazonentruppe, vertieft in ihre Manöver, die Straße immer noch nicht freigab, nahmen die Insassen der vordersten Kutsche sie aufs Korn und bewarfen sie gezielt mit Bonbons; einer der Reiter meldete gehorsamst der »Frau Hauptmännin«, man stehe unter feindlichem Artilleriebeschuss, und die Zuschauer bogen sich vor Lachen.

Trotzdem fand Anna, es liege eine seltsame Stimmung über der ausgelassenen Menge. Als verstecke sich in all dem Lachen und dem Übermut etwas Überreiztes, Gezwungenes. Vielleicht lag es nur an der strahlenden Sonne, die der Jahreszeit wegen noch tief stand und in den Augen blendete. Auf Anna wirkte es, als stürzten die Leute sich mit einer Wut ins Feiern, als gelte es, mit ihrer Lebensfreude einen bösen Geist aus der Stadt zu vertreiben, so wie man früher mit Leuchtfeuern und Mummenschanz den Winter ausgetrieben hatte.

Vielleicht empfand Herr von Weynand ähnlich. Er deutete auf seine Ohren. »Hier ist es mir zu voll und zu laut. Da hinten gibt es Sekt, trinken wir etwas!«

Unter Einsatz der Ellbogen kämpften sie sich zu einem Stand durch. Der Betreiber hatte einige Stehtische aufgestellt, dort war es im Moment etwas ruhiger. Beide atmeten auf, als ein Laut Anna die Ohren spitzen ließ. Vielleicht weil sie so oft bei Onkel Ludwig verkehrte, jedenfalls hörte sie die schrillen Trillerpfeifen der Gendarmerie aus dem Karnevalstrubel sofort heraus. Ein Wachtmeister verließ seinen Platz an der Straßenabsperrung und besprach sich mit einem zweiten Gendarm, der daraufhin hastig ganz in der Nähe durch die Menge sprintete. Anna erkannte ihn.

»Martin!« Sie winkte heftig und lüftete ihre Maske. Er sah sie, zögerte kurz, weil er sich wohl denken konnte, wer der zweite Harlekin neben Anna war, kam dann aber doch rasch an ihren Tisch.

»Grüß Sie, Anna. Tut mir leid, ich hab grad gar keine Zeit. Einsatz drüben am Isartor.«

»Was ist denn passiert?«, fragte Herr von Weynand. Martin Stöttner machte ein mürrisches Gesicht.

»Nix für die Zeitung, jedenfalls nicht für die Ihrige. Messerstecherei zwischen zwei Betrunkenen.«

»Beide männlich? Und nicht miteinander in den Federn?«

»Nein, die haben sich nur in der Wolle g'habt«, sagte Martin bitter. »Ihre Doktoren werden heut' noch Arbeit kriegen, Fräulein Anna. Ich lauf gerade zum nächsten Telefonapparat, damit der Doktor Schmidt kommt. Es gibt einen Toten.«

Mit einem Mal wich die gesamte Heiterkeit aus dem Tag. Aus der Musik wurde in Annas Ohren Lärm, Lachen und Jubel kamen ihr albern und unpassend vor. »Wo?«, fragte sie knapp und kramte bereits nach ihrem Handtäschchen. »Ich gehe gleich hin, falls der Doktor mich braucht.«

Martin nannte die Adresse einer Gaststätte Im Tal, tippte sich gegen den Rand seines Helms und eilte weiter.

Herr von Weynand ließ sich nicht nehmen, Anna zu begleiten, wahrscheinlich halb Annas wegen und halb aus journalistischer Neugierde. Sie kamen nur ein paar Minuten vor Doktor Schmidt am Tatort an, so lange brauchten sie, um sich durch das Gedränge der Feiernden zu zwängen. Doktor Schmidt registrierte Annas Anwesenheit sichtlich erfreut. Notwendig war sie nicht, an den Todesumständen schien es kaum einen Zweifel zu geben. Der Leichnam lag auf dem Bauch und wies mehrere Stichwunden im Rücken auf. Der Schuppen im Hinterhof der Gaststätte, in dem man ihn gefunden hatte, war in heller Unordnung, Regalbretter heruntergerissen, ein Stuhl zersplittert.

»Eine Schlägerei, die aus dem Ruder lief«, sagte Doktor Schmidt. Anna unterdrückte ein Lächeln, denn für dieses vorschnelle Urteil hätte Doktor Gernhuber seinen Kollegen sicher wieder lebhaft getadelt. Sie führte Protokoll, wie sie das gelernt hatte, und hatte Herrn von Weynand völlig vergessen.

Erst als die Polizisten die Leiche auf Doktor Schmidts Anweisung hin auf den Rücken drehten, wurde sie an ihn erinnert. Anna schlug erschrocken die Hand vor den Mund, Doktor Schmidt betrachtete das Gesicht erstaunt.

»Der Mann kommt mir bekannt vor. Ist das …«

»Matthias Kinshofer«, sagte Weynand aus dem Hintergrund. »Der uneheliche Sohn der Schauspielerin Adele Röckl.«

»Richtig! Er war vor einem Jahr in der Gerichtsmedizin.« Doktor Schmidt musterte Herrn von Weynand. »Dass der wieder in München ist? Und Sie kennen ihn ebenfalls, Herr …«

»Weynand.« Er lüftete seine Maske. »Bitte entschuldigen Sie meine Anwesenheit hier, Herr Doktor, ich hatte Fräulein Zech zum Narrhalla-Umzug begleitet.«

»Ach, Sie sind's, Herr von Weynand.« Doktor Schmidt lächelte. »An die Sache mit unserem lebenden Toten denken wir immer noch gern. Sie kannten also diesen Mann?«

»Ich hatte im vergangenen Sommer tatsächlich flüchtig mit ihm Kontakt. Dass er sich aktuell in München aufhielt, wusste ich aber nicht.« Er drehte sich zu Martin Stöttner um. »Natürlich kann ich dazu gern eine Zeugenaussage machen, wenn Sie das wünschen.«

»Ja. Schon.« Anna konnte Martin seinen Ärger darüber anhören, dass er sich nun auch noch beruflich mit seinem Rivalen um Annas Gunst beschäftigen musste. Vermutlich würde er den armen Herrn von Weynand bei dem Gespräch in die Mangel nehmen und ihm viele völlig überflüssige Fragen zu einem gewissen Herrn Nachtwey stellen. Wäre die Situation nicht so traurig gewesen, hätte Anna sich über die Blicke, die die beiden Herren tauschten, köstlich amüsiert.

So starrte sie hinunter auf das breite, fleischige Gesicht des Österreichers. Wieder ein Mensch, der sicher kein schönes Leben gehabt hatte. Als uneheliches Kind von der Mutter zu den Großeltern abgeschoben, harte Arbeit auf dem Land, hin und wieder Zuwendung von der fernen Mutter, wenn sie Fotografien brauchte, um von einem ihrer Liebhaber Geld zu erpressen. War es ein Wunder, wenn jemand wie er dachte, das Leben bestehe aus nichts anderem als Tricksereien und Betrug?

Und nun hatte er sein Leben so beenden müssen. Auf dem schmutzigen Bretterboden eines alten Schuppens, der nach schalem Bier stank, wahrscheinlich nach einem Streit unter Betrunkenen.

»Seltsam, dass keine Brieftasche da ist«, sagte Martin Stöttner in diesem Moment. »Keine Papiere, nichts. Alle Taschen sind leer, das schaut eher nach einem Raubmord aus. Dabei war's offensichtlich eine Schlägerei, also eher Totschlag als Mord.«

»Gelegenheit macht Diebe?«, fragte Doktor Schmidt. »Obwohl ich zugebe, das ist sehr kaltblütig für einen, der gerade aus Versehen jemanden umgebracht hat.«

Martin zuckte die Achseln. »Gibt's natürlich. Oder jemand wollte nicht, dass wir rausfinden, wer er ist.« Er schaute von Doktor Schmidt auf Weynand und Anna. »Wenn Sie drei ihn nicht erkannt hätten, hätten wir sicher eine Weile gebraucht, um seine Identität festzustellen.«

Anna konnte sehen, wie es in Weynands Augen zu glitzern begann. O *nein*, dachte sie. *Bitte nicht noch einen Artikel über Adele Röckl!*

36.

Das traurige Ende dieses Faschingsdienstags hatte für Anna insofern doch etwas Gutes, als die beiden Gerichtsärzte ihr das Erscheinen hoch anrechneten. Weswegen sie überhaupt keine Schwierigkeiten hatte, sich an einem anderen Dienstag, Mitte April, den Vormittag freizunehmen.

»Lassen S' mich raten«, sagte Doktor Gernhuber. »Das Fräulein Anna möchte sich den österreichischen Erzherzog anschauen, habe ich recht?«

Das wollte Anna wirklich. Oder vielmehr, Herr von Weynand war auf die Idee verfallen. »Sie glauben mir ja nie, wenn ich Ihnen sage, von was für ewig gestrigen Dummköpfen wir regiert werden. Begleiten Sie mich doch, dann können wir uns das königliche Getue ganz aus der Nähe anschauen.«

Er hatte so hoffnungsvoll ausgesehen, dass Anna tatsächlich zustimmte. Sie ahnte, worum es ihm in Wirklichkeit ging: einfach ein paar Stunden nur mit ihr zu verbringen, ohne ihre Schwester. Und so stand Anna schon um acht Uhr morgens auf dem festlich geschmückten Odeonsplatz inmitten einer munter schwatzenden Menschenmenge und wartete. Sie wunderte sich, wie viele Leute unter der

Woche Muße hatten, sich einen kaiserlichen Staatsgast anzuschauen; die ganze Brienner Straße entlang drängten sich Neugierige im Sonntagsstaat. Alles machte den Eindruck eines Feiertags. Sämtliche Hausfassaden waren mit Girlanden und Blumen in Rot-Weiß-Rot und mit Abbildungen des Doppeladlers geschmückt, auf dem Dach der Residenz, an der Feldherrnhalle und am Palais Leuchtenberg wehten die bayerische und die österreichische Fahne nebeneinander, auch aus vielen Fenstern hingen Flaggen, fast wie an Fronleichnam.

»Da stehen wir jetzt alle«, resümierte Herr von Weynand bissig, »und tun so, als würde es uns etwas angehen, wenn ein alter Herr einen noch nicht ganz so alten Herrn vom Bahnhof abholt.«

»*Sie* wollten sich das doch unbedingt ansehen, Herr Nachtwey.«

»Weil ich hoffe, dass Sie vor Ergriffenheit beim Anblick eines echten Kaisersohns ohnmächtig werden und mir endlich in die Arme sinken.« Anna lachte, das war genau die Art Bemerkungen, die Weynand sich nie erlaubte, wenn Franziska dabei war.

Die erste Aufregung gab es, als unter dem Torbogen einige schwere Reiter der königlichen Leibgarde sichtbar wurden. Ihnen folgte eine aufwendig gearbeitete, altmodisch wirkende Kutsche mit dem Wappen der Wittelsbacher.

»Ah, unsere armen Monarchen müssen in die muffigen Staatskaleschen steigen statt in ein modernes Automobil«, kommentierte Herr von Weynand. »Wir sollten Sie bedauern, wirklich. Sie sind Sklaven des Protokolls.«

König Ludwig winkte jovial in die Menge, als er vorbeifuhr. Die Pferde trabten rasch, Anna konnte nur einen kurzen Blick erhaschen, ehe der Wagen vorbei war.

»Das gehört eigentlich noch nicht zu unserem heutigen Programm, aber irgendwie muss ja auch ein Monarch zum Bahnhof gelangen. Da meine werte Gemahlin sich ganz genau informiert hat, jeden Tagesordnungspunkt der heutigen Veranstaltung auswendig kennt und seit gestern nicht dazu zu bewegen war, mir gegenüber ein anderes Thema anzuschneiden, kann ich Ihnen auch detailliert schildern, was unsere viel geliebte Majestät König Ludwig tun wird, während wir hier stehen und darauf warten, dass er mit dem Österreicher zurückkommt.«

»Das finde ich aber nicht nett von Ihnen«, sagte Anna, »dass Sie heute mit mir hier sind, wenn Ihre Frau solchen Wert darauf legen würde, den König und den Erzherzog zu sehen.«

Herr von Weynand starrte sie fast entgeistert an. »Sie glauben doch nicht, dass meine Frau sich mit *mir* unters gemeine Volk mischen würde? Sie hat sich selbst bei einer Freundin zu Gast geladen, die etwas weiter vorn in der Nähe vom Karolinenplatz wohnt. Bei meiner Frau stehen die Chancen tatsächlich besser als bei Ihnen, dass sie ohnmächtig wird. Vielleicht lehnt sie sich dabei aus dem Fenster; das könnte böse ausgehen.«

»Pfui, Herr Nachtwey, damit treibt man keinen Spaß.«

»Natürlich nicht, meine tugendhafte Fee. Wollen Sie nun das Tagesprogramm unseres alten Mannes hören oder nicht?«

»Sie werden es mir sowieso erzählen, egal, ob ich es hören will.«

»Darauf können Sie Gift nehmen. Ich bin damit über Stunden gepeinigt worden; mein Kopf platzt, wenn ich es nicht endlich loswerde. Also: Der Herr Erzherzog und seine Gemahlin – dazu später – sind längst da, haben aber am Ostbahnhof angehalten, damit der österreichische Gesandte in München zusteigen und sich seinem Erzherzog zu Füßen werfen kann. Das ist ganz wichtig, weil der Gesandte sich in München auskennt, die Landessprache beherrscht und gegebenenfalls für den Erzherzog dolmetschen kann. Was gibt es da zu lachen? Vom Ostbahnhof aus ruft dann jemand am Hauptbahnhof an, dass die Blaskapelle und das Empfangskomitee antreten sollen, und dann rollt der kaiserliche Sonderzug ganz festlich und musikalisch untermalt ein zu ›Gott erhalte Franz den Kaiser‹. Inwieweit Erzherzog Franz Ferdinand den Wunsch, der in dieser Hymne zum Ausdruck kommt, teilt, weiß ich übrigens nicht. Je länger der liebe Gott Franz den Kaiser am Leben erhält, desto später kommt Franz Ferdinand schließlich selbst ans Ruder.«

»Sie sind ein schrecklicher Spötter!«

»Auf dem Bahnsteig stehen derweilen aufgebaut unser dicker König samt Nickelbrille, Kronprinz Rupprecht und alles, was sonst im Königshaus eine Uniform tragen kann. Das ist eigentlich fast das Wichtigste heute: die Kostüme! Zur Feier des Tages haben sich nämlich alle Bayern als Österreicher verkleidet und der Österreicher als Bayer. Bei solchen Anlässen trifft es sich gut, dass die Herren sich immer gegenseitig mit Orden ausstaffieren und einander zum Ehrenkommandeur irgendeines weitgehend kampfuntauglichen Reiterregiments erklären. Wenn dann das allgemeine Verbeugen, Umarmen und Abbusseln vorbei ist, verfrachtet man König und Erzherzog wieder in die Staatskalesche, und sie dürfen winkend und lächelnd und huldvoll salutierend an uns Normalsterblichen vorüberrollen.«

»Ich fange an zu begreifen, weshalb Ihre Frau sich den Einzug nicht gemeinsam mit Ihnen anschauen will. Hoffentlich werden Sie wenigstens keinen Artikel darüber schreiben, wenn Sie alle Bosheiten schon bei mir loswerden. Was ist denn nun mit der Ehefrau von Franz Ferdinand? Hatten Sie nicht gesagt, dass die Frau Erzherzogin auch hier ist?«

»Wie? Nein, das hatte ich bestimmt nicht«, gab er triumphierend zurück. »Eine Frau Erzherzogin gibt es nämlich gar nicht, die Dame ist mit knapper Not zur normalen Herzogin ernannt worden. Verstehen Sie, unser wackerer Staatsgast hat das Schlimmste getan, was ein angehender Monarch tun kann, und eine nicht standesgemäße Provinzadlige geheiratet.«

»Das weiß sogar ich. Meine Tante hat mir erzählt, dass das damals ein großer Skandal war.«

»Na sehen Sie. Dann können Sie vermutlich auch verstehen, weshalb diese peinliche Dame laut Protokoll völlig außer Sichtweite bleiben muss. Sie wird irgendwo im kaiserlichen Gefolge mitgeschleppt und wahrscheinlich durch die Hintertür in die Residenz geschleust.«

»Seien Sie doch nicht immer so gemein. Es ist eigentlich sehr modern, wenn der Erzherzog nicht auf solche Dinge achtet. Müsste Ihnen das nicht gefallen?«

»Sehr modern, in der Tat. Seine Frau darf bei offiziellen Anlässen nicht seine Frau sein. Seine Kinder dürfen den Kaiserthron nicht erben – was natürlich in gewisser Weise auch eine Gnade sein könnte. Vor allem ärgert mich, dass man ihm gestattet hat, sich eine Frau zu suchen, die er liebte, und mir nicht.« Er fuhr sich kurz mit der Hand über das Gesicht, wie um etwas wegzuwischen, dann setzte er betont heiter nach: »Wobei die Dame, Gerüchten zufolge, hervorragend zu ihm passt. Kein Mensch in Wien mag sie. Bigott, altbacken, hausmütterlich und humorlos. Angeblich zählt sie persönlich die Zuckerwürfel ab, die an ihrer Kaffeetafel für die Gäste auf den Tisch kommen.«

»Das denken Sie sich gerade aus.«

»Vielleicht. Vielleicht auch nicht.«

»Worüber werden der König und der Erzherzog denn sprechen? Ich meine, warum kommt er überhaupt nach München?«

»Um uns allen ein schönes Schauspiel zu geben, natürlich. Aus welchem Grund denn sonst? Zu mehr ist doch keiner von beiden in der Lage. Erzherzog Franz Ferdinand hat für sein bröckelndes Kaiserreich jede Menge wunderbarer Ideen. Die sich leider alle widersprechen und mit denen er bald die böhmischen, bald die ungarischen und bosnischen Nationalisten oder die heimische Hofpartei gegen sich aufbringt. Und unser König hat gar keine Ideen und dürfte nicht einmal etwas entscheiden, wenn er welche hätte. Worüber sollten die zwei reden? Sie werden einen hübschen Empfang für die Staatsminister geben und heute Abend in die Oper gehen, damit alle Zuschauer aufstehen und sich freuen dürfen, zwei richtige Fürsten gesehen zu haben. Es lebe die Monarchie! Nein, schauen Sie nicht schon wieder so vorwurfsvoll, Anna. Ich sage es, wie es ist. Das Einzige, wovon der Erzherzog etwas zu verstehen scheint, ist das Schießen. Er ist, wie man so sagt, leidenschaftlicher Jäger. Angeblich hat er bei manchen Jagden Hunderte von Vögeln erschossen. An einem einzigen Tag. Hin und wieder fährt er zur Elefanten- oder Tigerjagd. Das sind die zwei Herren, die sich heute hier treffen: unser bayerischer Millibauer und ein schießwütiger Großwildjäger. Mein Schwager würde jetzt etwas sagen über eine Klasse von Schmarotzern, deren Herrschaft nicht weiter geduldet werden darf, oder so ähnlich.«

»Ihr Schwager?«

»Karl Wirsch«, grinste Herr von Weynand. »Er ist mindestens so sehr mein Schwager wie die Frau Franz Ferdinands die Gemahlin eines künftigen Kaisers.«

Anna musste lachen. »So gesehen haben Sie recht.«

Wie immer, wenn Anna mit Herrn von Weynand unterwegs war, wusste sie nicht, ob sie sich trotz oder wegen seiner spöttischen Kommentare so gut amüsierte. Viel Zeit für seine spitzen Bemerkungen blieb ihm nicht, denn der Einzug des österreichischen Thronfolgers schien exakt geplant zu sein. Es dauerte keine Stunde nach der Ausfahrt des Königs, bis die Hochrufe die Straße entlang ankündigten, dass Ludwig mit seinem Gast zurückkehrte.

Diesmal rollte die Kutsche langsamer, die Insassen winkten und grüßten huldvoll nach beiden Seiten. Anna erhaschte einen guten Blick auf den Erzherzog und musste zugeben, ein wenig enttäuscht zu sein. Unwillkürlich hatte sie sich den Mann, der seinen Rang vergessen und eine nicht standesgemäße Frau geehelicht hatte, jünger und romantischer vorgestellt, vielleicht ein wenig wie die Jugendporträts des greisen Kaisers Franz Josef. In Wirklichkeit war Franz Ferdinand um die fünfzig und trug einen auffallenden Schnurrbart in einem breiten, flachen Gesicht, das ein wenig an das eines Boxerhundes erinnerte. In den danach folgenden offenen Kutschen und Automobilen saßen weitere Herren und einige Damen; eine davon musste wohl die Ehefrau sein, aber sie winkte nicht, darum wusste Anna nicht, welche.

»So, jetzt haben wir's gesehen«, stellte Herr von Weynand fest, als der letzte der schweren Reiter, die die kleine Karawane begleiteten, unter dem Torbogen der Residenz verschwunden war. »Jetzt können Sie zur Arbeit gehen und Ihren Herren Doktoren beruhigt erzählen, dass keiner der beiden so aussieht, als hätten sie vor, sich gegenseitig umzubringen. Sie werden also leider in den nächsten Tagen weder einen König noch einen Erzherzog zu obduzieren haben.«

»Die bekämen wir sowieso nicht. Doktor Schmidt sagt, die Hofärzte würden die Leichen unter Verschluss halten.«

Zum Teil verstand Anna, was Herr von Weynand meinte, wenn er so geringschätzig von der Monarchie sprach. Das würdevolle Gepränge mit Reitern, Lakaien und goldenen Wappen an Pferdekutschen passte nicht mehr in den bunten Trubel der Straßen Münchens. Die Polizei hatte die Trambahnen anhalten müssen, damit der königliche Tross über den Odeonsplatz zur Residenz ziehen konnte, und aus den Seitenstraßen hatte man wütend hupende Chauffeure von Automobilen gehört.

Weiter dachte sie nicht darüber nach. Doktor Gernhuber arbeitete seit Monaten an einer Studie über das Wachstum gewisser Fliegenlarven, und die Handschrift seiner Notizen zu entziffern und auf der Maschine ins Reine zu tippen nahm ihre volle Aufmerksamkeit in Anspruch. Anna hatte den Besuch des Erzherzogs bald wieder vergessen.

37.

Carlotta war seit Beginn ihrer Karriere stolz darauf gewesen, sich allein durchzuschlagen. Ob es um ihre Engagements ging oder um ihre Liebhaber – stets traf sie ihre eigenen Entscheidungen. Es passte nicht zu ihr, andere um Rat zu fragen, und schon gar nicht, dabei verlegen herumzudrucksen, so wie im Moment. Energisch straffte sie die Schultern und rief sich zur Ordnung. Schließlich gab es keinen Grund zur Aufregung. Ihr gegenüber, an einem kleinen Ecktisch in der Schwarzen Lola, saß nur Friedrich von Weynand. Oder eher Fritz Nachtwey, denn er trug sein Reporterhabit. Und um einen seiner Artikel ging es letztlich auch.

»Bitte entschuldige, wenn ich so lange um den heißen Brei herumrede, Fritz. Es ist sonst nicht meine Art. Aber mit Mord und Totschlag habe ich selten zu tun.«

»Mord und Totschlag?« Weynand schmunzelte. »Du hast jemanden umgebracht, Lotte?«

»Nicht direkt. Aber ich habe Angst, ich könnte versehentlich dazu beigetragen haben. Kurz und gut, ich bräuchte deinen Rat.«

»Meinen Rat?« Weynand starrte sie an. »Ich glaube nicht,

dass den schon mal jemand haben wollte. Üblicherweise dränge ich ihn den Leuten ungefragt auf.«

»Sei ernst«, bat Carlotta. »Mir ist nicht nach Scherzen zumute.«

Weynand griff nach ihrer Hand. »In Ordnung. Was ist passiert?«

»Irgendwann um Weihnachten herum habe ich mich hier einmal mit einem Matthias Kinshofer unterhalten. Du hast einen Artikel geschrieben über den Mord an ihm.«

Sie sah ihn lächeln. »Carlotta. Wenn dieser Artikel dich beunruhigt hat, dann vergiss ihn. Du weißt doch, wie ich meine Zeitungsbeiträge verfasse.«

»Drei Unzen Gerücht und vier Pfund schmutzige Nachtwey'sche Fantasien, ja, ich weiß. Aber daran, dass der Mann getötet wurde, gibt es keinen Zweifel, nicht wahr?«

»Nein.« Weynand wurde plötzlich ernst. »Ich war sogar dabei, als die Polizei die Leiche und den Tatort untersuchte. Ich kann dir sagen, ich habe seitdem eine ganz neue Hochachtung gewonnen vor meiner kleinen Anna.«

»Weiß man etwas über die Hintergründe?«

»Wenig bis nichts. Vermutlich war es nur ein Streit unter Betrunkenen. Soweit ich erfahren konnte, war Kinshofer nicht einmal in München gemeldet. Niemand weiß, was er in den Wochen vor seinem Tod getrieben hat.«

»Dann hätte ich vielleicht eine Idee.« Carlotta schluckte. »Als ich hier mit ihm sprach, kamen wir auf einen gewissen Victor Gleißner zu sprechen.«

»Gleißner?« Weynand sah sie aufmerksam an. »Du meinst Adele Röckls Ehemann?«

»Ehemann?« Nun war Carlotta verwirrt. »Davon hat Kinshofer nichts gesagt. Adele war verheiratet?«

»Sie scheint es ebenso gut verborgen gehalten zu haben wie ihr uneheliches Kind.« Weynand schürzte ärgerlich die Lippen. »Im letzten Sommer habe ich versucht, Gleißner in Berlin aufzustöbern. Aber der Mann hat Schulden bis über beide Ohren, er ist untergetaucht.«

»Zurzeit ist er in Frankfurt«, antwortete Carlotta. Nun war die Reihe an Weynand, verblüfft zu sein. Sie genoss sein Staunen. »Warum fährst du auch im gesamten Kaiserreich herum, statt einfach die richtigen Leute zu fragen? Ich weiß, dass er dort ist, weil er mir erst kürzlich von dort geschrieben hat. Er will mich seit Langem für eins seiner Stücke abwerben.«

»Davon kann ich nur abraten, nach allem, was ich in Berlin über seine Erfolge als Intendant gehört habe«, spottete Weynand. »Hast du eine Adresse von ihm?«

»Nein, Antwort nur postlagernd. Offenbar will er nicht so leicht gefunden werden.«

»Seltsamer Kerl. Aber was hat das mit dem Mord an Kinshofer zu tun? Dass er und Gleißner sich kannten, wusste ich schon, Kinshofer hat sogar eine Weile bei ihm und Adele in Berlin gelebt.«

»Als ich an Weihnachten zu Kinshofer sagte, Gleißner sei in Frankfurt, wurde Kinshofer ganz aufgeregt. Er schwafelte von einem Karteikasten mit Namen von Männern, die Adele erpresst hatte. Diesen Kasten wollte er haben, er unterstellte Gleißner, ihn an sich genommen zu haben.« Carlotta biss sich auf die Lippen. »Was, wenn Kinshofer nach Frankfurt gefahren ist, um Gleißner diesen Kasten abzunehmen?«

Weynand schüttelte den Kopf. »Möglich. Aber selbst wenn. Kinshofer ist in München ums Leben gekommen und erst zwei Monate später.«

»Das ist es ja gerade. Gleißner war hier, als Kinshofer starb. In München. Er hat mich besucht.«

Jetzt hatte Carlotta Weynands ungeteilte Aufmerksamkeit. »Wie bitte? Wann?«

»Entweder am Samstag oder am Sonntag des letzten Faschingswochenendes. Es muss einer dieser beiden Tage gewesen sein, weil ich einen Auftritt hatte und er mich danach in der Garderobe aufsuchte.«

Carlotta hatte sich an diesem Abend nicht viel dabei gedacht, als Gleißner vor ihrer Garderobentür stand. Kein Intendant ließ Kontakte je ganz abreißen. Zunächst hatte er den Charmanten gespielt, aber Carlotta merkte schnell, dass er verärgert und nicht wirklich bei der Sache war. Zum Glück konnte sie ihn nach kurzem Geplauder mit Verweis auf eine Verabredung abwimmeln, ohne unhöflich zu erscheinen, und obwohl er angekündigt hatte, sie noch einmal zu besuchen, war er nicht wiedergekommen. »Mehr weiß ich nicht.«

Weynand blieb einen langen Moment stumm und überlegte. »Das ist nun wirklich ein seltsames Zusammentreffen. Vielleicht hat Kinshofer Gleißner in Frankfurt zwar nicht angetroffen, aber dort für genug Unruhe gesorgt, damit Gleißner ihn sich vom Hals schaffen wollte? Schließlich möchte er möglichst unentdeckt bleiben. Und falls er wirklich in Erpressungen verstrickt ist, hat er einen unangenehmen Zeugen beseitigt.«

»So etwas hatte ich mir im Nachhinein auch überlegt«, gestand Carlotta. »Victor machte mir den Eindruck eines Mannes, der durchaus zur Gewalt bereit ist, wenn er denkt, damit durchzukommen. Deshalb frage ich dich, ob ich zur Polizei gehen soll. Du weißt, was für Unannehmlichkeiten das nach sich zieht am Theater. Niemand bei uns will mit der Gendarmerie zu tun haben. Die Polizei wird die gesamte Belegschaft verhören, vom Bühnenarbeiter bis zum Intendanten. Über Gleißner finden sie vielleicht nichts heraus, aber dafür über andere … Dinge, über die aktuellen Liebhaber der Primadonna und die schwarze Kasse der Geschäftsleitung. So etwas kann mich leicht mein Engagement kosten, mein Vertrag läuft bald aus. So leid Kinshofer mir tut, ich möchte seinetwegen nicht in ein paar Monaten ohne Anstellung dastehen.«

Weynand dachte kurz nach, dann grinste er. »Ich glaube, du hast dich an den Richtigen gewandt, Lotte. Überlass einfach alles mir – beziehungsweise meinem alten Kumpel Fritz Nachtwey. Ich werde einen Artikel in die Zeitung setzen, und wenn man mich fragt, woher ich die Informationen habe, muss ich als Journalist nicht antworten.«

»Und du denkst, was du schreibst, interessiert die Polizei?« Carlotta wollte nicht zu skeptisch klingen, konnte es aber nicht verhindern. »Versteh mich nicht falsch, aber dein Blättchen steht nun nicht gerade im Ruf, besonders seriös zu sein.«

»Verlass dich drauf.« Weynands Grinsen wurde breiter. »Ein Junggendarm will die arme Anna meinen Klauen entreißen. Ich bin sicher, er verfolgt alles, was ich tue, mit Argusaugen.«

Aus dem *Münchner Generalanzeiger – Ihr städtischer Bote für Gesellschaft und Sitte* vom 15. Januar 1914:

Manch geschätzter Leser unseres Blatts mag sich noch an einen Artikel von Anfang September 1912 erinnern, in dem wir den traurigen Tod der bekannten Schauspielerin Adele Röckl vermeldeten, deren Leichnam im Auer Mühlbach treibend aufgefunden wurde. Wie wir vorhersagten, haben die Behörden den mysteriösen Tod dieser einst berüchtigten Bühnendiva, deren Reize, wie man zu wissen glaubt, selbst manch heutigentags gekröntes Haupt betörten, mit verblüffender Schnelligkeit zum Selbstmord erklärt. Wir überlassen es dem geneigten Leser, zu erwägen, inwiefern Wünsche oder gar Weisungen von interessierter Seite für solche Eile verantwortlich gewesen sein mögen.

Doch nun schockiert ein weiterer Mordfall unsere arme Stadt, und man muss sich fragen, ob beide miteinander zusammenhängen. Niemand anderes als der leibliche Sohn dieser Adele Röckl, Matthias K., wurde in einem schmutzigen Schuppen im Hinterhof einer Gaststätte Im Tal erstochen aufgefunden!

Diesen Spross einer ungenannten Liaison hatte Adele Röckl stets vor den Augen der Welt verborgen. Was tat K. jetzt in München? Inwieweit hängt sein Schicksal mit dem einer ähnlich schattenhaften Gestalt zusammen, mit dem von Victor Gleißner, Adele Röckls Ehemann aus ihrer Zeit in Berlin? Dieser Gleißner, ein selbst ernannter Theaterdirektor und

Lebenskünstler, der das Vermögen seiner Gattin in erfolglosen Bühnenproduktionen durchbrachte und sich, wie man sich in gut informierten Kreisen zuraunt, derzeit in Frankfurt am Main aufhält? Kann es Zufall sein, dass dieser Victor Gleißner sich zum Zeitpunkt der Ermordung des Matthias K. ebenfalls in München aufhielt?

Und was schließlich hat es mit jenem hölzernen Zettelkasten auf sich, nach dem sowohl K. wie Gleißner auf der Suche waren? Ein Kasten, angeblich voller Karteikarten mit Namen und kompromittierenden Fotografien von ehemaligen Liebhabern, denen Adele Röckl zu Lebzeiten ansehnliche Summen abgepresst hatte?

Wie lange wird unsere Münchner Polizei sich noch schlafend stellen?

38.

Anna wollte an diesem Sonntagnachmittag für sich und Franziska nur eine Kleinigkeit kochen. Es war einer der letzten Junitage, warm und herrlich sonnig. Die Schwestern hatten ihn erst im Englischen Garten verbracht, um sich am Nachmittag mit Tante Leni im Müllerschen Volksbad zu treffen. Es war viel zu warm, um lange Zeit am Herd zu verbringen. Vielleicht ein Salat? Ein Wurstsalat?

Gerade als sie Franzi nach ihren Wünschen fragen wollte, läutete es an der Wohnungstür. Richtiger: Jemand klingelte Sturm. Man konnte von Glück sagen, wenn er den Klingelzug nicht abriss.

Es war halb fünf Uhr. Wer konnte das sein? Herr von Weynand sicher nicht, der musste heute bei einem der Feste erscheinen, die sein Schwiegervater regelmäßig in seiner Villa veranstaltete. Weynand sprach davon stets mit einer Leidensmiene, die Anna zum Lachen brachte. Man hätte meinen können, er gehe zu seiner Hinrichtung statt zu Musik und kaltem Buffet.

Wer also konnte an einem Sonntag etwas von ihr wollen?

Franziska war schneller an der Tür als Anna. Auf ihre helle

Kinderstimme folgte ein dumpfer Bass, der Anna unbekannt war. Franzi sprach noch einmal, dann ließ sie einen erschrockenen Laut hören, die Tür flog zu. Aus der Diele kamen schwere Männerschritte.

»Lassen Sie mich los, Sie tun mir weh!«, rief Franzi. Anna stürzte aus der Küche.

Dort stand ein Fremder und hatte Franzi den Arm auf den Rücken gedreht. Er war etwas älter als Herr von Weynand, vielleicht Anfang vierzig, und hatte ein kantiges, auf eine grobe Art sogar attraktives Gesicht, das aber aufgedunsen wirkte und ein wenig zu rot. Sein Haar begann sich auf dem Hinterkopf zu lichten, und er schien große Anstrengungen zu unternehmen, den Scheitel möglichst günstig zu legen, um diesen Makel zu verdecken. Seine Kleidung erinnerte ein wenig an die Nachtwey-Verkleidung Herrn von Weynands: Sakko von elegantem Schnitt, aber billigem Stoff, Hosen, die aus der Fasson geraten waren, auf Hochglanz polierte teure Schuhe, eine knallbunte Weste und Fliege statt Krawatte.

Dieser Mann war, was Herr Nachtwey zu sein vorgab, dachte Anna.

Er ließ ihr keine Zeit, etwas zu sagen.

»Wo ist der verdammte Fatzke? Raus damit, oder ich schlage diese Bude kurz und klein. Und mit der da fange ich an.« Er packte Franzis Arm fester, das Mädchen unterdrückte einen Schrei. Ihr verzweifelter Blick genügte, damit Anna in Panik geriet.

»Hören Sie auf! Wer sind Sie, was wollen Sie? Was meinen Sie mit ›Fatzke‹? Hier wohnt niemand außer meiner Schwester und mir.«

»Netter Versuch, Kleine, aber ich weiß Bescheid. Nachtwey soll gar nicht erst versuchen, sich zu verstecken. Diesem verfluchten Schmierfinken werde ich heimleuchten!«

Jetzt war es also passiert, dachte Anna. Weynand hatte mit einem seiner spottlustigen Artikel jemanden so verärgert, dass der ihm ans Leder wollte. Kein Wunder, jetzt, in dieser Zeit, wo überall wegen Politik gestritten wurde. Sie atmete tief durch und versuchte, die Ruhe zu bewahren.

»Sie irren sich. Hier wohnt kein Herr Nachtwey. Bitte, lassen Sie meine Schwester los. Schämen Sie sich nicht, einem Kind wehzutun?«

»Ich werde gleich ganz andere Saiten aufziehen, wenn du den Kerl weiter versteckst. Lügen hilft nicht, ich habe eine Visitenkarte von ihm. Mit dieser Adresse.«

Anna hatte keine Ahnung, wovon der Mensch sprach. »Das muss ein Irrtum sein oder eine sehr alte Karte. Ich wohne seit fast zwei Jahren hier.«

»Erzähl das deiner Großmutter.« Er deutete mit dem Kinn auf die angelehnte Wohnzimmertür. »Da hinein. Vorwärts.« Anna ging voraus, er schubste Franziska vor sich her über die Schwelle und pfiff durch die Zähne, als er sich umsah. »Nett. Wie können zwei Gören wie ihr sich das wohl leisten?« Er betrachtete Anna mit schmierigem Grinsen: »Na, ich kann's mir denken. Ist es Nachtwey, für den du die Beine breit machst?«

»Ich mache für niemanden …«

»Papperlapapp. Kennst du Nachtwey? Die Wahrheit!« Er verdrehte noch einmal Franzis Arm. Das Mädchen zischte durch die zusammengebissenen Zähne.

»Ich kenne ihn«, gab Anna zu. »Lassen Sie Franzi los.«

»Aha.« Er stieß Franziska von sich in Richtung Sofa. »Schon besser. Dann werden wir uns jetzt alle hier hinsetzen und warten, bis dein spezieller Freund auftaucht.«

Herren im dreiteiligen Anzug und Damen in glitzernder Abendgarderobe füllten die Villa. Weynand hatte Heinrich und Christiane von Arnsberg entdeckt und schob sich erleichtert durch das Gewühl der Gäste.

»Dem Himmel sei Dank!«, begrüßte er sie halblaut. »Zwei vernünftige Menschen unter all den wandelnden Garderobenständern!«

Die beiden lachten. »Wir wussten erst nicht, ob wir kommen sollten«, gestand Heinrich. »Die Gästeliste deines Schwiegervaters wird in letzter Zeit immer seltsamer.«

»Aber dann dachten wir, wir können dich dem hier«, Christianes Geste sollte wohl den gesamten Saal umfassen, »nicht guten Gewissens allein aussetzen.« Sie sah ihren Mann an. »Wobei ich immer noch denke, wir hätten genau wegen solcher Verpflichtungen den Kontakt zu deinen alten Schulfreunden beizeiten abbrechen sollen, Liebling.« Arnsberg schien einen Moment zu erschrecken, unsicher, ob es als Scherz gemeint war. Christiane seufzte unmerklich und tauschte einen Blick mit Friedrich.

Weynand hatte Heinrich seit drei Wochen nicht mehr gesehen. Vielleicht fiel ihm deshalb heute so sehr auf, wie aufgedunsen und nervös sein alter Schulfreund wirkte. Wieder hatte Weynand Arnsberg im Verdacht, heimlich »Hustensäfte« zu nehmen, wie man das nannte. Die Arznei mit dem schönen Namen »Heroin« wurde in der Apotheke als Erkältungs- und Schmerzmittel verkauft und fand reißenden Absatz, weil sie aus Opium hergestellt wurde. Sie war billig genug, damit auch Arbeiter mit kaputtem Rücken und drückenden Mietschulden sich damit eine Nacht Vergessen erkaufen konnten. Soweit Weynand wusste, war das Mittel erst kürzlich auf einem internationalen Kongress geächtet worden, weil es süchtig machte. Das schien nur niemanden zu stören. Hoffentlich hatte Arnsberg sich da nicht zu seinen bisherigen Problemen noch ein weiteres aufgeladen.

»Die heutige Gästeliste kann ich euch erklären«, sagte er halblaut. »Mein Schwiegervater will ins militärische Geschäft einsteigen. Lieferant fürs königliche Heer, für Maschinen und Fahrzeuge. Dafür ist ordentliche Protektion nötig.« Unterhalb eines Hofrats und Hoflieferanten hatte daher heute kein potenzieller Gast auf der Liste eine Chance gehabt, Sibylles Rotstift zu entgehen.

»Noch jemand, der mit baldigem Krieg rechnet«, kommentierte Christiane trocken. Arnsberg rümpfte die Nase.

»Was soll immer das Gerede? Als im Elsass die Unruhen anfingen, hat jeder geunkt, die Franzosen würden bald schießen. Nichts ist passiert. Als man den Fürsten zu Wied, einen preußischen Rittmeister, zum Herrscher von Albanien ausgerufen hat, hieß es, die Serben und die Russen würden das als Kriegsgrund sehen. Und?«

»Der Krug geht so lange zum Brunnen, bis er bricht«, sagte Weynand. Auch wenn er diese Redensarten sonst hasste. »Wir haben eine Menge Kriegshetzer auf allen Seiten. Es besteht immer die Gefahr, dass sie Gehör finden. Aber zumindest wird die Firma Senftl, sofern mein Schwiegervater Erfolg hat, dann mit all den Toten einen Reibach machen.«

Sie konnten das Thema nicht weiterverfolgen. Einer der Dienstboten schob sich durch das Gewühl, ganz offensichtlich auf der Suche nach Weynand. Seine Miene war ernst, beinahe vorwurfsvoll.

»Ich bitte um Verzeihung, Herr von Weynand. Man wünscht Sie am Telefon zu sprechen. Ich habe bereits erklärt, Sie seien augenblicklich auf einer Feier, doch man ließ sich nicht abweisen.«

»Und wer ist es?«, erkundigte Weynand sich neugierig.

»Eine Dame vom Theater. Carlotta Picardo.« Der Diener machte sich nicht die Mühe, seine missbilligende Miene zu verbergen.

Carlotta? Damit hätte Weynand niemals gerechnet. Gerade sie, die immer so diskret war, rief ihn in der Villa Senftl an? Statt einer Antwort drückte er dem Dienstboten sein leeres Glas in die Hand, entschuldigte sich bei den Arnsbergs und machte sich mit einem knappen Abschied davon zum Telefonapparat.

»Carlotta? Was ist los? Ist etwas passiert?«

»Allerdings.« Carlottas Stimme klang gepresst. »Du musst sofort zu deinem Fräulein Zech, falls sie noch in der Landwehrstraße wohnt.«

Sie klang atemlos. »Bitte entschuldige, ein Arzt ist gerade bei mir. Gleißner war hier. Er hat mir ein blaues Auge verpasst, die Wohnung durchwühlt und eine deiner alten Karten bei mir gefunden. Er sucht dich. Bestimmt fährt er in die Wohnung …«

Friedrich hatte das Gefühl, als gefriere etwas in ihm zu Eis. *Das habe ich jetzt von meinen albernen Spielereien,* dachte er. *Jetzt habe ich Anna in Gefahr gebracht. Und Carlotta obendrein.*

»Danke, Carlotta! Geht es dir gut?«

»Nicht wirklich, aber ich bin versorgt. Kümmere dich um Gleißner. Der Kerl ist vollkommen durchgedreht. Sag mir später Bescheid! Und Fritz, bitte pass auf! Er behauptete, er hätte eine Pistole!«

Die geschwungenen Zeiger der Wanduhr rückten quälend langsam vorwärts. Noch war keine Stunde vergangen, aber die schien eine Ewigkeit gedauert zu haben. Anna und Franziska saßen nebeneinander auf dem Sofa, der Eindringling ihnen gegenüber auf der Armlehne des Sessels. Anna hatte einen Arm um Franzis Schultern geschlungen. So ängstlich das Mädchen zuvor gewirkt hatte, so rasch hatte Ärger den ersten Schrecken verdrängt. Sie wirkte grimmiger und entschlossener als Anna selbst.

Zumindest um Franzi würde sie sich keine Sorgen machen müssen, dachte Anna. Aber wie sollte sie diesen schrecklichen Menschen nur wieder aus der Wohnung befördern?

»Hören Sie«, setzte sie an. »Ich habe ja zugegeben, dass ich mit Herrn Nachtwey bekannt bin. Aber er wohnt nicht hier, und wir sind für heute auch nicht verabredet. Er wird also sicher nicht kommen. Wenn Sie möchten, kann ich versuchen, ihn herzubitten …«

»Netter Versuch, Kleine.« Der Mann lachte hart. »Damit du losrennst zur Gendarmerie, was? Nichts da. Wenn dieser verdammte Schreiberling heute Nacht unter deine Decke will, wird er schon auftauchen. Ich habe Zeit und nichts mehr zu verlieren. Alles, was ich noch will, ist, diesem Nachtwey eins überzubrennen, bevor ich ganz verschwinde.«

In diesem Moment läutete die Türglocke. So unerwartet und so heftig, dass Anna und Franzi simultan zusammenzuckten.

»Aha.« Der Fremde grinste. »Ist er das schon?« Das Läuten wiederholte sich rasch, etwas länger. Der Mann packte Anna am Arm, zog sie in die Höhe, mit dem Kinn winkte er Franziska Richtung Diele. »Mach auf. Wenn es Nachtwey ist, lass ihn rein. Sonst sagst du, du bist allein und darfst mit niemandem sprechen. Keine Mätzchen, oder ich drehe deiner Schwester den Hals um.«

Vorerst drehte er Anna nur den Arm schmerzhaft auf den Rücken, schob sie so vor sich her bis an die Tür zur Diele und spähte hinaus.

Tatsächlich stand Weynand vor der Tür. Er trug seine Nachtwey-Verkleidung und wirkte so blass, als wisse er schon Bescheid.

»Herr Nachtwey«, sagte Franzi. Anna bewunderte ihre kleine Schwester, wie ruhig sie blieb. Obwohl sie Angst haben musste, fiel sie nicht aus der Rolle und nannte Weynand nicht bei seinem wirklichen Namen. »Bitte, kommen Sie herein. Wir haben einen Gast. Er hat nach Ihnen gefragt.«

Weynand folgte Franziska ins Wohnzimmer. Der Eindringling hielt Annas Arm in festem Griff. »Ha! Endlich. Sie sind also das Schwein, das es darauf anlegt, mich zu ruinieren!«

Weynands Blicke flogen hastig von Anna zu Franzi. Anna

bemühte sich, ein Lächeln aufzusetzen. Weynand nickte ihr unmerklich zu, dann richtete er den Blick auf den Fremden und hob beide Hände.

»Victor Gleißner, nehme ich an?«

»Worauf du Gift nehmen kannst, du windiger Zeitungspfuscher! Setz dich da auf den Sessel, wir haben zu reden. Eine falsche Bewegung, und die zwei Hübschen hier dürfen es büßen.«

»Ich werde gewiss nichts tun, was das Wohlergehen eines der beiden Fräulein Zech gefährden könnte.« Weynand ließ sich betont langsam in den Sessel sinken. »Wie Sie sehen, bin ich unbewaffnet und allein. Außerdem kein Freund von Gewalttätigkeiten. Für Drohungen und Beleidigungen gibt es keinen Grund.«

»Das hättest du dir früher überlegen sollen, bevor du mir einen Mord angehängt hast.« Er stieß Anna unsanft auf das Sofa, Franziska drängte sich rasch neben sie. »Wie bist du darauf gekommen? Woher wusstest du es?«

»Sie sind während der Faschingstage in München gesehen worden«, sagte Weynand. »Mit diesem Wissen und dem Wissen um ihrer beider Verwandtschaft zu Adele Röckl war es ein Leichtes, eins und eins zusammenzuzählen und zu folgern, dass Sie Kinshofer umgebracht hatten. Mir ist nur noch nicht ganz klar, warum. Ging es um den Karteikasten?«

»Auch.« Gleißners Augen wurden schmal. »Woher wissen Sie von dem Karteikasten?«

»Von Kinshofer natürlich. Er hat ganz offen von Adele Röckls kleinen Erpressungen erzählt. Ich nehme an, Sie setzen diese jetzt fort, soweit möglich?«

»Geht Sie gar nichts an. Aber ich wäre doch schön blöd, wenn nicht, oder? Da sind einige Herren dabei, die können sich heute so wenig wie damals erlauben, dass eine anrüchige Affäre bekannt wird. Ich habe wenigstens genug Grips dafür, Kinshofer hätte es ja doch vermasselt. Hatten Sie mir den Kerl in Frankfurt auf den Hals gehetzt?«

Weynand schien zu zögern, aber nur kurz. »Natürlich. Es war ein Schuss ins Blaue, aber offenbar hatte ich richtig geraten. Hat Kinshofer Ihnen in Frankfurt den Karteikasten abgenommen?«

»Der Dorftrottel hat mich nicht einmal gefunden«, spottete Gleißner. »Aber Aufsehen hat er erregt. Er kam Anfang Januar, nach ein paar Wochen ging ihm das Geld aus, und er musste zurück nach München. Kinshofer hat auch dann nicht lockergelassen, hat Theater angeschrieben und überall nach mir gefragt. Dieses Staubaufwirbeln konnte ich nicht riskieren.«

»Also sind Sie nach München gefahren, um ihn zu erstechen?«, entfuhr es Anna. Gleißner drehte sich zu ihr um, als erinnere er sich erst jetzt wieder an ihre Anwesenheit.

»Unfug. Das war ein Versehen.« Anna erschrak über den gleichgültigen Ton. »Wir hatten beide schon was getrunken. Es war immerhin der letzte Faschingstag. Wir trafen uns in dieser Gastwirtschaft und stahlen uns in den Schuppen, damit wir offen reden konnten. Ich versuchte, Kinshofer davon zu überzeugen, dass ich den Zettelkasten nicht hätte, aber er hat es mir nicht geglaubt. Hat die ganze Zeit davon gefaselt, ich hätte Adele damals ins Wasser geworfen und wäre mit dem Kasten auf und davon.«

»Und, haben Sie?«, hakte Weynand ein. »Adele Röckl umgebracht, meine ich?«

»Jetzt fangen Sie auch noch an! Ein für alle Mal: Ich war damals, irgendwann im Herbst 1912, meine ich, in München, um ihr die Sache mit der Scheidung auszureden, das war alles. Sie stellte sich stur, sie war immer eine bockbeinige kleine Schlampe. Also habe ich sie ein bisschen … überzeugt.« Er lachte hart. »Man hat da als Mann ja seine Möglichkeiten.«

»Sie haben ihr Gewalt angetan«, sagte Anna tonlos. Das Lachen wurde noch höhnischer.

»Ich? Ich war immer noch Adeles Ehemann. In der Ehe gibt es keine Vergewaltigung, du naseweises Fräulein. Jedenfalls war das am Tag vor ihrem Tod, und als ich wegging, hat sie noch gelebt. Aber als man sie dann aus dem Wasser gezogen hat, habe ich mich allerdings lieber ein Weilchen dünnegemacht.«

»Das können Sie alles gleich offiziell zu Protokoll geben«, unterbrach eine kräftige Männerstimme. Eine, die Anna und Franziska nur zu gut kannten.

»Onkel Ludwig!«

Von einem Moment auf den anderen füllten Uniformen Annas Wohnzimmer. Gleißner hatte aufspringen und sich auf die Mädchen stürzen wollen, aber Weynand und Martin Stöttner waren schneller und rangen ihn zu Boden. Onkel Ludwig umarmte inzwischen seine Nichten.

»Mein Gott, Mädel, habe ich eine Angst um euch ausgestanden!«

Franziska machte sich aus seiner Umarmung los, sie hüpfte fast vor Aufregung. »Ich hab gewusst, dass ihr gleich kommt! Als ich den Herrn von Weynand hereingelassen hab, hab ich hinter ihm die Gendarmen im Treppenhaus gesehen. Ich habe gar keine Angst mehr gehabt.«

»Ich schon«, sagte Weynand und klopfte sich Staub von der Hose. Zwei Polizisten zerrten den gefesselten und protestierenden Gleißner nach draußen, Weynand schaute ihm hinterher, dann musterte er Anna. »Ihnen geht es gut? Ich hätte mir nie verziehen, wenn Ihnen etwas passiert wäre. Hat er Sie bedroht? Carlotta sagte etwas von einer Pistole …«

»Er hatte eine«, sagte Martin und deutete mit dem Kinn auf einen Kollegen, der sie gerade einsteckte, wohl als Beweismittel. »Das war ein bewaffneter Überfall.«

»Er hat zugegeben, Kinshofer getötet zu haben«, fügte Weynand hinzu. »Und dass er bei Adele Röckl eingedrungen ist, macht deren Tod zumindest verdächtig, finde ich. Das dürfte alles für eine langjährige Zuchthausstrafe reichen.« Wieder glitt sein Blick zu Anna und Franziska. »Die jungen Damen können also ganz beruhigt sein.«

»Das war ich die ganze Zeit«, behauptete Franzi. »Das war alles so spannend!«

Anna musste lächeln, vor allem, als Weynand die Wangen aufblies und sich an Annas Onkel wandte. »Mir scheint, Ihre junge Nichte könnte, falls sie am Ende doch keine Ärztin wird, ihr Glück auch als Löwenbändigerin oder Weltumseglerin machen.«

»Offenbar sind beide meiner Nichten auf mehr Aufregungen aus, als ihnen guttut«, kommentierte Onkel Ludwig streng und schaute dabei Anna grimmig an. »Darüber reden wir noch. Jetzt müssen wir den Herrn hinter Schloss und

Riegel bringen, und dann schleunigst zurück zur Wache. Die gesamte Gendarmerie ist in Alarmbereitschaft.«

»Wieso das denn?«, fragte Weynand.

Onkel Ludwig verzog den Mund. »Das wissen Sie nicht? Vielleicht sollten S' mehr Zeitung lesen?« Diese Spitze konnte er sich wohl nicht verkneifen, aber er wurde sofort wieder ernst. »Die Meldung kam gerade herein, bevor Sie uns angerufen haben: Erzherzog Franz Ferdinand, der österreichische Thronfolger, ist tot. Erschossen, heute Mittag, in Sarajevo. Seine Frau auch.«

39.

Die nächsten Wochen hatten etwas Unwirkliches für Friedrich von Weynand. Noch immer wütete eine ungeahnte Hitzewelle über der Stadt, einzig in den Giesinger Kellerräumen der Druckerei ließ es sich halbwegs aushalten. Auch dort aber gab es seit dem 28. Juni nur ein Thema.

Am heftigsten reagierte Meindl, der Fotograf. Meistens merkte man nur an seinem Dialekt, dass er Österreicher war; heute schien er sich wie einer zu fühlen. »Ich kann's noch gar nicht glauben. Das Schlimmste ist ja, dass sie's mehrfach versuchen konnten. Erst mit Bomben, dann mit Kugeln. Dass es da unten Gruppen gibt, die vor nichts zurückschrecken, das hat man doch gewusst. Jemand muss aus ganz kurzer Distanz ins Auto gefeuert haben.« Er schaute hilflos in die Runde.

»Man hat den Täter schon festgenommen«, sagte Weynand, um überhaupt etwas zu sagen. »Ganz junger Bursche, halbes Kind. Gehört zu einem Geheimbund, der für eine Loslösung aus dem k. u. k. Reich und für einen Anschluss an Serbien kämpft. Oder für sonst irgendwas.«

»Jetzt hamma's«, kommentierte Höhenberger. »Jetzt hat

der Erste die Lunte hingelegt ans Pulverfass. Erst hab ich ja gedacht, es geht im Elsass los, wegen der ganzen Unruhen, oder in Böhmen, da streiten s' ja auch dauernd.«

»Nun warten Sie doch erst einmal ab«, warf Hintze ein. »Vielleicht reagiert man in Österreich ja besonnener, als wir denken.«

»Glaub ich ned.« Karl machte ein Gesicht, als wolle er ausspucken. »Das wollten s' doch alle, darauf haben sie's doch ang'legt. Dieser serbische Geheimbund hat doch sicher Verbindungen zur serbischen Regierung. Wenn die Österreicher jetzt Serbien dafür verantwortlich machen, dass man ihnen einen Erzherzog erschossen hat, dann ist der Krieg da. Dann mischen sich die Russen ein, weil die den Serben den Rücken stärken, von wegen ›panslawische Bruderhilfe‹ und so weiter. Und dann können s' endlich alle einmal ihre Spielzeuge ausprobieren, die hohen Herrschaften, die wo s' bis jetzt immer bloß gesammelt hab'n. Kriegsschiffe und Flugzeuge und was weiß ich.« Er schob das Kinn vor. »Und uns. Wir san des allerschönste Spielzeug. Uns stecken s' in schöne Uniformen und lassen uns a paar patriotische Lieder singen, und dann dürfen wir für sie zum Sterben gehn.«

»Sie sind wirklich die Inkarnation eines vaterlandslosen Gesellen, Wirsch.« Hintze rümpfte die Nase. »Empfinden Sie gar nichts für den armen alten österreichischen Kaiser, der schon den Sohn begraben musste und dem man jetzt den Kronprinzen ermordet hat?«

»Nicht genug, damit ich für den alten Herrn meine Haut zu Markte trag«, antwortete Höhenberger an Karls Stelle. »Den ganzen Schmarrn vom Vaterland und vom liebenden

Kaiser erzählen s' uns doch bloß, damit wir das Maul ned aufmachen, wenn's uns dreckig geht. Und angeblich hat der Kaiser den Erzherzog ned amal mögen.«

»Was Sie schon wieder alles wissen wollen. Zum Glück teilt die Mehrheit unserer braven Deutschen Ihre nihilistischen Ansichten nicht.«

»Ja, wollen Sie wirklich, dass wir alle in einen Krieg hineingehen?«

Hintze öffnete bereits den Mund, schloss ihn wieder und setzte neu an. »Ich bin sicher, Kaiser Wilhelm wird sich bemühen, mäßigend und ausgleichend auf Kaiser Franz Josef und dessen Kabinett einzuwirken.«

»Genau«, spottete Höhenberger. »So kennen wir ihn doch.«

»Irgendwas muss passieren«, sagte Meindl müde. »Ich mein, es war der Thronfolger!«

»Weil das auch was is'.« Karl Wirsch musterte Friedrich. »Was ist mit Ihnen, Herr Nachtwey? Sie schauen so komisch drein.«

Weynand rang sich ein Lachen ab. Es klang selbst in seinen eigenen Ohren falsch. »Mir ist bloß gerade was eingefallen, worüber ich sonst ganz selten nachdenke. Ich hab einen Bruder beim Militär.«

»Das ist so furchtbar, was da passiert ist«, klagte Tante Leni vor ihren Nichten beim nächsten Sonntagskaffee. »Ich hab die halbe Nacht geweint, als ich's am Montag gelesen habe. Der arme Kaiser Franz Josef! Dass man so alt werden muss, damit man so viel mitmacht.«

»Davon, dass du dir die Augen aus dem Kopf weinst«,

brummte Onkel Ludwig, »wird der Erzherzog auch nimmer lebendig. Wir müssen nach vorn schauen.«

»Aber was der alte Kaiser Franz alles aushalten muss«, sagte die Tante. »Der Bruder in Mexiko erschossen, die Frau erstochen, sein Sohn hat sich umgebracht, und jetzt der Neffe … als ob's ihm nicht vergönnt sein soll, dass er in Ruhe stirbt. Überall ist Aufruhr, überall ist Unfrieden!«

Anna und Franziska saßen stumm am Tisch. Franzi hatte ihr erstes Zeugnis von ihrer neuen Schule in der Tasche. Ein großartiges Zeugnis, wenn man bedachte, dass sie in den meisten Fächern viel weniger Vorkenntnisse mitbrachte als ihre Mitschülerinnen. Aber niemand fragte mehr danach.

»Wir mussten einen bulgarischen Bauarbeiter vor einer Meute retten«, erzählte Onkel Ludwig. »Jemand hatte beim Wirt erzählt, der Mann wäre Serbe. Überall schreien die Leute nach Vergeltung.« Er trommelte mit den Fingern auf der Tischplatte. »Dein ältester Bruder wäre alt genug, um eingezogen zu werden. Um den Wehrdienst hätt' er sich bestimmt gern gedrückt. Aber jetzt, wo alles nach Krieg plärrt, plärrt er wahrscheinlich mit.«

Als Anna am Montag nach der Arbeit ihre Besorgungen machte, hatten sich am Stachus kleine Gruppen von Demonstranten zusammengeschart; ein Mann stand auf einem Tisch und hielt eine Ansprache darüber, dass der Erzherzog gerächt werden müsse und dass die serbische Regierung hinter dem Anschlag stecke und hinter der serbischen die russische. »Der Panslawismus ist eine Seuche, die den gesamten Balkan befallen hat und von dort aus sein Gift bis zu uns nach Deutschland versprüht; seine Anhänger haben sich verschworen, die milde Herrschaft Österreichs und die Güte seines Kaisers auszunutzen. Der alte Kaiser Franz Josef ist ein gebrochener Mann! Wir Deutschen sind ihm schuldig, ihn in so einem Moment nicht allein zu lassen. Dürfen wir zulassen, dass gedungene Meuchelmörder im Auftrag fremder Mächte ein Reich zerstören?«

Er hatte immer mehr Zuhörer gefunden, und als Anna mit ihren vollen Taschen wieder aus dem Warenhaus Tietz kam, musste sie sich fast den Weg freikämpfen. Zum Glück beschwerten sich einige Betreiber der Ladengeschäfte bei den Gendarmen, die zuvor nicht eingeschritten waren, bis die Polizisten sich doch herabließen, die Versammlung aufzulösen. Sonst hätte Anna ihre Einkäufe womöglich nicht heil nach Hause gebracht.

In der Königlichen Anatomie diskutierten Doktor Gernhuber und Doktor Schmidt über das gleiche Thema. In der Hauptsache waren sie sich einig: Es dürfe um Gottes willen keinen Krieg geben. Nur wie das zu bewerkstelligen sei, darüber gingen ihre Meinungen wie üblich weit auseinander. Doktor Gernhuber erklärte, die Völkergemeinschaft müsse sich zusammentun, den Anschlag verurteilen und völlige Aufklärung verlangen.

»Das passiert doch alles längst«, sagte Doktor Schmidt. »Es sind alles nur Worte. Selbst die serbische Regierung hat Beileidsschreiben an den Kaiser geschickt und ihren Abscheu vor der Tat kundgetan. Das würden Sie auch an ihrer Stelle, wenn rundum alles mit Krieg droht. Aber was wird es ändern? Es wird weiter Nationalisten geben, die geheime Organisationen gründen und leichtgläubige Kinder wie diesen Attentäter Princip anheuern. Zumindest, solange niemand die Hintergründe aufdeckt. Und inzwischen sind diese Vorfälle Wasser auf den Mühlen unserer ›völkischen‹ Bewegung hier zu Hause. Haben Sie gehört, dass manche Leute ›jüdische Bankiers‹ dafür verantwortlich machen, hinter der Ermordung zu stehen?«

»Um die Welt bewusst in einen Krieg zu stoßen?«

»Genau deswegen. Weil sie davon angeblich finanziell profitieren.« Doktor Schmidt schob das Kinn vor. »Ich habe übrigens vor, mich demnächst mit Fräulein Levi zu verloben. Und falls es zum Äußersten kommt und wirklich Krieg ausbricht, werde ich sie heiraten, bevor ich mich freiwillig melde.«

»Um Gottes willen, Schmidt!«

»Jemand wird gehen müssen. In einem Krieg gibt es nie genug Ärzte.« Er versuchte einen Scherz. »Es wird zumindest eine Abwechslung sein, einmal Leute aufzuschneiden, die noch atmen.«

Im Laufe der Woche schien Anna, als habe sich rund um sie ein Karussell in Bewegung gesetzt, das außer Kontrolle geraten war. Auf die Fassungslosigkeit folgte Trauer, auf die Trauer blanke Wut. In den Cafés lasen Fremde einander gegenseitig die Berichte aus der Zeitung vor. Das Wort »Krieg« war so sehr in aller Munde, als hätten die Leute nur darauf gewartet, es endlich aussprechen zu dürfen.

Eine einzige Sache lenkte die beiden Gerichtsärzte ein wenig ab.

»Ach, Fräulein Anna, haben Sie eigentlich gehört, dass die Staatsanwaltschaft den Fall Adele Röckl wieder aufnehmen will?«

Anna unterdrückte ein wehmütiges Lächeln. Gehört hatte sie es nicht, aber nach dem, was Martin Stöttner und Onkel Ludwig ihr seit der Verhaftung Victor Gleißners erzählten, wunderte es sie auch nicht.

Bei der Durchsuchung von Victor Gleißners Wohnung hatte man tatsächlich einen Karteikasten mit Namen und Fotografien gefunden. Nicht so umfangreich, wie Anna nach Weynands Beschreibungen angenommen hatte, aber wohl belastend genug. Adele Röckl schien tatsächlich mehrere Herren gleichzeitig erpresst zu haben, bevorzugt solche, die sich im Ausland aufhielten, sodass sie keine Gelegenheit hatten, Adeles Geschichten zu überprüfen, Botschaftsangestellte und Vertreter von Handelshäusern.

Bei der Vernehmung hatte Gleißner sich in Widersprüche verstrickt. Erst hatte er behauptet, Adele habe den Karteikasten in Berlin gelassen, dann, er habe ihn am Tag vor ihrem Tod aus ihrer Wohnung entwendet, als er sie wegen der drohenden Scheidung aufsuchte. Es war klar, dass niemand ihm glaubte.

Dennoch tat Anna jetzt erstaunt. Doktor Gernhuber nickte grimmig.

»Wir werden unsere damaligen Protokolle noch einmal durchsehen müssen. Es gibt einen Verdächtigen, dem vorgeworfen wird, Adele Röckl betäubt und in den Auer Mühlbach geworfen zu haben. Anscheinend ging es ihm darum, kompromittierende Papiere an sich zu bringen, um damit Leute zu erpressen. Dass er am Tag vor ihrem Tod bei Adele war, hat er zugegeben. Nur sie umgebracht zu haben, das leugnet er vehement.«

»Ich hatte Ihnen damals schon gesagt, die Konzentration der Barbiturate war ungewöhnlich hoch«, kommentierte Doktor Schmidt. Früher hätten die beiden Ärzte an dieser Stelle eines ihrer spöttischen Streitgespräche begonnen. Aber heute lagen die Hitze und der Gedanke an Krieg drückend über allem.

Dennoch erinnerte es Anna an etwas, das sie längst hätte tun sollen. Gemeinsam mit Franziska machte sie sich am nächsten Freitagabend daran, nachdem sie sich in der Zeitung über die Vorstellungen am Gärtnerplatztheater informiert hatte. Die richtige Tür fand sie ohne Schwierigkeiten, zögerte aber, bevor sie klopfte. Herr von Weynand hatte ihr die Halbwelt des Theaters in so grellen Farben geschildert, dass sie unwillkürlich befürchtete, die Dame vielleicht in trauter Umarmung mit einem Liebhaber vorzufinden.

Stattdessen saß sie an einem riesigen Schminktisch und rieb sich eine Creme auf die Wange. Die Garderobe, ein Sammelsurium aus Stoffen, Masken und Hüten, erinnerte an einen unaufgeräumten Speicher, das Verruchteste darin war eine Federboa.

Erstaunt drehte die Dame sich nach den Besucherinnen um.

»Kann ich Ihnen helfen?«

»Sind Sie Frau Picardo?« Anna hielt der blonden Frau den kleinen Früchtekorb hin, den sie besorgt hatte. »Wir sind Anna und Franziska Zech. Sie haben Herrn von Weynand verständigt, wegen Victor Gleißner, nicht wahr? Wir wollten uns gern bei Ihnen bedanken. Ohne Sie hätte es böse für uns ausgehen können.«

Staunen malte sich einen Moment auf dem Gesicht der Sängerin, dann leuchtete es auf. »Wie reizend von Ihnen, damit hätte ich ja nie gerechnet.« Sie musterte Anna mit unverhohlener Neugierde. »Also Sie sind das berühmte Fräulein Anna? Es freut mich doppelt, Sie einmal zu Gesicht zu bekommen. Unser gemeinsamer Bekannter hat mir von Ihnen erzählt.« Sie schmunzelte kaum versteckt. »Ich war ja – nun ja – Ihre Vormieterin.«

Anna dachte an das unanständige Bild im Schlafzimmer, aber sie sagte nichts. Im Gegenteil, sie fand diese Dame, die sich anscheinend von Männern wie Weynand aushalten ließ, auf Anhieb sehr sympathisch. »Wie geht es Ihnen denn? Herr von Weynand sagte, Victor Gleißner hätte sie sehr grob behandelt.«

»Das kann man so sagen.« Carlotta zog eine Grimasse. »Ich konnte vierzehn Tage lang nicht spielen, so geschwollen war mein Auge.«

»Haben Sie ihn angezeigt?«

Ein leises Kopfschütteln. »Wir haben nicht gern mit der Polizei zu tun, Fräulein Zech. Außerdem wird Gleißner sowieso vor Gericht landen, wegen schlimmeren Dingen. Nicht wahr?«

»Wegen Totschlag von Matthias Kinshofer«, bestätigte Anna. »Und wegen Mord an Adele Röckl.«

Carlotta stutzte. »An Adele Röckl?«

»Er hat zugegeben, sie am Tag vor ihrem Tod aufgesucht zu haben. Und er hatte einen Karteikasten Adeles in seinem Besitz. Das genügt wohl für eine Anklage.«

Carlotta wurde sehr nachdenklich.

»Ist etwas?«, fragte Anna. Carlotta Picardo schaute auf, blickte von Anna auf Franzi und wieder zurück.

»Es gäbe etwas, worüber wir sprechen sollten, denke ich. Auch mit unserem gemeinsamen Bekannten. Allerdings könnte es dabei um … unappetitliche Dinge gehen.«

Franziska seufzte hörbar. »Weißt du, Anna, ich bin schon ein bisserl älter als drei Jahre. Ich kann auch einmal einen Abend allein daheimbleiben.«

Carlotta lachte laut auf. »Vielen Dank, junges Fräulein. Vielleicht morgen Abend, Anna? Heute muss ich spielen. Ich kümmere mich darum, Herrn von Weynand zu benachrichtigen. Wäre Ihnen das Café Fahrig recht?«

40.

Weynand staunte nicht schlecht, als ein Billett Carlottas, diskret in der Redaktion in Giesing abgegeben, ihn für den Samstagabend in Annas Wohnung bat. Er beschloss, das Beste daraus zu machen. Die Welt war durchgedreht. Warum sollte er sich nicht mit beiden Damen einen netten Abend machen? Womöglich würde es davon nicht mehr viele geben.

Zu dritt gingen sie zu Fuß von der Landwehrstraße zum Stachus, weil Weynand dringend ein wenig Luft schnappen wollte. Für die Passanten mochten sie einen interessanten Anblick abgeben. Weynand in seiner Nachtwey-Kleidung mit Schiebermütze und bunter Weste, Anna in ihrem taubenblauen braven Kleid und passendem Hut und dazu Carlotta in einem auffallend eleganten Abendkleid mit Federboa.

Zum Glück kannte man Weynand bei Fahrig zu gut, um sich über irgendetwas zu wundern.

Anna und Carlotta schienen sich gestern bereits ausgiebig miteinander bekannt gemacht zu haben, jedenfalls saßen sie einträchtig auf den eleganten Stühlen aus Korbgeflecht über Tee und Prinzregententorte, als Weynand endlich nach dem Anlass des Treffens fragte.

Sofort verdüsterte sich Carlottas Miene. »Es ist wegen Victor Gleißner. Der Mann geht mir immer noch im Kopf herum. Anna hat mir gestern gesagt, dass er angeklagt wird?«

»Es sieht so aus«, sagte Friedrich. »Ich kann mir vorstellen, dass der Überfall auf dich dir noch zu schaffen macht. Mach dir keine Gedanken, der Kerl bekommt, was er verdient.«

»Es sieht so aus, als bekäme er mehr, als er verdient«, sagte Carlotta ernst. »Und das will ich nicht. Den Kinshofer scheint er ja umgebracht zu haben, vermutlich im Streit. So wie es aussieht, wäre das Totschlag, nicht wahr?«

»Ja, bei Totschlag käme er vielleicht noch mit Zuchthaus davon«, bestätigte Weynand. Er fragte sich, worauf Carlotta hinauswollte. »Aber wenn er seine Ehefrau, Adele Röckl, betäubt und ertränkt hat, um die Scheidung zu verhindern und ihre Papiere an sich zu bringen, dann wäre das Meuchelmord. Das bedeutet das Fallbeil.«

Carlotta atmete heftig durch. »Genau darum wollte ich mit euch beiden sprechen und das Kind nicht dabeihaben. Fritz, ich glaube, ich kann bezeugen, dass Victor Gleißner nicht Adele Röckls Mörder ist.« Sie schaute ihn an. »Er war in der Todesnacht bei mir.«

»Bei dir.« Weynand brauchte einen langen Moment, um zu begreifen, was Carlotta andeutete. Er schüttelte den Kopf. »Lotte, du musst dich irren. Wir haben diese Nacht gemeinsam verbracht. In der Wohnung. Das war die Nacht, bevor wir uns getrennt haben. Ich weiß noch, wie ich den Brief dort erhielt, in deiner Gegenwart, darüber, dass man Adele Röckl tot aus dem Wasser gezogen hatte.«

»Stimmt.« Carlotta räusperte sich. »Aber du bist damals

erst frühmorgens gegen drei Uhr aus Schwabing gekommen, erinnerst du dich nicht? Du warst in dieser Nacht allein unterwegs, weil ich am Gärtnerplatz einen Auftritt hatte.«

Das stimmte. Unwillkürlich merkte Friedrich, wie Ärger in ihm hochstieg. Es war lächerlich, nach so langer Zeit, doch er konnte nichts dagegen tun. »Und diese Gelegenheit hast du genutzt …« Er warf einen Blick auf Anna, die stumm und großäugig mit am Tisch saß, und beschränkte sich auf ein vorwurfsvolles »Lotte!«.

Sie zuckte die Achseln, halb verlegen, halb schelmisch. »Du warst in dieser Zeit mir gegenüber schon recht kühl geworden. Ich ahnte, dass du mir bald den Laufpass geben würdest. Eine Frau muss zusehen, wo sie bleibt. Und Gleißner hatte mir immerhin eine Hauptrolle versprochen, dafür lässt man einiges mit sich machen, wenn es sein muss. Victor ist ein brutaler Mensch, dem ich keine Träne nachweine, aber ich will nicht, dass er unschuldig zum Tode verurteilt wird.« Sie drehte sich zu Anna um. »Fräulein Zech, Sie arbeiten doch bei der Gerichtsmedizin. Wann genau in der Nacht ist Adele Röckl gestorben?«

»Ganz genau lässt der Todeszeitpunkt sich nie festlegen«, antwortete Anna nach kurzem Zögern. »Wir vermuten irgendwann zwischen zehn Uhr abends und zwei Uhr morgens. Das weiß ich so genau, weil ich für Doktor Gernhuber und Doktor Schmidt gerade die alten Unterlagen für das neue Verfahren gegen Gleißner zusammenstelle.«

»Das heißt, wenn Gleißner nachweisen könnte, dass er bis nach ein Uhr in der Früh bei mir war, würde ihn das entlasten?«

»Zumindest zum größten Teil, denke ich. Die Polizei geht davon aus, dass Gleißner jener nächtliche Besucher gewesen ist, der mit Adele Röckl in ihrer Garderobe den Champagner getrunken hat. Bei dieser Gelegenheit hat er ihr Schlafmittel eingeflößt und sie dann irgendwie aus dem Theater geschafft, um sie ins Wasser zu werfen. Alles, um sich den Karteikasten mit den belastenden Briefen und Fotos anzueignen.«

»Das kann Gleißner unmöglich getan haben«, hielt Carlotta fest. »Victor hat mich gleich nach meinem Auftritt, um etwa halb zehn, in meiner Garderobe aufgesucht, um mir seine Pläne für Frankfurt zu unterbreiten.«

»Woraufhin du mit ihm gegangen bist«, grollte Weynand, »um dir deine Hauptrolle zu verdienen. Sag mir wenigstens, dass es nicht im selben Bett passiert ist, in das ich ein paar Stunden später geklettert bin.«

Ein dunkler Blick traf ihn. »Nun sei nicht albern. Wir waren in einem Hotel, er hat nicht lang gebraucht. Zum Glück. Ich kam noch so rechtzeitig nach Hause, dass ich ein Bad nehmen konnte, bevor du zur Tür hereingetorkelt bist.«

»Sie müssen zur Polizei gehen«, schaltete Anna sich ein. »Dieser Gleißner ist ein Widerling, aber er darf trotzdem nicht für etwas verurteilt werden, das er nicht getan hat.«

»Ich hatte befürchtet, dass Sie das sagen würden«, seufzte Carlotta. »Und Sie haben natürlich recht. Außerdem wird Gleißner mich voraussichtlich ohnehin als Zeugin nennen. Besser, ich bringe es gleich hinter mich.« Sie zögerte. »Was diesen nächtlichen Besucher in der Garderobe der Toten angeht … Nein, lassen Sie mich anders fragen. Ich nehme an, wenn Gleißner nicht der Mörder von Adele Röckl ist, dann gibt es auch keine Anhaltspunkte für ein Verbrechen? Es könnte Selbstmord sein, wie man anfangs dachte?«

»Anhaltspunkte für ein Verbrechen gab es von Beginn an«, korrigierte Anna. »Nur keine eindeutigen.«

»Ich verstehe.« Sie fiel eine Weile in Schweigen. Im Café Fahrig war es heute sehr voll. Im Hintergrund spielte ein Trio aus Klavier, Violine und Cello Schubertmelodien. Und das nicht einmal schlecht; schade, dass es im voll besetzten Café so laut war, man konnte die Musik kaum hören. Politik, natürlich, die Begriffe »Russland«, »Serbien« und »Erzherzog« wirbelten durch den Raum.

»Fritz«, setzte Carlotta wieder an, »wie oft siehst du deinen Freund Arnsberg noch?«

Der Themenwechsel traf Friedrich völlig unvorbereitet. »Heinrich? Was hat er damit zu tun?«

»Du hast gesagt, er sei in letzter Zeit nicht mehr derselbe wie früher. Ich kann es schlecht beurteilen, weil ich ihn kaum kenne. Hast du dir nie überlegt, ob der Tod von Adele Röckl damit etwas zu tun haben könnte?«

Weynand schüttelte den Kopf. »Ich verstehe nicht, worauf du hinauswillst, Carlotta.«

Sie musterte ihn ernst. »Muss ich wirklich noch deutlicher werden? Ich denke, dass Heinrich von Arnsberg der nächtliche Besucher bei Adele Röckl war, Fritz. Er ging doch ständig zu ihr. Warum sollte das an jenem Abend anders gewesen sein?« Leiser setzte sie hinzu: »Und ich denke, ich habe ihn gesehen.«

»Heinrich?« Weynand starrte Carlotta an. Er wusste nicht, was er denken sollte.

»Aber ja. Ich bin sicher, sie hatten ein Verhältnis. Wusstest du das nicht?«

Nein. Nein, Weynand hatte es nicht gewusst. Was wusste er überhaupt über seinen alten Schulfreund?

»Arnsberg hatte Adele Röckl auch die Rolle am Gärtnerplatz verschafft, habe ich gehört.« Carlotta nippte an ihrer Tasse. »Als ich in der Nacht von Adeles Tod mit Gleißner aus dem Theater zum Hotelzimmer fuhr, kam er uns entgegen. Er hatte gerade den Wagen geparkt. Natürlich haben wir so getan, als ob wir einander nicht kennen – ich in Begleitung eines Herrn, er auf dem Weg zu einem Stelldichein.«

Natürlich. Oberste Maxime war stets Diskretion. Auch am Theater lebte man nach strengen moralischen Regeln, selbst wenn sie mit den sonst gültigen wenig zu tun hatten.

»Wie spät war es da?«

»Ich weiß nicht genau. Halb zehn? Vielleicht ein bisschen später, aber sicher nicht viel. Ich habe mit Gleißner noch eine Kleinigkeit gegessen, bevor wir in den Gasthof gingen, und war trotzdem noch lang vor dir zu Hause, wie du dich erinnern wirst.«

»Warum haben Sie das denn der Polizei nicht sofort erzählt?«, warf Anna ein.

Carlotta drehte sich zu ihr um. »Die hat mich gar nicht weiter befragt. Der Portier hat ausgesagt, dass er Adele noch eine Flasche Champagner in die Garderobe gebracht und auf ihre Rechnung gesetzt hat, das war kurz nach zehn, als ich mit Gleißner längst gegangen war. Der Wachtmeister, der uns Künstler gemeinsam verhört hat, wollte nur wissen, ob jemand Adele *nach* zehn noch gesehen hätte. Das konnte ich guten Gewissens verneinen. Mehr Fragen hatte er nicht. Das Nächste, was wir hörten, war, es sei ein Selbstmord gewesen. Ich habe nicht weiter darüber nachgedacht. Aber wenn jetzt Victor als Mörder angeklagt wird …«

Weynand hörte nicht mehr zu. Seine Gedanken rasten. Wie oft hatte Heinrich ihn auf jenen ersten Artikel zu Adele Röckl angesprochen und hatte ihn dafür kritisiert?

Er hatte sich nie etwas dabei gedacht.

Heinrich kannte also Adele Röckl, und er hat es ihm nie erzählt, nicht einmal erwähnt.

Er beging gerade ein Sakrileg, sagte sich Weynand. Er hinterging seinen besten Freund, indem er ihm einen Mord zutraute. Vielleicht waren es nur seine überreizten Nerven; alle Welt driftete ja gerade dem Wahnsinn zu.

Wie zum Hohn wechselte im Hintergrund die Musik. Jemand war an den Pianisten herangetreten und hatte sich ein Lied gewünscht, in das die Gäste eines nahen Tischs lautstark einstimmten.

»Der Gott, der Eisen wachsen ließ,
der wollte keine Knechte,
drum gab er Säbel, Schwert und Spieß
dem Mann in seine Rechte …«

Das auch noch, dachte Weynand. Wenn sie erst die alten Lieder aus den Befreiungskämpfen wieder ausgraben, ist Hopfen und Malz verloren.

»Selbst wenn Herr von Arnsberg bei Adele Röckl war«, hörte er Annas nüchterne Stimme, laut, um den grölenden Männerchor zu übertönen, »haben wir doch überhaupt keinen Hinweis darauf, dass die beiden sich gestritten hätten.

Welchen Grund sollte Herr von Arnsberg denn gehabt haben, seiner … Freundin etwas anzutun?«

Nein, natürlich nicht. Aber es passte alles so gut zusammen. Selbst die Reifenspuren am Auer Mühlbach, die Apollonia Hofer erwähnt hatte. War das der Grund, warum Heinrich seinen geliebten Kühlstein verkauft hatte?

Er sah Arnsberg noch vor sich, wie er an jenem Morgen in seinen Wagen stieg. Blass, übernächtigt. Wie kalt er geblieben war, als Weynand den Tod Adele Röckls erwähnte. War das die Reaktion eines Liebhabers? Und hatte er nicht gesagt, er hätte von ihrem Tod bereits aus der Morgenzeitung erfahren?

Konnten nicht wenigstens die Sänger am Tisch neben der Kapelle den Mund halten? Ihr Gegröle machte Weynands Kopfschmerzen nicht besser. Jetzt stimmten sie die »Wacht am Rhein« an. Auch einigen anderen Gästen wurde das Treiben allmählich zu bunt, es wurde gezischt, jemand rief, man könne ja sein eigenes Wort nicht mehr verstehen.

»Ich frage mich, warum hat Arnsberg es mir nie erzählt?«, fragte Weynand. »Seine Liaison mit Adele?«

»Fragen Sie ihn doch«, sagte Anna. »Es belastet Sie sonst vielleicht ewig, Ihren Freund in solchem Verdacht zu haben. Reden Sie mit ihm. Ich bin sicher, alles wird sich aufklären.«

Weynand nickte, auch wenn er davon nicht überzeugt war. »Ich denke darüber nach.« Zu weiteren Ausführungen fehlte ihm die Lust; er hätte schreien müssen. Die Sänger plärrten aus Leibeskräften.

»Deutsche Söhne, laut ertöne euer Vaterlandsgesang!«

»Aber bitte nicht *so* laut«, entfuhr es Weynand. Anna und Carlotta lachten leise; dagegen begannen die beiden Herren am nächsten Tisch nun ebenfalls zu singen; eine Gruppe Studenten in der Ecke schloss sich an. Ihre Damen musterten sie halb verlegen, halb schwärmerisch.

Alle Unterhaltungen im Lokal hatten inzwischen notgedrungen geendet. Der improvisierte Männerchor war beim Deutschlandlied angelangt, dem natürlich die bayerische Hymne folgen musste und zu »Lützows wilde verwegene Jagd« überleitete, zu dem die Sänger begeistert den Takt auf den Tischen mitklopften. Jene Gäste, die ähnlich wie Weynand dem Gesangsvortrag wenig abgewinnen konnten, begannen nach den Kellnern zu rufen.

»Ich denke, wir gehen besser auch«, sagte Weynand und winkte einer Bedienung. »Das ist heute wirklich nicht gemütlich hier.«

Auch den Betreibern mochte klar werden, dass der Patriotismus eines Teils ihrer Gäste gerade dabei war, den anderen Teil aus dem Haus zu treiben. Ein Kellner ging hinüber zur Kapelle und sagte ein paar Worte zu dem Pianisten. Die Musik brach ab, enttäuschte Rufe wurden hörbar.

Ein anderer Kellner trat an Weynands Tisch. »Bitte, bleiben Sie ruhig noch, Herr Nachtwey, meine Damen. Wir müssen uns wirklich entschuldigen für die Unruhe, die heute hier herrscht. Aber wie Sie sehen, hat unsere Kapelle gerade entsprechende Anweisungen erhalten. Für heute waren es genug vaterländische Lie …«

Er brach ab und fuhr herum. Hinter ihm, bei der kleinen Musikkapelle, stießen gerade zwei Männer mit zornroten Gesichtern einen seiner Kollegen so heftig nach hinten, dass er gegen den nächsten Tisch krachte und ihn umstieß. Eine Frau schrie erschrocken auf, ein Mann sprang dazu und packte einen der Störenfriede beim Kragen.

Dann brach der Streit richtig los.

»Raus hier!« Weynand war aufgesprungen und schob Anna und Carlotta hastig vor sich her in Richtung der Theke und der dahinter liegenden Tür. »Durch die Küche!«

An einem erschrockenen Koch und verängstigten Kellnern vorbei hasteten sie durch den Hinterausgang ins Freie und gelangten über einen Innenhof und eine schmale Passage wieder auf den Karlsplatz. Mehrere Gäste waren ihrem Beispiel gefolgt und standen nun ebenso fassungslos auf der Straße wie sie. Die Fenster des Cafés Fahrig lagen in Scherben auf dem Pflaster, dahinter prügelte sich mindestens ein Dutzend Männer, Vorhänge lagen am Boden, Stühle und Tische waren zu Bruch gegangen.

»Wenigstens so lang warten könnten s', bis dass s' eine Uniform anhaben, die Saubande«, sagte jemand. Niemand widersprach.

41.

Friedrich zögerte es hinaus, solang er konnte. Am Montag ging er zur Druckerei und bat Meindl, etwas für ihn zu prüfen. »Sie sagen doch, Sie haben Zugang zu den *Münchner Neuesten*, nicht wahr?«

»Natürlich kann ich das machen, Chef. Warum wollen Sie das wissen?«

»Nur so.«

Am Dienstagnachmittag platzte Johann Senftl unvermutet in die eisige Ruhe der Villa in Bogenhausen. »Es geht los!« Eine Hand krachte auf Weynands Schulter. »Österreich-Ungarn hat Serbien den Krieg erklärt. Spätestens morgen fangen sie an zu schießen. Es geht los, und wir sind dabei, mein Junge! Jetzt werden sich die Investitionen in Kriegsgerät auszahlen. Das haben wir gerade noch rechtzeitig in die Wege geleitet. Übrigens habe ich dich bereits als notwendig für den Erhalt der Firma gemeldet; nicht, dass jemand auf die Idee kommt, dich zum Militär einzuziehen.«

Als Friedrich sich am Mittwoch endlich ein Herz fasste und zu Arnsberg fuhr, blieb die Kutsche auf halbem Weg stecken. Eine wogende Menge aus Menschen mit roten Fahnen füllte die Straße. »Keinen Krieg! Arbeiter, hört nicht auf die Hetze! Schießt nicht auf eure Brüder jenseits der Grenze!«

Vom Straßenrand brüllten Passanten Schmährufe. »Lasst die Sozis nur demonstrieren, damit zeigen sie bloß, was sie für welche sind! Pazifistenpack! Vaterlandslose Feiglinge!«

Weynands Mund war trocken, als er in der Goethestraße aus dem Wagen kletterte. Christiane empfing ihn freundlich wie immer. »Geht es um die kleine Franziska Zech, oder willst du zu Heinrich? Ich muss dir und deinem Fräulein Anna wirklich dankbar sein für diese Gelegenheit, mich zu engagieren. Franziska hat mir ihr Zeugnis gezeigt, in Anbetracht der Umstände kann man nur stolz auf sie sein.«

»Ich wollte zu Heinrich«, sagte Weynand knapp. Sie musterte ihn.

»Er wird sich freuen. In letzter Zeit ist er nicht mehr viel unter die Leute gekommen.«

»Du hältst ihn an einer zu kurzen Leine, Christiane«, stieß Weynand hervor. »Sie wird ihm irgendwann die Luft abwürgen.«

»Er hat mir in letzter Zeit zu viele Dummheiten angestellt.« Sie sprach wie über ein Kind. »Wenn ich ihn kontrolliere, dann zu seinem eigenen Schutz. Geh nur, du findest ihn im Arbeitszimmer, wie üblich.«

»Was ziehst du denn für ein Gesicht?«, fragte Arnsberg, noch ehe Friedrich ganz über die Schwelle war. Er saß hinter dem wuchtigen Schreibtisch wie hinter einer Brustwehr und stand noch nicht einmal auf, als sein Freund eintrat. »Fang mir du bloß nicht auch noch mit dieser verdammten Kriegsgeschichte an, ich kann's nicht mehr hören. Alle reden schon davon, dass die nächsten Trabrennen womöglich abgesagt werden.«

Beinahe hätte Weynand gelacht. »Ich sehe, du hast wie stets die richtigen Prioritäten gesetzt.«

»Womit ich offenbar der Einzige bin. Was kann ich für dich tun? Wenn du dich setzt, bring aus dem Schrank neben dir den Cognac und die Gläser mit, sei so gut.« Dieser Aufforderung kam Friedrich dankbar nach. Er schenkte selbst ein. Ein Schluck würde die Frage hoffentlich erleichtern.

»Hast du etwas auf dem Herzen?«, erkundigte Arnsberg sich. »Du siehst aus, als wolltest du mir gleich gestehen, dass du mit meiner Frau geschlafen hast. Was mir übrigens völlig gleichgültig wäre.«

»Christianes Ruf ist doch über jeden Verdacht erhaben«, sagte Weynand. Er seufzte. »Wieso hast du mir das mit Adele Röckl nicht gesagt?«

Arnsbergs Gesicht wurde blass. »Was hätte ich dir da sagen sollen?« Er trank. Schnell und viel.

»Dass du ein Verhältnis mit ihr hattest. Heinrich, es tut mir leid. Wenn ich gewusst hätte, dass diese Frau dir etwas bedeutete, hätte ich doch nie einen derartigen Artikel über sie verfasst!«

Arnsberg sah ihn an, dann begann er zu Weynands Verblüffung zu lachen. »Ach, Fritz. Du Romantiker. Das macht dir also Bauchschmerzen? Erinnerst du dich nicht, dass du mir sogar erzählt hast, was du schreiben willst, bevor du zur Gerichtsmedizin gelaufen bist?«

»Doch«, sagte Weynand mit klopfendem Herzen. »Daran erinnere ich mich.«

»Wenn ich etwas dagegen gehabt hätte, dass du diesen Artikel schreibst, hätte ich es dir doch spätestens dann gesagt. Das zwischen Adele und mir war eine kurze Angelegenheit, eine Bettgeschichte. Bedeutet hat sie mir nichts, und sie hat furchtbar geklammert. Natürlich tut es mir leid, dass sie sich umgebracht hat, aber unsere Liaison, die war da im Grunde längst vorbei.«

In Weynand krampfte etwas sich zusammen.

Er kannte Heinrich. Er wusste, wann er log.

Als Anna am Freitag nach der Arbeit auf die Straße trat, herrschte dort wieder Tumult. Das war nichts Neues. Am Mittwochnachmittag war Lobinger in heller Aufregung in Doktor Gernhubers Büro geplatzt.

»Es is' so weit. Der Krieg is' da! Der Preußenkaiser hat den Russen den Krieg erklärt.« Er hatte das Sonderblatt einer Zeitung mitgebracht, und Doktor Gernhuber hatte es sorgenvoll, Doktor Schmidt ärgerlich studiert. Später war Doktor Schmidt kurz aus dem Haus gegangen (um sich mit Fräulein Levi zu treffen, wie Doktor Gernhuber mutmaßte) und kehrte sichtlich erleichtert zurück.

»Eine Falschmeldung«, berichtete er. »Noch gibt es keine Kriegserklärung. Allerdings hat man den ›Zustand drohender Kriegsgefahr‹ ausgerufen. Das ist ein Schritt davor. Schlimm genug.«

Eine permanente Hektik lag über der Stadt. Der letzte Julitag war heiß und schwül wie die vorherigen. Vor den Kiosken warteten die Leute auf das Automobil, das den nächsten Satz Sonderblätter aus der Druckerei bringen würde. In den

Kaufhäusern drängten sich Menschen über Menschen und kauften Strümpfe, Unterwäsche und Taschentücher, in den Schreibwarenhandlungen Briefpapier und Bleistifte.

»Geh zu, Mama«, hörte Anna einen pausbäckigen Burschen lachen, »für was willst d' mir denn an Schal und Handschuh mitgeben? Wir san doch Weihnachten schon lang wieder da. Denen leuchten wir so heim, die kennen sich selber im Spiegel nimmer.«

Er konnte kaum achtzehn sein. Ob er wohl überhaupt wusste, wer mit »die« gemeint war?, dachte Anna.

Sie verzichtete darauf, heute irgendwelche Einkäufe zu erledigen. Vielleicht würde es morgen in den Geschäften weniger voll sein. Irgendwann musste doch diese Anspannung, die sich seit dem Tod des Thronfolgers von Österreich jeden Tag gesteigert hatte, einmal nachlassen.

Herr von Weynand wartete an der Abzweigung zur Landwehrstraße auf sie. Er sah ernst aus, lächelte aber. »Freut mich, dass Sie es lebendig nach Hause geschafft haben.«

»Sicher war ich mir nicht, ob ich heil durchkomme. Heute muss man froh sein, nirgendwo erdrückt zu werden.«

»Wenn es nur dabei bleibt.« Er schaute auf die Straße, wo ein Kutscher vom Bock herab dem Chauffeur eines Automobils mit der Peitsche drohte. »Sie wollen zu Ihrer Schwester, nehme ich an? Ich will Sie gar nicht aufhalten. Hätten Sie aber vielleicht morgen Zeit für mich? Ich würde gern einen Besuch bei meinem Freund Arnsberg machen.«

»Gemeinsam mit mir?« Anna zögerte. »Warum das denn?«

»Weil ich vielleicht einen Zeugen brauche. Und da sind Sie mir die liebste Person. Sie waren von Anfang an dabei.«

»Es geht wieder um Adele Röckl«, stellte Anna fest. Er verneinte es nicht. Sie seufzte. »Na schön. Wenn es Ihrem Freund recht ist.«

»Versprochen. Kommen Sie noch rasch mit zu dem Telefonkiosk an der Eckwirtschaft? Dann frage ich Arnsberg gleich, wann es ihm morgen passt.«

Auch an der Gastwirtschaft waren alle Tische auf dem Trottoir voll besetzt; die Leute reichten einander gegenseitig Flugblätter und einzelne Zeitungsseiten. Anna trank im Stehen eine Limonade, während Herr von Weynand auf die Verbindung wartete. Die Sommerhitze in den Straßen kühlte auch in der Nacht kaum noch ab, als habe sich das Wetter von der Erregung der Leute anstecken lassen.

»Heinrich? Ja, Fritz hier. Hör zu, hättest du morgen Zeit? … Ich würde gern mit Fräulein Zech bei dir vorbeischauen. … Ich habe da noch eine Frage, die ich dir stellen wollte. … Ja, deswegen. … Gut, sagen wir gegen fünf Uhr? … Einverstanden.« Er zögerte kurz, dann sagte er knapp und mit Betonung: »Adieu. – Morgen um fünf Uhr«, und wandte sich an Anna, während er auflegte. »Dann können Sie nach der Arbeit noch nach Hause gehen. Ich hole Sie ab.« Er ging, bevor Anna Fragen hätte stellen können. Sie schüttelte den Kopf, war aber zu müde und verschwitzt, um sich weiter zu wundern.

Die ganze Welt schien verrückt zu werden, warum nicht auch Herr von Weynand. Zum Glück war Franzi zu Hause und lenkte sie ab.

Herr von Weynand war überpünktlich am nächsten Tag, und zu Annas Verblüffung trug er diesmal nicht seine Reporterkleidung, sondern einen edlen dreiteiligen Anzug. Sie gingen wieder zu Fuß; obwohl es nur ein paar Schritte in die Goethestraße waren, hatte Anna das Gefühl, dass ihr dabei der Schweiß ausbrach.

Im Treppenhaus war es angenehm kühl. Frau von Arnsberg öffnete und musterte Anna erstaunt. »Fräulein Zech? Ist etwas mit Franziska?«

Anna musste lächeln. Es tat gut, zu wissen, dass diese Frau sich ehrlich um Franzi sorgte. »Franziska lässt sie grüßen und bedankt sich noch einmal für die Einladung am nächsten Wochenende.«

»Ich finde, gute Noten müssen belohnt werden.«

»Wir möchten zu Heinrich, Christiane«, unterbrach Herr von Weynand ungewohnt hastig. Christiane von Arnsberg sah ihn an, Lächeln und Freundlichkeit brachen in sich zusammen wie ein Kartenhaus. Ihre Miene war starr genug, damit sie Anna Angst machte.

»Er ist nicht mehr hier, Fritz«, sagte sie kühl.

Anna sah, wie die Farbe aus Weynands Gesicht wich. Ohne dass er sonderlich überrascht schien. »Wir waren verabredet.«

»Ja«, sagte Christiane. »Deswegen. Das hat er verstanden.« Wieder glitt ein Blick zu Anna. »So ist das. Manche Dinge saugen sie mit der Muttermilch auf, diese Nachgeborenen eines erloschenen Jahrhunderts.« Sie trat zur Seite. »Kommt rein.«

Anna verstand nicht, was vorging.

Frau von Arnsberg setzte sich ihnen gegenüber an einen runden Kaffeetisch und legte die Hände auf der Tischplatte ineinander. Sie bot ihnen nichts an, und für einen langen Moment schwieg sie.

Als sie endlich sprach, wandte sie sich an Weynand.

»War das wirklich nötig?«

Er starrte schweigend die Tischplatte an. Unwillkürlich bekam Anna es mit der Angst zu tun.

»Frau von Arnsberg, bitte, wo ist Ihr Mann?«

Sie hatte sich zunächst nicht viel dabei gedacht, als Carlotta im Café Fahrig von dem Verhältnis Arnsbergs mit Adele Röckl erzählt hatte. Über den Tod der einstmals bewunderten, dann berüchtigten Schauspielerin war inzwischen so viel spekuliert worden – was machte da eine weitere unbeweisbare Theorie? Doch Herr von Weynand schien tief getroffen, und Frau von Arnsbergs Benehmen war sehr eigenartig.

Konnte der ungeheure Verdacht wahr sein?

Wieder richtete Frau von Arnsberg ihre Antwort an Weynand. »Möchtest du es ihr selbst erklären, Fritz?«, fragte sie. Ihr Tonfall war sanft und eisig in gleichem Ausmaß. Kopfschüttelnd stand Weynand auf und trat ans Fenster. Frau von Arnsbergs Blick glitt weiter zu Anna.

»Dann tue ich es. Mein Mann hat einen Wagen gemietet und ist zu einem Jagdausflug aufgebrochen, heute gegen Mittag. Er besitzt eine kleine Jagdhütte bei Starnberg. Auf dem Weg wird er beim örtlichen Polizeichef vorbeifahren und ihm mitteilen, man habe auf seinem Besitz kürzlich mehrere Landstreicher gesehen, und ihn bitten, morgen zur Hütte hinauszukommen und sich die Sache anzusehen.« Sie schaute kurz auf Weynand, der eine Hand um den Rand des Fenstersimses gekrallt hatte. »Ich rechne damit, morgen im Laufe des Vormittags benachrichtigt zu werden, dass man ihn gefunden hat.«

Anna wurde schwindlig. »Ich verstehe nicht …«

»Doch, doch, Anna.« Weynands Stimme schwankte, er schaute sie nicht an. »Sie verstehen sehr wohl.« Er starrte geradeaus durchs Fenster.

»Wenn Heinrich es geschickt anstellt«, sagte Frau von Arnsberg, »wird es so aussehen, als sei es ein Unfall gewesen oder als hätten ihn die angeblichen Einbrecher getötet.« Sie lächelte bitter. »So geschickt, wie er sich bei den meisten Dingen angestellt hat, befürchte ich, wird er auch das noch vermasseln.«

Anna sprang so abrupt auf, dass der Stuhl hinter ihr kippte und zu Boden polterte. »Mein Gott, warum haben Sie ihn denn nicht aufgehalten? Wenn man jetzt noch jemanden losschickt …«

»Anna.« Herr von Weynand löste sich vom Fenster und stellte ihr den Stuhl wieder hin. Sein Kinn zitterte. Fassungslos schaute Anna von ihm zu Frau von Arnsberg, ohne sich zu setzen.

»Wäre es Ihnen lieber, Fräulein Zech, dass er auf dem Schafott endet?«, fragte Christiane von Arnsberg. Sie deutete auf den Stuhl. »Bitte. Ich will Ihnen alles erklären.«

»Seit wann hast du es gewusst?«, fragte Herr von Weynand.

»Erst seit Kurzem«, sagte sie müde. »Über die letzten Wochen hatte Heinrich sich verändert. Ich dachte, es wäre wieder eine seiner Frauengeschichten. Doch dann ist dieser uneheliche Sohn umgebracht worden, die Zeitungen berichteten wieder über Adele Röckls Tod. Wieder stand der Name dieser Frau in den Zeitungen. Ich habe es ihm angesehen. Heinrich hat immer mehr getrunken, er fuhr nachts aus dem Schlaf hoch und schrie, er sei es nicht gewesen. Irgendwann hat er es mir gestanden. Und du?«

»Ich habe es nicht einmal geahnt. Ich wusste nur, dass er mich belogen hat. Als ich ihn am Morgen von Adele Röckls Auffindung auf der Straße traf, sagte er mir, er hätte von dem Leichenfund in der Zeitung gelesen. Ich weiß, dass ihr die *Münchner Neuesten Nachrichten* abonniert habt, und habe meinen Fotografen im Archiv nachschauen lassen. Die Meldung stand erst in der Ausgabe des nächsten Tags.« Er zuckte die Achseln. »Das war der letzte Mosaikstein.«

Anna stand noch immer, erst jetzt ließ sie sich wieder auf ihren Platz sinken. »Dann hat Ihr Mann … Herr von Arnsberg …«

»Er hatte Adele Röckl unmittelbar nach ihrer Ankunft in München kennengelernt«, sagte Frau von Arnsberg. »Adele Röckl – der Name war ihm noch aus seiner wilden Jugendzeit bekannt, ich glaube, er hat sie damals verehrt. Aber wie er so ist, Heinrich hätte die Affäre nur zu gern bald wieder beendet. Nur Adele war keine dumme Frau.« Sie seufzte. »Sie wusste, was sie wollte und welchen Preis Heinrich bereit war zu zahlen. Adele Röckl war genau die Sorte raffinierte Erpresserin, die ich immer gefürchtet hatte. Sie ließ sich nicht nur von ihm aushalten, sie klammerte sich an ihn, verlangte seine Protektion, versuchte mit seiner Hilfe wieder an Bühnenengagements zu kommen. In ihrem Alter natürlich höchst unwahrscheinlich, aber Heinrich tat, was er konnte. Er forderte ein paar Gefallen ein, sorgte dafür, dass sie am Gärtnerplatztheater unterkam.«

»Davon wussten Sie?«, fragte Anna.

»Kein Wort wusste ich«, sagte die Frau bitter. »Hätte ich es damals schon gewusst, wäre vielleicht manches anders gekommen. So merkte ich nur, vor zwei Jahren war das, dass laufend Geld verschwand und dass mein Mann wahrscheinlich wieder einmal eine Geliebte hatte. Was an sich nichts Neues war.«

»Wie kam es dann zu …«, setzte Herr von Weynand an. »Was ist dann letztlich passiert, in der Nacht, als Adele ertrank?«

»Nach allem, was ich aus Heinrich herausbringen konnte, wollte sie ihn an dem Abend in ihrer Garderobe sprechen. Sie hat ihm gedroht, sie würde sich an mich wenden und seine Ehe ruinieren, sie hätte jede Menge Beweise.« Sie schluckte. »Im Nachhinein tut es mir leid, dass ich Heinrich so oft mit Scheidung gedroht hatte. Er wusste nicht mehr ein noch aus.«

»Adele Röckl auch nicht«, sagte Anna und schaute auf Herrn von Weynand. »Das war einen Tag, nachdem Adeles Mann …«

»Nachdem Victor Gleißner sie in München aufgesucht und vergewaltigt hatte«, nickte er. »Und ihr die Papiere jener schmutzigen kleinen Geschäfte abnahm, mit denen sie vermutlich einen Großteil ihres Lebensunterhalts bestritt. – Was wollte sie von Heinrich haben, Christiane?«

»Was auch immer zu bekommen war. Mindestens eine Wohnung und eine monatliche Pension, am besten eine Hauptrolle am Residenztheater.« Frau von Arnsberg lachte freudlos. »Und Heinrich geriet in Panik. Adele Röckl hätte mich womöglich mit genau jenen Beweisen versorgen können, die ich für eine Scheidung brauchte. Und er hatte inzwischen sicher auch begriffen, dass sie ihn nie mehr aus ihren Klauen lassen würde, ganz egal, wie viel er bezahlte. Also versprach er ihr, was sie hören wollte, überredete sie, Champagner kommen zu lassen, damit sie auf ihren künftigen Erfolg anstoßen könnten, und mischte einige Tropfen Schlafmittel in Adeles Glas. Veronal hatte er immer zur Hand, er schlief damals schon schlecht. Er sagte ihr, er kenne eine interessante Wohnung, die könnten sie sich gemeinsam ansehen. Sie ging mit, fing aber auf dem Weg zum Auto bereits an zu taumeln. Sobald sie saß, schlief sie ein. Er fuhr mit ihr auf einem Umweg zum Auer Mühlbach, flößte ihr das restliche Veronal ein und legte sie ins Wasser.«

»Dann hatten die Radspuren, die die Polizei am Ufer gefunden hat, doch etwas damit zu tun«, sagte Anna. »Aber warum hat niemand den Wagen gehört, mitten in der Nacht?«

»Es war ein elektrisches Fahrzeug. Die sind sehr leise. Heinrich scherzte immer, er könne sich mit seinem Auto an die Leute heranschleichen, um sie zu überfahren. Natürlich habe ich, als ich begriffen hatte, was geschehen war, darauf bestanden, dass er den Wagen loswurde. Zwar denke ich nicht, dass jemand eine Verbindung hätte ziehen können. Aber ich hatte auch nicht vor, mich in einem Automobil kutschieren zu lassen, in dem mein Ehemann jemanden umgebracht hatte.« Sie zuckte die Achseln. »Ich fürchte, viel mehr kann ich Ihnen zu der Angelegenheit nicht mehr sagen. Das ist alles.«

Das war alles. Anna dachte an das leere, seltsam würdevolle Gesicht der Frau auf dem marmornen Autopsietisch. Ein ganzes Leben.

»Oder es wäre alles gewesen«, sagte sie laut. »Wenn Herr von Weynand nicht seinen Artikel in der Zeitung veröffentlicht hätte.«

»Heinrich muss fast das Herz stehen geblieben sein«, sagte Frau von Arnsberg, »als du ihn am Morgen vor dem Haus auf die Leiche ansprachst, die man aus dem Mühlbach gezogen hatte, Fritz. Und jedes Mal wieder, wenn du von dem Thema angefangen hast. Du hast Aufmerksamkeit auf die Sache gelenkt, das machte ihn schier wahnsinnig. Heinrich schimpfte zu Hause über nichts anderes mehr als darüber, dass du die Angelegenheit nicht auf sich beruhen lassen konntest. Also begann ich, zu stöbern und zu bohren. Ich fand das eine oder andere Briefchen, mir wurde klar, dass mein Dummkopf von Ehemann irgendwie in der Angelegenheit drinsteckte.« Sie schaute zur Uhr. »Oh, es geht schon auf sechs Uhr. Ich fürchte, ich muss euch beide jetzt hinauswerfen, um mich fertig zu machen. Ich werde heute ausgehen und erst in den frühen Morgenstunden wieder zu Hause sein. – Man weiß ja nie, zu welchen Schlüssen die Polizei kommt«, erklärte sie spöttisch. »Für die Ehefrau eines Erschossenen ist es im Zweifelsfall sicher nicht verkehrt, ein Alibi zu haben. Soll ich euch einen Wagen rufen?«

Sie gingen zu Fuß. Auf der Straße vor dem Haus herrschte noch schrillerer Trubel als zuvor. Herr von Weynand schlang Annas Arm in seinen, das tat er sonst selten.

»Mobilmachung!«, brüllte und jubelte es aus tausend Kehlen. »Wir schlagen los! Der Krieg ist erklärt!« Anna kamen die Leute, die sich auf der Straße bei dieser Nachricht in die Arme sanken und aus Fenster und Balkonen mit Taschentüchern und Fahnen winkten, vor wie die Insassen einer Irrenanstalt.

Warum hatten sie sich so lange mit der Geschichte dieser

einen Toten namens Adele Röckl beschäftigt, dachte Anna. Bald würde es Zehntausende davon geben.

»Mein kleiner Bruder will sich freiwillig melden«, sagte sie gepresst, um überhaupt etwas zu sagen.

»Meiner ist ohnehin beim Heer.« Er blieb abrupt stehen und wandte sich ihr zu. »Anna, es tut mir leid, Sie so unerwartet damit konfrontiert zu haben. Aber ich wollte, dass Sie es wissen. Ich hatte das Gefühl, Ihnen so viel Wahrheit schuldig zu sein. Und auch, es Ihnen zumuten zu können.«

»Danke«, sagte Anna. »Ich meine das ganz ehrlich. In erster Linie waren wir es Adele schuldig, die Wahrheit herauszufinden. Auch wenn sie jetzt außer uns niemand erfahren wird. Haben Sie deshalb gestern bei Herrn von Arnsberg angerufen und ihm gesagt, dass sie mich mitbringen? Damit er … wusste, dass Sie Bescheid wissen?«

»Natürlich. Die Ankündigung, Sie würden mitkommen, musste er als die Drohung verstehen, die sie war. Bei mir konnte Heinrich darauf hoffen, dass ich mich – warum auch immer – verpflichtet fühlen würde, ihn zu decken.« Ein bitteres Lächeln. »Sie hätten das nicht getan.«

Und deshalb hatte Heinrich von Arnsberg seine Konsequenzen gezogen.

»Sie haben recht, Herr von Weynand. Wir kommen aus zu verschiedenen Welten, glaube ich.«

»Nicht mehr.« Er starrte blicklos in den Freudentaumel der Kriegsbegeisterten. »Ich glaube, unser beider Welten sind gerade in Flammen aufgegangen.«

Jemand schwenkte eine große weiß-blaue Rautenflagge so dicht neben ihnen, dass sie beide darin versanken.

»Aber machen Sie sich keine Sorgen um mich«, sagte Herr von Weynand, als sie sich aus dem Stoff befreit hatten. »Mein reizender Herr Schwiegervater hat bereits dafür gesorgt, dass ich vom Militärdienst freigestellt werde. Seine Firma kann auf mich unmöglich verzichten. Ob ich meine Zeitung allerdings weiter betreiben kann, wird davon abhängen, wie viele Setzer und Drucker man mir lässt. Falls ich ein paar meiner Leute der Königlich Bayerischen Armee aus den Klauen reißen kann, werde ich auch in Zukunft oberflächliche Anekdoten, schlüpfrige Anspielungen, Skandalgeschichten und gut begründete Gerüchte zu einer unterhaltsamen Mischung vermengen, die mir den Alltag erträglich macht. Sie dagegen«, er lächelte ein Lächeln, das so warm und gleichzeitig so schmerzlich war, dass Anna einen Stich in der Magengrube spürte, »werden weiter in Ihrem Institut aus Ihren Toten die Wahrheit lesen wie ein altrömischer Priester aus den Eingeweiden eines Opfertiers. Und wenn ich ehrlich bin, dann wird es mir ein bisschen besser gehen, weil ich weiß, dass Sie das tun. Ist das nichts?«

Rund um sie brüllte die Stadt ihre Begeisterung darüber, in den Krieg zu ziehen, gen Himmel.

»Viel ist es nicht«, sagte Anna. »Aber mehr werden wir nicht bekommen.«